Retime 004

基督山恩仇記 ❶

LE COMTE DE MONTE-CRISTO VOL.1

大仲馬 (Alexandre Dumas)◎著
韓滬麟、周克希◎譯

高寶書版集團

「要開發深藏在人類智慧裡的神祕寶藏，就需要遭遇不幸。」

法利亞神父

目錄 | contents

譯者序

一

從一八四五年八月二十八日起，巴黎的《辯論報》上開始連載《基督山伯爵》。小說馬上就引起了轟動，如癡如狂的讀者從四面八方寫信到報館，打聽主角以後的遭遇。被好奇心撩撥得按捺不住的讀者，甚至趕到印刷廠去「買通」印刷工人，為的是能對次日見報的故事先睹為快。一部當代題材的小說能產生這樣的「轟動效應」，而且其生命力竟能如此頑強，在一百多年後的今天仍受到全世界億萬讀者的喜愛，這種情況在文學史上也是不多見的。

話得從一八四二年說起。歐仁．蘇的社會風俗小說《巴黎的祕密》在報紙上連載後一炮打響，於是出版商約請大仲馬也以巴黎為背景寫一部當代題材的小說。大仲馬接受約請後的第一步工作，就是搜集素材。他在巴黎警署退休的文件案保管員珀歇寫的回憶錄裡，發現了一份案情記錄，它記述了拿破崙專政時代一個年輕鞋匠皮科的報仇故事，說的是巴黎一家咖啡館的老闆盧比昂和他的三個鄰居，出於嫉妒跟剛訂了婚的鞋匠皮科開了個惡意的玩笑，誣告他是英國間諜。不料皮科當即被捕入獄，從此音訊杳然。七年後他出了獄；由於同獄的一位義大利神職人員在臨終前把遺產留給了他，他出獄後就變得很富有了。但他得知當年的未婚妻早已嫁給了盧比昂，於是就喬裝化名進入盧比昂的咖啡館幫工，先後殺死那三個鄰居中的兩人，並用了十年的時間，處心積慮地把盧比昂弄得家破人亡。但最後他在手刃盧比昂時，當場被那第三個鄰居結果了性命。

大仲馬敏銳地覺察到，「在這只其貌不揚的牡蠣裡，有一顆有待打磨的珍珠」。他根據這個素材，構思了一個復仇故事的輪廓。然後，他又聽取了在創作上和他多年合作的助手馬凱的一些很有見地的建議，決定花大量的篇幅去寫「主人公同那位美貌姑娘的愛情，那些小人對他的出賣，以及他同那位義大利神職人員一起度過的七年獄中生活」這些引人入勝的情節。鞋匠皮科在小說中成了水手鄧蒂斯，故事的背景也改在了風光綺麗的馬賽港。大仲馬不願意讓小說中的冤獄發生在拿破崙的第一帝國時代，於是把故事的時間往後挪到了王朝復辟時代，讓鄧蒂斯成了波旁王朝的冤獄的受害者。皮科的那幾個仇人，則從市井平民變成了七月王朝政界、金融界和司法界的顯要人物。

為了寫作這部小說，大仲馬去了馬賽，重遊了加泰羅尼亞漁村和伊夫堡。大仲馬的腦海裡，醞釀著一幕幕場景：少年得志的鄧蒂斯遠航歸來，與美麗的加泰羅尼亞姑娘美茜蒂絲舉行訂婚儀式；船上的會計鄧格拉斯和姑娘的堂兄弗南特（即後來的德．馬瑟夫伯爵）串通一氣，寫信向警方告密，誣陷鄧蒂斯是拿破崙黨人；當時也在場的裁縫卡德魯斯曾想阻止他們這樣做，但終因喝得酩酊大醉而不省人事；在喜慶的訂婚宴席上，憲兵突然闖進來帶走了鄧蒂斯；代理檢察官維爾福為了嚴守父親的祕密，維護自身的利益，昧著良心給無辜的鄧蒂斯定了罪，把他關進伊夫堡陰森的地牢……

從伊夫堡，大仲馬聯想到當年曾在這裡關押過的鐵面人、薩德侯爵和法利亞神父。法利亞神父確有其人：他原是葡萄牙神父，早年來到法國，曾投身法國大革命的戰鬥。後來，他被以信仰空想社會主義的罪名，長期囚禁在伊夫堡的地牢裡。他於一八一三年出獄後，到巴黎開了一家催眠診所；作家夏多布里昂就曾親眼見過他用催眠術殺死一隻黃雀。但他的所作所為被教會視為異端，最終死於貧病交加之中。大仲馬決定把這樣一個富有傳奇色彩的人物移植到小說中去。於是，鄧蒂斯在地牢中遇到了這位掘通地道和他相見的法利亞神父。但在大仲馬筆下的法利亞，已經變成一位集人類智慧於一身、為祖國統一而奮鬥的義大利神父，而且，他掌握著一個天方夜譚式的寶窟的祕密。也是這個法利亞，把鄧蒂斯造就成了一個知識淵博、無所不能的奇人，並且讓他得到了基督山島上的寶藏，成了家貲巨萬的基督山伯爵。

皮科的故事純粹是個復仇故事。大仲馬筆下的基督山伯爵，卻有恩報恩，有仇報仇，儼然是正義的化身。昔日的船主摩萊爾有恩於他，於是鄧蒂斯出獄後首先報恩，把這位瀕臨破產的好人從絕路上救了回來，此後又始終照顧他的兒女，直至最後把基督山島的寶藏送給他們。舊時的鄰居卡德魯斯一開始良心未泯，對鄧蒂斯的老父有所照顧，後來因為貪得無厭而謀財害命，甚至潛入基督山家中行竊並企圖行兇，所以基督山對他是報恩於前，懲罰於後，賞罰極為分明。對鄧格拉斯、弗南特和維爾福這三個仇人的復仇，大仲馬用濃墨潑灑，細筆描繪，把他寫故事的本領發揮得淋漓盡致。最後，這三個人破產的破產，自殺的自殺，發瘋的發瘋，都得到了應有的報應。

小說在報紙上斷斷續續地連載了一百三十六期，歷時近一年半。《基督山伯爵》成了馬賽人的驕傲。馬賽城有了基督山街、愛德蒙・鄧蒂斯街；伊夫堡和基督山島亦成了旅遊勝地。

二

從一個簡單的故事框架出發，寫出一本洋洋灑灑一百多萬字的小說，並且在一個多世紀來風靡無數的讀者，始終有其經久不衰的魅力，這不是一件容易的事情，其中的奧祕自然也是值得探索一番的。

首先，大仲馬是編故事的高手，有著一套布局謀篇的高招。看來，就像寫詩要有「詩眼」一樣，大仲馬在構思整部小說時，也先順著情節發展的脈絡，安排下一連串最精彩、最捉住讀者的心的情節，作為整個故事的「眼」，亦即高潮。譬如說，下半部寫基督山分別對三個仇人報仇的故事時，大仲馬就極盡其設計情節的能事，把「戲」做足，使情節的展開高潮迭起，精彩紛呈。對馬瑟夫，大仲馬特意把他發跡的背景放在希臘，這樣，作者的那枝生花妙筆就不僅能放手去寫美麗的希臘姑娘海蒂去重彩渲染迷人的東方情調，而且也安下了海蒂與馬瑟夫當場對質的這個「眼」。對維爾福的復仇，沿著兩條情節線展開，一條是維爾福夫人的一次次下毒，另一條是貝厄弟妥的行跡，大仲馬先安下一個驚險、恐怖的「眼」，就是維爾福夫人深夜對瓦朗蒂娜下毒，繼而又安下一個驚心動魄的「眼」，就是貝厄弟妥在法庭上承認自己是維爾福的私生子。鄧格拉斯銀行的破產、女兒的出逃以及自己落進義大利強盜的手裡，也都是一些扣人心弦的「眼」。

一部長篇小說中，有了節奏緊張、大起大落的高潮，也必然會有節奏相對舒緩，主要交代情節、連綴故事作用的所謂「弄堂書」。這些段落，如果讓讀者走了神，整部小說也還是得砸。大仲馬在這一點上很顯功力，他或是安排懸念，設置伏筆，仍把讀者的胃口吊足（如寫卡德魯斯的撬鎖夜盜），或是大故事套小故事，從故事簍子裡揀精彩的小故事來連綴大故事的情節（如由貝爾圖喬敘述貝厄弟妥的身世），或是筆端透出幽默風趣的韻致，讓讀者調劑一下情緒，不致感到沉悶（如寫基督山買通電報站的發報員，又如寫羅馬強盜榨幹鄧格拉斯的財產等等）。

此外，整部小說充滿了浪漫的傳奇色彩。羅馬的狂歡節，基督山島的地下宮殿，強盜萬帕的洞穴，都寫得色彩斑斕，各具特色，把全書的氛圍烘托得美妙而壯觀。大仲馬在小說中還不時穿插一些典故傳說，奇聞軼事，異域風情和大海、島嶼的景色描寫。所有這些，也許就構成了陀思妥耶夫斯基所說的「大仲馬情趣」吧。

說到人物性格的描寫，恐怕很難說那是本書故事成功的重要原因。關於這一點，我們在下面還要提及。但整部小說中塑造了幾十個人物形象，他們畢竟還是給讀者留下了深刻印象的。隨著情節的展開，每個人物形象還是都有其軌跡可尋，或者按黑格爾的說法，都是有其各異的「情志」的。我國讀者在讀大部頭的外國文學作品時，有時會在看了好些篇幅以後還弄不清那些長長的人名，或者把人物混淆起來。在看《基督山伯爵》時，恐怕是不會有這種感覺的。這或許也可以作為小說人物形象鮮明而各異的一個佐證吧。

這部小說中，大約有一半篇幅是對話。這在大仲馬是很自然的，因為寫劇本可以說是他的看家本領。他筆下的人物對話，或是充滿激情，以澎湃的熱情來感染讀者，打動他們的心，或是充滿機鋒，簡潔明快而又絲絲入扣。大段的獨白可以長達幾頁、幾十頁，但看了不致叫人生厭；最短的對話可以短到只有一兩個字（例如癱瘓的老人諾爾帝亞用目光所作的回答），但由於往往出現在要緊關頭，所以仍顯得獨特而精彩。順便說一下，諾爾帝亞的這個特點，使人很容易想起大仲馬在《三劍客》裡塑造的格力磨的形象。當初的格力磨，確實是大仲馬應付出版商按行數付稿酬的辦法的一個對策，不過，看過《三劍客》的讀者，想必還是會覺得格力磨這個人物既生動又別致。這大概也正是大仲馬的高明之處吧。《基督山伯爵》問世後的第三年，大仲馬又把小說改編成劇本在巴黎上演，第一晚從傍晚六點演到半夜，演到愛德蒙．鄧蒂斯越獄為止，第二晚演完全劇。大仲馬筆下精彩的對話，居然使這種馬拉松式的演出緊緊地攫住了觀眾的心，讓他們看得如癡如醉，毫無倦意。

大仲馬憑他高超的寫作技巧，寫出了一個奇特新穎、引人入勝的報恩復仇的故事，讓人讀來迴腸盪氣，覺得痛快淋漓。高爾基稱讚這部小說是「令人精神煥發的讀物」，恐怕也是指這方面而言的。但是，大仲馬在這裡所寫的，畢竟只是在資本主義制度下靠金錢來伸張社會正義的一種幻想，這一點，我們今天的讀者是不難看清楚的。

譯者　一九九一年九月

因為好看；因為完整——關於《基督山恩仇記》

文字工作者　臥斧

《基督山恩仇記》很好看。

在推薦文的最前頭寫這句，看起來像是廢話。況且，好看的故事多得很，我們為什麼要在廿一世紀的現今，回頭去看一個完成在十九世紀中期、由法國人所寫的故事？這不早該過時了嗎？又或者就算我們想要了解這個故事，為什麼需要讀如此大部頭的「完整版」？精簡版或者影視改編多得是，看那些不就行了嗎？

有趣的是，這兩個疑問，正是該讀《基督山恩仇記》完整版本的理由。

大多數的經典小說，其實都是有趣的故事——先別被「經典」二字給嚇著了：一部作品之所以成為「經典」，原因當然可能是其中劃時代的文學技法，但更常見的原因，都是因為這些故事的角色設定鮮明、每個時代的讀者都會因為箇中突破時空限制的主題感到興趣，以及，最要緊的，高潮迭起的情節。從人人皆有的妒意導致冤獄、扯進政治陰謀與恩怨情仇，這些與人性緊扣的主題，永遠不會過時，而主角一下子從愛情與事業的天堂降至墮入屈辱及死亡的地獄，隱忍近二十年後重新找回報恩與尋仇的機會，這樣大起大落的曲折情節，無論什麼時代閱讀，都會十分過癮。

不是因為經典所以才該讀；而是因為故事實在好看，所以它才成為經典。

關於「為什麼要閱讀完整版？」的問題，我們可以在另一本經典裡找到答案——在《華氏451度》一書中，未來世界禁止書籍的存在，「消防員」的職責是「依法焚書」。在解釋社會律法為什麼會如此演變時，書裡有這樣的段落：「經典作品刪簡，好配合十五分鐘的收音機節目，然後再刪簡，好填塞兩分鐘的書評節目，到最後只剩下十來行……他們對《哈姆雷特》的認識只是某一本書中的一頁簡介……簡明的簡明版，簡明的簡明的簡明版。」

關於《基督山恩仇記》，只知道「有個人被陷害入獄然後逃出來報恩復仇」，是不夠的。精簡的版本可以讓我們知道故事的情節概梗（順帶一提，《基督山恩仇記》有些精簡版刪去了大部分的復仇橋段，其實已經不是『精簡』，而是『殘缺』了），但沒法子真正了解故事的全貌；不讀全文，我們不會明白角色們的欣喜與妒恨、悲傷與憤慨，不會知道角色們的心情轉折、思緒糾葛，不會有機會從作品裡頭窺得創作當時及故事當中的社會背景、生活樣貌，也不會真正感受作者們說故事的奇妙技巧以及用字遣詞的精準美好——最後這點，在翻譯作品上或許不見得每次都說得通，但盡責的譯者及編輯的確也會盡力讓文字在經過翻譯之後，儘量保留原文的特色及震撼人心的力量。

《基督山恩仇記》很好看。而且，是的，我們在讀了完整版後，會更加肯定這件事。

恩仇快意，劇力萬鈞

劇團編導 魏瑛娟

《基督山恩仇記》是大仲馬最著名也最成功的作品之一，小說原著以戲劇性見長，不斷被翻改成舞台劇、電視、電影上演播出。相較於一般小說，也擅於書寫劇本的大仲馬，精心經營小說文本的戲劇元素，與其說是小說，不如說是附了詳細說明的史詩劇本，小說裡有戲劇，戲劇裡有故事抒情。

《基督山恩仇記》具備了許多成功戲劇元素，在故事主題、情節發展、角色塑造與語言運用上，互為呼應，相得益彰。恩、仇故事大概是最引人入勝的故事原型之一，特別是伴隨故事而來的「懲惡揚善」，正義的伸張總能激勵人心，稍慰現實世界的諸多不公不義。大仲馬深諳讀者心理需求，巧妙安排一段報恩三段復仇，以恩情凸顯人性的互助良善道德美好，世界仍有光明。對比報恩的善意溫暖，三段復仇如暗黑人性的揭露，貪婪、自私、忌妒是最大三罪，大仲馬透過主角鄧蒂斯的被陷害與復仇，深刻描畫此人性三惡，讓人咬牙切齒又拍案叫絕。

《基督山恩仇記》氣勢磅礡，篇幅龐大，近百萬言，卻結構謹嚴，有條不紊。大故事裡懸繫小故事，小故事推進大故事，環套相連，因果互為，韻律優美，交響如詩。最精彩處是復仇故事的巧妙佈局、開展、交織、呼應、總結。前四分之一佈局英雄鄧蒂斯的無辜遭陷、神奇逃脫、獲得財富、脫胎換骨，後四分之三描繪英雄的三次復仇，看似獨立，又緊密勾連，珠璣篇篇。且三次復仇各有大義，皆從反英雄（陷害主角鄧蒂斯的反派人物）最致命處出擊，以其人之道還治其身，點出司法、金融、政治的暗黑與虛假，不讓格局落於個人恩怨。

讀《基督山恩仇記》最痛快處要屬角色塑造及其語言的完美貼合。大仲馬擅劇本書寫，對白精準犀利，雖是小說文本，卻不拘泥形式，有時長達多頁的對白、獨白，節奏鏗鏘，人物鮮活。不同一般小說，大仲馬以角色使用語言的特色習慣型塑角色，隨著角色的成長變化，更改遣詞用字，特別是主角鄧蒂斯，不僅書寫其脫胎換骨過程，也在語言的使用上，顯現其從年輕天真質樸船員身分至滄桑歷盡城府深沈復仇天使的人格改變。除了語言隨角色細心更換外，角色間的對手戲亦精彩，特別是英雄與反英雄之間的對立與真相揭露，語言交鋒如蜜又如刀，成就了情節推展，也成就了角色塑造。

很少一部小說能夠如此讓人反覆讀閱。從兒幼時的注音版本、青少時的簡明版至大學時期的外語版，還有許多據此改編的相關電影、影集等，《基督山恩仇記》如美味書糧，每隔一段時日，便會拿出重溫回味。總能在其浪漫主義式的英雄成長旅程故事裡尋得新趣味，即便已瞭若指掌。引人頻頻回看的是創作者諸多書寫上的細膩技巧與藝術成就，恩仇快意，劇力萬鈞。

第一冊主要人物介紹

愛德蒙．鄧蒂斯（Edmond Dantès）—本書主角，是一位年輕有為的水手也是法老號上的大副。原本將要成為法老號的船長，同時迎娶心愛的女人美茜蒂絲為妻，卻在訂婚宴當天被人密告為拿破崙支持者的密探被捕入獄。最後，他被關到伊夫堡的地牢，面臨痛苦的冤獄生涯。後因結識法利亞神父而出現越獄的契機，開始他的報恩與復仇計畫。

摩萊爾先生（Morrel）—摩萊爾父與子公司的老闆，法老號的船主，為愛德蒙．鄧蒂斯的雇主。摩萊爾為人正直、熱心，對鄧蒂斯信任有加，並且有意升任他為法老號的船長。在鄧蒂斯被陷入獄後，為其奔走、求情，以致後來被視為拿破崙支持者而備受打壓。

鄧格拉斯先生（Danglars）—法老號的押運員，對鄧蒂斯因忌妒而產生仇恨。在鄧蒂斯訂婚前一夜，寫下密告信誣陷鄧蒂斯。鄧蒂斯被捕後取得暫代法老號船長的位置，後又因緣際會致富並且被封為男爵。

卡德魯斯（Caderousse）—鄧蒂斯的鄰居，原為一名裁縫。對鄧蒂斯的好運感到些許忌妒，但反對陷害他。後因酒醉無力阻止，也為自保而不敢說出實情。之後，他開了一家生意清淡的旅店，為了能獨佔價值五萬法郎的鑽石而將密告信的原委告知自稱執行鄧蒂斯遺囑的教士。

弗南特（Fernard）—加泰羅尼亞漁夫，因為深愛美茜蒂絲而妒恨鄧蒂斯，在鄧格拉斯的暗示下，將密告信寄出成功陷害鄧蒂斯入獄。入伍後一路晉升，不僅娶了美茜蒂絲，還被封為伯爵，享有權力與財富。

美茜蒂絲（Mercédès）—加泰羅尼亞孤女，美麗賢淑，原本將要和鄧蒂斯結婚卻遭逢他被陷入獄。為了鄧蒂斯曾去找代理檢察官維爾福求情，卻徒勞無功。最後嫁給弗南特並育有一子。

維爾福（Villefort）—審理鄧蒂斯案子的代理檢查官，原本有意幫助他洗清冤屈，卻因密告信牽涉到自己父親，為求自保反而設計確認其罪，並將之送往伊夫堡監禁。婚後請調離開馬賽，成為首席檢察官。

法利亞神父（L'Abbé Faria）—義大利神父，因政治理念而入獄。堅稱自己擁有巨額寶藏而被視為精神異常的瘋子。實際上，他不僅博學還多才多藝，在地牢裡計畫越獄，卻陰錯陽差結識鄧蒂斯，不僅與其一同計畫逃亡，還將畢生所學教導給他，並在臨死前告知他巨額寶藏的神祕藏匿地點。

第一章　船抵馬賽

一八一五年二月二十四日，前哨聖母塔上的瞭望員發出信號，示意法老號三桅船到了。船從士麥那[1]出發，經過的里雅斯特[2]和那不勒斯[3]而來。

一如以往，海岸領港員立即跳上小船，從港口出發，經過伊夫堡[4]，在莫爾季翁海角和裡翁島之間登上了三桅船。

聖讓要塞的平臺上也和往常一樣，立刻擠滿了看熱鬧的人潮。在馬賽，一艘大船抵港通常是一件大事，特別是像法老號這樣一艘由弗凱亞人古城[5]的造船廠所建造完成的船，況且船主還是本地人。

這時，法老號已順利地越過卡拉薩雷涅島和雅羅斯島之間由某次火山爆發所形成的海峽，並且繞過了波梅格島[6]，繼續向前行駛。它借助三張主桅帆、一張大三角帆和一張後桅

1　Smyrna，土耳其一港口城市。
2　Trieste，義大利一港口城市，在亞得里亞海之濱。
3　Naples，義大利南部港口城市和金融、文化中心，距羅馬一百九十三公里。
4　Château d'If，離法國馬賽兩公里小島上的一座城堡，為法王弗朗索瓦一世所建，作監獄之用。
5　Phocée，弗凱亞是小亞細亞的一座古城。西元前六世紀，弗凱亞人在地中海沿岸創建馬賽城。故此處弗凱亞人的古城即指馬賽。
6　Island of Pomègue，地中海中瀕臨法國海岸的一座小島。

帆，漸漸駛近，只是速度緩慢，使它顯得無精打采，讓看熱鬧的人們直覺地產生不祥的預感，紛紛打聽船上是否發生什麼意外。不過，海上行家一眼便能看出，如果真發生了什麼不幸事故，也絕不是船身故障。因為，從各方面來看，大船被操縱得相當穩當，並無任何偏差。船的大錨正準備拋下，船艄斜桅的支索已經脫鉤，而領港員正把法老號引向馬賽港的狹窄通道。站在他身旁的是一個年輕人，目光炯炯有神，動作敏捷，他密切注視著船的每一個運行動作，重複著領港員的每一個指令。

人群裡隱約彌漫著一種不安情緒，站在聖讓瞭望臺上的一位觀看者尤其焦慮，他不等海船進港，便跳上一艘小艇，下令向法老號划去，在雷瑟夫灣的對面靠上了大船。

年輕水手看見這個人來到，便離開了領港員身旁的崗位，脫下帽子，拿在手裡，走上前去倚在船舷上。這個年輕人看上去有十八、九歲的樣子，身材修長而強健，有著一對漂亮的黑眼和一頭如烏鴉羽翼般濃黑的頭髮，他身上散發出沉靜而堅毅的氣質，這通常來自必須和風險搏鬥的成長過程。

「啊！是您，鄧蒂斯！」小艇上的人大聲說，「發生了什麼事，為什麼您的船上顯得那麼死氣沉沉？」

「真是太不幸了，摩萊爾先生！」年輕人回答，「太不幸了，尤其是對我，因為當船行駛到奇維塔韋基亞附近時，我們失去了好心的勒克雷爾船長。」

「那麼貨物呢？」船主急忙問。

「貨物完好無損，平安抵港，摩萊爾先生，我想這方面您會滿意的，不過可憐的勒克雷爾船長……」

「他出了什麼事？」船主問，神情明顯輕鬆多了，「這位好心的船長究竟出了什麼事？」

「他死了。」

「掉進海裡了？」

「不是的，先生。他得腦膜炎死了，臨終時痛苦至極。」

說完，他轉身面向手下的人。

「注意！」他說，「各就各位，準備下錨！」

船員馬上照他的吩咐行動。頓時間，船上總共八到十名水手迅速散開，有的去後角帆索處，有的去轉桁帆索處，有的去吊索處，有的去三角帆帆索處，還有的去主桅帆索處。年輕的海員環視了一下，看見大夥都已執行命令、開始幹活，便回到那個人身邊。

「這件不幸的事是怎麼發生的？」船主接續剛剛被年輕船員中斷了的話題，問。

「天啊，先生，那完全出乎意料！勒克雷爾船長與那不勒斯港的總管交談了好久，離開時情緒非常激動。二十四小時後，他便開始發高燒，三天後就死了……

「我們按照慣例為他舉行了海葬儀式，把他平放在一張吊床上，端正地裹好，並且在他的頭、腳處各繫上一顆三十六磅重的鐵球，在埃爾季利奧島[7]附近把他海葬了。我們帶回了他的十字榮譽勳章和劍，準備交給他的遺孀。他這一生應該也值得了。」年輕人露出一絲苦

7 Island of El Giglio，義大利托斯卡納群島一多山的火成岩島嶼，位於第勒尼安海。

笑說：「他在英國打了十年仗，最後還能和大家一樣躺在床上離開人世。」

「唉！那有什麼辦法呢，愛德蒙先生，」船主接著說，他顯得越來越寬慰了。「人總有一死，年老的人總得讓位給年輕的人，否則，就沒有升遷的機會了。既然您向我保證貨物……」

「完好無損，摩萊爾先生，我向您擔保。這次航行，我想您預計能賺進兩萬五千法郎以上。」

這時，年輕人見船已經駛過圓塔，便大聲喊道：「準備收主桅帆、三角帆和後桅帆！」如同在戰艦上一般，他的命令迅速被執行了。

「全船下帆，收帆！」

在他下達最後一道命令後，所有的船帆都已落下，三桅帆船以幾乎感覺不到的速度前進著。

「現在，摩萊爾先生，您想上來就請吧。」鄧蒂斯看見船主有些不耐煩，便說，「那位正從船艙走出來的人，是您的押運員鄧格拉斯先生，您想問什麼，他都能回答您。至於我，我必須控管下錨，並給船掛喪。」

船主二話不說，就順勢抓住鄧蒂斯拋給他的繩索，以海員引以自豪的靈巧動作，爬上釘在海船弓形側舷上的爬梯。這時，鄧蒂斯回到大副的位置上，讓他剛才提到的鄧格拉斯跟船主交談。此時，鄧格拉斯已經走出船艙，向船主走去。新來的人約莫二十五、六歲，臉色陰沉，他對上司卑躬屈膝，卻對下屬粗暴無禮。本來他作為押運員就已讓水手們厭惡，現在更加引起大家對他的不滿，與之相比，愛德蒙．鄧蒂斯卻深受眾人的愛戴。

「您好，摩萊爾先生，」鄧格拉斯說，「您已經知道那件不幸的事了，是嗎？」

「是啊，是啊，可憐的勒克雷爾船長！他可是一位善良、正直的人啊！」

「更是一位優秀的海員，與大海和藍天為伴度過了一生，讓他負責維護像摩萊爾父與子這樣重要公司的利益是很稱職的。」鄧格拉斯回答。

「不過，」船主邊看著正在指揮下錨的鄧蒂斯，邊說，「我覺得懂這一行也未必要像您說的非得要資深老船員，鄧格拉斯，您看我們的朋友鄧蒂斯，我認為他無須向任何人請教就做得挺出色的。」

「嗯，」鄧格拉斯回答，他向鄧蒂斯斜眼瞟了一下，露出妒恨的眼神，「是的，他很年輕，有著初生之犢的自信。船長剛死，他也不徵求別人的意見，就接手指揮權，而且在厄爾巴島，他多逗留了一天半，沒有直接返回馬賽。」

「身為大副，接替船上的指揮，是他的職責，」船主說，「至於在厄爾巴島浪費了一天半時間，那是他的錯，除非是這條船出了毛病需要修理。」

「這條船像我的身體一樣好，也如我希望的，像您的身體一樣健康。摩萊爾先生，這一天半之所以被浪費，純屬他恣意任性的緣故。他只是想到岸上去玩玩罷了。」

「鄧蒂斯，」船主轉過臉對年輕人說，「請到這裡來。」

「對不起，先生，」鄧蒂斯說，「我一會兒就來。」接著，他對全體水手說：「下錨！」

鐵錨即刻落下，鐵鍊嘩啦啦地向下滑。雖說有領港員在場，鄧蒂斯仍然堅守崗位，直到最後一項操作完成為止。

這時，他又吩咐道：「把信號旗降到旗杆中央，再把公司旗降下一半致哀。把橫桁交叉放好！」

「您看，」鄧格拉斯說，「我敢肯定，他已經自以為是船長了。」

「事實上他已經是了。」船主說。

「是啊，就少您和您的合夥人簽字認可了，摩萊爾先生。」

「沒錯！我們有什麼理由不讓他留在這個位子上呢？」船主說，「他還年輕，這我很清楚，可是我覺得他做事盡心盡力，航海經驗也相當豐富。」

鄧格拉斯的額頭上掠過一道陰霾。

「對不起，摩萊爾先生，」鄧蒂斯走近說，「現在船已下錨，我完全聽候您的吩咐。您剛才叫我，是嗎？」

鄧格拉斯向後退了一步。

「我想問問您，為什麼您在厄爾巴島耽擱了？」

「我也不清楚，先生。我是為了完成勒克雷爾船長最後的一項囑咐，他在臨終前，曾交給我一包東西，是給貝特朗[8]大元帥的。」

「您見到他了嗎，愛德蒙？」

「誰？」

8　Maréchal Bertran，貝特朗（1773—1844），法國大元帥，曾任拿破崙副官，歷經拿破崙發動的各次重要戰役，後陪隨拿破崙流放厄爾巴島，死後遺骸葬在拿破崙墓旁。

「不是說大元帥嗎？」

「見到了。」

摩萊爾向周圍張望了一下，把鄧蒂斯拉到一邊。

「陛下，[9]好嗎？」他急忙問。

「依我看，還不錯。」

「那麼您也見到陛下了？」

「我在元帥房裡時，他也進來了。」

「您跟他說話了？」

「事實上，是他先跟我講話的，先生。」鄧蒂斯微笑著回答。

「那他對您說了些什麼？」

「他問了問船上的情況，何時出發回馬賽，是沿哪條航道來的，裝載什麼貨物。我猜想，如果船是空艙，我又是船主的話，他的意思可能是要把船買下來。不過，我對他說，我只是一個普通的大副，海船屬於摩萊爾父與子公司所有。『啊！啊！』他說，『我熟悉這家公司。摩萊爾家族世代相傳，都是船主。那年我在瓦朗斯駐防時，摩萊爾家族有一個成員還和我在同一個團隊裡服役呢。』」

「千真萬確！」船主喜不自勝地大聲說，「他是波利卡爾．摩萊爾，我的叔叔，後來也

9 指當時被囚禁在厄爾巴島上的拿破崙一世。

當了船長。鄧蒂斯，日後您對我的叔叔說陛下還惦記著他時，您會看見這位老兵熱淚盈眶的。

好啦，好啦。」船主親熱地拍著年輕人的肩膀，接著說：「鄧蒂斯，您依照勒克雷爾船長的吩咐在厄爾巴島逗留，做得好。只是，如果有人知道您曾把一包東西交給元帥，還跟陛下交談過，您很有可能會有麻煩。」

「先生，我怎麼會有麻煩呢？」鄧蒂斯問，「我連我帶的是什麼東西都不知道，況且陛下向我提的問題，只要他見了任何陌生人也都會這麼問的。啊，不好意思，衛生檢查站和海關的人來了。」

年輕人必須先離開。當他走遠後，鄧格拉斯又湊上前來說：「他似乎給了充分的理由，說明他為什麼在費拉約港[10]停泊囉？」

「極為充分，親愛的鄧格拉斯先生。」

「哦，好極了，」那人又說，「看到一個夥伴不能盡忠職守，心裡總是很難受的。」

「鄧蒂斯盡責了，」船主回答，「沒什麼可說的了，是勒克雷爾船長命令他耽擱的。」

「說起勒克雷爾船長，他沒把船長的信轉交給您嗎？」

「誰？」

「鄧蒂斯。」

「交給我？沒有！怎麼，他有一封信嗎？」

10 Porto Ferrajo，義大利厄爾巴島上的一港口城市。

「我想，除了那包東西，勒克雷爾船長還託付他轉交一封信。」

「您說的是一包什麼東西嗎，鄧格拉斯？」

「就是鄧蒂斯去費拉約港時留下的那包東西。」

「您怎麼知道他有一包東西留在費拉約港？」

鄧格拉斯的臉變的非常紅。

「那天我經過船長的房門口時，門半開著，我看見他把一包東西和一封信交給鄧蒂斯。」

「他沒提起過，」船長說，「不過，假如他有這封信，他會轉交給我的。」鄧格拉斯思索了一下。

「這樣的話，摩萊爾先生，我拜託您別對鄧蒂斯提起這件事，也許是我弄錯了。」

此時，年輕人走了回來；鄧格拉斯則離開了。

「啊！親愛的鄧蒂斯，您沒事了吧？」船主問。

「沒事了，先生。」

「您沒有被耽擱到吧？」

「沒有。我交給海關人員一份貨物清單，又把其他證件交給了和領港員一起來的人。」

「那麼您在這裡的事情做完了？」

「沒什麼事了，一切都已安排妥當。」

「那麼您能來和我們一起共進晚餐嗎？」

「真不好意思，摩萊爾先生，很抱歉，我得先去看看我的父親。不過，我有幸得到您的邀請，仍然非常感激。」

「很好，鄧蒂斯，很好。我知道您是位好兒子。」

「不過……」鄧蒂斯遲疑地問，

「您知道我的父親一切都好嗎？」

「雖然我最近沒見過他，不過我相信他一切安好，親愛的愛德蒙。」

「是呀，他成天只會把自己關在他那小小的房間裡。」

「這至少說明您不在時他衣食無缺。」

鄧蒂斯笑了。

「我的父親自尊心很強，先生，如果他真的缺錢，我想他也不會向任何人開口，除了上帝吧。」

「好吧！您見過父親之後，就來我們這兒。」

「再次請您原諒，摩萊爾先生。見過父親之後，我還得去探望另一個人，這對我同樣重要。」

「沒錯，鄧蒂斯。我倒忘了，在加泰羅尼亞[11]人那裡，還有個人在等您，她的焦急不亞於您父親，她就是美麗的美茜蒂絲吧。」

鄧蒂斯臉紅了。

11 Catalans，加泰羅尼亞，西班牙東北部的一個地區。

「是啊！」船主說，「我一點也不驚訝她三番兩次來我這裡打聽法老號的消息。哎呀！愛德蒙，您的情婦真是漂亮！」

「她不是我的情婦，先生，」年輕的海員神色莊重地說，「她是我的未婚妻。」

「有時這是一樣的意思。」船主笑著說。

「我們不是這樣的，先生。」鄧蒂斯回答。

「好啦，好啦，親愛的愛德蒙，」船主接著說，「我不耽誤您了。我的事您辦得很出色，現在也該讓您好好處理自己的事情。您需要錢用嗎？」

「不用了，先生！我已經拿到這次航行的全部酬金，也就是將近三個月的工錢。」

「您是一個循規蹈矩的孩子，愛德蒙。」

「您還得說，我有一位窮苦的父親，摩萊爾先生。」

「是的，沒錯，我知道您是孝順的兒子，那麼，去看您的父親吧。我也有個兒子，如果他在海上待了三個月之後，還有人留住他不讓我見，我也會怨恨他的。」

「那麼我可以離開了嗎？」

「嗯，如果您沒有其他話要對我說的話。」

「沒有了。」

「勒克雷爾船長在臨終前沒有讓您把一封信轉交給我吧？」

「那時他根本提不起筆來了，先生。不過，這倒是提醒我，我還得向您請幾天事假。」

「是要結婚嗎？」

「是的，先結婚，再去一趟巴黎。」

「沒問題！您想請多長時間都行，鄧蒂斯。從船上卸貨要六個禮拜，三個月之內，我們不會再出海……不過，三個月後，您得在這裡。」船長拍拍年輕海員的肩膀說：「法老號出發可不能沒有船長呀。」

「不能沒有船長！」鄧蒂斯眼中閃爍著欣喜的光芒大聲說，「您可要留神您剛才說的話，先生，因為您點燃我內心最隱藏的一絲希望啦。您的意思是任命我擔任法老號的船長嗎？」

「假如我一個人說了算，我即刻就會任命您，親愛的鄧蒂斯，並且對您說，一言為定。可是我還有一個合夥人，您知道義大利有句諺語，**Che a compagne a padrone**[12]，不過事情至少已經成了一半，既然您已得了兩張選票中的一張。我就去給您爭取另一張，我一定盡力而為。」

「啊！摩萊爾先生，」年輕船員眼睛充滿淚水，緊緊抓住船主的雙手大聲說：「摩萊爾先生，我代表我的父親和美茜蒂絲謝謝您。」

「好啦，愛德蒙，天上有一個上帝在保佑著正直的人。哦，對了，快去看您的父親和美茜蒂絲吧，之後再回來找我。」

「需要我把您帶到岸上去嗎？」

12　義大利文，誰有一個合夥人，就有一個主人。

「不用了，謝謝，我還要留在這裡和鄧格拉斯結帳。在此次航行中您對他還滿意嗎？」

「這要看是指哪方面了，先生。假如問他是不是一位好夥伴，我說不是。我們曾為小事爭執過一次，之後，我曾向他建議在基督山島上留十分鐘以消除彼此隔閡，其實，我根本不該向他提出，而他也完全有理由拒絕，就當作我做了一件傻事吧。從那天以後，我想他就討厭我了。假如您是問我他作為押運員如何，我想他是無懈可擊，您會滿意他處理事務的方式。」

「不過，說說看，鄧蒂斯，」船主問，「如果您是法老號的船長，您會樂意留下鄧格拉斯嗎？」

「無論我當船長還是當大副，摩萊爾先生，」鄧蒂斯回答，「我對那些能獲得船主信任的人，都是極為尊重的。」

「很好，很好，鄧蒂斯，我看得出，您在各方面都是個好孩子。我不再拖住您了，去吧，因為我看得出您再也待不住啦。」

「那麼您准假了？」鄧蒂斯問。

「去吧，我已經說過了。」

「您准許我用您的小艇嗎？」

「當然可以。」

「再見了，摩萊爾先生，萬般感謝。」

「再見了，親愛的愛德蒙，祝好運！」

年輕海員跳上小艇，走到船尾坐下，吩咐水手向卡納比埃爾街划去；兩名水手立即彎腰划槳。一艘艘海船停泊在從海港入口處到奧爾良碼頭的通道的兩側，她們在中間形成了一條狹窄的河道，河道上幾乎塞滿了數不清的舢板和小船。這艘小艇以最快的速度在夾縫裡穿梭，向前行進。

船主微笑著目送他上了岸，看他躍上碼頭的石板地，並且立即消失在打扮花哨的人群中。卡納比埃爾街在當地頗享盛名，從清晨五點到傍晚九點都熱鬧非凡，當代的弗凱亞人以此為榮，他們說下面這句話時神色莊重，口音也極有特色：「倘若巴黎也有一條卡納比埃爾街的話，巴黎就成為小馬賽了。」

船主剛轉過頭，便看見鄧格拉斯站在他的身後，押運員表面上似乎在等著他的吩咐，實際上也正目不轉睛地盯著年輕海員離去。

這兩位雖然同時在看著同一個人，但眼神裡的含義卻迥然不同。

第二章　父與子

讓我們暫且撇下在跟內心的妒恨較勁的鄧格拉斯，他正在船主的耳朵造謠，試圖誣衊他的夥伴。還是先跟著鄧蒂斯的足跡吧。鄧蒂斯走過整條卡納比埃爾街，轉進諾埃伊街，進入梅朗小路方向左面的一棟小樓，再飛快地爬上陰暗的樓梯，到了第五層。他一隻手扶住欄杆，另一隻手壓住狂跳的心口，在一扇半掩著的門前停下，從門縫裡便可一眼看到一間小房間盡頭的牆。

鄧蒂斯的父親就住在這間屋子裡。

老人尚未得知法老號回來的消息，此刻的他正站在一張椅子上，忙著用一隻顫抖的手把幾株夾雜著鐵線蓮的旱金蓮理整齊，這些植物沿著他的窗戶前的護欄攀爬而上。

忽然間，他感覺到自己被人攔腰抱住，一個熟悉的聲音在他的身後響起：「父親，我的好父親！」

老人大叫一聲，轉過身子，接著，他看清了是自己的兒子，臉色一下子變得慘白，渾身直發抖，倒入他兒子的懷抱之中。

「您怎麼啦，親愛的父親？」年輕人不安地問著，「您生病了嗎？」

「沒有，沒有，親愛的愛德蒙，我的兒子，我的好孩子，沒事。只是我沒料到您回來了，我太興奮了，突然看見您，過於激動……哦！上帝啊，我覺得我快要死了！」

「啊！開心點，父親！是我呀！聽人常說快樂不傷身，所以我悄悄地回來了。對我笑吧，別像這樣驚惶不安地看著我。我回來了，我們會過得開心的。」

「是的！再好不過啦，孩子！」老人接著說，「可是我們怎麼會好過呢？您再也不會離開我了嗎？來，快把您的高興事講給我聽聽吧。」

「願上帝寬恕我，」年輕人說，「我把幸福建築在人家的喪事之上了！可是，上帝知道，我並不祈求這樣的幸福，只是，我也做不出悲哀的樣子。好心的勒克雷爾船長死了，父親，多謝摩萊爾先生的推薦，我有可能獲得到他的職位。您明白嗎，父親？二十歲上就能當船長！薪資有一百金路易[13]，還可以分紅！一個像我這樣卑微的水手是連想也不敢想啊！」

「確實如此，我的好兒子，」老人說，「這真的是超乎想像。」

「我想，等掙來第一筆錢，我可以為您蓋一幢小房子，還有一座花園，可以種您的旱金蓮、鐵線蓮，還有忍冬……您怎麼了，父親，您好像不舒服？」

「沒事，沒什麼大礙，等一下就好了。」

說著，老人已筋疲力盡，向後倒下去。

「您怎麼了？來吧！」年輕人說，「喝一杯葡萄酒，父親，您就會恢復的。您把酒放到哪兒去了呢？」

---

13 louis，有路易十三等人頭像的法國舊金幣，金路易相當於二十法郎。

「不用啦，謝了，不用找，我不需要。」老人說。

「您需要喝的，父親，告訴我酒在哪兒。」

說完，他打開兩三個櫃子。

「不用找了，」老人說，「沒酒了。」

「什麼，沒有酒了！」這時鄧蒂斯也開始臉色發白了，他看看老人凹陷而蒼白的臉頰，又看看空著的櫃子說：「沒有酒了？您真的缺錢用嗎，父親？」

「既然您回來了，我什麼也不缺了。」老人說。

「可是，」鄧蒂斯擦拭著從額頭流下的冷汗，囁嚅地說：「可是，三個月前我臨走時有給您留下兩百法郎的。」

「是的，沒錯，愛德蒙，一點也沒錯，可是，您走時忘了積欠鄰居卡德魯斯的一筆小債。他向我提起，如果我不能為您還債，他就要去摩萊爾先生家跟他要。這樣，您明白嗎，我擔心會影響您……」

「於是？」

「嗯！於是我就還錢了。」

「可是，」鄧蒂斯大聲說，「我欠卡德魯斯的就有一百四十法郎啊！」

「對。」老人結巴地說。

「那麼您在我給您留下的二百法郎中抽出來還給他了？」

老人點頭回答。

「於是您只用六十法郎過了三個月。」年輕人喃喃地說。

「您知道我開銷不大。」老人說。

「上帝啊，請原諒我吧！」愛德蒙跪倒在老人面前叫喊道。

「您怎麼了？」

「您這樣讓我心痛啊。」

「算了吧！」老人微笑著說，「既然您回來了，一切都過去了，因為以後會好起來的。」

「是的，我回來了，」年輕人說，「而且前途光明，還帶回一些錢。拿著吧，父親。拿著，趕快叫人去買點東西。」

說著他就把口袋裡的錢全都倒在桌子上，總共有十來個金幣，五、六個五法郎面值的埃居[14]和一些零星角子。

老鄧蒂斯的臉綻開了笑容。「這些是誰的？」他問。

「是我的，您的……是我們兩個人的！拿著吧，去買些吃的，快活些，明天，還會有些別的東西。」

「小點聲，小點聲，」老人笑著說，「如果您同意，我還是把您的錢節省點用。如果別人見我一次買很多東西，就會以為我非得要等您回來才買得起這些東西呢。」

「隨您的意，不過該先雇個女傭，父親，我不願您再獨自過日子了。我還私自帶回一點

14　crowns，法國十三世紀以來鑄造的多種金幣或銀幣，尤指五法郎銀幣。

咖啡和上等菸草，都在船艙的小保險櫃裡，明天我再拿來。噓！有人來了。」

「准是卡德魯斯，他知道您回來了，大概是來說幾句祝賀您平安歸來之類的客氣話吧。」

「又來講一些口是心非的話，」愛德蒙輕聲說，「不過，再怎麼說，這位鄰居曾經幫過我們的忙，我們還是該表示歡迎。」

果然，當愛德蒙剛輕聲說完，門口就露出了卡德魯斯那張長滿鬍子的黑臉。此人約有二十五、六歲，他是位裁縫，手裡拿著一塊呢料，正準備把它改成一件衣服的襯裡。

「啊！您回來啦，愛德蒙？」他帶著濃重的馬賽口音，咧開了嘴笑著說，露出一口象牙白的牙齒。

「回來啦，卡德魯斯鄰居，我正準備如何使您高興一下呢。」鄧蒂斯回答，只是表面上的幾句客套話也難以掩飾他內心的冷漠。

「多謝，多謝，不過我什麼也不需要，倒是有時別人需要我。（鄧蒂斯輕輕一震。）我這不是針對您說的，孩子。我借您錢，您還我了，這是鄰里間常有的事情，我們兩不相欠啦。」

「我們對幫助過我們的人是永遠不會忘記的。」鄧蒂斯說，「就算我們不再跟他們借錢，但總還欠他們人情的。」

「再說這些幹什麼吶！過去的事情已經過去了。還是說說您歸來的事吧，孩子。我剛才去碼頭準備配一塊栗色呢料，意外地遇見了朋友鄧格拉斯。

「『您也在馬賽？』我問。

「『是啊。』他回答。

「『我還以為您在土麥那。』

「『我去過那裡，現在回來了。』

「『我們家愛德蒙呢，他在哪兒，那個小傢伙？』

「『大概回到他父親家去了。』鄧格拉斯回答。

「於是我就來啦，」卡德魯斯一直往下說，「為的是能高高興興地握一下老朋友的手啊！」

「好心的卡德魯斯，」老人說，「他多關心我們。」

「當然啦，我不僅喜歡您們，我還敬重您們，因為好人不多見吶！哦，小子，您似乎發財囉？」裁縫向鄧蒂斯剛才撒在桌上的一把金幣和銀幣斜看了一眼，補充問了一句。

年輕人看到他鄰居的雙眼中的貪婪。

「哦！」他漫不經心地說，「這些錢不是我的。父親看出我擔心在我不在時他會缺錢用，為了讓我放心，他才把錢通通倒在桌上。行啦，父親，」鄧蒂斯接著說，「把錢收到儲蓄罐裡吧，如果鄰居卡德魯斯需要，完全可以為他效勞。」

「不了，孩子，不用啦，」卡德魯斯說，「我什麼也不需要，感謝上帝，我幹這一行夠吃的了。您把錢留著吧，放好，沒人嫌錢多的。不過，不管用不用得上，我都得謝謝您的好意。」

「我可是真心的。」鄧蒂斯說。

「我信。孩子，我相信您。哦！您與摩萊爾先生的關係挺不錯哩，您的確討人喜歡吶。」

「摩萊爾先生對我總是疼愛有加。」鄧蒂斯回答。

「那您就不該婉拒他請您吃晚飯呀。」

「什麼，婉拒邀請？」老鄧蒂斯接著說，「他曾邀請您一起晚餐？」

「是的，父親。」愛德蒙說，他看見父親因他有幸得到特別的器重而露出驚訝的樣子，會心地笑了。

「那麼您為什麼拒絕呢，兒子？」老人問。

「因為我想趕快回到您的身邊，父親，」年輕人回答，「我急著回來見您。」

「這會讓好心的摩萊爾先生不高興的，」卡德魯斯接著說，「要想當船長，惹船主不高興可不好吶。」

「我已向他解釋過我婉拒的理由了，」鄧蒂斯說，「我希望他能理解。」

「哦！要當船長，可得對老闆恭維一些才好。」

「我希望不做這些也能當上船長。」鄧蒂斯回答。

「太好了，太好了！這樣會讓所有老朋友高興的，還有，我知道在聖尼古拉城堡那裡還有個人也不會因此而生氣。」

「美茜蒂絲？」老人問。

「是的，父親，」鄧蒂斯說，「現在，我看過您了，知道您身體安康，也不缺什麼，現在，我請求您允許我到加泰羅尼亞人的村子裡去看看她。」

「去吧，我的孩子，」老鄧蒂斯說，「但願上帝保佑您而降福於您的妻子，如同祂保佑我而降福於您一樣。」

「他的妻子！」卡德魯斯說，「您說到哪兒去了，鄧蒂斯老爹！她似乎還不是他的妻子吧。」

「還不是，不過，」愛德蒙回答，「極有可能在不久的將來她就是了。」

「是這樣吶，」卡德魯斯說，「可是您動作得快點阿，小子。」

「為什麼？」

「因為美茜蒂絲是一位美麗的姑娘，美麗的姑娘最不缺的就是追求者，尤其是她，可有成打的人跟著哩。」

「真的嗎？」愛德蒙說，微笑中露出一絲不安。

「啊，是真的，」卡德魯斯接著說，「那些人條件都不錯，但您知道，您就要當上船長了，不會有人拒絕您啦。」

「那就是說，」鄧蒂斯接著說，但微笑中已明顯不安了，「假如我不是船長……」

「哦！咳！」卡德魯斯搖著頭。

「算了，算了，」年輕海員說，「我對女人的看法比您準確，對美茜蒂絲就更是如此了，我相信，我當不當船長，她都會對我忠貞的。」

「再好不過啦！再好不過啦！」卡德魯斯說，「即將成親的人信心十足總是好事。喔，不說了，相信我，孩子，快去吧，再把您的光明未來告訴她吧。」

「我現在就去，」愛德蒙說。

他擁抱了父親，向卡德魯斯點頭致意後便走了出去。

卡德魯斯又待了一會兒，然後，他向老鄧蒂斯告別，也下了樓，又去找鄧格拉斯，後者正在塞納克街角等著他。

「怎麼樣，」鄧格拉斯問，「您見到他了？」

「我跟他剛分手。」卡德魯斯回答。

「他說到有希望當船長了嗎？」

「他講到這件事時，口氣就像已經當上船長囉。」

「沉不住氣啊！」鄧格拉斯說，「我看他也太著急了吧。」

「不見得！摩萊爾先生似乎已經答應他了。」

「所以他開始得意了。」

「不如說是盛氣凌人。他已經說可以幫我忙了，好像他已經是個大人物似的；他說可以借我錢，好像他當上銀行家囉。」

「那麼您拒絕了？」

「當然！其實，我拿了也是受之無愧，因為他最初摸到的幾枚銀幣可是我放在他手心上的。不過，現在鄧蒂斯先生無須求助於任何人了，他要當船長啦。」

「呸！」鄧格拉斯說，「他還不是呢。」

「天哪，他還是當不成的好，」卡德魯斯說，「要不，就別想跟他說上話囉。」

「假如我們願意，」鄧格拉斯說，「他以後就還是老樣子，甚至比現在還不如。」

「您說什麼？」

「沒什麼，我在自言自語呢。他還愛著那個漂亮的加泰羅尼亞姑娘嗎？」

「愛得可瘋啦。他去她家囉。如果我沒猜錯的話，他在這方面會遇到不順心的事情哩。」

「說來聽聽。」

「為何？」

「比您想像的重要得多。您也不喜歡鄧蒂斯，是嗎？」

「我不喜歡狂妄自大的人。」

「那就把您所知道有關這個加泰羅尼亞姑娘的事告訴我吧。」

「我也不確定，不過，就像我對您說的，我看見的一些事情讓我猜想，我們未來的船長可能在老醫務所路附近就會遇到麻煩。」

「您看到什麼啦？快點說呀！」

「好吧，我每次看見美茜蒂絲進城，總有一個身材高大的加泰羅尼亞小夥子陪著她。他有著一對黑眼睛，皮膚黝黑透紅，神采奕奕，她稱他為堂兄。」

「哦，當真！您認為這位堂兄在追求她嗎？」

「我猜是的。一個二十一歲的小夥子對一個十七歲的漂亮姑娘能做些什麼呢？」

「您說鄧蒂斯去加泰羅尼亞人村子了？」

「他比我先走一步。」

「我們也往那兒走，到雷瑟夫酒館停下來，一邊喝拉瑪爾格葡萄酒，一邊等待消息，怎麼樣？」

「走吧，」卡德魯斯說，「是您付酒錢嗎？」

「當然。」鄧格拉斯回答。

於是，兩人便快步走向目的地。到達後，他們叫人拿來一瓶酒，兩個酒杯。

十分鐘前，邦菲爾老爹剛剛看見鄧蒂斯從這兒經過。

他們確信鄧蒂斯已在加泰羅尼亞人村落裡，便在枝繁葉茂的法國梧桐和埃及無花果樹下坐了下來。一群歡樂的小鳥棲息在枝葉間，在歌唱著早春的明媚風光。

第三章　加泰羅尼亞人

兩位朋友一面暢飲泛著泡沫的拉瑪爾格葡萄酒，一面豎起耳朵，瞬目遠眺。約百步之外，在一個被烈日和寒風侵蝕的光禿小山後面，矗立著一座加泰羅尼亞人的村落。

從前有一天，一群神祕的移民離開西班牙在這塊突出地帶登陸，一直生活至今。人們不知道他們到底來自何處，只知道他們說著一種陌生的語言。其中一位首領懂得普羅旺斯語，他請求馬賽市鎮當局把這個光禿而貧瘠的岬角賜給他們，他們像古代水手那樣，已經把帆船拖了上去。當局同意了他們的請求，三個月後，這些海上的波希米亞人帶來了十多艘帆船，於是一個小村落建立起來了。

這個村落建築奇特，充滿異國情調，一半是摩爾風格，一半像西班牙。現在的居民就是那些人的後代，他們說著祖先的語言。三、四個世紀以來，他們如同一群海鳥，固守在這塊他們藉以棲息的小岬角上，與馬賽居民界線分明，同族通婚，保留著故鄉的風俗和服飾，如同他們仍然說著祖先的語言一樣。

請讀者隨我們穿過這個小村落裡唯一的一條街，並與我們一起走進一棟房子裡。這些房子的外表由於常年日照，變成了美麗的枯黃色，形成了當地建築的特色。房子裡塗了一層石灰，這種白顏色便是這些西班牙式小房舍的唯一裝飾。

一位年輕美貌的姑娘倚靠在一塊板壁上站著。她的頭髮像煤玉般烏黑發亮，睫毛濃密，一雙大眼睛像羚羊眼睛似的溫柔。她纖細而具有古典美的手指正揉著一株無辜的歐石南，她摘著花朵，殘花碎枝已經撒了一地。她的手臂裸露到手肘處，棕色的臂膀彷彿是照阿爾勒的維納斯女神的模樣複製的，此時正因內心的焦躁不安而微微顫動著。她一隻柔韌的腳繃成弓形拍打著地面，讓人能窺見她那套著藍灰邊紅色棉紗長襪，線條優美而豐滿的小腿。

在離她幾步之處，有位二十一、二歲的高大小夥子坐在椅子上，只以兩支椅腳平衡著，他的手臂支在一張蛀蝕的老式傢俱上，他看著她，眼神中流露出不安與氣惱交織的情緒。他用眼神探詢著，可是少女卻以堅定而嚴肅的目光鎮住了他。

「您瞧，美茜蒂絲，」年輕人說，「復活節就要到了，這正是舉行婚禮的好時機，答應我吧！」

「我已經回答您快百次了，弗南特，說真的，您一直問我，就是在跟自己過不去。」

「唉！再說一遍吧，我求求您了，再說一遍，我才能相信。請您第一百次的對我說，您拒絕我的愛情。可是，這是您的母親允諾過的呀。您就讓我明白，您對我的幸福漠不關心，我的生死對您算不了什麼。啊！我想了整整十年要成為您的丈夫，美茜蒂絲，現在我希望落空了，這是我生活中唯一的目的啊！」

「至少不是我鼓勵您懷有這個希望的，弗南特，」美茜蒂絲說，「我從不對您撒嬌獻媚，我對您是問心無愧的。我總是對您說：『我愛您像愛我的哥哥一樣，請別在這手足情誼之外對我再有什麼要求，因為我的心已屬於另外一個人了。』我是這樣對您說的，是嗎，弗南特？」

「對，我知道，美茜蒂絲，」年輕人回答，「是啊，您對我坦誠相告，這很好，卻又如此殘酷。只是，加泰羅尼亞人有一條神聖的族規，就是只能在同族間通婚，難道您忘了嗎？」

「您錯了，弗南特，這不是一條族規，而是一個習俗，如此而已。請相信我，別靠這個習俗幫您的忙了。您已經到了服役的年齡，弗南特，現在您還有餘暇，那是他們照顧您，您可是隨時都會被徵召入伍的人。一旦當了兵，您要怎樣安頓我呢？我只是一個可憐、終日悲傷的孤女，也沒有財產。全部家當只是一間差不多就要倒坍的破屋，屋裡掛著幾張舊網，還是我父親傳給我母親，我母親再傳給我的一份寒酸的遺產。母親過世一年以來，請想想吧，弗南特，我幾乎全靠大家的接濟在生活。有時，您裝著要我幫忙，好讓我和您分享您捕到的魚，我接受了。弗南特，因為您是我父親的侄子，因為我們從小一塊兒長大，更因為，假如我拒絕您，就會過分傷您的心。我賣魚換來錢，再去買紡線的麻。我心裡明白，歸根究底，這些魚是您的一種施捨，弗南特。」

「那又有什麼關係，美茜蒂絲，無論您多麼窮困、多麼孤單，您對我也比那些馬賽最高傲的船主、最有錢的銀行家的小姐合適得多！我們這些男人，我們需要什麼？一位誠實的妻子和好主婦。在這兩方面，我到哪能找到比您更合適的人呢？」

「弗南特，」美茜蒂絲搖著頭回答，「如果一個女人除了她的丈夫之外又愛上了另一個男人，她就變成了壞主婦，並且也無法擔保會一直是誠實的妻子。請滿足於我的友誼吧，我再重複一次，因為這是我所能答應您的一切，而我也只能允諾我確信能給予的一切。」

「我明白了，」弗南特說，「您能甘於貧窮，心安理得，但您卻擔心我受苦受難。那好吧，美茜蒂絲，有了您的愛，我就要去碰運氣。您會給我帶來幸福，我會變得富有的！我可以擴大我的捕魚作業，我可以進一家錢莊去當夥計，我也可以變成商人。」

「您不能這樣做，弗南特。您是位軍人，如果說您還能待在加泰羅尼亞人的村子裡，那是因為沒有發生戰爭。所以，您還是捕魚吧，並滿足於我的友誼，因為我真的不能給您其他的東西了。」

「好吧，您說得對，美茜蒂絲，那我就去當水手。我要脫去您不屑一顧的祖輩衣服，戴上一頂光亮的帽子，穿上一件條紋衫和一件鈕扣上綴飾著鐵錨的藍色外套。這樣的穿戴能否讓您滿意呢？」

「您在說什麼？」美茜蒂絲以生氣的眼神瞪著他問，「您在說什麼？我不明白您的意思。」

「我想說，美茜蒂絲，您對我如此無情，如此殘酷，就是因為您在等待的人就是這樣穿著。不過，您等的那個人也許會變心，就算他不是這樣的人，大海也會對他變心的。」

「弗南特，」美茜蒂絲高聲說，「我原以為您很善良，看來我錯了。弗南特，您祈求上帝的怨怒來宣洩您的嫉恨，心也太狠毒了！好吧，我無須對您隱瞞什麼了，我是在等著，並且愛著您所說的那個人，即使他不回來，我也不會責備他像您說的那樣變了心，我還會說，他直到死時還是愛著我的。」

加泰羅尼亞小夥子做了個動作表達他的憤怒。

「我明白您的意思，弗南特，因為我不愛您，所以您才恨他，您會用您的加泰羅尼亞短刀去和他的匕首決鬥！這樣對您有什麼好處呢？若您輸了，您就會失去我的友誼；若您贏了，您會看到我的友誼變為仇恨。請相信我的話，對一個女人所愛的男人挑釁，不是取悅這個女人的好辦法。不，弗南特，您根本不會放任自己去產生壞念頭。我雖不能做您的妻子，但您還能有我做您的朋友和妹妹。此外……」她淚眼矇矓地接下去說，「您等著，等著看吧，弗南特，您剛才說過，大海是殘酷無情的，至今他已走了四個月了，這四個月來，我們有過多少次海上風暴啊！」

弗南特沒有任何表情，他不想擦去滾落在美茜蒂絲雙頰上的淚珠。雖然，為換取這每一滴眼淚，他寧可付出自己的一杯鮮血，只不過這些眼淚是為另一個男人而流的。他站起來，在陋屋裡來回走了幾步，又回到原地，停在美茜蒂絲面前，眼神陰沉，緊握著雙拳。

「說吧，美茜蒂絲，」他說，「請再回答我一次，這是您最後的決定嗎？」

「我愛著愛德蒙．鄧蒂斯，」姑娘平靜地說，「除愛德蒙外，我誰也不嫁。」

「您會永遠愛他？」

「我活著一天就愛他一天。」

弗南特灰心喪氣地垂下了頭，長長地嘆了一口氣，如同呻吟一般。接著，他又突然抬起頭，咬緊牙關，張著鼻孔，問：「假如他死了呢？」

「假如他死了，我也去死。」

「假如他把您忘了呢？」

「美茜蒂絲！」屋外，一個歡愉的聲音在叫著，「美茜蒂絲！」

「啊！」姑娘的臉上泛出興奮的紅光，她幸福得跳了起來，大聲喊道，「您看，他沒有忘掉我，他來了！」

說著，她往門口衝去，一邊開門一邊大聲說：「來吧，愛德蒙，我在這兒。」

弗南特臉色變得慘白，渾身顫抖著，就像一個發現蛇的旅人那樣向後退去，碰到了一張椅子，跌坐在上面。

愛德蒙和美茜蒂絲緊緊擁抱著。馬賽熾熱的陽光穿過開啟的門扉，把他倆包裹在粼粼的光波之中。開始，他倆根本沒在意周圍的一切，無限的幸福已將他們與世隔絕。他們說的話都是斷斷續續的，那只是過分興奮與激動的緣故，但外人看上去反而像是在流露著悲傷。

突然，愛德蒙發現了在陰暗處弗南特那張陰沉、蒼白而嚇人的臉。年輕的加泰羅尼亞人本能地把手按在掛在腰帶上的短刀上。

「哦，抱歉！」鄧蒂斯皺了一下眉頭說，「我沒發現這裡另外有人。」接著，他向美茜蒂絲轉過身子。

「這位先生是誰？」他問。

「這位先生將成為您最好的朋友，鄧蒂斯，因為他是我的朋友，我的堂兄，我的哥哥，他是弗南特。也就是說，愛德蒙，除您之外，他是我在世上最喜歡的人。您不認識他了？」

「認識。」愛德蒙說。

於是，他一手仍緊握著美茜蒂絲的手，把另一隻手友好地伸向那位加泰羅尼亞人。可是，弗南特對這友好的舉動毫不理會，他像一尊雕像般沉默不語，一動也不動。這時，愛德蒙把探詢的視線從激動而顫抖的美茜蒂絲臉上轉移到陰沉、抱有敵意的弗南特的臉上。

他升起了怒火。

「我這麼匆忙趕來，美茜蒂絲，沒想到會遇上一位情敵。」

「一位情敵！」美茜蒂絲怒氣衝衝地看著她的堂兄，大聲說，「您說，在我家裡有一位情敵，愛德蒙！假如我也這麼想，我就會挽著您的手臂到馬賽去，離開這個家，再也不回來了。」

弗南特的眼睛閃動著光芒。

「如果您遭遇不幸，親愛的愛德蒙，」她繼續說，神色異常鎮靜，借此向弗南特表明，姑娘已經看透他頭腦裡最陰險的想法了，「如果您遭遇不幸，我就爬上莫爾季翁海角，跳下去一頭撞到岩石上。」

弗南特變得面無血色。

「不過您想錯了，愛德蒙，」她接下去說，「您在這裡根本沒有情敵，只有弗南特，我的哥哥，他會像對忠誠的朋友那樣緊握您的手。」

說完，姑娘眼神嚴厲地注視著這個加泰羅尼亞人，他彷彿被這目光捕獲似的，慢慢走近愛德蒙，向他伸出手去。他的仇恨像來勢洶洶卻又疲軟無力的浪頭，粉碎在姑娘對他施加的影響之下。

只是，當他剛接觸到愛德蒙的手，就知道他能做的也僅此而已，便一下子衝出屋外。

「呀啊！」他一邊大叫，一邊像個瘋子似的狂奔，雙手埋進他的頭髮裡，「啊！有誰能替我除掉這個人！我太不幸了！太不幸了！」

「喂，加泰羅尼亞人！喂，弗南特！您要到哪裡去？」一個聲音傳來。

年輕人猛然停下來，向周圍張望，看見卡德魯斯與鄧格拉斯坐在蔓葉蔭翳的涼棚下的一張桌子旁。

「喂！」卡德魯斯說，「您為什麼不來坐坐？您就這麼急，連向老朋友打個招呼的時間都沒有？」

「尤其是這兩位朋友面前還有一瓶幾乎滿滿的酒呢。」鄧格拉斯補充道。

弗南特呆呆地望著這兩個人，什麼話也不說。

「他看上去很糟，」鄧格拉斯用膝蓋碰了碰卡德魯斯說，「也許我們判斷錯了，與我們的預料相反，鄧蒂斯贏了？」

「哼！走著瞧吧。」卡德魯斯說。

他轉身面向年輕人，說：「喂！瞧，加泰羅尼亞小夥子，您想好了沒有呀？」

弗南特擦了擦額頭上的汗水，慢吞吞地走進涼棚，濃蔭下他的感覺似乎清醒了一點兒，一絲涼意也使他心力交瘁的身體舒服一些。

「您們好，」他說，「您們叫我是嗎？」

說著，他一下子便癱倒在桌邊的一張椅子上，而不像是坐下去的。

「我叫您是因為看您像個瘋子似的在狂奔，我擔心您去跳海。」卡德魯斯笑著說，「哎呀！對朋友啊，不僅僅是請他們喝杯酒，還要防止他們喝三、四品脫[15]水喔。」

15 pint，法國舊時液體容量單位，品脫合〇．九三升。

弗南特嘆了一口氣，聽上去就像是在呻吟，他的頭垂在交叉放在桌上的兩隻手腕上。

「唉呀！您要我告訴您嗎，弗南特，」卡德魯斯像個出於好奇而顧不上耍手腕的小市民，以粗魯直率的口氣單刀直入，「唉喲！您看上去像一個失戀的人吶！」他說了這句玩笑話後，便哈哈大笑。

「胡說！」鄧格拉斯說，「像他這麼棒的小夥子哪會在情場上失意，您在開玩笑，卡德魯斯。」

「不，」卡德魯斯說，「還是聽聽他是怎麼唉聲嘆氣的吧。行啦，行啦，弗南特，」卡德魯斯說，「抬起頭來，告訴我們。當朋友關心我們的健康時，拒而不答可不友好哩。」

「我的身體很好。」弗南特緊握著拳頭說，但頭仍沒有抬起來。

「啊！您看到了吧，鄧格拉斯，」卡德魯斯對他的朋友使了個眼色說，「事情是這樣的：弗南特是一位善良正直的加泰羅尼亞人，是馬賽最能幹的捕魚高手，他愛上了一位名叫美茜蒂絲的美麗姑娘，可不幸的是，美麗的姑娘好像愛上了法老號的大副，而法老號就在今天進港了，您明白了嗎？」

「不，我不明白，」鄧格拉斯說。

「可憐的弗南特可能是遭到她的拒絕了。」卡德魯斯繼續說。

「那又怎麼樣，您還想說什麼呢？」弗南特問，此刻他才抬起了頭，看看卡德魯斯，彷彿要找某個人出氣似的。「美茜蒂絲不屬於任何人，是嗎？她有自由，想愛誰就愛誰。」

「哦！如果您這麼說，」卡德魯斯說，「那就是另外一回事了！我呢，我還以為您是一位加泰羅尼亞人呢。有人曾經告訴我，加泰羅尼亞人是不會讓情敵取而代之的。他們甚至還強調說，尤其是弗南特，他的報復心強得嚇人吶。」

弗南特慘澹一笑。

「一位有情的人是永遠不會嚇人的。」他說。

「可憐的孩子呀！」鄧格拉斯接著說，他裝出打從心底同情這個年輕人的樣子，「有什麼辦法呢？他沒料到鄧蒂斯會這樣突然歸來，他本以為那小子可能死了，或是變心了，誰知道！這些事情來得太突然，也因此更加令人難受。」

「哦！說真的，不管怎麼說，」卡德魯斯說，他邊喝邊說，泛著泡沫的拉瑪爾格葡萄酒已經在他身上發揮威力了。「不管怎麼說，鄧蒂斯是走運回來了，弗南特可不是唯一的受害人，是吧，鄧格拉斯？」

「是的，您說得對，我幾乎敢說，他會為此倒楣的。」

「沒什麼，」卡德魯斯說著便給弗南特斟上一杯酒，又把自己的酒杯倒滿，這已經不下八次了，而鄧格拉斯還是只抿了抿酒。「沒什麼，這次他可要娶美茜蒂絲，那位美麗的美茜蒂絲了，至少，他就是為這件事回來的。」

這時候，鄧格拉斯以銳利的眼神打量著年輕人，卡德魯斯的話如同開鉛花彈似的擊中他的心臟。

「什麼時候舉行婚禮？」他問。

「還沒有定下來！」弗南特咕噥了一句。

「現在還沒有，不過是遲早的事，」卡德魯斯說，「這如同鄧蒂斯要當法老號船長一樣實在，是吧，鄧格拉斯？」

鄧格拉斯對這突如其來的一擊，打了個冷顫，他轉身面向卡德魯斯，這回輪到他研究他的表情了，看看他是否故意這樣說。但是，他在這張喝得醉醺醺的臉上只看到嫉妒。

「好吧！」他說著，把三個人的酒杯都斟滿了，「那麼就為愛德蒙．鄧蒂斯船長，美麗的加泰羅尼亞姑娘的丈夫乾一杯吧！」

卡德魯斯用一隻沉甸甸的手把酒杯放到唇邊，一口氣喝盡了。弗南特拿起酒杯，扔在地上摔得粉碎。

「哎呀！呀！呀！」卡德魯斯說，「我看到什麼啦，在那座小山岡的頂上，朝加泰羅尼亞村落的方向看看？看哪，弗南特，您眼力比我好，我想我有些眼花了，還有，您知道，酒是會弄暈人的。好像那兒有一對情人手挽手，肩並肩在走著吧。上帝饒恕我！他倆不知道我們看得見他們。瞧，這會兒他們摟在一塊兒囉！」

鄧格拉斯沒有放過弗南特每一絲苦惱的神情，眼看著他的臉色變化。

「您認識他倆嗎，弗南特先生？」他問。

「認識，」佛南特聲音嘶啞地回答說，「是愛德蒙先生和美茜蒂絲小姐。」

「哦！看啊！」卡德魯斯說，「我可不認識他倆！喂，鄧蒂斯！喂，美麗的姑娘！到這裡來一會兒，告訴我們何時舉辦婚禮吧，因為這位弗南特先生非常固執，他不願對我們說吶。」

「您閉上嘴行不行！」鄧格拉斯說，他裝出阻止卡德魯斯往下說的樣子，後者帶著醉鬼的執拗，已經把頭探出涼棚。「您就給我站住，讓這對情人安安靜靜地談情說愛好不好。瞧瞧弗南特先生，學學他的樣子，這才叫通情達理。」

弗南特像一頭被投槍鬥牛士激怒的公牛，已經被鄧格拉斯刺激得忍無可忍，眼看就要猛衝過去了。其實，他已經站了起來，使足全身的勁準備衝向他的情敵，可是這時，美茜蒂絲卻笑吟吟地、神色坦然地抬起她可愛的臉龐，閃動著她那對明亮的眸子，這使得弗南特想起了她曾經對他發出過的威脅：如果愛德蒙死了，她也跟著去死。於是他只好垂頭喪氣地跌坐回椅子上。

鄧格拉斯輪番看著這兩個人，一個被酒灌得稀裡糊塗；另一個完全被愛情所沖昏頭了。

「跟這兩個傻瓜打交道毫無意思，」他喃喃說，「我夾在一個醉漢和一個膽小鬼之間真是提心吊膽。但是，那個加泰羅尼亞小子，他那對閃爍發亮的眼睛卻酷似復仇心極重的西班牙人、西西里人或卡拉布裡亞[16]人；他那兩隻拳頭像屠夫手上的重錘，能擊斃一頭牛。當然囉，愛德蒙天生命好，他將娶漂亮的姑娘為妻，他會當上船長，會嘲笑我們，除非……」鄧格拉斯嘴角露出一絲冷笑，「除非我來插一手。」他心裡又想道。

「哎喲！」卡德魯斯支起身子，把兩隻拳頭撐在桌面上大聲說，「哎喲！愛德蒙！您沒有看見朋友嗎，要不就是您春風得意，驕傲得都不屑跟他們講話了？」

16 Calabrians，義大利南部的一個地區。

「不，親愛的卡德魯斯，」鄧蒂斯回答，「我不是驕傲，而是幸福，我想，幸福比驕傲更能讓人盲目呀。」

「好極了，解釋得好，」卡德魯斯說，「哎！您好，鄧蒂斯太太。」

美茜蒂絲莊重地頷首致意。

「現在我還不用這個姓，」她說，「在我的家鄉，人們說，在成婚前使用未婚夫的姓氏稱呼姑娘會帶來災難的。因此，請還是叫我美茜蒂絲吧。」

「應該原諒這位好心的卡德魯斯鄰居，」鄧蒂斯說，「他是難得錯一回的。」

「這麼說，很快就要舉行婚禮了，鄧蒂斯先生？」鄧格拉斯邊向這一對年輕人致意，邊說。

「盡可能早些，鄧格拉斯先生，今天，我們要到我父親那裡把一切先談好。明天，最遲後天，訂婚宴席就在這裡的雷瑟夫酒館舉行。我希望朋友們都能參加，我這就是在對您說，您是我們的客人，鄧格拉斯先生。這也是在對您說，您也是客人，卡德魯斯。」

「那麼弗南特呢？」卡德魯斯癡癡地笑著說，「他也受到邀請嗎？」

「我妻子的哥哥就是我的哥哥。」愛德蒙說，「美茜蒂絲和我在這樣的時刻見不到他與我們在一起，我們會感到遺憾的。」

弗南特張嘴想說什麼，但聲音卡在喉嚨裡出不來，他一個字也吐不出。

「今天辦手續，明後天就訂婚……哎呀！真夠匆忙的，船長。」

「鄧格拉斯，」愛德蒙笑著說，「我也要像剛才美茜蒂絲對卡德魯斯說的那樣對您說：先別把還不屬於我的頭銜給我戴上，這樣會給我帶來災禍的。」

「請原諒，」鄧格拉斯回答，「我只是說您似乎過於匆忙。我們有的是時間，畢竟法老號在三個月之內不大會出海的。」

「人總是急於想得到幸福，鄧格拉斯先生，因為當人們忍受了長時間的痛苦後，甚至會不敢奢望得到幸福。不過，我這樣做不完全是為自己考慮，我還得去一趟巴黎。」

「哦，真的，去巴黎，您是第一次去那兒嗎，鄧蒂斯？」

「是的。」

「您在那裡有事要辦？」

「不是私事，是為了完成可憐的勒克雷爾船長最後的囑託。要知道，鄧格拉斯，這是一個神聖的使命。再說，您放心，我去去就回來。」

「對，對，我理解。」鄧格拉斯大聲說。

接著，他又自言自語：「到巴黎去大概是轉交大元帥給他的那封信，啊哈！這封信讓我產生了一個想法，一個錦囊妙計！啊！鄧蒂斯，我的朋友，您還沒有被正式排在法老號名單上的第一位。」

於是，他又轉向已離開的愛德蒙。

「一路平安！」他對著他大聲叫道。

「謝謝。」愛德蒙回過頭對他做了一個友好的手勢說。

這對情人內心平靜，歡歡喜喜地繼續往前走去。

第四章　陰謀

鄧格拉斯目送著愛德蒙和美茜蒂絲，一直到他倆消失在聖尼古拉要塞的轉角處。然後，他才轉過身子，看見弗南特臉色蒼白，全身顫抖地倒在椅子上；卡德魯斯則口齒不清地唱著一首飲酒歌。

「好啦，」鄧格拉斯對弗南特說，「我看這門婚事並沒讓所有的人都高興，是嗎？」

「它讓我絕望。」弗南特說。

「這麼說您愛美茜蒂絲囉？」

「我愛慕她！」

「從什麼時候開始的？」

「從我們相識之後，我始終愛著她。」

「那麼您就在這裡拉扯頭髮卻不去尋找彌補的辦法？我可沒想過您們的民族會是這樣的反應。」

「您讓我怎麼辦呢？」弗南特問。

「問我嗎，我怎麼知道？這件事與我有什麼關係？愛上美茜蒂絲小姐的是您，不是我呀。照福音書上說的：去尋找，您總會找到。」

「我早就找到了。」

「什麼？」

「我本想殺了那個人，但那女人卻對我說，如果她的未婚夫有個三長兩短，她就自殺。」

「算了吧！說說而已，做又是另一回事了。」

「您一點也不了解美茜蒂絲，先生，既然她說出口，她就會做到。」

「大傻瓜！」鄧格拉斯喃喃地說，「她自殺不自殺與我無關，只要鄧蒂斯不當船長就成。」

「在美茜蒂絲離開人世之前，」弗南特接著說，語氣堅定而決絕，「我怕我也已經死了。」

「這才叫愛情吶！」卡德魯斯說，聲音裡醉意越來越濃，「這就是愛，否則，我就不知道什麼是愛情了！」

「唉，」鄧格拉斯說，「看來您是一個可愛的孩子，活該我受罪，我倒願意幫助您，但是……」

「嗯，」卡德魯斯又說，「說出來聽聽。」

「親愛的朋友，」鄧格拉斯繼續說，「您已經醉得差不多了，把酒喝光，您就爛醉如泥了。喝吧，別插手我們的事。我們做的事，可需要頭腦清醒。」

「我醉了？」卡德魯斯說，「算了吧！我能喝上四瓶，您的酒瓶並不比香水瓶大！邦菲爾老爹，上酒。」

卡德魯斯為了證明他確實還要酒，就用酒瓶在桌上使勁敲著。

「剛才您說什麼來著，先生？」弗南特說，他急著想聽被打斷的下文。

「我說什麼來著？我記不起來了。這個醉鬼卡德魯斯妨礙了我的思路。」

「愛喝就喝吧，怕喝酒的人可不是好人，因為他們心裡有鬼，怕酒後吐真言。」

說完，卡德魯斯就唱起當時十分流行的一首歌的最後兩句：

壞人個個都喝水，

挪亞洪水可作證。

「您剛才說，先生，」弗南特接著說，「您願意幫助我，您還說了聲『但是』……」

「好，我說但是……為了讓您擺脫困境，只要鄧蒂斯娶不了您所愛的人就行了。依我看，這門婚事是很容易告吹，鄧蒂斯也不必非死不可。」

「只有死才能把他倆分開。」弗南特說。

「您的腦子真不開竅，我的朋友。」卡德魯斯說，「這位鄧格拉斯機靈、狡猾，像個希臘人，他會向您證明，您想錯了。證明給他看吧，鄧格拉斯，我給您打了包票。告訴他，無須置鄧蒂斯於死地，再說，讓鄧蒂斯死也太叫人傷心了。他是一個不錯的小夥子，我喜歡他，這個鄧蒂斯。祝您健康，鄧蒂斯！」

弗南特不耐煩地站了起來。

「讓他說吧，」鄧格拉斯挽住年輕人繼續說，「況且，他完全喝醉了，壞不了大事。人不在身邊與死亡無異，都是一種分離。假如在愛德蒙和美茜蒂絲之間隔著一堵監獄的牆，他倆就會分離，與天人永隔沒有區別。」

「嗯，不過一旦從監獄裡出來，」卡德魯斯說，他憑著尚存的一點神志，還能勉強跟上談話，「一旦從監獄裡出來，出來的又是愛德蒙．鄧蒂斯，他是會報復的。」

「管他的呢！」弗南特咕嚕了一聲。

「再說，我也好奇，」卡德魯斯接著又說，「為什麼鄧蒂斯要入獄？他既沒偷東西、殺人，也沒有謀害人呀。」

「您住口吧。」鄧格拉斯說。

「我可不願意停嘴，」卡德魯斯說，「我希望您們告訴我，為什麼鄧蒂斯要入獄？我可喜歡鄧蒂斯，祝您健康，鄧蒂斯！」

說完，他又灌了一杯酒。

鄧格拉斯在裁縫混濁的眼神裡看出他酒性已在發作，於是便轉向面對弗南特說：

「嗯！不需要殺他，您明白了嗎？」

「是不需要，如果照您剛才說的，您有方法讓鄧蒂斯入獄，您真有辦法嗎？」

「好好想，總能找到辦法。不過，我為什麼要插手這件事，這事又與我無關。」

「我不清楚是否與您有關，」弗南特抓住他的手臂說，「但我知道，您對鄧蒂斯懷有某種私人的仇恨，心懷怨恨的人不會猜錯別人的情緒。」

「我！我因為私仇而有對付鄧蒂斯的動機？我可以發誓，一點也沒有。我只是看您太痛苦而同情您的不幸，就是這樣。不過既然您認為我這樣做是懷有個人目的，那麼再見吧，親愛的朋友，您就自己去想辦法吧。」

說著，鄧格拉斯裝出站起來要走的樣子。

「別走，」弗南特挽住他說，「請留下！您恨鄧蒂斯也罷，不恨也罷，與我無關，可是我恨他！我毫不隱瞞地承認這一點。請您想想辦法吧，由我來執行，只要不殺了他就行，因為美茜蒂絲說過，如果有人害死了鄧蒂斯，她就自殺。」

原本頭已在桌面上的卡德魯斯，此刻抬起頭來，用他渾沌、呆滯的雙眼看著弗南特和鄧格拉斯。他說：「殺死鄧蒂斯？誰在這裡說要殺死鄧蒂斯？我不會讓他被殺，絕對不會！他是我的朋友，而且今天早上，他還提出要借錢給我，就像我把錢借給他一樣。我不會讓人殺了鄧蒂斯，絕對不會！」

「誰告訴您要殺他了，傻瓜！」鄧格拉斯回答說，「開個小玩笑而已。您就為他的健康喝酒吧，」他邊替卡德魯斯的酒杯斟滿，邊補充說，「別來打擾我們。」

「是的，是的，為鄧蒂斯的健康乾杯！」卡德魯斯把酒一飲而盡，又說，「為他的健康……健康……啊！」

「那麼，辦法……辦法呢？」弗南特問。

「您沒有任何靈感嗎？」

「沒有，辦法得由您來想。」

「真的，」鄧格拉斯回答，「法國人比起西班牙人就有這麼一點優越性：西班牙人老是苦思冥想：法國人一拍腦袋主意就來。」

「那就請拍腦袋吧。」弗南特不耐煩地說。

「夥計，」鄧格拉斯說，「把筆、墨水和紙拿來！」

「筆、墨水和紙！」弗南特咕噥道。

「是的，我是押運員，筆、墨水和紙張是我的工具；沒有工具，我什麼事也做不了。」

「拿筆、墨水和紙來！」這回是弗南特在大聲叫喊了。

「在那張桌子上有您需要的一切。」夥計指著他所要的文具說。

「那麼給我們拿過來。」

夥計拿起筆、墨水和紙張，放到涼棚下的桌上。

「只要一想到用這些東西殺人比守候在樹林邊上暗殺更為可靠！」卡德魯斯手按在紙上說，「我就覺得一支筆、一瓶墨水、一張紙比一柄劍或是一把手槍更可怕。」

「這個傻瓜可不像他外表上醉得那麼厲害。」鄧格拉斯說，「那麼再灌他一下，弗南特。」

弗南特又把卡德魯斯的酒杯斟滿了。這位裁縫師真是個道地的酒鬼，所以又從紙上抬起手，抓起酒杯。

加泰羅尼亞人盯著看他喝酒，直到卡德魯斯在這個新的攻勢下幾乎全無招架之力，把酒杯擱下或者更確切地說，讓酒杯跌落在桌上為止。

「行了吧？」加泰羅尼亞人見卡德魯斯喝完最後一杯酒幾乎不省人事後，詢問。

「行了！我想，譬如說，」鄧格拉斯接著說，「鄧蒂斯剛剛在海上轉了一圈，途中到過那不勒斯和厄爾巴島，如果某個人向檢察官揭發他是拿破崙支持者的間諜的話……」

「由我來舉發他！」年輕人立刻說。

「好的，不過當局會要您在您的密告信上簽字，而且要與您所舉發的人對質。我可以就我所知的事實提供您一些資料作為證據。可是，鄧蒂斯不會一輩子坐牢，總有一天他會出獄，等到那天，把他送入監獄的人可就倒楣啦！」

「啊，我求之不得，」弗南特說，「我就等他來找我打架呢。」

「是啊，那麼美茜蒂絲呢？只要您不當心擦破她心愛的愛德蒙一層皮，美茜蒂絲就恨您入骨了！」

「這是真的。」弗南特說。

「不對，不能這樣，」鄧格拉斯立即說，「如果想這樣做，瞧，還不如簡單點，像我這樣做，拿起一支筆，在墨水裡蘸一下，用左手寫一封這樣簡短的密告信，這樣字跡就不會被人認出來了。」

鄧格拉斯示範著，一邊說，一邊用左手寫下幾行字體向右傾斜的字，與他平常的筆跡完全不同。他把短箋遞給弗南特看，弗南特輕聲念了起來：

「檢察官先生臺鑒：鄙人乃王室與教會的朋友。茲稟告有一名叫愛德蒙．鄧蒂斯者，是法老號船上的大副，今晨從士麥那港而來，中途在那不勒斯和費拉約港港口停靠過。繆拉[17]

17 Murat，繆拉（一七六七—一八一五），拿破崙麾下的著名元帥。

有一信託他轉交予謀王篡位者，後者覆命他轉交一信與巴黎的波拿巴黨人委員會[18]。逮捕此人時便可得到他的犯罪證據，因為此信不是在他身上，就是在他父親家中，或是在法老號上他的艙房裡。」

「很好，」鄧格拉斯接下去說，「這樣，您的報復就不會有誤，在任何情況下也不會回溯到您身上，而您也不會被復仇。現在，一切就緒，只要把信折起來，像我做的這樣，在上面寫上『致檢察官先生』，所有事就妥當啦！」

鄧格拉斯輕鬆地寫上地址。

「是呀，一切都妥當啦。」卡德魯斯大聲說。他憑著最後一點知覺聽完了信的內容，本能地意識到這樣一封密告信會帶來什麼樣的不幸後果。「不過，這可是無恥的行徑吶。」

說著，他伸長手臂想去拿信。

「夠啦，」鄧格拉斯把信推遠，不讓他的手搆到。「我說什麼、做什麼，都只是開個玩笑。如果鄧蒂斯，這位好鄧蒂斯當真出了什麼事情，我會第一個會感到難過的！啊，瞧……」

他拿起信，在手上揉成一團，扔到涼棚的一個角落裡。

「這就好了，」卡德魯斯說，「鄧蒂斯是我的朋友，我也不願別人陷害他。」

「誰陷害他啊！我不會，弗南特也不會！」鄧格拉斯說著，邊起身邊看著年輕人，弗南

18 Bonapartist committee，一八一四年六月拿破崙失勢，被囚禁在厄爾巴島。昔日王室成員和教會又東山再起，但仍有許多人擁戴拿破崙，他們在全國範圍內成立了許多地下組織，巴黎的委員會是其中的一個。波拿巴為拿破崙的名字。

特坐著不動，眼睛卻斜過去看著被扔在一角的密告信。

「既然如此，」卡德魯斯又說，「讓我們再喝點酒，我願為愛德蒙和美麗的美茜蒂絲的健康乾杯。」

「您已經喝得夠多啦，酒鬼。」鄧格拉斯說，「如果您再喝，就只好睡在這裡了，因為您再也站不穩啦。」

「我，」卡德魯斯站起來用喝醉酒的人說大話的口吻說，「我，站不穩！我敢打賭，我能登上阿庫爾教堂的鐘樓，一步也不會搖晃！」

「好啦，」鄧格拉斯說，「我會跟你打賭，不過明天再說吧。今天，該回家了，把手臂給我，咱們回家吧。」

「回家，」卡德魯斯說，「我回家可不要您來扶。您要來嗎？弗南特，您和我們一起回馬賽嗎？」

「不了，」弗南特說，「我回加泰羅尼亞村。」

「您錯了，和我們一起回馬賽吧，來吧。」

「我不去。」

「您在說什麼呀？您不去！那好吧，我的王子，隨您的意！每個人都自由！來吧，鄧格拉斯，讓這位先生回加泰羅尼亞村，他要回去了。」

此刻，卡德魯斯正好可以任人擺布，鄧格拉斯抓住這個時機，帶他往馬賽方向走去，不過，為了讓弗南特可以走一條方便的近路，他不走新岸碼頭，而是繞聖維克多門回去。卡德魯斯挽住他的手臂，搖搖晃晃地隨他走了。鄧格拉斯走了二十來步，回過頭來，看見弗南特正彎腰撿起那封信，把它放進口袋裡，接著，年輕人衝出涼棚，往皮隆方向而去。

「咦？」卡德魯斯說，「他騙了我們。他說他回加泰羅尼亞村，可他卻進城了，喂，弗南特！您走錯路了。」

「是您眼花了，」鄧格拉斯說，「他沒走錯路啊。」

「是嗎？」卡德魯斯說，「那好吧！酒這東西可真會糊弄人吶。」

「行了，行了，」鄧格拉斯喃喃自語道，「我想，現在事情已經起了頭，只要任其自然發展就行啦。」

第五章 訂婚宴

早晨，純淨而明亮的太陽升起，曙光鮮豔奪目，連泛著泡沫的浪花都反射著燦爛光波。

訂婚宴設在雷瑟夫酒館，而這家酒館的涼棚我們已經相當熟悉了。這裡有一個寬敞的大廳，利用五、六扇窗戶採光，在每扇窗櫺上，都以金色文字鐫刻著法國各大城的名字。窗戶外，則是延伸著圍繞整棟房子的木質陽台。雖然宴席定於正午十二點舉行，但早在預訂時間一小時前，陽台上早已聚滿殷殷期盼的賓客。這些都是法老號上有身分的海員，還有位幾新郎的好朋友。為了給這對新人賀喜，大家都盛裝打扮以示尊重。

漸漸的耳語傳開了，聽說法老號的幾位船主也將作為貴賓蒞臨，為大副的訂婚宴增添光彩。但從眾人的角度來看，這樣的舉動未免太過盛大隆重，因此無人敢相信消息會是真的。

然而，當鄧格拉斯和卡德魯斯一起來到會場時，他親口證實了這條消息。他表示最近與摩萊爾先生見面時船主保證一定會去參加大副的訂婚宴。

果然，在他倆來到達不久後，摩萊爾先生也走進了房間。法老號的船員紛紛向他致敬，並一起鼓起掌歡迎。在他們看來，船主的到來證實了一則傳聞，就是鄧蒂斯將被任命為船長。由於鄧蒂斯在船上深受眾人愛戴，這些正直的船員也都十分感謝船主，因為他的選擇正好與他們的心願不謀而合。

當大夥正在歡迎摩萊爾先生的蒞臨時，眾人就一致催促鄧格拉斯和卡德魯斯快去通知新郎有重要人物光臨，並請他趕快出來迎接貴客。

鄧格拉斯和卡德魯斯此時卻一溜煙地跑了。他倆還沒走幾步，在香粉店附近他們就看見一群人迎面而來。伴隨著準新人的有幾位少女，她們都是美茜蒂絲的朋友，而鄧蒂斯的父親則走在新娘身旁，弗南特走在他們的身後，臉上掛著不懷好意的笑容。

美茜蒂絲和愛德蒙都沒有注意到弗南特那詭譎的笑容。這對情侶正沉浸在彼此的愛意中，他們並沒有留意到那陰沉的神色正如烏雲遮蔽了他們陽光般的純真幸福。

鄧格拉斯和卡德魯斯完成了通報的任務後與愛德蒙熱絡地緊握了一下手，便走開了。他們在弗南特和老鄧蒂斯身旁找了個位置坐下，此時鄧蒂斯的父親已成為人們的焦點。老人穿上了剪裁精細的黑色正裝，衣服上綴著漂亮的大鐵鈕扣。他那瘦小卻依然有力的小腿上套著一雙綴有小點子的上等棉紗長統襪，從遠處一看便知是英國的舶來品。他戴的三角帽上垂下一束藍白相間的彩帶，同時拄著一根杖柄彎曲杖的木製手杖。愉悅滿足的心情使他看起來年輕了好幾歲。至於悄悄挨在他身邊的卡德魯斯，對飽食盛宴的渴望已經讓他跟鄧蒂斯父子重歸於好了。只是，在卡德魯斯的記憶裡，還模糊地殘留著前一天發生的事情，就如同一早醒來，腦子裡依稀記得昨夜的殘夢一樣。

當鄧格拉斯走近弗南特時，他對這個神情沮喪的有情人意味深長地看了一眼。弗南特走在這對準新人後面，此時此刻這對愛侶完全沉浸在甜蜜與歡愉之中，早已忘卻還有他這一號人物的存在。弗南特的臉色一陣白一陣紅，並且越來越蒼白。他不時地朝馬賽方向張望，這時，他的四肢就會不由自主、神經質地抖動一下。他似乎在等待或者是預測了什麼即將發生的大事。

鄧蒂斯的穿著則非常樸素。他是商船的雇員，所以他的服飾也介於軍隊制服和普通衣裝之間。他的氣色原本就不錯，而歡樂開心的氣氛讓他更顯得容光煥發、英氣逼人。

美茜蒂絲像賽普勒斯或是賽奧斯的希臘女人那樣美麗。她的眼睛烏黑，嘴唇鮮紅，而她的步伐像阿爾勒女人和安達盧西亞女人那麼婀娜輕盈、落落大方。大城市裡的姑娘往往把幸福的神色隱藏在面紗後面，起碼也會垂下長長的睫毛，可是美茜蒂絲卻面帶微笑看著她周圍的人們。她的笑容和眼神就像她的言語一樣表露無遺，彷彿在說：如果您們是我的朋友，那就與我一起歡樂吧，因為，我真的太幸福啦！

這對準新人和陪伴他倆的人才剛走進雷瑟夫酒館，摩萊爾先生就迎向他們，他身後跟著船員和士兵。他剛才與他們待在一起時，又重新提起對鄧蒂斯許下的承諾，也就是他將接替勒克雷爾成為船長。愛德蒙看見他走過來，抽出被未婚妻挽著的手臂，將她交予摩萊爾先生，讓船主挽著準新娘登上通往設宴大廳的木質樓梯，後面簇擁著興高采烈的賓客，他們早把整棟飯店震得吱吱作響。

「父親，」美茜蒂絲在餐桌中間停下來說，「請您坐在我右首，至於我的左首，我邀請那位對我如同親哥哥一般的人。」她溫柔地說，那分柔情卻像匕首似的刺進弗南特的內心深處。

他的嘴唇全無血色，在他那棕褐色的剛毅臉龐上，又再次看見他的血液正慢慢退去，湧向心臟。

這期間，鄧蒂斯也在邀貴賓入座。他請摩萊爾先生坐在他的右首，鄧格拉斯坐在他的左首之後，他便揮揮手，招呼大家自行其便。

宴席桌上已經擺滿了佳肴有呈棕色的肉、調味很重的阿爾勒臘腸、鮮紅晶亮的帶殼龍蝦、殼呈粉紅色的大蝦、像毛栗似的長著刺的海膽，以及南方的美食家讚不絕口、聲稱完全能取代北方牡蠣的蛤蜊。最後，還有許多被海浪沖向沙岸、被識貨的漁夫統稱為「海果」的各式各樣鮮美可口的海鮮冷盤。

「太安靜了吧！」準新郎的父親啜了一口黃玉色的葡萄酒說，這酒還是剛剛才獻給美茜蒂絲的。「難道大家不認為這滿屋子的喜悅與歡樂應該要用笑聲與舞蹈來慶祝嗎？」

「啊！一個男人在即將結婚時不會總是興高采烈的。」卡德魯斯說。

「事實是現在我太幸福啦，因此反倒興奮不起來。」鄧蒂斯說，「如果您是這樣理解的話，我的好友，您就說得不錯。有時快樂會產生奇特的效果，它與痛苦一樣讓人喘不過氣來。」

鄧格拉斯注視著弗南特，他那敏感天性會隨時接收和反映每一種情感。

「怎麼了？」他說，「您是在擔心會發生什麼事嗎？我倒覺得，您現在可是全天下最幸福的男人吶。」

「正是這點讓我害怕，」鄧蒂斯說，「我似乎覺得一個人是不會如此輕易得到幸福的！幸福如同我們小時候讀到的施了魔法的城堡，由噴火巨龍看守著，還有各式各樣的猛獸，不經歷戰鬥是無法取得勝利。而我呢，說真的，我不知道憑什麼能有幸成為美茜蒂絲的丈夫。」

「還沒，還沒吶，」卡德魯斯笑著說，「您還沒有當成她的丈夫哩。先表現得像美茜蒂絲的丈夫試試看吧，您便會知道您受到的是什麼待遇。」

美茜蒂絲的臉紅了，感覺有一半像是在生氣。

此時弗南特坐在椅子上卻痛苦難熬，一聽見聲響就渾身顫抖，他不時地拿手帕擦拭額頭上不斷沁出的汗珠。

「當然啦，卡德魯斯鄰居，您不必費心來提醒我。美茜蒂絲當然還不是我的妻子，這是事實……不過，」他取出懷錶說，「再過一個半小時，她就是了！」

所有的人都驚叫起來，只有鄧蒂斯老爹除外，他開懷大笑，露出還很整齊白皙的牙齒。美茜蒂絲顯得喜悅且心滿意足。弗南特則緊緊抓住他的短刀刀柄。

「再過一小時？」鄧格拉斯問，臉色變白，「怎麼回事，我的朋友？」

「是這樣的，」鄧蒂斯回答，「摩萊爾先生是除父親之外，我在世上虧欠最多恩情的人，多虧他的貸款，所有的困難都克服了。我們已付了結婚許可的費用，下午兩點半鐘，馬賽市長將在市政廳等我們。現在，一點一刻的鐘響剛剛敲過，我想這麼說應該不會有錯，再過一小時三十分鐘，美茜蒂絲將會成為鄧蒂斯夫人。」

弗南特緊閉雙眼，感到有烈火正在灼燒他的眉毛。他緊靠著餐桌不讓自己癱倒，儘管他已竭盡全力，卻仍控制不了自己，低吟了一聲，只是這聲音淹沒在賓客的歡笑和賀喜聲之中。

「要我說啊，」老鄧蒂斯說，「您的動作可真迅速。昨天大清早才剛回來，今天下午三點就訂婚！海員做事情真簡潔俐落啊。」

「可是，」鄧格拉斯怯怯地反問，「還有其他手續要辦呢，像是結婚契約、相關文件之類的。」

「多謝關心，」鄧蒂斯笑著說，「相關文件已經寫好了，美茜蒂絲沒有財產，我也沒有家產可以安排，所以我們的婚約寫起來快速簡單，而且所費不多。」

這個玩笑又激起一陣歡呼和喝彩聲。

「這麼說，我們吃的這場訂婚宴也就是結婚喜酒囉。」鄧格拉斯說。

「不是的，」鄧蒂斯說，「您不會吃虧的，放心吧。明天一早，我去巴黎。五天去，五天回，再用一天時間把受託的事情辦完；三月十二日，我就回來，隔天，我們將舉辦真正的結婚喜宴。」

賓客聽到還將有一次宴請，情緒更加高漲，以至在午宴一開始還嫌場面有些冷清的老鄧蒂斯，在嘰嘰喳喳吵雜的交談聲中，想勸大家安靜些，聽他如何對新婚夫婦表達美好的祝福也難上加難了。鄧蒂斯已猜到父親在想什麼，對他報以充滿感激的微笑。美茜蒂絲看了看餐廳的掛鐘上的時間，向愛德蒙暗示了一下。

宴席上喧鬧異常，無拘無束，就像在一般宴席即將結束時，那些對自己座位不滿意的人，開始從餐桌離開，到親近的朋友身邊。所有的人都同時在講話，沒有人關心如何接應對方的話題，只是順著自己的思路說下去。

弗南特蒼白的臉色幾乎傳染到了鄧格拉斯的雙頰上，而弗南特自己，他就像是個在地獄飽受煎熬的人。無法再自處的他準備第一個離席，同時也為了躲避那歡愉的吵雜聲。他安靜的走到了宴會廳的最遠端。弗南特似乎想避開鄧格拉斯，但押運員在大廳的一角碰到了他，這時卡德魯斯也走近他了。

「說真的，」卡德魯斯說，鄧蒂斯友好熱情的款待，特別是那些上等葡萄酒早已把他對鄧蒂斯的意外幸運所萌生的一股妒怨打消掉了。「鄧蒂斯是個優秀的小夥子。當我看見他坐在他的未婚妻身旁時，我心裡就想，您倆昨天醞釀對他開的那個糟糕的玩笑太不應該啦。」

「哦，」鄧格拉斯說，「所以您看見了，玩笑並沒有執行。一開始是看到弗南特先生那失魂落魄的樣子，我還真有點難過。但是，既然他能控制住自己的情感，並且自願在他的情敵的訂婚宴上做伴郎，我也就沒什麼好說的了。」

卡德魯斯看了看弗南特，他的臉色慘白。

「說實在的，新娘子長得也真美，所以犧牲就更慘重了。」鄧格拉斯說，「哎呀！我們未來的船長真是個走運的傢伙！我要是能做半天鄧蒂斯也甘心啦！」

「我們該動身了嗎？」美茜蒂絲以甜美如銀鈴般的聲音問，「兩點的鐘敲過了，我們該在兩點一刻到市政廳呢。」

「是啊，是啊，現在出發吧！」鄧蒂斯迅速站起來說。

「走吧！」所有賓客異口同聲附和道。

這時，始終注視著坐在弗南特一舉一動的鄧格拉斯，看見他驟然地站起身，又像是痙攣般地跌坐在窗臺上。就在此時，樓梯上傳來了沉悶的聲響，包含沉重的腳步聲、含糊不清的說話聲還夾雜著槍支的碰撞聲，並蓋住了賓客的喧鬧，一下子吸引了所有的人注意，大家紛紛不安地安靜了下來。

讓人恐慌的響聲漸漸逼近，門板上響起三下叩擊聲；每個人都以驚慌的神色看了看自己的鄰座。

「以法律的名義！我要求進入。」門外有人用響亮的嗓門說。

在無人反對下，門立即被打開了，一個掛著肩帶的警長走進大廳，另一名伍長帶著四名士兵跟隨其後。

恐懼替代了不安的情緒。

「請問可以解釋一下，為何會這樣勞師動眾呢？」船主走到那位他正好認識的警長面前問，「我可以肯定地說，這裡面一定有誤會。」

「如果有誤會的話，」警長回答，「那麼請相信，很快就會澄清。現在，我身上有逮捕令，雖然是帶著遺憾執行此任務，但我還是得確實地去完成使命。先生們，請問您們之中誰是愛德蒙．鄧蒂斯？」

所有的人都把視線轉向那位年輕人。他很激動，但仍不失尊嚴，向前跨了一步，說：「是我，先生，您有什麼事？」

「愛德蒙．鄧蒂斯，」警長接著說，「我以法律的名義逮捕您！」

「逮捕我！」愛德蒙說，他的臉色微微泛白。「請問是以什麼罪名呢？」

「這點我無法回答您，不過經過首次審訊以後，您就會知道了。」

摩萊爾先生心裡明白，在這種情形下是毫無通融餘地的。一個掛著肩帶的警長此時不再是個人，而是一尊代表法律的冷峻、無情、沉默不語的雕像。

相反的，老鄧蒂斯卻無法理解。畢竟，做父母的怎麼能接受自己心愛的孩子在充滿喜悅的訂婚宴上竟然要被逮捕入獄呢。他撲倒在警長面前，苦苦哀求。

儘管他的悲慟使警長也為之動容，但是基於自己肩負的責任，他只能和聲地說：「先生，請您冷靜些。也許您的兒子觸犯了海關或衛生公署的某些規定，當他提供了證據並證實無誤後，很可能就會被釋放的。」

「哀唷！怎麼回事？」卡德魯斯皺起眉頭對鄧格拉斯問說，鄧格拉斯也裝出驚訝莫名的樣子。

「我怎麼知道？我跟您一樣，對眼前發生的事情一無所知，我自己也莫名其妙啊。」

卡德魯斯用目光尋找弗南特，但發現他不見了。這時，昨天的場景異常清晰地在他的腦海裡浮現出來。眼前這突如其來的災難把前一天他喝醉酒時宛若蒙上了一層薄紗的記憶掀開了。

「哦！」他嘶啞著嗓門說，「難道這就是您們昨晚開玩笑的結果嗎，鄧格拉斯？果真如此的話，開玩笑的人真該死，因為這太過分了。」

「根本沒這回事！」鄧格拉斯大聲回答，「我再說一次，這跟我無關，您明明知道我把紙條撕了。」

「沒有！您沒有撕！」卡德魯斯說，「您只是把它扔在角落裡而已。」

「住口，您這愚蠢的人！您知道什麼？當時您根本喝得爛醉。」

「弗南特在哪呢？」卡德魯斯問。

「我怎麼知道？」鄧格拉斯回答，「他走啦，也許去忙其他的私事吧。別管他了，您跟我還是去看看我們可憐的朋友有什麼需要幫忙的吧。」

在他們說話時，鄧蒂斯面帶微笑，和所有擔心他的朋友一一握手後，就讓警方逮捕，同時說：「我的好友們，請放心吧，誤會總會澄清的，也許我還沒走進監牢就沒事了。」

「啊！這是一定的！」鄧格拉斯說，此時他走向人群，「這一切只是誤會，我敢保證。」

鄧蒂斯跟著警長並由身後的士兵戒護著走下樓梯。一輛車門大開的馬車停在門口。他先登上去，警長和兩名士兵也隨後上車，車門關上後，馬車便向馬賽駛去。

「別了，別了，我最親愛的愛德蒙！」美茜蒂絲在陽台上伸長手臂大聲呼喊。

被抓去的人聽見了這最後從他未婚妻口中發出的吶喊，他的心彷彿被撕裂般發出一聲哀鳴。他從車門探出頭來，大聲喊道：「再見，我甜美的美茜蒂絲！我們很快就會重聚的！」

疾駛的馬車消失在聖尼古拉要塞的一個轉角處。

「各位請在這兒等著我，」船主說，「我會搭上能找到的第一輛馬車，直奔馬賽，我會把消息帶回來的。」

「快去吧！」所有的人都大聲喊道，「快去吧，早點回來！」

這兩群人都走後，留下的人一時間都因驚慌失措而寂靜無聲。那位老父親和美茜蒂絲則悲痛欲絕，各自在一旁傷心。過了一會兒，他倆的視線終於相遇了，遭受著同樣打擊的傷痛一湧而上，彼此抱在一起。

在這段時間裡，弗南特走了回來，為自己倒了一杯水，一飲而盡，隨便找一張椅子坐了下來。可憐的美茜蒂絲在離開老鄧蒂斯的懷抱後早已癱軟無力地坐在一旁的椅子上。就這麼湊巧，弗南特的位置正好在美茜蒂絲的旁邊。弗南特本能地把椅子向後挪了挪。

「是他，一定是他搞出來的麻煩。」卡德魯斯對鄧格拉斯低聲地說，而且目不轉睛地盯著那個加泰羅尼亞人。

「我不覺得，」鄧格拉斯回答，「他太蠢，計畫不出這樣的事。不管怎麼說，讓作孽的人受懲罰吧。」

「您還沒說那個教唆他的人更該受懲罰哩。」卡德魯斯說。

「話是沒錯。」鄧格拉斯說，「但是，人無法對於自己隨口說的話卻被他人自行實踐而負責。」

此時，賓客們以分成幾群，對這次逮捕事件議論紛紛。

「您呢，鄧格拉斯，」有人問，「您對這件事怎麼想？」

「還真不知該說些什麼。」鄧格拉斯說答覆說，「我想他大概帶回來幾件禁運品了。」

「如果真是這樣，您應該會知道呀，鄧格拉斯，您是貨物管理員啊。」

「為什麼我一定要知道呢？我僅負責看顧船上被裝載運送的貨物而已。我只知道我們運送的是棉花。它們分別是亞歷山大港的帕斯特雷先生和士麥那港的巴斯卡先生的貨物。所以，就別再問我了。」

「我突然想起來了！」可憐的父親驚聲地說，「我可憐的孩子昨天對我說，他為我帶來了一包咖啡和一盒菸草。」

「看吧！」鄧格拉斯大聲說，「可能在我們離船時，海關人員到法老號船上檢查過，發現了鄧蒂斯的私藏寶物。」

美茜蒂絲根本不相信她的戀人會因此被捕。一直壓抑著悲痛到此時的她，突然放聲大哭了起來。

「別哭，別哭，」老鄧蒂斯說，「我可憐的孩子，別哭了，我們還是有希望的。」

「會有希望的！」鄧格拉斯跟著說。

「會有希望的。」弗南特原本也想低聲地跟著說，但是這句話卻卡在他的喉嚨裡了，只見他的嘴唇囁動，就是發不出聲音來。

「好消息！各位！」一位站在陽台前專門等消息的來賓大叫道，「回來啦！摩萊爾先生回來了！他一定會為我們帶來好消息的！」

美茜蒂絲和老鄧蒂斯奔去迎接他們等待已久的船主，卻只見摩萊爾先生臉色慘白，似乎帶來不幸的消息。

「怎麼樣了？」眾人同時大聲問。

「唉，我的朋友們，」船主搖著頭回答，「事情比我們想像的嚴重得多。」

「喔！這不是真的！先生，他是無辜的！」美茜蒂絲嗚咽地說著。

「我也相信！」摩萊爾先生回答，「但有人控告他……」

「控告他什麼？」老鄧蒂斯問。

「說他是拿破崙支持者的間諜。」

在這個故事發生的時代生活過的讀者自會明白，摩萊爾先生剛剛說出的那個罪名有多麼可怕。

面無血色的美茜蒂絲慘叫出聲；心碎的老人則跌坐在一張椅子上。

「喔！」卡德魯斯低聲說，「您把我騙了，鄧格拉斯，玩笑已成事實。我可不想讓可憐老人和無辜的姑娘痛苦地死去，我會把一切都告訴他們的。」

「閉嘴，您這呆子！」鄧格拉斯抓住卡德魯斯的手大聲說，「要不我就不管您了。誰能擔保鄧蒂斯不是真正的罪犯呢？商船的確在厄爾巴島停靠過，他也下船了，並且在費拉約港待了整整一天。如果有人在他身上發現了牽連到他的書信或文件，那麼維護他的人就會被看成是他的同謀了。」

卡德魯斯本著自私的本能，很快就理解這一番話是有道理的。他以充滿疑慮的眼神瞪著鄧格拉斯，並且決定先遠離這個差點讓自己遭遇危險的處境。

「那就等等看之後的狀況再說吧。」他露出困惑怯懦的表情說著。

「是的，咱們就等等看吧。」鄧格拉斯說，「如果他是無辜的，就會被釋放；如果他有罪，我們沒有必要為了一個陰謀分子而連累自己。」

「那麼我們現在就離開吧。我無法再待在這看著那老人承受痛苦了。」

「這是真的。」鄧格拉斯說，他慶幸自己找到了一同打退堂鼓的同伴。「我們走吧，至於其他人就隨他們的心意與決定了。」

他倆走後。弗南特再度成了早已心力交瘁的美茜蒂絲當下唯一的依靠，於是他帶著和先前判若兩人的美茜蒂絲回到加泰羅尼亞村去了。鄧蒂斯的朋友也陪同心碎不已的老父親走向梅朗小路，送他回家。

鄧蒂斯是拿破崙支持者的間諜而被逮捕的消息，很快地就傳遍了整座城市。

「您能相信這是真的嗎，親愛的鄧格拉斯？」摩萊爾先生此時正急於回到城繼續打探愛德蒙的消息，他望著他的押運員與卡德魯斯問，「您們相信這可能嗎？」

「唉，我早先告訴過您，」鄧格拉斯回答，「鄧蒂斯在厄爾巴島停泊過這件事讓我覺得有些蹊蹺。」

「除我之外，您把您的疑點對其他人說過嗎？」

「當然沒有！」鄧格拉斯回應之後又低聲說：

「您很清楚，您的叔叔波利卡爾．摩萊爾曾在另一個人[19]麾下效勞過，並且他也不隱瞞他的政治觀點，就因為您叔叔的緣故，有人早已懷疑您支持拿破崙。我早就憂心這將會對您與愛德蒙不利。以我來說，身為一名下屬，有些事是有責任報告給他的船主，但對其他人就該絕口不提。」

「做得好，鄧格拉斯！做得好！」摩萊爾說，「您是個正直的夥伴，因此，在可憐的鄧蒂斯成為法老號船長之際，我也曾想到如何安排您。」

19 指拿破崙一世。

「怎麼回事，先生？」

「嗯，我曾問過鄧蒂斯對您繼續在船上任職有什麼想法。雖說不清是什麼原因，但我發現您倆之間關係冷淡，所以我猜想他會不會希望由他人擔任押運員的職務。」

「那麼他是怎麼回答您呢？」

「他總覺得曾在什麼地方得罪過您，雖然究竟是什麼事他沒有明說。但他認為船主信任的人，他也該相信。」

「偽君子！」鄧格拉斯咕噥了一聲。

「可憐的鄧蒂斯啊！」卡德魯斯說，「他真是個誠心的好青年，這可不假。」

「是啊，可是目前，法老號就沒有船長了。」摩萊爾先生說。

「哦！」鄧格拉斯說，「既然我們要再過三個月才啟航，讓我們期盼到那時，鄧蒂斯已重獲自由。」

「這點我毫不懷疑，但是在這期間我們該怎麼辦呢？」

「喔！這期間有我在，摩萊爾先生，」鄧格拉斯回道，「您知道，我懂得如何操控一條遠航的商船，並且不亞於任何一位經驗豐富的船長。用我還有一個好處，就是當愛德蒙從監牢裡出來時，您就無須再更動人事，鄧蒂斯與我只需回歸到我們原本的職務即可。」

「謝謝您，真的謝謝啊，我的好友，您的好主意讓所有的難題都迎刃而解了。我這就授權並委任您負責指揮法老號，同時監督卸貨。不管人員發生了什麼事故，都不該耽誤到公司的業務。」

「放心吧，我會竭盡心力的，摩萊爾先生。那麼，何時可以去監牢探視我們可憐的朋友呢？」

「我會通知您的。我必須先與德・維爾福先生談談，並且請他為愛德蒙說情。我知道他是一個狂熱的保王派，那又有什麼！無論他是保王派還是檢察官，他總是個人，況且我不認為他是個壞人。」

「不是壞人，」鄧格拉斯說，「不過我聽說他野心勃勃，這與壞人就相差無幾了。」

「唉，」摩萊爾先生說，「走一步算一步吧。現在您請回到船上吧，我之後會去找您。」

說完後，這位好心的船主便離開了兩人，向法院的方向走去。

「您看見事情的複雜性了吧，」鄧格拉斯對卡德魯斯說，「您現在還想幫鄧蒂斯說話嗎？」

「不，當然不。不過，一個小玩笑竟鬧出這樣可怕的後果。」

「當然囉！誰造成的？既不是您，也不是我，是嗎？是弗南特。您很清楚，我把張紙扔到了一個屋內角落去了，我甚至以為我把紙撕毀了。」

「哦，您沒有，」卡德魯斯說，「讓我回答您，您並沒有撕毀它。我彷彿還能清晰看見那團紙仍在涼棚的角落裡。」

「如果你堅持的話。那麼是弗南特把它撿走了，他可能照抄了一份，要不就是請別人抄寫，搞不好他連抄寫的麻煩都省了。現在想想，我的老天爺！也許他是拿我寫的密告信寄去的！幸好我改變了我的筆跡。」

「這麼說您早就知道鄧蒂斯參與了謀反計畫？」

「我不知情。就像我之前說的，我以為整件事只是個玩笑，沒其他想法，如今我的無意之舉似乎揭發了實情。」

「但是，」卡德魯斯接著說，「假如沒有這回事，或者說，至少我沒被牽連進去的話，我真願意付出一些代價。您等著瞧，這件事會給我們帶來災難的，鄧格拉斯！」

「胡說！如果這件事會帶來傷害的話，也該報應在真正的罪人身上，而此人，您也清楚，正是弗南特。所以，我們怎麼會遇到什麼麻煩呢？我們只要保持低調，並且對此事隻字不提，風暴就會過去，我們自然會全身而退。」

「阿門！」卡德魯斯說，他一面像心事重重的人那樣晃動著腦袋，嘴裡默默叨念著，一面向鄧格拉斯揮手告別，朝著梅朗小路的方向離去。

「好了！」鄧格拉斯思索著，「現在事態如我預料般發展。我現在是法老號的代理船長，如果那個愚蠢的卡德魯斯能夠保持沉默，我這船長就當定了。我只擔心鄧蒂斯會被釋放。不過，他的命運可是掌握在司法的手裡，」他微笑著補充道，「我相信司法是公正的。」

說到這裡，他跳上一條小船，吩咐船夫把他帶到法老號船上去，那可是之前船主約好與他見面的地方。

第六章　代理檢察官

在大法院路上的梅杜莎[20]噴泉的正對面，有一排具有貴族建築風格的古老府邸。在其中的一座府邸裡，有人在鄧蒂斯被捕時的同個時刻舉行訂婚喜宴。

雖然都是歡慶喜事，但這裡的階層可大不相同。有別於普通小市民、海員和士兵，這場喜宴聚集的都是馬賽上流社會的人物。在座的有的是在拿破崙攝政時期提出辭呈的法官，有的是從法國軍隊裡退伍，加入外國軍團的軍官，還有一些家族的年輕人，他們都是從對於某人[21]有著仇恨的家庭裡長大成人的。五年的流放生活原本使此人變成一個殉道者，而十五年的復辟生涯卻使他變成了如神般的英雄。

賓客們仍在座位上，情緒激昂地交談著。在當時的南方，這種表現更顯得狂熱、活躍與激烈，因為在長期而尖銳的政治對立影響下，宗教派別的意識也更加敏感。

那位皇帝，他曾主宰過世界的一部份，也曾聽過一億兩千萬臣民用地球上幾乎所有的語言對他高呼「拿破崙萬歲」。而現在，他僅僅是小小厄爾巴島的國君。在餐桌上的這些人看來，他對法國，對王室來說，永遠只是一個廢物而已。

20 Medusa，是希臘神話中的蛇髮女怪，任何人被其目光觸及即化為石頭。
21 指拿破崙一世。

法官們不斷地交換彼此的政治理念；軍人在議論著莫斯科戰役和萊比錫戰役[22]；女士們則熱烈討論他與約瑟芬的離婚案。這群保王派人士的焦點不只是放在一個人的垮臺，而是為他們的政治理念再度復活感到前途一片美好燦爛。

一位胸佩聖路易十字勳章的老人站起來，向貴賓們提議為路易十八國王的健康乾杯，這位長者就是德．聖米蘭侯爵。

這杯酒，使他們同時回想到哈威爾[23]的流亡生活和法國愛好和平的君王，因此又引起了一陣歡呼。他們以英國式的禮儀紛紛舉杯，女士們則把她們的花束解開來，拋撒在筵席的桌布上。場面上氣氛異常熱烈，且詩意盎然。

德．聖米蘭侯爵夫人是眼神嚴峻的女人，即使已年屆五十，卻依舊保有貴族的優雅舉止。她說：「如果這些革命黨人在這裡就好了。他們該明白，是他們把我們趕走的，在恐怖時代[24]，他們用一塊麵包就買下了我們這些古老的宅邸，反之，我們卻心安理得地讓他們在那裡策謀造反。他們該明白，我們才表現出真正的忠誠，因為我們依戀的是一個行將沒落的君主政體，而他們則是在向一個初升的太陽頂禮膜拜。我們破產了；他們卻發了大財。他們該明白，我們的國王是真正受人擁戴的路易，而他們的那位篡位者，不過是個遭人詛咒的拿破崙。我說得對嗎，德．維爾福？」

22　Moscow and Leipzing，拿破崙在這兩次戰役中都蒙受了巨大的失敗和損失。
23　Hartwell，英格蘭南部巴克夏郡的一個村莊。
24　Reign of Terror，指法國資產階級革命時從一七九三年五月到一七九四年七月這一階段。

「請您原諒，侯爵夫人。真的很抱歉，我剛才沒認真聽。」

「唉，就讓這些年輕人放輕鬆吧，侯爵夫人。」先前提議祝酒的那個長者說，「在喜宴上，他們自然想談論其他事情，而不是討論枯燥的政治。」

「請您別在意，母親。」一位年輕俏麗的女孩說，她有著金黃色的長髮，一對睫毛濃密的眼睛閃爍著如水晶般的光彩。「是我不好，剛才占用了德．維爾福先生一些時間，以致他無法專心聽您說話。現在我把他交還給您。德．維爾福先生，我的母親在對您說話了。」

「我剛才沒聽清楚問題。如果夫人願意重述一遍的話，我將悉心作答。」德．維爾福先生說。

「沒關係的，芮妮。」侯爵夫人說，在她那張嚴峻的臉上綻出令人驚奇的溫柔笑靨。這就是女人的天性，不管是什麼情況下，她們的內心總會有一個最寬厚溫柔的地方留給她們的心肝寶貝。「我原諒您了。維爾福，我剛才是說，拿破崙支持者既沒有我們的信念，也沒有我們的熱情和忠誠。」

「啊，夫人，他們以**狂熱**取代這些特質。」年輕人答覆，「拿破崙是西方的穆罕默德，被那些野心勃勃的追隨者深深崇拜著。他不僅是一位立法者與領導者，他還被視為是平等的象徵。」

「他！」侯爵夫人大聲說，「拿破崙是平等的象徵！我的老天，那麼您把羅伯斯比爾先生[25]比作什麼呢？千萬別把他的頭銜偷來給篡位者了。」

「不是的，夫人。」維爾福說，「我把兩位英雄都各自放在恰如其分的位置上：羅伯斯比爾的名聲建立在斷頭臺；拿破崙的則是在旺多姆廣場的廊柱。兩者的區別在於，一個降低了平等的水準；一個則抬高了平等的地位。前一位把國王們壓低到斷頭臺上，後一位卻把人民抬高到皇座上。」維爾福維笑著說，「我並不否認那兩位是下流可鄙的革命者，也認為熱月九日[26]和一八一四年四月四日[27]對法國而言是兩個幸運的日子，是值得熱愛秩序和皇室的朋友們一起慶祝紀念。我的意思是，雖然我也相信拿破崙已倒台，再也爬不起來了，但他仍擁有眾多的狂熱信徒。但是，侯爵夫人，就拿克倫威爾來比喻吧，他只比得上半個拿破崙，卻依然擁有不少信徒啊。」

「您知道您說的話充滿革命黨的味道嗎，維爾福？不過我原諒您，畢竟您是吉倫特派人[28]的兒子，就難免還殘留著恐怖時期的餘味。」

維爾福滿臉通紅。

「不錯，我的父親是吉倫特派人，夫人，」他說，「不過我的父親並沒有投票贊成處決國王。他在恐怖時期像您一樣被流放了。他的腦袋幾乎和您父親一樣落在同一個斷頭臺上。」

25 Maximilien de Robespierre（一七五八—一七九四），法國大革命時期重要人物。
26 熱月九日是羅伯斯比爾等人被捕的日子。
27 似指一八一四年四月六日拿破崙退位。
28 Girondin，吉倫特派在法國大革命期間，一開始表現為激進支持革命，後又被國民公會譴責為保王黨，其中一些議員也上了斷頭臺。

「是的，」侯爵夫人說，這慘痛的回憶絲毫沒有使她動容。「只是，容我這樣說吧，我們的父親是各自為著截然不同的原則踏上斷頭臺的。證據就是我的家族一直跟隨著流亡的王室成員，而您的父親卻迫不及待地投奔新政府。當**公民諾爾帝亞**成為**吉倫特派人**之後，**諾爾帝亞伯爵**就成了參議員。」

「親愛的母親，」芮妮從中介入說，「您很清楚最好別再提起這些可怕的往事，就讓爭議平息吧。」

「夫人，」維爾福回答，「我贊同德．聖米蘭小姐的意見，恭請您忘掉過往，讓它們隨風而逝吧。現在再去非難指責這些往事還有什麼好處呢？以我來說，我不僅放棄了家父的主張，甚至脫離了他的姓氏。我的父親曾經是，也許現在還是拿破崙支持者，名叫諾爾帝亞；我呢，我是保王黨人，名叫德．維爾福。在一株老樹的樹身上，殘留著一點革命的液汁，就讓它乾枯吧。您只要看到，夫人，一棵幼芽已與這株老樹保持了一定的距離，儘管它不能或者幾乎無法徹底與之斷絕關係。」

「非常好，維爾福！」侯爵大聲稱讚。「說得好極了！過去一年我也一直努力地規勸侯爵夫人希望她能忘記過去。」

「我打從心底同意，」侯爵夫人說，「就讓我們忘記過去吧！我相信這對我們都好。維爾福，我只希望您的政治理念在未來也要堅定不移才好。請您別忘了，我們已在陛下面前保舉過您。在我們的請求下，國王也同意不再追究（她把手伸給了他），就如我答應您的請求，忘掉過去一樣。但是，若有謀反分子落入您的手裡，請您切記，正因為您來自一個可能與謀反分子有牽連的家庭，別人總是會對您加倍注意的。」

「是的，夫人。」維爾福說，「我的職業，特別是在我們生活的時代總要求我必須嚴懲不貸。我已經成功地起訴了一些政治案件，也將這違法者判刑。不幸的是，我們還沒有清查到底。」

「是嗎，您這樣想的？」侯爵夫人問。

「我很擔心，拿破崙所處的厄爾巴島離法國太近了，這樣的地緣距離讓他的擁護者繼續保有希望。馬賽城裡領半餉的舊軍官比比皆是，他們成天為一點雞毛蒜皮的小事找保王黨人挑撥滋事。以至於，上層階級的人們時常決鬥；在普通百姓之間就常常發生暗殺事件。」

「不知您可曾聽說過，」德．薩爾維厄伯爵說。他是德．聖米蘭先生的老朋友，也是德．阿爾圖瓦伯爵的侍從官。「神聖同盟[29]想要讓他移居他地呢？」

「是的，在我們離開巴黎時，他們正在研究這件事。」德．聖米蘭先生說，「他們要把他送往何地呢？」

「送往聖赫勒拿島！」

「老天啊！這是什麼地方？」侯爵夫人問。

「離此地兩千里格[30]左右的一個小島，在赤道的另一邊。」伯爵回答。

「真是好極啦！正如維爾福所說的，把這樣的一個人放在科西嘉附近真是太愚蠢了，那

---

29 Holy Alliance，一八一五年，俄、普、奧三國君主在巴黎結成反革命同盟，旨在撲滅法國革命，維護君主政體。

30 league，長度單位，一里格相當於三英里或五公里。

裡可是他的出生地，又靠近由他妹夫執政的那不勒斯，加上還在義大利的對面，他曾想在那建立一個王朝給他兒子呢。」

「很好，」侯爵夫人說，「願望可能成真，那就是神聖同盟為歐洲除掉拿破崙，我們也相信維爾福能為馬賽除掉他的擁護者。身為國王要麼擁有實權，要麼就無權。如果他是法國的統治者，他的政府應該穩定和平的，因為他有一群堅貞的臣子為他剷平可能出現的謀反陰謀，這才是防止動亂的最佳途徑。」

「夫人。不幸的是，」維爾福微笑著說，「執法者總是在惡行出現後才能出面收拾殘局。」

「那麼該由他來補救。」

「不是的，夫人，法律通常無法做出補救，它只能對罪犯以牙還牙。」

「哦！德．維爾福先生，」一位年輕貌美的姑娘說。她是德．薩爾維厄伯爵之女，德．聖米蘭小姐的朋友。「那麼當我們到馬賽後，設法辦一次大案吧，我從未去過法庭觀看審訊。聽人說，相當有趣。」

「的確非常有趣！」年輕人回答說，「因為這不是在劇場為一齣杜撰的戲劇悲傷流淚。在法庭上呈現的痛苦都是真切的，那是真實人生的悲劇。我們看見站在被告席上臉色蒼白的人，不是下幕後就可以回家與家人共進晚餐，然後再安心睡覺以便第二天重新演出的演員。他離開法庭後會被帶到監獄，交給劊子手。您自己評估您能承受的程度吧。對追求刺激的人來說，沒有什麼場面比這更值得看的了。放心吧，小姐，如您願意，我會為您提供機會的。」

「維爾福，您太過分了！」芮妮說，她的臉色變得蒼白。「您沒瞧見我們已被您嚇壞了嗎？而且您還在笑！」

「那有什麼辦法，這是一場生死決鬥。我已經有五、六次判處政治犯或其他罪犯死刑的經驗了。誰知道有多少人此刻在暗處磨刀霍霍，準備找機會刺進我的心臟呢？」

「哦！我的上帝啊！德．維爾福先生，」芮妮說，她顯得越來越擔心懼怕。「您是認真的嗎？」

「是的，我很認真。」年輕法官的嘴角上掛著微笑說，「為了不負小姐的對法庭審訊的期待，我想未來的案件也只有越來越嚴重了。舉例來說，在拿破崙麾下的士兵早已養成盲目向敵人進攻的習慣。您想想，他們在開火或是刺刀肉搏時會思考什麼呢？他們在殺一個他們視為仇敵的人時會比殺一個從未謀面的俄國人、奧地利人或是匈牙利人多斟酌一下嗎？我本人也是如此，每當我看見罪犯的目光裡閃爍出仇恨的怒火時，我就越被激勵。我絕對不願見到我的被告在一陣法庭攻防辯論後對我微笑，就像在嘲笑我一般。不！我的自尊是要讓被告在證據充足的指控與我炮火隆隆的雄辯下，變得臉色蒼白，低下腦袋。」

芮妮輕輕地叫了一聲。

「說得太好啦！這才叫字字鏗鏘呀。」一位賓客說。

「他就是我們所處的時代所需要的人！」另一位接著說。

「在最近審理的一起案件裡，您辦得真漂亮，親愛的維爾福。」第三位賓客說，「我指的是有人謀殺自己生父的案件。依我看法，您在把他交給劊子手之前，就已置他於死地了。」

「哦！對那些弒親的罪犯，」芮妮說，「那些該死的罪人，怎麼重懲都不過分。但是，對那些可憐不幸的政治犯……」

「他們就更壞了，芮妮，因為國王是民族之父，誰想推翻或是謀殺國王，就是想殺死三千二百萬人的父親。」

「啊，不管怎樣，德．維爾福先生，」芮妮說，「您得答應我，對那些我向您求情的人寬容一些，好嗎？」

「這點您可以放寬心，」維爾福臉上浮現出迷人的笑容說。「我們可以一起來寫訴訟狀。」

「親愛的，」侯爵夫人說，「您就玩玩鴿子，養養鬈毛狗，做做針線活吧，但不要介入您不懂的事務。當今世道，武器入庫，長袍吃香。現在是讓像德．維爾福先生這樣的人去爭取榮耀的時機。所以千萬別干涉您未來夫婿前途光明的事業。有一句拉丁話說得很貼切。」

「Cedant arma togae.[31]」維爾福欠身說。

「我不會說拉丁語。」侯爵夫人說。

「是的，」芮妮說，「只是，我無法不去希望您可以從事別的工作，例如當一名醫師。殺人天使，雖有天使之稱，總使我害怕。」

「好心的芮妮！」維爾福柔聲說，向那姑娘憐愛地看了一眼。

「我的女兒，讓我們期盼吧。」侯爵說，「德．維爾福先生將成為這個省城醫治道德和政治的大夫，他會大有前途的。」

31　拉丁文，不要武器，要長袍（意即偃武修文）。

「再說，這也能讓人忘卻他父親的所作所為。」積習難改的侯爵夫人補充說。

「夫人，」維爾福帶著苦笑回答，「我已經榮幸地告訴過您，我的父親已公開（至少我希望如此）承認他過去所犯的錯誤。他已成為信仰和秩序的忠誠朋友，可能比我還堅貞。因為他是帶著懺悔之情，而我只是憑著一腔熱血。」

維爾福在字字斟酌地說完這句話後，看了一下在座的賓客用以判斷他剛剛那一段話的效果，如同他在法庭上做的一樣。

「您知道嗎，親愛的維爾福，」德．薩爾維厄伯爵說，「前天在杜樂麗宮，御前大臣要我評論一個吉倫特派人的兒子和一位孔代軍軍官的女兒間的奇特聯姻。我回答的正是您剛才說的那番話。大臣對此非常理解。這種聯姻的方式正是路易十八所主張的。國王在我們沒有察覺時聽到了我們的談話，因此他打斷了我們，並說：『維爾福』，請注意，國王沒有說出諾爾帝亞的姓氏，相反的，卻使用了維爾福這個姓。『維爾福很有前途，他是位成熟的年輕人，也是我的盟友。我很高興德．聖米蘭侯爵和侯爵夫人選擇他為婿，若不是他們先來請示我批准這門婚事的話，我也會撮合這一對的。』」

「國王是這麼說的嗎，伯爵？」維爾福喜不自勝，大聲問。

「我把他的原話轉告您了，倘若侯爵願意的話，他也會承認，在六個月前，當他向國王提起他的女兒與您的婚事時，國王也是這樣對他說的。」

「的確如此。」侯爵說。

「啊！我的一切全靠這位讓人尊敬的君王。因此，我願為他竭盡心力，忠心效勞！」

「好極了，」侯爵夫人說，「這樣我就更喜歡您了。現在就來一個謀反分子吧，我們正等著歡迎他。」

「至於我，親愛的母親，」芮妮說，「我祈求上帝千萬別聽您的話，就只要給德·維爾福先生送來一些小偷、懦弱的破產者和膽怯的騙子吧。這樣我才能睡得安穩。」

維爾福笑著說：「這樣的話，就等於您希望醫師只看一些諸如頭暈、痲疹和蜂螫這樣一些觸及皮毛的病痛了。倘若您希望我當上檢察官，您應該期盼來一些病入膏肓的病人，這樣大夫才能顯出高明的醫術。」

就在這時，似乎是特地為了替維爾福傳送使他如願以償的資訊似的，一名貼身男僕走了進來，向他耳語了幾句。於是維爾福邊打招呼邊離開了餐桌，沒多久又走了回來，神情開朗，面露微笑。芮妮對維爾福早已獻上芳心，而他那高雅、英俊的外表讓少女感覺到一股濃濃的愛戀。於是她便一直含情脈脈地看著他那位集優雅與智慧於一身的愛人。

「您剛才期盼，」維爾福對著她說，「您希望我是一名醫師而非律師。起碼我跟埃斯柯拉庇俄斯[32]的門徒有個共同點，那就是沒有一刻是屬於自己的，甚至自己的訂婚宴上，還是會有人來打擾我。」

「那麼他們現在是以什麼理由打擾您呢？」德·聖米蘭小姐帶著一絲好奇問。

「為了一件相當嚴重的事。很可能會動用到斷頭台的案件。」

32 Esculapius，希臘神話中阿波羅的兒子，希臘與羅馬人把他視作醫神。

「多麼可怕啊！」芮妮大叫道，臉色變得煞白。

「此事當真！」賓客們異口同聲地說。

「如果我的消息正確，剛剛似乎發現了拿破崙支持者的叛亂陰謀。」

「這可能嗎？」侯爵夫人問。

「我將為大家宣讀密告信。」接著，維爾福就念起來：

「檢察官先生臺鑒：鄙人乃王室與教會的朋友。茲稟告有一名叫愛德蒙．鄧蒂斯者，是法老號船上的大副，今晨從士麥那港而來，中途在那不勒斯和費拉約港港口停靠過。繆拉有一信託他轉交于謀王篡位者，後者覆命他轉交一信與巴黎的波拿巴黨人委員會。

逮捕此人時便可得到他的犯罪證據，因為此信不是在他身上，就是在他父親家中，或是在法老號上他的艙房裡。」

「不過，」芮妮說，「這只是一封匿名信，而且是交給檢察官先生，不是交給您的。」

「是的，可是檢察官不在。他不在期間，信件會轉交給他的祕書，祕書有責任打開信件，當他看過後，便派人來找我，沒找到我，就下達逮捕令了。」

「這麼說，罪犯被捕了？」侯爵夫人問。

「不是的，母親，應該說是嫌疑犯，在審判前是不能宣稱一個人有罪的。」芮妮接著說。

「此人已被逮捕。」維爾福回答，「如果信件真的被搜查到，他將不會被釋放，除非有劊子手給他特別的關照。」

「這位不幸的人現在在哪呢？」芮妮問。

「他在我的家裡。」

「去吧，我的朋友，」侯爵說，「別為了與我們在一起而瀆職。國王需要您在哪裡盡責，您就該去那裡。」

「哦！德．維爾福先生，」芮妮雙手合十說，「請寬容些吧，今天可是您訂婚的日子啊！」年輕人繞著餐桌走了一圈，走近姑娘的椅子，把身體支在這張椅子的靠背上。

「為了讓您寬心，親愛的芮妮，」他說，「我盡力而為。不過，假如證據確鑿，指控成立，我需要您的理解，就是我必須割掉這株拿破崙支持者的毒草。」

芮妮感到膽戰心驚，別過頭去，因為當她聽到必須冷血處死罪犯的決定時，已超出她柔軟心腸所能承受的範圍。

「別理這傻女孩了，維爾福。」侯爵夫人說，「她很快就會習慣的。」

侯爵夫人說完便向維爾福伸出一隻瘦骨嶙峋的手，維爾福邊吻邊看著芮妮，他的眼神似乎在向她示意道：「我想像著此時吻的是您的手。」

「我感到有不祥的預兆。」芮妮喃喃地說。

「說真的，女兒，」侯爵夫人不悅地說，「您的孩子氣真是改不了，我倒想問問您，國家的命運與您的恣意任性與多愁善感有什麼關連。」

「哦！母親！」芮妮輕輕叫喚了一聲。

「我請求您諒解這一點易感的情操，侯爵夫人，」德．維爾福說，「為了替她贖罪，我答應您絕對嚴懲不貸。」

然而，維爾福卻偷偷地向他的未婚妻看了一眼，眼神彷彿在說：

「放心吧，芮妮，我看在您的愛情的分上，會盡量寬容的。」

芮妮以溫柔的微笑回報了他的目光。維爾福走出去了，心中充滿著無比的幸福。

第七章 審訊

德．維爾福剛剛走出餐廳，便轉換為莊嚴的表情，因為一個人的生死大權正操控在他手上。他是一名代理檢察官，就像一個敬業的演員，他不止一次地在鏡子前研究自己的表情，但這一次要他皺起眉頭，裝出陰沉憂鬱的神色，可真有點不容易。除了他父親的政治路線，很可能毀了他的前程的這件事讓他略不順心之外，傑哈德．德．維爾福此時可是全世界最幸福的男人。他才二十七歲就已享有財富，也在司法部門取得高位。他還將迎娶一位年輕貌美的女子為妻，雖說不是濃烈的愛情，但也是他憑著理智真心去愛著的人，一個代理檢察官也只能這樣去愛了。他的未婚妻德．聖米蘭小姐不僅有著出眾的姿容，還出身於當時最顯赫的名門望族，以他們的政界影響力必能為他帶來助力。除此之外，她還能為她的丈夫帶來五萬埃居的嫁妝，當她父親身故後還能得到五十萬的遺產。對維爾福來說，所有這些因素加在一起，就構成了光彩奪目的幸福願景，讓他一時間感到天旋地轉。

他在門口遇見了正在等他的警長。當維爾福一看見這位警官，整個人便立即從天堂跌回到凡間。就像我們剛剛形容的，他立即轉化成莊重的樣子說：

「我已讀了信，警長，您逮捕此人是正確的。現在，請把您把搜查到的，有關他以及謀反相關的訊息告訴我吧。」

「關於謀反我們尚未查到具體事證，先生。在他身上搜出的文件都已裝在大信封裡，蓋上了封印，就放在您的辦公桌上。關於犯人，他名叫愛德蒙．鄧蒂斯，是三帆船法老號上的大副，該船在亞歷山大港和士麥那港進行棉花生意，屬馬賽的摩萊爾父子公司所有。」

「他在商船隊工作之前，是否在海軍服過役？」

「啊，沒有，先生，他還十分的年輕。」

「有多大年紀？」

「頂多十九或二十歲。」

這時，當維爾福順著大街轉到了顧問街的轉角，有一個男人似乎是專程等著他，正向他走過來，此人便是摩萊爾先生。

「哦，德．維爾福先生！」他大聲說，「真是高興見到您。您的人可能犯了一個離奇錯誤，他們把我船上的大副，愛德蒙．鄧蒂斯抓走了。」

「我已經知道了，先生，」維爾福說，「我來就是要審訊他的。」

「哦，」摩萊爾對年輕人友誼甚篤，求情心切，他繼續說，「您不認識他，但我了解他。他是這世界上最善良、最正直的人，我敢說，他是整個商船界最優秀的海員了！哦，德．維爾福先生！我誠心誠意把他介紹給您。」

正如讀者可能已經看出的，維爾福屬於城裡的上層，而摩萊爾只是一介平民。前者屬於保王派；後者卻有同情拿破崙支持者的嫌疑。此刻，維爾福輕蔑地看著摩萊爾，對他說：

「您知道，先生，有人在私生活中可以很善良、正直，在商船業務上可以是最優秀的海員，但從政治的角度來看，**他卻可以是一名罪大惡極的犯人。**」

代理檢察官在最後一句話上加重了語氣，彷彿他是對著船主說的，而他銳利的眼神似乎要穿透船主的內心；像是在說，在他本人還需要被寬大處理時，居然還為另一個人說情。

摩萊爾的臉紅了，他對政治不甚了解，加上鄧蒂斯曾把他與大元帥見面以及陛下對他說過的話告訴他，這也使他感到不安，但是船主還是以深為關切的口氣說：

「我請求您了，德．維爾福先生，請您像該做到的那樣秉公執法吧，也如以往的與人為善，把這個可憐的鄧蒂斯盡快地**還給我們吧！**」

「還給我們」在代理檢察官耳裡聽起來就像一句革命口號。

「哦！喔！」他喃喃說，「這個鄧蒂斯大概加入了某個燒炭黨[33]組織，要不然他的擔保人怎麼脫口說出這樣的口號呢？我記得，他是在一家酒館被捕的，當時還與許多人在一起。」

接著，他又說：「先生，您完全可以放心，我一定會秉公處理。如果犯人是無辜的，您就沒有必要向我求情。不過，反之，他若真的有罪，以我們正在度過一段艱難時期的狀況來看，先生，有罪不懲的先例太危險了，因此我將不得不行使我的職權。」

說到這裡，他已走到位在法院背後的自宅門口，他向船主禮貌性地致意之後，便走了進去，留下船主站在維爾福離開他的地方發愣。

候見室裡已擠滿了憲兵和警察，雖然他們都面帶微笑表現平靜，其實都在小心看管著站

33 Carbonari society，燒炭黨是十九世紀義大利資產階級的革命組織。

在他們中間的犯人。維爾福穿過候見室，瞥了一眼鄧蒂斯，順手拿起一個警察交給他的一包文件，邊出門邊說：「把犯人帶上。」

雖說只是瞬間掃視，卻足以讓維爾福對這位即將受審的人產生了初步印象：從年輕人開闊的額頭上看出了他的智慧。從他深色的雙眼和微皺的眉心裡看出了他的勇氣。從他那半開露出潔白牙齒的的厚嘴唇上看出了他的直率。

維爾福的第一個印象對鄧蒂斯應該是有利的，只是，經常有人提醒他，不要聽信**一時的念頭**，於是他把這句格言也用在**印象**上，而忽略了兩者之間仍是有差別的。他把開始心生同情的善良本能壓抑下去，調整好自己的情緒與表情，在辦公桌前坐下來。

接著，鄧蒂斯就走進來了。

年輕人的臉色蒼白，但表現得很鎮定，且面帶微笑。他自然地向代理檢察官鞠躬致意，然後用目光尋找座位，彷彿他此刻正在摩萊爾船主的客廳裡。就在這時，他第一次接觸到維爾福的目光，那是代表正義的特有眼神，彷彿可以透視犯人的內心卻又能不洩漏自己的想法。

「您是誰？從事何職務？」維爾福邊翻著進門時警察交給他的筆錄邊訊問。才一個小時，筆錄已累積到厚厚的一疊，許多間諜活動案都莫名其妙地與這個被稱為罪犯的不幸之人聯繫在一起了。

「我叫愛德蒙·鄧蒂斯，先生，」年輕人口齒清晰，聲調平穩地回答，「我是法老號船上的大副，該船為摩萊爾父子公司所有。」

「您的年齡？」維爾福接著問。

「十九歲。」鄧蒂斯回答。

「您被捕時在幹什麼？」

「我正在舉辦訂婚宴，先生。」鄧蒂斯回答，聲音略微激動，畢竟剛才的歡樂時光，與現在痛苦的司法程序相比落差實在太大了。而德．維爾福先生陰沉的表情與美茜蒂絲幸福洋溢的面容更是差距千里。

「您當時正在進行訂婚宴？」代理檢察官問，不由得顫抖了一下。

「是的，先生，我正要與一位少女確立婚約，我已愛了她三年了。」

維爾福平時不輕易動感情，卻被這樣的巧合打動了。當他沉浸在幸福之中時，突然聽到鄧蒂斯激動的聲音，怎能不觸動到他靈魂深處的同情心。他也即將結婚，卻被召喚、從自己的快樂時光中離開，並且去毀掉另一個人的幸福。他想，這種哲理上的反思，一定會在德．聖米蘭的府邸掀起一陣精彩的議論。在鄧蒂斯正在等著他提出新的問題時，他整理一下自己的思緒，因為好的演說家就是靠著對比強烈的說詞打造他們辯才無礙的形象。

當維爾福把審訊腹稿思索清楚後，轉向鄧蒂斯。

「請繼續說，先生。」他說。

「您要我繼續說什麼？」

「把一切都交代清楚。」

「請您告訴我，您想聽哪方面的事情，我將毫無保留地把知道的都說出來。不過，」他補充說，他微笑了一下，「我想先說一句，我知道得不多。」

「您在篡位者手下效勞過嗎？」

「我剛要編入海軍，他就倒臺了。」

「有人說您的政治思想很極端。」維爾福說，雖然並沒有人向他報告過這一點，但他還是毫不顧忌地質詢，如同提出一項指控一般。

「我的政治思想！」鄧蒂斯回答，「天啊！大人，我從來沒有過什麼思想。我才剛滿十九歲，我什麼也不懂，我對誰都沒有影響力。如果我將來能完成我的夢想，那也是多虧了摩萊爾先生的提攜。這就是我全部的想法，我不是說政治思想，而是私人見解，它由三種情感組成：我愛我的父親。我尊敬摩萊爾先生。我愛戀美茜蒂絲。大人，這就是我能告訴您的全部內容，您瞧，這些是多麼微不足道啊。」

維爾福一直注視著鄧蒂斯溫和而開朗的臉，一面聽他陳述，一面回想起芮妮的話，芮妮雖然不認識犯人，但曾請求他對犯人從輕發落。代理檢察官根據對案例和罪犯的審理經驗，已經看出鄧蒂斯說的每一句話都證實了他的無辜。事實上，這個年輕人幾乎還是個孩子，他單純、樸實，說話時理直氣壯，這是因為他內心光明磊落，這是假裝不來的。他對人充滿熱情，因為他很幸福，而幸福本就能使壞人都變得和藹可親。他甚至對審判員都溫和親切，儘管維爾福看似嚴峻口氣苛刻，愛德蒙對這個審訊他的人，還是表現出溫情和善意。

「沒錯，」維爾福心裡想，「他是個高尚的年輕人！我希望可以輕鬆完成芮妮第一次對我的請求。她應該會在公開場合緊握一下我的手，並且私底下給我一個甜蜜的吻吧。」

想到這些場景，維爾福的臉頓時開朗了起來。當他的注意力回到鄧蒂斯身上時，後者因剛才一直注視他的表情變化，竟也跟著出現笑容。

「先生，」維爾福說，「您是否有仇人呢？」

「仇人嗎？」鄧蒂斯說，「我的地位不足以結識仇人。至於我的脾氣，也許有點急躁，但我一直注意要溫和些。我主管十到十二名水手，大人，如果您詢問他們，他們會對您說，他們喜歡我，尊重我，當然不是像對待父輩那樣，因為我太年輕，而是像對待兄長那樣。」

「即使沒有仇人，也可能是有人嫉妒您吧。您在十九歲時就將被提升為船長，這是個高位；您又將要迎娶一位愛您的漂亮小姐為妻，這兩件幸運的事說不定就給您招來嫉恨。」

「您說得對。您對人的了解一定比我深刻，這是有可能的。不過，我得向您承認，我寧可不知道他們是誰，否則我一定會憎恨他們的。」

「您錯了。您應該盡可能看清自己周圍的一切。您看來是一個心地高尚的年輕人，我將為您破一次法院的慣例，幫助您找出陷害您的主使者。這就是密告信，您認識信上的筆跡嗎？」

說完，維爾福就從口袋裡拿出一封信，放在鄧蒂斯眼前。鄧蒂斯閱讀了信件。他的眉間掠過一道陰影。他說：

「不，先生，我不認識這個筆跡，它是偽裝的，不管是誰寫的，他倒是寫得很好。」他感激地看著維爾福補充說，「我很幸運，能有一位像您這樣的人審理我的案子，我想嫉妒我的人真的是貨真價實的仇人。」

年輕人的雙眼中投射出一道銳利的眼神。維爾福看得出，在這個溫和的年輕人身上，其實蘊藏著驚人的力量。

「現在，」代理檢察官說，「請您坦白地回答我，先生，不是犯人面對檢察官的關係，而是一個人對著一位關心他的人：在這封匿名密告信中有存在著任何事實嗎？」

說完，維爾福厭惡地把鄧蒂斯方才交還給他的信扔在辦公桌上。

「全都不是實情。現在，我要以水手的榮譽，以我對美茜蒂絲的愛情，以及我父親的生命發誓，我將要說的完全是事實。」

「說吧，先生，」維爾福大聲說。

接著，他自言自語說：

「如果芮妮能看見我，我希望她會對我滿意，再也不會叫我頭顱移除者了！」

「是這樣的，當我們離開那不勒斯後，勒克雷爾船長得了腦膜炎，一病不起。由於我們的船上沒有醫師，他又急於要到厄爾巴島去，不願意中途先停泊到任何港口，因此他的病情越來越重，一直拖到第三天，他覺得自己快死了，才把我叫到他的跟前。

「『親愛的鄧蒂斯，』他對我說，『請您以榮譽發誓，您會照我說的話去做，這可事關重大。』

「『我向您發誓，船長。』我回答他說。

「『那好，我死後，您作為大副來指揮這艘船，把船開往厄爾巴島，並且在費拉約港靠岸，然後去找大元帥，再把這封信交給他。他或許還會交給您另外一封信，並囑咐您辦一件事。原來這些都該由我來做的，鄧蒂斯，現在必須請您代替我去完成，而一切的榮譽也將歸於您。』

「我會去做的，船長，但是接近大元帥可能不如您想像得那麼容易吧。

「『這裡有一枚戒指，您讓他手下的人交給他，』船長說，『一切便會迎刃而解。』

「說完他交給我一枚戒指。事情交代的正是時候，因為兩小時後他昏了過去，次日，他便死了。」

「那麼您接下來做了什麼？」

「我做了我應該去做的事情，不管是誰處在我位子上也會這樣去做的，因為不論在何地，垂死者的臨終心願是神聖的。對我們海員來說，上司的遺言等同命令，必須去執行。於是我便將船駛往厄爾巴島，次日靠岸。我命令所有的人留在船上，我獨自一人上岸。正如我預料的，求見大元帥的阻礙非常的多，不過當我送上了船長給我作為聯絡標誌的戒指後，大元帥便接見了我。他詢問我有關勒克雷爾船長死因，也正如船長所說的，他交給我一封信，囑咐我親自送到巴黎。我答應了他，因為這等於完成船長最後的心願。我上岸後，處理完一切公務後，便急著去探望我的未婚妻，我發現她比以往更美麗可愛了。在摩萊爾先生的幫助下，我們得以辦妥了繁瑣的手續，最後，先生，正如我先前告訴過您的那樣，我正在舉行自己的訂婚宴，原本再過一個小時，我就可以確立婚約，然後計畫次日出發去巴黎，卻因為突然出現的密告信，於是我就被捕了。現在您和我都知道這是不義的指證。」

「是的，」維爾福低聲說，「這些看來都是事實。如果您有罪，那也是因疏忽所致，況且，這個疏忽來自您執行船長的命令，這是正當的。請您把在厄爾巴島收到的那封信交給我們，並向我保證您將出席第一次聽證會，然後您就可以回到您的朋友身邊了。」

「這麼說我自由了，大人！」鄧蒂斯興奮地大聲說著。

「是的，不過，您得先把信交給我。」

「信應該在您手上了，因為警察把那封信和其他信件一起搜走了，我看到它們夾在這疊文件裡。」

「等等，」代理檢察官說，此時鄧蒂斯已去拿自己的手套和帽子了，「請問信是寫給誰的？」

「**致 巴黎雞鷺街的諾爾帝亞先生。**」

即使現在有一道驚雷劈進屋子裡，也比不上這個消息帶給維爾福的震撼與驚恐。他靠在椅背上，迅速地翻閱眼前的文件，並從中抽出那封關鍵的信函，心懷恐懼地朝信封看了一眼。

「致 諾爾帝亞 先生收，雞鷺街十三號。」他輕聲念道，臉色越來越白。

「沒錯，」鄧蒂斯問，「您認識他嗎？」

「不，」維爾福回答，「國王忠實的臣僕不會認識謀反者。」

「那麼這真的與謀反有關嗎？」鄧蒂斯問著，他本以為可以獲得自由，這下又開始害怕了起來，甚至比第一次更加擔心。「不管怎麼說，大人，我已經對您說過，我完全不知道這封信件的內容。」

「沒錯，」維爾福說，「但是您知道收信人的姓名！」

「為了送交信件，我必須知道地址與收件者的姓名。」

「您有沒有把這封信給任何人看過？」維爾福的臉色更加蒼白。

「沒有給任何人看過，我發誓！」

「那麼沒有人知道您從厄爾巴島帶了一封信要轉交給諾爾帝亞先生囉？」

「除了把信交給我的人之外，沒有人知道。」

「已經夠了，這就已經夠了。」維爾福喃喃自語地說。

維爾福的臉色越來越陰沉、嘴脣發白、牙齒打顫，這些都讓鄧蒂斯的腦海裡掠過了恐懼的念頭。維爾福讀完信後，便把頭埋在雙手之間。

「哦！」鄧蒂斯怯生生地問，「您怎麼了？」

維爾福默不作聲，只是抬起頭，靜待幾秒後又把信讀了一遍。

「您說，您不知道這封信的內容嗎？」

「我以名譽發誓，大人。」鄧蒂斯說，「不過您自己怎麼了，您身體不舒服嗎？需要我拉鈴叫人嗎？」

「不用了，」維爾福迅速地站起來說，「您就待在原地，在這裡下命令的是我，不是您。」

「先生，」鄧蒂斯有些自尊受損地說，「這只是為了叫人來幫助您而已。」

「我不需要，我只是一時頭暈；您管好您自己就行了，先回答我。」

鄧蒂斯等著他的繼續審問，但沒有下文。維爾福把身體靠在椅背上，一隻手放在大汗淋漓的額頭上，他第三次重讀這封信。

「哦！如果他知道信的內容，」他對自己說，「如果有一天讓他知道諾爾帝亞就是我維爾福的父親的話，那麼我就完了！」

維爾福的雙眼緊盯著愛德蒙，彷彿想要看穿他的心事。

「哦！不用再懷疑了！」他突然大聲說。

「我以上帝的名義發誓！」不幸的年輕人高聲說，「假如您不相信我，假如您懷疑我，那就審問我吧，我會據實以告。」

維爾福強打起精神，盡量以平靜的口吻說：

「先生，」他說，「我恐怕不能如一開始我所希望的那樣，立即還您自由。在作出這樣的決定之前，我得先去問問預審法官。但您應該很清楚我是如何對待您的了。」

「是的，先生，」鄧蒂斯大聲說，「您對待我像是一位朋友，而不像是檢察官。」

「那好！先生，我要再拘留您一段時間，但我會盡我所能及早釋放您。您最重要的罪名來自於這封信，您瞧……」

維爾福走近壁爐，把信扔進火裡，一直看到信被燒成灰燼為止。

「您瞧，」他接著說，「我把它銷毀了。」

「啊！」鄧蒂斯大聲說，「先生，您真是正義的使者。」

「仔細聽好，」維爾福緊接著說，「我作出這個舉動之後，您該明白您是能夠信任我的。」

「是的，請您吩咐吧，我一定遵命。」

「不是的，我想給您的不是命令，而是忠告。」

「請說吧，我將聽從您的忠告。」

「我會拘留您在法院裡，傍晚以前可能會有另一個人前來審問您，您就照您剛才對我說的重述一遍，但絕口不要提這封信。」

「我答應您。」

此刻，反而像是維爾福在提出請求，而安慰他的倒是犯人了。

「您要明白，」他朝壁爐瞥了一眼，灰燼尚保留著信紙的形狀，並在火苗上舞動著。「現在，信燒毀了，只有您與我知道它曾經存在，因此，如果有人問起這封信，您就否認，大膽地否認，這樣，您就有救了。」

「請放心吧，我會否認的。」鄧蒂斯說。

「您只有這一封信嗎？」

「唯一的一封。」

「請發誓。」

「我發誓。」

維爾福拉響了鈴。警長走進來了。維爾福走近警長，耳語了幾聲。警長點頭會意。

「請跟這位先生走吧。」維爾福對鄧蒂斯說。

鄧蒂斯向維爾福致意後便走了出去。

門才剛關上，維爾福幾乎是昏倒般的跌坐在椅子上。

「天啊，我的天啊，」他喃喃地說，「如果檢察官此時留在馬賽，我就完了。那封信，將會把我推向絕望的深淵。天啊，父親，難道您的過去就要這樣一直阻礙著著我的幸福嗎？」

突然地，一道光芒劃過了他的臉，一絲微笑浮現在他那仍然痙攣著的嘴上。他惶恐的雙眼定了神，彷彿停留在一個想法上面。

「就這樣吧，」他說，「這封信原本可能毀了我，這下也許反而會成為我的助力。現在應該趕快行動。」

代理檢察官確信犯人離開後，也出了門，匆匆忙忙地朝他的未婚妻的府邸走去。

第八章　伊夫堡

警長穿過候見室時，向站在鄧蒂斯左右的兩名憲兵做了一個手勢。他們打開了從檢察官的辦公室通往法院的一扇門，順著一條長廊往前走，陰森的氣氛即使是最勇敢的人也會情不自禁地發抖。法院的另一個出口通向監獄，是一棟灰濛濛的建築物，從它所有開著的視窗望出去，可以看見正面聳立的阿庫爾教堂的鐘樓。在長廊上轉了幾個彎之後，鄧蒂斯看見一扇帶有鐵窗的門打開了。警長用鐵錘在另一道門上敲了三下，每次的回聲都讓鄧蒂斯覺得鐵錘彷彿打到自己的心臟。門開啟了，兩名憲兵輕輕地把他推向前，他進去後，牢房的門便在他身後大聲地關上了。空氣變了，他呼吸到一種混濁、帶有惡臭的空氣：他入獄了。隨後，他又被帶到一間稍乾淨一些的房間裡，但是窗戶裝著鐵欄杆，門也上了鎖。以外觀來看，並不使他害怕，再說，代理檢察官剛才說的話似乎對他充滿關心，維爾福的聲音老在他的耳邊響起，如同是讓他重獲自由的保證。

鄧蒂斯被帶進他的牢房時已經是下午四點鐘。我們前面說過，那天是三月一日，所以囚犯沒待多久便陷入一片黑暗之中。這時他的聽覺比不起作用的視覺敏銳多了。他一聽到細微的聲響，就以為有人來釋放他，便立即站了起來，向門口走去，可是這聲音不久就往另一個方向消失，鄧蒂斯只好再度坐下。終於捱到了晚上十點鐘左右，正當鄧蒂斯開始絕望之際，走廊上響起了腳步聲，並且在他的房門前停住。一把鑰匙在鎖孔裡轉動，嘎嘎作響，笨重的橡木門被打開了，兩支火把突然間照亮了他的房間。鄧蒂斯在兩支火把的照明下，看見四個憲兵的軍刀和卡賓槍在閃閃發亮。他往前邁進，站在士兵們的面前看著眼前的陣仗。

「您們是來找我的嗎？」鄧蒂斯問。

「是的。」其中一個憲兵說。

「是奉著代理檢察官的命令？」

「我想是的。」

鄧蒂斯以為是代理檢察官維爾福的指令後，就不再擔憂了，於是，他心平氣和地往前，走到押送他的士兵中間。一輛馬車停在大門口，馬車夫已坐在駕駛位上，一名警官則坐在旁邊。

「這輛車是給我坐的嗎？」鄧蒂斯問。

「這是您坐的車。」一個憲兵回答。

鄧蒂斯還想再說什麼，但感覺得到有人在推他，他既不能，也不想抵抗，只好爬進車廂坐在兩名憲兵之間，而另外兩位則坐在前排的座位上。沉重的馬車輪子開始轉動，行駛在鋪石路上。犯人向窗外張望，窗口也裝上了鐵絲網：原來他只是換了個會動的牢房，把他帶往不知名的地方。鄧蒂斯透過窗格，發現馬車是沿著工廠街行駛，經過聖洛朗街和塔拉米斯街，駛向河岸。不久，他看見了燈塔的燈光。馬車停下，警官下了車，向警衛室走去。十來個士兵從裡面出來，列好隊形。鄧蒂斯藉著河堤上街燈的燈火，看見他們身上的步槍。

「他們是為我而這樣勞師動眾嗎？」鄧蒂斯心裡想。

那名警官打開上鎖的車門，雖然一發不語，卻回答了鄧蒂斯的問題，因為他看見士兵從馬車排到碼頭，在他們中間為他圍出一條通道。

坐在前排的兩名憲兵先下車，然後鄧蒂斯奉命下車，隨後跟的是坐在他兩旁的憲兵。他們走向一艘被海關人員用鎖鏈鎖在碼頭上小艇。士兵們帶著無知好奇的神色看著鄧蒂斯。很快，他就被安置在小艇尾部，坐在憲兵之間，而那名警官則坐在船頭。小艇震動一下便離開碼頭，四名划手有力地把船划向皮隆。一聲叫喊從艇上發出，封鎖港口的鐵鍊落下，轉眼間，鄧蒂斯已經置身在弗裡烏爾，也就是說到了港口之外了。

當犯人呼吸到純淨的空氣時，他最初的感覺是舒暢。因為空氣幾乎是自由的同義詞。不過，他很快就嘆了一口氣，因為他經過了雷瑟夫酒館。就在當天早上，他曾是那麼幸福，此刻，透過酒館的兩扇敞開的窗戶，傳出了舞會上歡快的聲響。鄧蒂斯雙手合在胸前，抬頭望天，強烈地祈禱著。小艇繼續前進。它已經越過骷髏峽，駛到法羅灣的對面，正要繞過炮臺，鄧蒂斯對這條航路感到不解。

「您們把我帶到哪兒去？」他問。

「您待會兒就知道了。」

「但是……」

「我們奉命禁止向您作任何解釋。」

鄧蒂斯也受過訓練，他知道向這些奉令禁止回答的下屬提出問題是愚蠢之舉，於是他沉默了。

這時，他的腦子裡冒出一些千奇百怪的想法。他想，這樣一艘小艇不可能做長距離航行，而他們前往的港灣也沒有大船停泊，或許，他們是要把他帶到一個遠離海岸的地方釋放。還有，他並沒有被捆綁起來，他們也從沒給他戴上手銬的意思，這看來是好徵兆。此外，代理檢察官對他深表同情，他不是曾對他說過，只要他不說出諾爾帝亞這個關鍵的名字，他就沒什麼可害怕了嗎？維爾福不是當著他的面燒毀了那封危險的信，那可是對他不利的唯一證據啊。

於是他安靜地等著，努力在夜色中辨別方向。

在小艇的右首，塔燈閃爍的拉托諾島已被甩在後面，小艇幾乎貼近海岸線行駛，到了加泰羅尼亞村的海灣附近。這時，犯人覺得他在沙灘上看見一個女性的身影，那裡可是美茜蒂絲的家啊。難道美茜蒂絲就沒有感覺到，她的情人正在離她三百步以外的地方經過嗎？

加泰羅尼亞村落僅透著一盞燈。鄧蒂斯認出那道光是從美茜蒂絲的房間裡投射出來的。美茜蒂絲是這個村落唯一熬夜的人了。如果大喊一聲，她就能聽到吧。但是自尊心卻阻止了他，他沒喊出聲。假如看守他的這些人聽到他像一個瘋子似的大喊大叫會怎麼想呢？於是他依然沉默不語，只能用眼睛緊緊地盯著那道燈光看。這期間，小艇繼續航行，不過犯人現在滿腦子只有美茜蒂絲了。

一片隆起的高地擋住了燈光。鄧蒂斯轉過身，發現小艇已經駛到海上。當他光想著自己事情的時候，小船已用風帆替換了木槳，現在，小船是憑藉著風力向前駛去。

雖說鄧蒂斯真的不願意再向士兵們提出問題，但他還是轉向離他最近的憲兵，握住他的手。

「同伴，」他對他說，「請您憑藉著基督的良知和士兵的品格，請告訴我，我們要去哪裡？我是鄧蒂斯船長，一個善良、誠實的法國人，我莫名其妙地被人指控叛國，請告訴我現在您們把我帶到哪裡？之後，我以名譽發誓，我會聽從命運的安排。」

那位憲兵滿臉猶豫地看向他的同伴。後者嘆了口氣說：「我看現在告訴他也無妨。」

於是那位憲兵就轉頭面向鄧蒂斯說：「您是馬賽人又是海員，您卻還看不出來我們去哪裡嗎？」

「是的，我發誓，我不知道。」

「您一點也猜不出來？」

「猜不出。」

「這不可能。」

「我發誓，我真的不知道。請求您，告訴我吧。」

「但我有令在身。」

「您的命令並沒有禁止您告訴我十分鐘、半小時，也許是一小時後我就會知道的事。您瞧，即使我想逃跑，我也做不到。」

「除非您是瞎眼或是從未出過馬賽港，否則您應該知道了才對。」

「我不知道。」

「那麼看看四周吧。」

鄧蒂斯站起身，往前望過去，在前方將近一百托瓦茲[34]的地方，他看見一座陡峭險峻的黝黑大岩石，在那之上聳立的是伊夫堡。這座陰森的堡壘三百多年來禁錮著許多惡名昭彰的囚犯。鄧蒂斯看到它，就如罪惡之人看到了斷頭臺。

「伊夫堡！」他大聲叫喊道，「我們到那裡去做什麼？」

憲兵笑了笑。

「難道是把我押到那裡去坐牢嗎？」鄧蒂斯繼續說，「伊夫堡是專門關押政治犯的。我沒犯任何罪。伊夫堡裡有預審法官或是什麼審判官員嗎？」

那位憲兵說：「裡面只有一位典獄長、獄卒、警衛隊和高高的圍牆。好了，別這麼大驚小怪的樣子，否則，您會讓我以為您是以嘲弄我來答謝我的好意。」

鄧蒂斯緊握著憲兵的手，幾乎要把它捏碎了。

「那麼您是說，」他說，「我要被帶到伊夫堡並且關在裡面嗎？」

「這是有可能的，但是，把我的手握得這麼緊也是無濟於事的。」

「不再進行一次審訊，也沒有其他手續要辦嗎？」

「手續辦齊了，審判也確定了。」

「這麼說來，就不管德．維爾福先生的承諾了？」

34　法國舊長度單位。托瓦茲相當於一點九四九公尺。

「我不知道德·維爾福先生曾承諾過您什麼。」憲兵說，「我知道的是我們要送你去伊夫堡。您這是在幹什麼？哦！快來人哪！」

鄧蒂斯雖然動作迅速，但憲兵訓練有素的眼睛早已有所提防，當他的雙腳剛要離開甲板跳進大海時，四隻堅強有力的手已緊緊抓住了他。他瘋狂地喊叫著，跌倒在小艇的後座上。

「好啊！」憲兵大聲說，把膝蓋頂在他的胸口上。「真的不能相信甜言蜜語的人！行啦，我的朋友，我已違背了第一道命令，我絕不會再違背第二次了。如果您再動一下，我就讓您的腦袋開花。」

他果真把他的卡賓槍對著鄧蒂斯，他感覺到槍管抵住了他的太陽穴。

剎那間，他又想反抗，想與這飛來橫禍同歸於盡。然而，他想到了德·維爾福先生的承諾，還有，在船上死在一個憲兵手上，也太不值得了。於是，他一動也不動也待著，只能充滿忿恨地咬著自己的雙手。在此同時，小艇因靠岸而猛烈撞擊了一下。一名水手跳了上去，一條鐵索在滑輪上放開，吱嘎作響。鄧蒂斯明白，他們到達了目的地，水手們正在用纜繩繫住小艇。

憲兵們抓住他的雙臂和衣領，強迫他起身，並把他拖向通往城堡門的石階，而那名警官則提著上了刺刀的卡賓槍，跟隨在後。

鄧蒂斯不再反抗，反而像是還在睡夢中一般：他看見士兵排列成行，他隱約覺得他正步上石階，他知道到他通過了一道門，門又在他身後關閉。但是，這些過程都模糊不清如同穿過一團濃霧。他甚至連大海都看不見了，因為這片汪洋如同可怕的牢籠阻隔了自由，讓這些囚犯悲傷欲絕。

他們停留了一下，這時他試著集中自己的精神，他向四周張望，發現自己置身在一個方形的院落裡，四周有高牆圍著。他聽到哨兵緩慢而一致的腳步聲，每當他們經過牆上的燈火時，他們的槍枝便會閃閃發亮。

他們等待了將近十分鐘。憲兵確信鄧蒂斯船長再也跑不了了，便放開他。他們似乎在等待命令。這時命令下達了。

「犯人在哪裡？」一個聲音問。

「在這裡。」眾憲兵回答。

「讓他跟我來，我要送他到他的牢房中。」

「走！」幾個憲兵推著鄧蒂斯說。

犯人隨著引路人走，後者把他帶到一間幾乎埋在地下的大房間，房間的牆面光禿、潮濕，似乎像是浸透了淚水。一盞油燈放在一張木凳上，燈光照亮了這個房間，並讓鄧蒂斯看清了他的引路人，他像是一個下級的獄卒，穿著邋遢且面容猥瑣。

「這是您今晚住的房間，」他說，「很晚了，典獄長先生已經入睡。明天，他也許會給您換房間。在這之前，這裡有麵包和水和新換的稻草，一個犯人能得到這些就不錯了。晚安。」

鄧蒂斯還沒來得及張口回答他，沒來得及去看獄卒留下的麵包和水罐放在哪，也沒來得及向那堆稻草看上一眼，獄卒已提起燈，關上門，離開了。犯人僅能憑著屋外的一點光線，才看見他牢房裡水淋淋的牆壁。

現在，鄧蒂斯自己一人待在黑暗和寂靜之中，如魅影般的寒氣正吹在在他發燙的額頭上。第一道曙光升起，獄卒就來了，他奉命讓鄧蒂斯在這裡住下。他發現囚犯沒有動過一步，就好像就被釘在原地。他的眼睛因整夜流淚而浮腫。他就這樣站著度過了一整夜，沒有片刻闔過眼。獄卒走近他，但鄧蒂斯似乎沒有看見他。獄卒拍了拍他的肩膀，鄧蒂斯顫抖了一下。

「您沒有睡覺嗎？」獄卒問。

「不知道。」鄧蒂斯回答。

獄卒驚訝地看著他。

「您不餓嗎？」他又問。

「不知道。」鄧蒂斯還是這樣回答。

「您需要點什麼呢？」

「我想見典獄長。」

獄卒聳聳肩，走了出去。

鄧蒂斯注視著他，向半開的門伸出雙手，但門又合上了。這時，所有的情緒都在胸膛中炸開，他撲倒在地，痛苦地哭泣，捫心自問他究竟做錯了什麼，才要受到如此殘酷的懲罰。

白天就這樣過去了，他幾乎沒有吃東西，而是像被關在牢籠的野獸不停地在牢房裡踱步打轉。有一個想法尤其使他激動：那時候，在他被人押著前往未知的目的地途中，他的內心還保持鎮定與平靜。他本來有十次機會往海裡跳，而且他憑著他眾所周知的的游泳技術，他完全可以游上岸逃走，躲藏在某個荒僻的小灣，等候一艘熱那亞或加泰羅尼亞的海船到來，再投奔義大利或是西班牙。在那裡可以寫一封信給美茜蒂絲，讓她來與他團聚。至於他的生活，他完全無須煩惱，因為不論在哪裡優秀的海員都是不可多得的。他的義大利語說得像托斯卡尼[35]人一樣道地，說西班牙語與老卡斯蒂利亞[36]的本地人並無二致。他本可以自由自在地與美茜蒂絲與他的父親一起幸福地生活。如今，他成了囚犯，被關在伊夫堡這座不可逾越的監獄裡，不知道他的父親和美茜蒂絲的狀況，而這一切都是因為他聽信了維爾福的話。想到這兒，他氣瘋了，狂怒地倒在那堆稻草上。

次日，在同一時刻，獄卒又進來了。

「您好！」獄卒對他說，「您今天比昨天清醒些了吧？」

鄧蒂斯默不作聲。

「好啦，」那人說，「打起一點精神來！我會盡可能的幫你的。」

「我想和典獄長說話。」

「我已經告訴過您了，這是不可能的。」

「為什麼不可能？」

「因為根據監獄的規定，禁止犯人直接去見他。」

「那麼什麼是可以提出的要求？」鄧蒂斯問。

35　Tuscan，義大利中部地區名。
36　Castilian，西班牙中部地區名。

「可以付錢吃得好一些，提供書籍，也可以出去散散步。」

「我不需要書，我滿意這裡的食物，也沒心思散步。我只想見典獄長。」

「假如您老提這件事讓我煩心的話，我就不給您帶吃的來了。」

「好吧！」鄧蒂斯說，「假如您不送食物給我，我就餓死，沒什麼了不起的。」

獄卒從鄧蒂斯的口氣裡聽出，他的囚犯寧可死去。想到獄卒每天可以從一名犯人身上得到下大約十個蘇左右的生活費，於是他緩和了口氣，說：

「您的要求是不可能辦到的。不過，如果您的表現良好，就能被允許出去散步，很有可能某一天，您就能遇到典獄長，至於他是不是願意接見您，就要看他的意願了。」

「那麼，」鄧蒂斯問，「我大概要等多久？」

「恩，一個月，六個月，或許一年。」

「太久了。我想要馬上見到他。」

「啊！」獄卒說，「您別老纏著一個做不到的要求不放。這樣下去，出不了半個月，您就會發瘋的。」

「您真的這麼想？」鄧蒂斯問。

「是的，一個神父先前住在您的這間牢房裡，他老想著要給典獄長一百萬法郎來換取自由，久而久之他就神經錯亂了。」

「他離開這間牢房多久了？」

「兩年。」

「他被釋放了？」

「沒有，他現在被關進地牢。」

「聽著，」鄧蒂斯說，「我不是神父，也不是瘋子，也許我以後會是，但不幸的是我現在仍意識清醒，我要給您另一個提議。」

「什麼提議？」

「我不會給您一百萬，因為我給不出來。如果您願意，我可以給您一百個埃居，條件是您去一趟馬賽，找到加泰羅尼亞人的村莊，把一封信交給一位名叫美茜蒂絲的姑娘，所謂信，也只有兩行字。」

「假如我帶著這兩行字的信被發現了，我就丟掉了這個位子。在這裡我每年可以領取兩千法郎，為這三百法郎去冒險，我不就成了大傻瓜。」

「好吧！」鄧蒂斯說，「請記住：如果您連告訴美茜蒂絲我在這裡都拒絕，那麼總有一天，我會躲在門背後等著您，當您進來時，我就用這張木凳砸碎您的腦袋。」

「威脅我！」獄卒大聲說，他向後退了一步做出防衛的架勢，「您一定是錯亂啦，那個神父一開始也像您這樣，三天之後，您就會像他一樣瘋得必須被綁起來。好在伊夫堡裡還有地牢。」

鄧蒂斯抓起凳子，在獄卒的頭上揮舞。

「好啦！好啦！」獄卒說，「好吧！既然您堅持，我這就去稟報典獄長。」

「這就對了！」鄧蒂斯說，他又把木凳放回地上，坐在上面，低著頭，彷彿他真發瘋一般。

獄卒走出去，一會兒又走回來，帶了四名士兵和一名伍長。

「典獄長有令，」他說，「把犯人帶到下一層牢房去。」

「就是去地牢。」伍長說。

「沒錯，瘋子就得跟瘋子關在一起。」四名士兵抓住鄧蒂斯，他毫無抵抗地跟他們走了。士兵帶他走下十五級臺階，打開一間地牢的門，把他推了進去。當門關上後，鄧蒂斯向前走去，伸開雙臂，一直觸碰到牆，他在一個角落裡坐下，直到雙眼漸漸習慣黑暗。

獄卒說得沒錯，鄧蒂斯與瘋子已相差無幾了。

第九章 訂婚之夜

維爾福，正如我們所說的，重新回到大法院廣場街，當他走進德．聖米蘭夫人的府邸時，他又見到了他離開時的那些貴賓，此刻他們已進入客廳喝咖啡。而芮妮跟其他在場人都在焦急地等著他。因此，當大家看到他時，都報以熱烈的掌聲，歡迎他回來。

「好啦！頭顱移除者，國家的支柱，保王的布魯圖[37]！」一個人大聲說，「發生了什麼事？快說吧。」

「哦！難道我們又受到一個新的恐怖政權的威脅嗎？」另一個問。

「科西嘉島上的那個魔鬼要從他的巢穴裡跑出來了嗎？」第三個問。

「侯爵夫人，」維爾福走近他未來的岳母說，「請您原諒我剛才必須暫且離席。侯爵先生，我能請求在私下和您說幾句話嗎？」

「哦，難道事情真有這麼嚴重嗎？」侯爵問，他發現維爾福的臉上布滿了愁雲。

「十分嚴重，因此我不得不向您請幾天假。」他又轉身面向芮妮繼續說，「這樣您也瞧得出事情是不是真的很嚴重了。」

37 Brutus（西元前八十五—前四十二年），古羅馬政治家，共和主義者。曾任城市大法官。

「您要離開了？」芮妮驚訝出聲，無法掩飾這突如其來的消息對她的震撼。

「唉！是的，小姐，」維爾福回答，「我現在必須動身。」

「那麼您去哪裡？」侯爵夫人問。

「夫人，這是公務機密。不過，如果您在巴黎有事情要辦，我有一個朋友會在今晚出發，他樂意效勞。」

賓客們面面相覷。

「您說要與我私下商談，是嗎？」侯爵問。

「是的，我們到您書房去吧，請。」

侯爵挽起維爾福的手臂，與他一起走了出去。

「好了！」侯爵走進自己的書房裡問，「發生了什麼事情，說吧。」

「我想是最為緊急的事件，我必須即刻出發到巴黎。現在，侯爵，請容我大膽唐突地提出一個問題：您有國家證券嗎？」

「我的所有財產都買成國家債券了，將近六、七十萬法郎。」

「那麼！請您趕快賣掉，侯爵，不然您就破產了。」

「那麼您讓我怎麼賣出呢？」

「您有一個證券經紀人，是嗎？」

「是的。」

「那麼寫一封信由我轉交給他，讓他賣掉，一秒鐘也不能耽擱，也許等我到巴黎也已經太晚了。」

「就像您說的！」侯爵說，「別再浪費時間了。」

說完，他立即坐在一張桌子前，寫了一封信給他證券經紀人，他在信中吩咐他無論如何要把證券賣掉。

「現在，我有這封信了，」維爾福仔細小心地把它放進口袋裡，「我還要需要另一封信。」

「寫給誰？」

「給國王。」

「寫給國王？」

「是的。」

「我可不敢隨便給國王陛下寫信。」

「我不是請您直接寫信給陛下，而是您請德．薩爾維厄先生寫一封信，讓我可以憑此信直接進宮覲見陛下，免去申辦一切求見手續；這些手續會使我失去寶貴的時間。」

「您不是認識掌璽大臣嗎？他可以自由出入杜樂麗宮，通過他，您白天晚上都能去見國王。」

「毫無疑問，不過，我沒有必要讓另一個人知道我的資訊，分享我的功勞。掌璽大臣到時肯定會把我甩在一邊，獨享榮耀。我只與您說一件事，侯爵：若我能第一個進入杜樂麗宮，我的前途就有了保障，因為我將要為國王做一件他永難忘懷的事。」

「這麼說來，趕快準備好一切出發吧。我去與德．薩爾維厄說，讓他寫這封信。」

「請您盡快，因為再過一刻鐘，我就要上路了。」

「讓人把車子在家門口。」

「您能替我在侯爵夫人面前表示歉意嗎？也跟德．聖米蘭小姐說一聲，我為在這樣的時刻離開她，深表遺憾。」

「您會在我的書房裡見到她們的，您可以親自向她們道別。」

「萬般感激，請寫信吧。」

侯爵拉鈴，一個僕人走進來。

「請與德．薩爾維厄伯爵說一聲我想見他。」繼而侯爵又對維爾福說，「現在您走吧。」

「我等一下就會回來。」

說完，維爾福飛奔而出，到了門口，他想，一個代理檢察官表現如此匆忙，萬一被人看見，整個城市都會陷入不安，於是他讓自己恢復常態。他走到自己的家門口，看見暗處站著一個身影正在等他。此人就是美茜蒂絲，她等不到愛德蒙的消息，只好親自來打聽她的情人被捕的原因。

她看見維爾福走近便站到他面前，擋住他的去路。鄧蒂斯曾向代理檢察官提到過美茜蒂絲，所以維爾福馬上就認出來了。少女的美貌與端莊的儀態使他震驚，當她向他詢問情人的情況時，她就像名法官，而他自己反而成了被告。

「您所說的那位年輕人，」維爾福態度生硬地說，「是個罪大惡極的犯人，我無法為他做些什麼，小姐。」

美茜蒂絲迸出眼淚，正當維爾福準備朝前走時，她再次攔住了他。

「至少請您告訴我他在哪裡，好讓我知道他究竟是生是死？」她說。

「我不知道，他已不屬於我管轄了。」維爾福回答。

維爾福對於談話的結尾感到很不自在，於是他推開了她，回到家中，用勁關上門，彷彿可以把他身上的痛苦關在門外。然而痛苦不會輕易消失，就如維吉爾[38]筆下身負箭傷的英雄那樣，那枝箭會永遠在他的傷口上。維爾福一到了客廳，終於忍不住嘆了一口氣，聽上去就像是一聲嗚咽，之後便攤坐在一張沙發椅上。

於是，初萌的罪惡感開始凌遲他的心。他為了滿足自己的野心而犧牲了一個人，一個為他有罪的父親代為受過的無辜之人，現在他似乎出現在他面前，臉色蒼白，氣勢洶洶，手牽著未婚妻，引起維爾福無比的內疚。這種內疚不會像古代的狂人那樣暴跳如雷，而是緩慢而沉重地定時打在心上，越演越烈，痛苦難忍，直到死亡。然後，他有了片刻的猶豫。他以前也時常訴請將罪犯處以極刑，並且以他先聲奪人的辯才取勝而達到處決的宣判。然而這些並沒有給他留下陰影，因為這些罪犯罪證確鑿，至少維爾福是這樣認為的。但這一次，是一個無辜的人。他不僅剝奪了此人的自由，而且還摧毀了他的幸福；這一次，他不再是檢察官，而是一名劊子手。

38　Virgil（西元前七十——前十九年），古羅馬的偉大詩人，代表作是《埃涅阿斯記》。

想到這裡，正如我們已描述過的，他感受到以往從未有過的沉重打擊從他的胸口升起，讓他的內心中充滿無法言喻的痛苦。受了傷的人會用手捂住傷口直到它癒合，只是，維爾福所受的傷是不會痊癒的，或者說，它只能暫時癒合，但過不久傷口又會裂開，並且比之前更血淋淋，更加令人痛苦。在這個時刻，如果芮妮溫柔的聲音在他耳畔響起，請求他的寬恕，如果美麗的美茜蒂絲走進來，對他說：「請看在上帝的分上，把我的未婚夫還給我吧。」他那冰冷而顫抖的雙手一定會簽署命令釋放鄧蒂斯。只是，沒有任何聲音出現在這寂靜的房間，此時開啟的門也只是貼身僕人進來告訴他馬車已經準備好了。

維爾福站起來，或者更接近一躍而起，他奔向書桌，把其中一個抽屜裡的金幣統統塞進自己的口袋，呆立了一會兒，手放在額頭上斷斷續續地默念了幾句，最後，他感到他的貼身僕人已把斗篷披在他的肩上，便出了門，跳進馬車，簡短地吩咐車夫直奔大法院路上的德．聖米蘭府邸而去。

無望的鄧蒂斯命運就定了。

正如德．聖米蘭先生說過的那樣，維爾福看見侯爵夫人和芮妮在書房裡。年輕人見了芮妮，不由得顫抖了一下，因為他以為她又要請求他釋放鄧蒂斯了。不過，此時她心思都只關注自己的事，那就是維爾福即將出發了。

她愛維爾福，而他卻在即將成為她的丈夫之際離她而去，而且不知道何時能歸來。這時的芮妮，不但不會同情鄧蒂斯，而且還會怨恨他，因為他所犯的罪，迫使她與她的情人必須分開。

那麼美茜蒂絲現在又如何呢？她在洛日街和弗南特相遇了。她回到加泰羅尼亞村，心情沮喪，一頭倒在床上。弗南特跪在床邊，牽起她的手親吻著，但美茜蒂絲卻完全沒有感覺。她就這樣度過了一夜。油盡燈滅，但她無視於黑暗；到了白天，她也看不見光明。痛苦蒙住了她的眼睛，她只能看見愛德蒙。

「啊，您在這裡！」她終於轉向面對弗南特。

「從昨天起我就沒有離開過您。」弗南特悲傷地回答。

摩萊爾先生尚未放棄繼續爭取。他得知鄧蒂斯在被審訊過以後便被帶進監獄，他來往奔波於他所有的朋友之間，登門拜訪了馬賽所有能施加影響力的人士，但是風聲已經傳出來——鄧蒂斯是以拿破崙支持者的間諜罪名被逮捕。在那個時期，膽子再大的人也會把拿破崙東山再起的計畫看成是不可能實現的空想。因此，摩萊爾先生到處碰壁。當他回到家中時心情十分沮喪，他不得不承認，事態是嚴重到任何人也無能為力了。

卡德魯斯呢，他非常不安和痛苦。他不像摩萊爾先生那樣出門奔走，想著為鄧蒂斯做點什麼事，再說他也毫無辦法。他只是帶上兩瓶黑醋栗酒把自己鎖在房間裡，想喝到麻痺，不過，他失敗了。他只是喝得醉醺醺，無力起身再去找酒來喝，卻又還沒醉得可以忘記發生過的事。他只能把雙臂抬到桌上，放在兩隻空酒瓶間，在長芯蠟燭的燭光搖曳下，看見的盡是霍夫曼[39]在他那酒跡斑斑的手稿上所灑下的，如同奇形怪狀的黑點似的幽靈在跳舞。

39 Hoffmann（一七七六—一八二二），德國作家、作曲家和畫家。他的想像力極其豐富，從異想天開的神話故事到陰森可怕、超越自然的恐怖小說，他都能揮灑自如。他的文學作品常為一些歌劇作曲家提供創作靈感。

只有鄧格拉斯一人感到滿足與喜悅，因為他已經擺脫了一個對手，並且在法老號確保了自己的職位。鄧格拉斯屬於那種打從出生耳朵上就擱一支筆，心頭放了一瓶墨水的那一類人。這世界上的一切對他而言就只有加減乘除。在他眼中，一個人的生命比不上數字值錢，尤其是除去這個人可以使他的財富增加的時候。所以，鄧格拉斯照樣按時上床，睡得很安穩。

維爾福接到德·薩爾維厄先生的信後，擁抱了芮妮，親吻了德·聖米蘭夫人的手並與侯爵握手告別，便沿著埃克斯大道往巴黎而去。

老鄧蒂斯還在等著愛德蒙的消息而焦慮到痛不欲生時。我們已經非常清楚他的命運了。

第十章　杜樂麗宮的小書房

我們暫且把維爾福的巴黎路程擱在一邊。還是先穿過兩三間客廳，走進杜樂麗宮的小書房。這間窗戶呈拱形的小書房曾因為拿破崙和路易十八的鍾愛而聞名於世，現在成了路易菲立普的書房。

在這間小書房裡，路易十八在一張桃心木製的小桌子旁邊，這張桌子還是他從哈威爾帶回的。凡大人物都有癖好，路易十八的癖好之一，就是對這張桌子寵愛備至。現在，國王路易十八漫不經心地在聽一個五十到五十二歲之間，頭髮灰白，富有貴族氣派，面容端莊的人在講話，一邊卻在格呂費烏斯版的賀拉斯[40]詩集的空白處作註釋。這個版本雖然欠準確卻備受推崇，因為有助於帶給陛下充滿哲理的卓越遠見。

「您說什麼，先生？」國王問。

「我說我憂心如焚，陛下。」

「真的？難道您夢見了七頭肥牛和七頭瘦牛[41]嗎？」

40 Gryphius（西元前六十五—前八年），羅馬傑出詩人，他的《歌集》和《書簡》對西方文學有重大影響。

41 見《聖經．舊約．創世記》。埃及法老夢見七頭肥牛和七頭瘦牛相繼在河邊吃草。約瑟解釋說，這表示七個豐年後將有七個荒年。後來果然應驗。

「不是的，陛下，因為這個夢也不過對我們預示七個豐年與七個災年，有像您這樣英明的國王陛下，饑荒不足擔憂。」

「那麼您說的是什麼樣的災難，親愛的勃拉加斯？」

「陛下，我想，我有充分理由認為，南方正醞釀著一場大風暴。」

「是嗎，親愛的公爵，」路易十八回答，「我認為您的消息不夠準確，相反的，我可以肯定地說，那邊風和日麗。」像路易十八這樣地位的人，他仍然愛開淺薄的玩笑。

「陛下，」德．拉加斯先生說，「就算是讓您的忠臣安心也好，懇請陛下指派一些忠實可靠的人到朗格多克、普羅旺斯和多菲內三省去調查一下，再把那些地方的民情詳實地向您彙報。」

「**Conimus surdis**[42]。」國王一面繼續在賀拉斯詩集上寫注，一面回答。

「陛下，」朝臣笑著，努力做出懂得詩句的樣子回答，「您信賴法國人民的忠心完全在情在理，不過，提防某亡命之徒的企圖是不會錯的。」

「誰？」

「拿破崙，或者是他的黨羽。」

「親愛的勃拉加斯，」國王說，「您老是提心吊膽的，妨礙我工作了。」

「我呢，陛下，您高枕無憂讓我不能安眠。」

42 拉丁文，我們低聲吟唱。

「等一下，親愛的先生，請等等，我在 **Pastor quum traheret**[43] 這一句上找到了一個很好的註解。請稍等一會兒，我之後再聽您往下說。」

於是他們停頓片刻。此時，路易十八用極小的字體在賀拉斯詩集空白處寫上一條新的註釋，寫完，他抬起頭來看起來像是自以為頗有見地，其實他不過是在評價另一個人的意見罷了，他對公爵說：「繼續說下去，我聽著呢。」

「陛下，」勃拉加斯說，他突然想把維爾福的功勞占為己有。「我不得不對您說，使我擔憂的事絕不是一些缺乏根據的傳聞，或是一些捕風捉影的街談巷議，我派了一個有頭腦、完全值得信賴的人去視察南方動態（公爵說此話時猶豫了一下），他坐驛站快車來對我說：『國王受到巨大的威脅。』於是，我就趕來了，陛下。」

「**mala ducis avi domum**[44]。」路易十八邊寫上註釋邊說。

「國王陛下是在命令我放棄這個調查嗎？」

「不是的，親愛的公爵，請把手伸出來。」

「哪一隻？」

「隨您的意，那就左邊的吧。」

「這隻嗎，陛下？」

「我對您說左邊的，您卻伸出右邊的手；我是想說，在我的左邊……對了，是這裡。您

43 拉丁文，在牧童跟著走的時候。

44 拉丁文，讓部下養尊處優的不是好統帥。

大概可以找到警務大臣昨天送交的報告。哦，唐德雷先生本人來了。」掌門官正好通報唐德雷先到了。

「請進。」路易十八微微一笑說，「請進，子爵，請對公爵說出您所知道的一切，無須隱瞞。說說有關拿破崙先生的最新消息，看看厄爾巴島是不是一個大火山，我們真的會看到那裡要爆發一場群情激昂、烈焰衝天的戰爭嗎？**bella，horrida bella**[45]。」

唐德雷先生把兩隻手放在椅子的扶手上，靠著椅背優雅地說：

「國王陛下翻閱過昨天的報告了嗎？」

「是的，看過了，不過請您對公爵說，他找不到報告中提到的部分。也就是對他詳細談談那個篡位者在島上的所作所為吧。」

「先生，」子爵對公爵說，「國王陛下所有的臣僕都應該對厄爾巴島傳來的最新消息感到歡欣鼓舞，波拿巴……」

唐德雷先生看著路易十八，他正埋首寫著註釋，甚至連頭都不抬起來。

「波拿巴心裡煩透啦。」子爵接著說，「他成天在看波托隆戈納的礦工工作。」

「他還以搔癢來當作消遣。」國王說。

「搔癢？」公爵問，「陛下這話是什麼意思？」

「沒錯，親愛的公爵，難道您忘了這個偉大的人物，這位英雄，半個神明，他得了一種

45 拉丁文，戰爭，可怕的戰爭。

要命的皮膚病，prurigo[46]嗎？」

「還不止於此，公爵先生，」警務大臣繼續說，「我們幾乎可以肯定，要不了多久，篡位者會變成瘋子。」

「瘋子？」

「會瘋到極點。現在，他已經有些神志不清了，他時而淚流滿面，時而開口大笑。還有幾次，他在海邊一待就是幾個小時，將石子仍向大海，只要石子打了五、六個水漂兒，他就彷彿贏了另一場馬倫戈[47]或是奧斯特利茨[48]戰役勝利似的心滿意足了。現在您也同意這是發瘋的徵兆吧。」

「或者是智慧的徵兆，子爵先生，智慧的徵兆。」路易十八笑著說，「古代偉大的船長就是往海裡扔石子取樂的。您可以看看普盧塔克[49]著的《阿非利加西庇阿[50]生平》吧。」

德．勃拉加斯先生在這對充滿自信的君主與忠臣之間感到困惑不解。維爾福不願向他交代全部實情，是為了防止被人攬功，不過那位也已經對他透漏夠多的訊息，足以使他深感不安。

「好了，好了，唐德雷，」路易十八說，「看來勃拉加斯還沒有被說服，談談篡位者歸順

---

46 拉丁文，瘙癢症。

47 Marengo，第二次反法聯盟戰爭中，拿破崙在此地取得一場險勝。這場戰爭促使拿破崙在巴黎取得軍政大權。

48 Austerlitz，拿破崙與第三次反法聯盟在此地首次交戰，這次戰役是拿破崙最輝煌的勝利之一。

49 Plutarch（約四十六—一一九年後），古希臘作家，對十六到十九世紀初的歐洲影響最大的古典作家之一，他的作品介紹了許多希臘和羅馬的知識。

50 Scipio Africanus 即古羅馬統帥小西庇阿（約西元前一八五—前一二九年），他任執政官時曾率軍進攻北非，故獲「阿非利加西庇阿」的稱號。

的事情吧。」

警務大臣躬身致意。

「篡位者歸順！」公爵喃喃說，他看看國王，又看看唐德雷，他倆就像維吉爾詩歌裡的兩個牧童在一唱一和。「篡位者真的會歸順嗎？」

「絕對沒錯，親愛的公爵。」

「是怎樣的歸順？」

「變得循規蹈矩了。跟他詳述一切吧，子爵。」

「事情是這樣的，公爵先生，」子爵一本正經地說，「最近拿破崙作了一次視察，有兩、三位老兵向他表達想要回法國的願望，他便准假，而且鼓勵他們『要為善良的國王效勞』。這是他自己親口說的話，公爵先生，我確信無疑。」

「嗯！勃拉加斯，您怎麼想呢？」國王帶著得意的神色停下，不再參閱那本內容繁浩的大書了。

「我說，陛下，警務大臣或是我之間有一人肯定是錯了。不過，大臣不可能出錯，因為他負責陛下的安全與尊嚴，那麼很可能就是我錯了。然而，陛下，假如我處在國王陛下的位子上，我倒願意詢問一次我剛跟陛下談到的那個人。我甚至堅持懇請國王陛下給他這樣的榮幸。」

「我很樂意，公爵，只要您贊成，我願意接見任何您舉薦的人。不過，我希望您不要對我抱持太大的信心。大臣先生，您有比這一份更新的報告嗎，這一份是二月二十日簽發的，現在已是三月三日啦！」

「沒有，陛下，不過我無時無刻不在等一份新的報告。我從大清早就出門了，也許我不在時，有新報告送達也不一定。」

「那麼去警察總署走一趟吧，倘若沒有，」路易十八笑著說，「那您就做一份吧，您們不是經常這樣做的嗎？」

「啊，陛下！」大臣說，「我們根本無須編造報告。每天，在我們的辦公桌上都堆滿了最為詳盡的資料，這些都是希望效忠的人期盼能換得一些補償，他們希望能出點力卻徒勞無功。他們只能依靠機運，期望有朝一日會發生什麼意外事件，使他們的預想變為現實。」

「很好，那麼去吧，先生，」路易十八說，「記住我在等您。」

「我會快去快回，陛下。我大約十分鐘就會回來。」

「我呢，陛下，」德．勃拉加斯先生說，「我現在就去找我的信使。」

「請等一等，先生，」路易十八說，「說真的，勃拉加斯，我得為您換一下紋章了。我要給您一隻展翅的老鷹，兩隻鷹爪牢牢地抓緊一隻獵物，還要在上面提上一個字：Tenax[51]。」

「陛下，我在聽著呢。」德．勃拉加斯先生強壓住焦躁不安的情緒說。

「關於這一段，我想聽聽您的意見：**molli fugiens anhelitu**[52]。您知道，這是指一隻逃避狼的鹿。您不是獵手和了不起的獵狼人嗎？您有雙重的頭銜，您覺得 **molli anhelitu**[53] 如何？」

51　拉丁文，固執。
52　拉丁文，氣喘吁吁地逃跑的膽小鬼。
53　拉丁文，氣喘吁吁的膽小鬼。

「妙極了，陛下。不過，我的信使就如您說的那隻鹿，因為他剛剛乘驛站快車奔跑了二百二十里格（編註：一里格為四公里）的路，只花了將近三天的時間。」

「這可真夠勞累和傷神的了，親愛的公爵，現在，我們有了電報，只需花三、四個小時，而且發報人根本無須大喘氣。」

「啊！陛下，這可憐的年輕人從大老遠來，興致勃勃地要給國王陛下送一份有用的情報，您對他也太不領情了。德．薩爾維厄先生把他介紹給我，即便看在德．薩爾維厄先生的面上，也請接見他一次吧，我請求您了。」

「德．薩爾維厄先生，是我弟弟的那個侍從官嗎？」

「就是他。」

「沒錯，他是在馬賽。」

「他就是在那裡給我寫信的。」

「他有向您提到了這次陰謀嗎？」

「沒有，不過他強力推薦德．維爾福先生，並請托我把他引薦給國王陛下。」

「德．維爾福先生？」國王大聲說，「這個信使名叫德．維爾福先生嗎？」

「是的，陛下。」

「從馬賽趕來的就是他？」

「是他本人。」

「您剛才怎麼不馬上把他的名字告訴我呢！」國王接著說，臉上開始露出不安的神色。

「陛下，我以為國王陛下不熟悉這個名字。」

「您錯了，勃拉加斯，這個人辦事認真，有教養，特別是野心勃勃。對了，您知道他的父親姓什麼嗎？」

「他的父親？」

「是的，他姓諾爾帝亞。」

「吉倫特派分子諾爾帝亞？參議員諾爾帝亞？」

「是的，沒錯。」

「國王陛下任用這樣一個人的兒子？」

「勃拉加斯，我的朋友，您根本沒聽明白。我不是對您說維爾福野心勃勃嗎，為了達到目的，他會不惜犧牲一切，甚至是他的父親。」

「這麼說，陛下，我可以讓他進來了？」

「現在就去，公爵，他在哪呢？」

「他應該在下面等我，就在我的馬車裡。」

「去把他找來。」

「我這就去。」

公爵像年輕人那樣敏捷地走了出去，他對王朝的熱忱與虔誠使他看上去就像才滿二十歲。

路易十八一個人留了下來，又把目光投向他那本打開著的賀拉斯詩集，嘴裡念念有詞：

「Justum et tenacem propositi virum[54].」

德．勃拉加斯先生以跟出去時一樣的速度又奔了上來，但在前廳，他卻不得不停下來等著讓他引見維爾福去覲見國王。維爾福的衣著完全不合宮廷的禮儀，他那件沾滿塵土的上衣引起了德．勃雷澤先生的注意。他看見這個年輕人居然以這樣的打扮要去覲見國王感到非常吃驚。不過公爵以「陛下有旨」一句話排除了所有的困難，雖然禮儀長為維護禮儀的尊嚴，再三打量維爾福，但他還是被引見了。國王仍然坐在剛才公爵離開他時的位子上沒動。維爾福打開門時，正巧與他的眼神交會，年輕的代理檢察官的第一個反應便是陡地停住腳步。

「請進，德．維爾福先生，」國王說，「請進。」

維爾福躬身致敬，向前邁進幾步，等待國王的詢問。

「德．維爾福先生，」路易十八繼續說，「德．勃拉加斯公爵在這裡，他聲稱您有重要的事情要對我們說。」

「陛下，公爵先生說的沒錯，我希望陛下本人會同意這個說法。」

「首先，在談正事之前，先生，依您看，事情就如他們要讓我相信的那麼嚴重嗎？」

「陛下，我以為情況緊急，不過，由於我行動快速，希望事態沒有到不可挽回的地步。」

「倘若您願意，就完整交代一切吧，先生，」國王說，他看見德．勃拉加斯先生情緒激動，維爾福的聲音失常，不由得也開始失去冷靜，「說吧，注意從頭說起，我喜歡一切都有

54 拉丁文，一個正直而意志堅強的人。

條有理。」

「陛下，」維爾福說，「我將向國王陛下如實稟告，不過我現在腦子有些亂，假如說話缺乏邏輯，我請求陛下見諒。」

維爾福說了這番奉承的開場白之後，向國王瞥了一眼，看見威嚴顯赫的聽者態度和藹，便放下心來，他繼續說：

「陛下，我以最快的速度趕到巴黎向國王陛下稟報，在我的職務管轄範圍之內，發現了一件真正的謀反事件。不是每天在下層百姓或是在軍隊裡醞釀著無足輕重的陰謀，而是一場風暴，直接威脅到國王陛下的王位。

「陛下，篡位者武裝了三條船。他在策劃某項計畫，也許這是在異想天開，不過異想天開也是夠可怕的。此時此刻，他大約已經離開了厄爾巴島，去哪裡？我不知道，不過可以肯定他想回到大陸，或者是在那不勒斯，或者是在托斯卡尼海岸，甚至在法國本土登陸。國王陛下不會不知道，這個厄爾巴島的統治者與義大利和法國還保持著一定的聯繫。」

「是的，先生，我知道，」國王十分激動地說，「最近，有消息說，拿破崙支持者在聖雅克街集會。不過，我請您說下去，您是怎麼得到這些詳情的？」

「陛下，詳情是從我審訊一位馬賽人時得到的，長久以來我就監視他，在我離開的當天，我派人把他拘捕了。此人是一個不安分守己的水手，我一直懷疑他是一個拿破崙支持者，他曾偷偷地上過厄爾巴島，在那裡會見了大元帥，後者要他捎個口信給一位在巴黎的拿破崙支持者，我沒能從他口中審問出此人的名字。不過這個口信是要這個拿破崙支持者召集人馬捲土重來——注意，這是審訊口供，陛下——行動時間就在最近。」

「這個人現在在哪兒？」路易十八問。

「在監獄裡，陛下。」

「您覺得事情嚴重嗎？」

「十分嚴重，陛下。那天正是我的訂婚日。喜宴正在進行，我得知這事後大為震驚，於是我離開未婚妻和朋友，把這一切都先推延，急忙趕來投到國王陛下的腳下，陳訴我的擔憂，表達我的忠心。」

「沒錯，」路易十八說，「您是想與德．聖米蘭小姐締結良緣嗎？」

「她是國王陛下一個最忠誠的臣僕的女兒。」

「是的，是的。再多說這次陰謀吧，德．維爾福先生。」

「陛下，我擔心這不只是一次陰謀，我擔心這是一次謀反。」

「依目前形勢想要謀反，想來容易，卻很難成功。」國王面帶笑容說，「因為我們剛剛才恢復了世襲的王位，對過去、現在和將來都把兩眼睜得大大的。十個月來，我的大臣們都加倍警惕以確保地中海沿岸安然無恙。倘若波拿巴在那不勒斯登陸，整個聯軍在他到達皮翁比諾[55]之前就會行動。倘若他在托斯卡納登陸，他就踏上了敵國的領土。倘若他在法國登陸，他勢必只能帶少數兵馬，由於他被百姓所憎惡，我們很容易制服他。請放心，先生。不過，

55 Piomoino，義大利中部托斯卡納大區城鎮。

請相信，王室仍感謝您。」

「哦！唐德雷先生到了！」德·勃拉加斯公爵大聲說。

這時，警務大臣先生出現在門口，他的臉色蒼白，渾身顫抖，目光游移不定，彷彿得了頭暈目眩症似的。

維爾福退後一步準備退出，但德·勃拉加斯先生一把攔住了他。

第十一章　科西嘉島的吃人妖怪[56]

路易十八看見這張神色慌張的臉，猛然地推開身前的小桌子。

「發生了什麼事，子爵先生？」他大聲說，「您看上去一副魂不守舍的樣子。您的驚慌跟德．勃拉加斯先生剛才說的話，以及德．維爾福先生剛才證實的事情有關係嗎？」

德．勃拉加斯先生迅速走近子爵，這時，那位朝臣的恐懼已經嚇退了這位重臣的自尊心。說實在的，在這樣的時刻，對他來說，讓警察總監的鋒頭蓋過他也比自己在這事件上羞辱對方更好。

「陛下……」子爵結巴地說。

「怎麼啦？說吧。」路易十八說。

警務大臣這時做了一個絕望的手勢，像是要撲倒在路易十八跟前，國王皺了一下眉心，向後退了一步。

「您說啊！」他說。

「啊！陛下，大禍臨頭了！我還有什麼可抱怨的？我永遠也不能原諒自己！」

56　當時法國保王黨人給拿破崙起的綽號。

「先生，」路易十八說，「我命令您說。」

「是的！陛下，篡位者在二月二十六日離開了厄爾巴島，並且在三月一日登陸了。」

「在哪裡登陸？義大利嗎？」國王急切地問。

「在法國，陛下。靠近安提布[57]的一個小港，在若安海灣。」

「篡位者在三月一日於法國登陸，靠近安提布，在若安海灣，離巴黎有兩百五十里格，而您直到今天三月三日才得到消息！天啊！先生，您說的事真令人難以想像，如果不是別人給您錯誤的訊息，就是您的精神失常了。」

「這是真的！陛下，此事千真萬確！」

路易十八做了個無法形容、既憤怒又警戒的手勢，他陡然站了起來，彷彿是被人出其不意地同時重擊到心臟和臉龐。

「到了法國！」他大喊說，「篡位者到了法國！那麼是他們沒把他看管守好？哦，誰知道？也許他們與他已經勾結在一起了？」

「哦！陛下，」德．勃拉加斯公爵高聲說，「像唐德雷先生這樣的人是不能被指控叛國的。陛下，我們大家被蒙蔽雙眼，警務大臣只是和大家一樣看不見而已。」

「不過……」維爾福說，但他馬上警覺不當，先禁聲再開口。

「請求您的原諒，陛下，」他躬身說，「我的忠誠使我擅自開口，望國王陛下寬恕。」

57 Antibes，法國濱海阿爾卑斯省城鎮。

「說吧，先生，大膽地說，」國王說，「只有您一人能及早把這個壞消息告知我們，請幫助我們趕快找出補救辦法吧。」

「陛下，」維爾福說，「篡位者在南方受人憎惡。如果他在南方膽大妄為，我相信，我們在普羅旺斯和朗格多克兩省可以輕易地發動民眾對付他。」

「沒錯，這點毫無疑問，」大臣回說，「可是他是從加普和西斯特隆前來。」

「前來，他過來了，」路易十八說，「那麼他正往巴黎挺進嗎？」

警務大臣保持沉默，等於完全承認這個說法。

「那麼多菲內省呢，先生，」國王向維爾福問，「您認為我們能像普羅旺斯省那樣動員嗎？」

「陛下，我很遺憾地向國王陛下說出一個殘酷的現實：多菲內省民眾的思想遠不如普羅旺斯、朗格多克兩省。山民都是拿破崙支持者，陛下。」

「這樣啊，」路易十八喃喃地說，「他的消息準確。那麼他帶了多少人？」

「陛下，我不知道。」警務大臣說。

「什麼，您不知道！您完全忘了去打聽這個情況？當然啦，這件事沒什麼了不起。」他慘笑著補充說了一句。

「陛下，我無法打聽到。電報只是報告了篡位者登陸和路徑的消息。」

「那麼您是怎麼獲得這個電報的？」國王問。

大臣低下頭，漲紅了臉。

「是電報站接力傳遞的，陛下。」他怯懦地說。

路易十八向前跨了一步，像拿破崙那樣雙臂交叉。

「這麼說來，」他氣得臉色發白說，「七國聯軍推翻了這個人，上天顯靈，終於讓我在二十五年的流放生活之後，坐上了先父的王位。在這二十五年之中，我努力不懈地學習、了解法國人民的民情與文化，現在，當我的心願都已實現後，我手中的權力卻被引爆，把我擊得粉碎！」

「陛下，這是劫數。」大臣低聲說，他感覺到國王這一番話的重量，雖說這和命運的重擔相比顯得微不足道，但已足以壓垮一個人。

「這麼說來，我們的敵人對我的評價是準確無誤的。我們什麼也沒有學到，什麼也沒有忘記！如果我像他一樣遭人背叛，我內心尚能接受。可是，我使一些人享有顯赫高位，他們應該愛護我勝過他們自己才是，因為我的命運就是他們的命運。在我繼位之前，他們一無所有；在我遜位之後，他們也將一無所有。結果呢，我卻必須因他們的無能與無知而悲慘地死去！啊！是的，先生，您言之有理，這是劫數。」

大臣在聽著這一番辛辣的諷刺之語時，一直躬身不起。德．勃拉加斯先生擦著額頭上的汗珠，維爾福則暗自得意，因為他覺得自己愈發重要了。

「垮臺，」路易十八接著說，他一眼就看出王朝將要墜入的深淵，「而且還是透過電報才得知自己要垮臺！天啊！我寧願走上我兄長路易十六的斷頭臺也不想從杜樂麗宮的樓梯滾下去，醜態百出地被逐出宮。啊！先生，您不了解這在法國意味著什麼，不過您應該是清楚的。」

「陛下，陛下，」大臣喃喃地說，「開恩啊！」

「請向前來，維爾福先生，」國王接著對年輕人說。維爾福一直站著不動，屏息聽著這場維繫著王朝命運的談話。「請您過來，並向這位先生說明，是有人能比他先得知他尚未獲得的情報。」

「陛下，要從一個口風嚴密的人身上得到任何具體計畫，實在不可能。」

「**實在不可能！**是的，這多麼偉大的字眼，先生。不幸的是，偉大的字眼就如偉大的人物一樣，我全都估量過。**實在不可能**讓擁有行政權，有專員，有警察、密探、間諜和一百五十萬法郎祕密活動經費的大臣了解到，離法國海岸線六十里格的地方發生的事情！是啊！讓我們來看看，這裡有一位先生，他手上沒有任何情報來源，只是一名普通的檢察官，卻比您與全部警察系統知道得更多。如果他像您那樣有權指揮電報機構，就能挽救我的王冠了。」

警務大臣帶著極為輕蔑的表情把目光轉向維爾福，而年輕人則以勝利者的謙虛姿態垂下了頭。

「我這番話不是針對您說的，勃拉加斯，」路易十八繼續說，「因為您雖然什麼也沒發現，至少您保持警覺，堅持存疑。他人很可能認為德·維爾福先生的發現無足輕重，甚至認為這是他出於名利的野心所杜撰的。」

這些話是影射一小時前警務大臣帶著極為自信的口氣所發的那番議論。

維爾福明白國王的意圖。換了另一個人，也許會陶醉在讚賞之中，然而他擔心這會使他成為警務大臣的死敵，即使他已看出此人無可挽回地失敗了。事實上，這位大臣過於迷信自己的能力，沒能及早察覺拿破崙的詭計，但在他作垂死掙扎時，卻有可能揭穿維爾福的祕密，因為他只需提審鄧蒂斯一次就行了。於是，了解事態的維爾福不但沒有對失勢的大臣落井下石，反而幫他說話。

「陛下，」維爾福說，「事態發展之迅速可以向國王陛下證明，只有上帝才能阻止它。國王陛下以為我有先見之明，其實純粹是出於偶然。身為忠誠的臣僕，我只是抓住了這個機會而已。請別對我過獎了，陛下，否則以後您再也無法記起對我的初次印象了。」

警務大臣充滿感情地看了年輕人一眼，表達感謝之意。於是，維爾福明白了，他已完成了預定計劃，也就是，他既沒有失去國王的感激之情，還新結交了一個朋友，適當時候，他還可以依靠他。

「好啦，」國王說，「現在，先生們，」他邊轉向德．勃拉加斯先生和警務大臣邊說，「我不需要您們了，您們可以退出了。接下來要做就屬於軍機大臣的範圍啦。」

「何其所幸啊，陛下，」德．勃拉加斯說，「我們有可以依靠的軍隊。國王陛下知道，所有的報告都向我們描述了軍隊是如何效忠政府的。」

「別向我提起報告了。現在，公爵，我知道我們可以信賴它們的程度。哦，提起報告，子爵先生，您知道有關聖雅克街事件的最新消息嗎？」

「有關聖雅克街的事件！」維爾福不禁驚呼了一聲。

他馬上又轉換了口氣。

「請您原諒，陛下，」他說，「我對國王陛下的忠誠使我總是疏忽的，不是我對您的尊敬，而是禮儀的條文。」

「一切隨意吧，先生，」路易十八又說，「今天您贏得提出問題的權利。」

「陛下，」警務大臣回答，「我今天就是來向國王陛下呈上我所收集到有關這個事件的最新情報。只是，當時國王陛下的注意力已轉向海灣那件嚴重的敵情。現在，國王對這些情報可能不再感興趣了。」

「恰恰相反，先生，恰恰相反，」路易十八說，「我倒覺得這兩件事有著直接的關聯，而蓋斯內爾將軍之死也許會使我們面臨一次嚴重的內部叛亂。」

維爾福聽到蓋斯內爾的名字不禁顫抖了一下。

「一切跡象都表明，」警務大臣接著說，「這次死亡事件不是我們先前所想的自殺，而是暗殺。蓋斯內爾將軍好像是從一個拿破崙支持者的俱樂部出來時就失蹤了。當天早上曾有一名陌生人去找他，與他約定在聖雅克街相會。正當陌生人被引進到書房時，將軍的貼身侍僕正在給他梳頭，可惜的是，他只聽到那個人說了聖雅克街，卻沒聽清楚門牌號碼。」

警務大臣向國王路易十八轉述情報時，維爾福全神貫注地在聽著，臉色一陣紅一陣白。

國王轉向他了。

「德·維爾福先生，有人認為蓋斯內爾將軍與篡位者有瓜葛，但事實上他是完全效忠於我的，他是拿破崙支持分子圈套下的犧牲者，您同意我的看法嗎？」

「這是有可能的，陛下，」維爾福回答，「我們還知道什麼情況嗎？」

「有人跟蹤那個和他見面的人。」

「有人跟蹤？」維爾福重複了一次。

「是的，僕人報出了他的特徵。此人約莫五十出頭，深色皮膚，濃眉下面有一對黑色的眼睛，蓄髭，穿一身藍色禮服，鈕扣上別著四級榮譽勳位的玫瑰花形徽章。昨天，有人跟蹤了一個酷似此人特徵的人，但此人在絮西埃納街和雞鷺街的轉角處就不見了。」

維爾福只能靠在椅背上，因為警務大臣越往下說，他就越感到雙腿無力，直到他聽到此人擺脫了跟監後，他才鬆了口氣。

「您繼續尋找此人，先生，」國王對警務大臣說，「蓋斯內爾將軍對我們正是有用之際，但是，他卻被謀殺了。他的暗殺者，不論是不是拿破崙支持者，都應該要被嚴懲。」

維爾福強迫自己鎮靜下來，才不致洩露自己因為聽了國王的吩咐而感到的恐懼。

「真是怪事！」國王發火地說，「當警方認為一切都已交代清楚時，卻又說：『發生一起謀殺案。』尤其是他們又說：『正在追蹤嫌犯。』時，又更加詭異了。」

「陛下，我希望至少在這個細節上國王陛下將會得到滿足。」

「我們等著瞧吧。我不再留您了，子爵。德．維爾福先生，您經過長途跋涉也疲勞了，去休息吧。您應該是住在您父親那裏？」

「不是的，陛下，」他說，「我下榻在馬德里飯店，在圖爾農街上。」

「您應該見過他了？」

「陛下，我是直接到德．勃拉加斯公爵府上。」

「那麼您總得去看看他吧？」

「我不想去，陛下。」

「哦！我忘了，」路易十八帶著微笑說，意思是說他這些問題不是沒有意圖的。「您與諾爾帝亞先生的關係冷淡，這是您為了王室利益做出的另一個犧牲，我該對您有所補償。」

「陛下，國王陛下對我的善意已經是一種褒獎，遠遠超出我的奢望，我對國王不敢再有所求了。」

「別放在心上，先生，我們是不會忘掉您的，先安心吧。」（國王摘下榮譽勳位十字勳章，通常它掛在他的藍色上衣上面，位於聖路易十字勳章旁邊，加爾邁山聖母院和聖拉紮爾騎士團徽章的上方，他把它交給維爾福）他說，「在此期間，收下這枚勳章吧。」

「陛下，」維爾福說，「國王陛下您拿錯了，這枚勳章是榮譽勳位獲得者佩戴的。」

「當然，」路易十八說，「就拿這一枚吧，我沒時間請人為您訂製另一枚了。勃拉加斯，請您記住把榮譽勳位證書發給德·維爾福先生。」

維爾福的眼睛充滿了自豪與喜悅的淚水，他收下勳章並親吻它。

「現在，」他問，「請問陛下還有什麼命令讓我能有幸為您效勞的嗎？」

「去休息吧，您很需要。請記得，如果您無法在巴黎效忠我的話，那麼您在馬賽也能大有可為。」

「陛下，」維爾福躬身回答，「我再過一小時就會離開巴黎。」

「去吧，先生，」國王說，「假如我把您忘了──當國王的記憶力都不強──提醒我就是了，不用害怕。子爵先生，請下令去找軍機大臣，勃拉加斯，您留下。」

「啊！先生，」警務大臣走出杜樂麗宮時對維爾福說，「您已開啟幸運之門，前途無量啊。」

「它能長久嗎？」維爾福一面向仕途已盡的大臣致意，一面默默地說，同時用目光尋找一輛出租馬車準備回家。一輛馬車經過碼頭，維爾福向它做了個手勢，馬車駛近，維爾福交待了地址，鑽進車廂，坐好後，便開始對前景做起了白日夢。

十分鐘過後，維爾福回到旅館，他吩咐車夫兩小時後來接他，並命令僕人準備早餐。他正準備坐上餐桌，忽然響起既急又響的鈴聲。貼身侍僕前去開門，維爾福聽見一個聲音在說他的名字。

「有誰知道我已經在這裡？」年輕人心裡想道。

這時，貼身侍僕走進來。

「怎麼了！」維爾福說，「有什麼事情？誰拉鈴，誰想見我？」

「一個陌生人，他不願說出他的名字。」

「什麼！一個不願說出姓名的陌生人？這個陌生人找我幹什麼？」

「他想和先生說話。」

「和我？」

「是的。」

「他指名道姓了？」

「一點沒錯。」

「這個陌生人什麼模樣？」

「哦，先生，此人有五十來歲。」

「矮或高？」

「和您的身高差不多，先生。」

「膚色深或淺？」

「深色，膚色極深，他有著黑眼睛、黑頭髮與黑眉毛。」

「穿著呢，穿什麼衣服？」維爾福急切地問。

「穿一件藍色長禮服，從上到下有一排鈕扣，佩戴榮譽勳位勳章。」

「是他。」維爾福臉色變得慘白地說。

「是的！」訪客走進門時說，我們先前已描述過他的特徵兩次了。「嘿，規矩倒不少！兒子讓父親在前廳等著是馬賽的習俗嗎？」

「父親！」維爾福大聲說，「我沒猜錯，我在想或許是您。」

「很好，如果您想到是我，」來者說，他把手杖擱在一個角落，把帽子放在椅子上。「那麼請允許我對您說，親愛的傑哈德，您讓我這樣等著真的太不應該了。」

「下去吧，傑爾曼。」維爾福說。僕人退出時，明顯地帶著驚訝的神情。

第十二章　父與子

剛走進來的人的確是諾爾帝亞先生，他的目光一直跟著僕人，直到他重新把門關上為止。接著，他擔心僕人會在前廳偷聽，於是重新把門打開查看，看來他的小心謹慎並非無用，因為傑爾曼以奇快的速度退走，證明他絕不可能倖免於使我們先祖[58]墮落的原罪。這時，諾爾帝亞先生再親自把前廳的門關上，返回臥房，關門，再插上門閂後，才轉過身把手遞給維爾福。年輕人注視著他的這一切動作，驚詫不已，尚未恢復常態。

「現在，我親愛的傑哈德，」他帶著詭祕莫測的微笑對年輕人說，「您知道嗎，您似乎不怎麼高興看見我？」

「親愛的父親，」維爾福說，「我是很高興的。只是，我萬萬沒想到您會來，所以您的到訪多少使我有點措手不及。」

「不過，我親愛的朋友，」諾爾帝亞先生邊坐下邊說，「我也希望能對你這樣說。您告訴我您的婚禮在二月二十八日舉行，然而，三月三日您卻已在巴黎？」

「如果我在這裡，親愛的父親，」傑哈德走近諾爾帝亞說，「您先別埋怨，因為我來巴黎

58 指亞當和夏娃因好奇而偷吃了伊甸園的禁果；這裡影射傑爾曼在門外偷聽。

就是為了您，這趟旅行也許能救您的命。」

「是這樣嗎？」諾爾帝亞先生坐直了身子說，「如果是真的，對我說說看吧，檢察官先生，這大概會相當有趣。」

「父親，您是否聽說在聖雅克街上有一個拿破崙支持者的俱樂部？」

「五十三號？是的，我是這個俱樂部的副主席。」

「父親，您的冷靜使我怕得發抖。」

「您要我怎樣，親愛的？我被山嶽黨人[59]流放過，坐在一輛運乾草的小車上逃出巴黎，後來又在波爾多的荒原裡被羅伯斯庇爾的密探追逐。我已被磨練出處變不驚地面對事情了。我是說，在聖雅克街的這個俱樂部裡發生了什麼事情呢？」

「有人引誘蓋斯內爾將軍到那裡。蓋斯內爾將軍晚上九點走出家門，次日屍體在塞納河裡被人發現。」

「誰對您講了這麼一個動聽的故事？」

「國王本人，先生。」

「好吧，作為對您的故事的回報，」諾爾帝亞繼續說，「我也告訴您一個消息。」

「親愛的父親，我想我已經知道您要對我說些什麼。」

「哦！您知道皇帝陛下上岸了？」

59 Mountaineer，法國大革命時期國民公會的激進派議員，一七九三到一七九四年間，該委員會實際上統治了法國。

「小聲點，父親，我求求您了，為了您也為了我的安全。是的，我已經知道這個消息，甚至比您早知道，因為這三天，我一路從馬賽拼命趕路到巴黎，深怕為時已晚。」

「三天前！您瘋啦？三天前，陛下還沒有上船啊。」

「那有什麼關係，我已知道這個計畫。」

「怎麼回事？」

「從厄爾巴島上送出的一封給您的信中，我知道了這個計畫。」

「給我的信？」

「給您的，我是從送信人的文件袋裡截獲的。假如這封信落到另一個人手裡，此刻，父親，您也許被槍斃了。」

維爾福的父親笑了。

「行啦，行啦，」他說，「看來復辟王朝從帝國那裡學到了果斷速決的方法了。槍斃？我親愛的孩子，您怎會有這樣的想法？那麼，您說的那封信在哪呢？我太了解您，我不認為您會把信隨便亂扔。」

「我把信燒了，就怕留下隻字片語，因為憑這封信就能定您的罪。」

「還會毀了您的前途，」諾爾帝亞冷冷地回答，「是的，我了解了。不過，既然有您保護我，我就沒什麼可害怕的了。」

「我不止是保護您，先生，我還救您一條命。」

「真的嗎！事態真的變得更加戲劇化了，願聞其詳。」

「我必須先回到位在聖雅克街上的俱樂部這個話題上。」

「看來這個俱樂部是警方的一根心頭刺。為什麼他們不再仔細搜查？他們是可以找到蛛絲馬跡的。」

「他們沒有找到，但已經有線索了。」

「這只是一種常見的說詞，我很清楚。如果警方有差錯，他們就會說有線索了，而政府就會耐心地等待破案的一天到來。然後，他們又會低著頭走過來說，線索斷了。」

「是的，不過他們找到了一具屍體。蓋斯內爾將軍被殺了，在世界各國，這都叫作謀殺。」

「謀殺？您這麼認為？可是沒有任何證據可以確定將軍是被謀殺的。在塞納河裡每天都可以找到許多屍體，他們不是因絕望而投河自盡，就是因不會游泳而淹死的。」

「父親，您很清楚將軍不是會因絕望而投河的人，而且，人們也不會在一月分跳到塞納河裡去洗澡。不對，不是的，別弄錯了，全世界都會認為這是謀殺事件。」

「這又是由哪位認定的？」

「國王本人。」

「國王！我原以為他有足夠的哲學家思辨能力去理解到政治上沒有謀殺這一種說法。在政治上，親愛的朋友，您應該和我同樣明白，沒有人的存在，只有思想；沒有感情，只有利益。在政治上，不會有殺了一個人的說法，而是會說清除了一個障礙，如此而已。您想知道事情的來龍去脈嗎？那好，我這就說給你聽。我們原以為可以信賴蓋斯內爾將軍，因為厄爾巴島上有人把他推薦給我們。我們之中有一個人去邀請他到聖雅克街參加一次朋友間的聚會。他來了，在那裡，我們向他說明了全盤計畫，包括從厄爾巴島出發以及登陸本土的時間。等他把一切都聽仔細也聽完全後，他宣稱他是保王派分子。這時大家面面相覷，我們要他賭咒發誓，他做了，但非常勉強，不如說他的發誓，是在試試老天是否靈驗。儘管如此，我們還是讓將軍自由地走了，絕對的自由。但是，他沒回到家中，這該如何解釋呢？親愛的朋友，他從我們這裡出去，很可能迷了路，如此而已。謀殺！說真的，維爾福，您讓我大吃一驚。代理檢察官，您捕風捉影就能把人定罪了。當您為王室盡責，把我的一個同伴判處死刑，砍下他的腦袋時，我是否曾對您說過，我的兒子，您犯了謀殺罪？沒有。我說的是，很好，先生，您得勝了，日後再回報。如此而已。」

「不過，父親，請注意，如果我們要報復，那將是很可怕的。」

「我不懂您說的話。」

「您寄望於篡位者復辟吧？」

「我承認。」

「您錯了，父親，他在法國本土走不出十里格就會像一頭野獸般被人追捕、圍剿、抓住的。」

「親愛的朋友，皇帝此刻正在向格勒諾布爾前進。十日或十二日，他就會到里昂。二十日或二十五日，便會到達巴黎。」

「老百姓會奮起……」

「奮起歡迎他。」

「他隨身只帶了幾個人，而我們會派幾支軍隊去攻打他。」

「這些軍隊將會護送他回到首都。說實話，親愛的傑哈德，您還只是個孩子。您自以為情報確實，因為有一份電報在皇帝登陸三天後對您說：『篡位者帶了幾個人在戛納登陸，我們正在追捕中。』但是，他在哪裡？要做什麼？您一無所知。這樣看來，他們可是會一路追捕他到巴黎卻不會發出一槍一彈。」

「格勒諾布爾和里昂都是效忠國王的城市，會築起一道不可逾越的防線阻止他。」

「格勒諾布爾市會熱情地為他敞開大門，所有里昂人將前去迎接他。相信我吧，我們的情報來源不亞於您，我們的警察與您們的同樣能幹，您需要證據嗎？那就是，您原想對我隱瞞這次的行程，但我在您通關後的半小時就知道您到達了。您前往的目的地，除了您的車夫，其他人一概不知，可是，我卻知道您的住址，在您正要用餐時我準時到達，這就是證明。請按鈴吧，請人再擺一套餐具，我們一起用餐。」

「是啊！」維爾福驚訝地看著他的父親回答，「您果然知道得相當多。」

「怎麼說呢？事情相當簡單，您們能有的權力都是用金錢收買來的。而我們，我們期盼著由忠誠奉獻之心所激發而出的政權。」

「忠誠奉獻？」維爾福笑著問。

「是的，忠誠奉獻。它代表著希望的雄心壯志。」

說完，維爾福的父親向拉鈴繩伸出手去，想召喚僕人，因為他的兒子沒有動作。維爾福拉住了他的手臂。

「請等等，父親，」年輕人說，「還有一句話。」

「說吧。」

「不管王室的警察再怎麼無能，他們還是知道一件可怕的事情。」

「什麼事？」

「就是某人的特徵。此人在蓋斯內爾將軍失蹤的當天早晨，曾到他的家裡去過。」

「哦！警方發掘這個線索，真是值得嘉獎，不是嗎！那麼是什麼樣的特徵呢？」

「深色皮膚，頭髮、眉毛和頰鬍都是黑色的。藍色禮服，從下敞開一直到頸部，鈕扣處別著四級榮譽勳位的玫瑰形徽章還有寬邊帽與手杖。」

「啊！他們知道這些？」諾爾帝亞說，「既然這樣，那麼為什麼不抓住那個人呢？」

「因為昨天或是前天他從雞鷺街的轉角處跑掉不見了。」

「我就說您們的警察無能，不是嗎？」

「不錯，不過他們遲早會找到他的。」

「是啊，」諾爾帝亞漫不經心地環視了一下四周說，「嗯，如果這個人毫無警覺的話是會是這樣的，可是他已經知道了，而且，」他微笑著補充道，「他還要改變面貌和服裝。」

說完，他站起來，把禮服脫下，領帶解下，走向一張桌子，桌上放著他的兒子梳妝用的一切必需品，他拿起一把剃鬚刀，在臉上抹上肥皂，用他結實有力的手，刮掉了所有的頰鬍。

維爾福看著他，恐懼中帶著敬佩之意。

諾爾帝亞刮掉頰髯之後，又在頭髮上下了一番功夫。他戴上了一條放在打開的旅行箱上層的花領帶，而不是原來的那條黑領帶。他穿上了維爾福的褐色禮服，取代先前那件藍色開襟的禮服。他又在鏡子前試戴了一下他兒子的卷邊帽，對自己新的模樣似乎感到滿意後，沒有再去拿先前擱在壁爐一角的白藤手杖，而是拿起一根細長的竹手杖朝空氣揮了幾下，灑脫的舉止展現出他原本的特質之一。

「怎樣？」他轉身面對目瞪口呆的兒子說，「經過這一番簡單的變裝，您認為您們的警察現在還認得出我來嗎？」

「不能，父親，」維爾福呆呆地說，「至少我希望如此。」

「現在，親愛的兒子，」諾爾帝亞繼續說，「就讓我仰賴您的小心謹慎，將把我留給您保管的東西都處理掉吧。」

「哦！都交給我。」維爾福說。

「是的，沒錯！現在我想您是對的，您確實救我了一條命，請放心，要不了多久我就會回報您的。」

維爾福搖了搖頭。

「您還不信？」

「至少，我希望您是錯的。」

「您還要去見國王？」

「也許。」

「您希望他把您當成預言家嗎？」

「預言不幸的人在宮廷裡不受歡迎，父親。」

「是的，但總有一天，人們會為他們說公道話。如果第二次復辟[60]真的發生，到時您就會被當成英雄看待了。」

「那麼我該對國王說什麼呢？」

「告訴他：『陛下，關於法國的形勢、市民的輿論、軍隊的士氣，您受騙了。您在巴黎稱做科西嘉妖怪的這個人，在納韋爾還被人叫做篡位者，但在里昂已被人稱為波拿巴，在格勒諾布爾則更被尊稱為皇帝。您以為他被人圍剿、追逐、逮捕，但是，他正在前進的速度，就像他的獵鷹一樣迅捷。您以為他的散兵快要餓死、累垮，準備鬆懈，但是，他們卻像附在滾動的雪球上的雪花。陛下，退位吧，把法國交給它真正的主人，交給那個不是買下她，而是征服她的人。退位吧，陛下，不是因為您會遭遇危險，您的對手強大到有足夠的信心對您展現寬容，而是對聖路易的孫子來說，要讓打贏阿庫爾戰役、馬倫戈戰役、奧斯特利茨戰役的那個人來饒他一命未免也太難堪了。』把這些告訴他，傑哈德，或者走自己的路，什麼也別對他說。隱瞞您這次的行程，別吹噓您到巴黎來做什麼或已經做了什麼。快馬加鞭地回去，趁夜進入馬賽，從後門走進您的家，在那裡，保持溫和與謙恭的態度，要深居簡出，特別是千萬別傷害人。因為這一次，我向您保證，我們已經知道誰是敵人，會果斷行動的。回去吧，

60 第一次復辟指一八一四—一八三〇年的法國王朝復辟。

兒子，回去吧，親愛的傑哈德，如果您能聽從父親的命令，或者，如果您更愛他一些，把我的話視為一個朋友的忠告，我們將保留您的職位。」諾爾帝亞微笑著補充說，「如果有天政治的天秤反轉，變成您在上我在下，就某方面來說，您可能救我第二次了。再見，親愛的傑哈德，下一次再來的話，就到我家下車吧。」

諾爾帝亞說完這些話就神色安詳地走了出去，在這場令人難忘又不安的談話中，他一直都保持著相當坦然、安詳的態度。

維爾福臉色蒼白，心情激動，他奔到窗臺前，掀開窗簾，看見父親鎮定自若地從兩、三個鬼頭鬼腦的人中間走過去。這些人埋伏在街頭巷尾，或許正等著逮捕那位長黑鬍鬚、穿藍禮服、戴寬邊帽的人。

維爾福就那樣待著、看著，緊張地喘不過氣，直到他的父親消失在比西街的十字路口為止。於是，他衝向被父親扔下的衣物，把黑領帶和藍禮服塞進箱底，把帽子塞進衣櫃的下層，把白藤手杖折成幾段，扔在爐火中，戴上一頂旅行便帽，招呼貼身侍僕，使一個眼色示意他別提出他想問的種種問題，結了帳，跳上一輛停在門口等待出發的馬車。他在里昂得知波拿巴剛剛進入格勒諾布爾，一路上心緒不寧，終於抵達了馬賽。

在這個充滿野心又初嘗成功滋味的人的心裡，交織著無數的希望與恐懼。

第十三章 百日[61]

諾爾帝亞是一個準確的預言家，事態的發展很快就如他說的那樣。所有的人都知道那位將永垂青史的人從厄爾巴島回來了。這次的回歸史無前例，或許也後無來者。

路易十八對這無預警的攻擊只是虛弱地抵擋了一陣，他本來對民眾就不太信任，對事態的發展也失去了信心。王朝，或者說他剛剛重建起來的君主政權，已經在它不穩定的基礎上搖搖欲墜，那位皇帝只要一揮手就能使整座建築——陳舊的偏見與嶄新的思想混合而成的畸形體——倒塌。維爾福從國王處只得到一些感謝之情，眼下不僅無用，甚至還很危險，而那枚榮譽勳位的十字勳章，雖然德．勃拉加斯先生遵照國王的吩咐，派人小心翼翼地將榮譽勳位證書送去給他，但他在謹慎之下並沒有佩戴。

諾爾帝亞憑著他所冒的風險和所出的力，已經成了百日王朝煊赫一時的人物，沒有他的保舉，拿破崙肯定要免除維爾福的職位。一切正如他承諾過兒子的那樣，這位一七九三年的吉倫特黨人與一八〇六年的參議員，保護了這個在不久前曾保護過他的人。

這段時間裡，只有檢察官被解職了，他被懷疑是保皇派的支持者。但維爾福的全部權力

61 即百日王朝，指拿破崙第二次統治法國時期。

也只局限於把鄧蒂斯幾乎要真相大白的祕密掩蓋住。

帝國的政權剛剛建立，也就是說皇帝剛剛住進路易十八離開的杜樂麗宮，他就在我們之前已跟讀者介紹過的小書房裡發號施令。他甚至發現在書房的書桌上還擺著路易十八的半滿鼻煙盒。就在這時，在馬賽方面，不管官員們態度如何，老百姓已經感到南方始終未被撲滅的內戰餘燼重新燃起。單是推擠、叫囂的做法難以紓解報復的渴望。人們開始包圍閉門不出的保王黨人，追逐仍敢出門的那些人，引起街頭衝突。

可敬的船主覺得時機到來了。摩萊爾先生向來是一個謹慎小心的人，相比之下，他被那些比他激進的拿破崙狂熱支持者當成是溫和派。因此，他不算位高權重，但也足以讓他可以理直氣壯地提出的要求，當然，是與鄧蒂斯有關的。

維爾福雖然仍在自己的職位上，但是他的婚事卻必須推遲到適當的時候再舉辦。如果皇帝保住帝位，對傑哈德來說，另擇一門親事才能幫助他的前途。若路易十八能重登法國王位，德．聖米蘭先生及他本人的影響就會倍增，這門婚事就會變得更加穩固。

代理檢察官暫時當上了馬賽的首席法官，有天清晨，門打開了，僕人通報摩萊爾先生到訪。換了另一個人就可能加緊去迎接船主了，但維爾福是一個訓練有素的人，他知道那樣的舉動代表著軟弱。維爾福讓摩萊爾在候見室等候，雖說他當時沒有訪客，但是首席法官總是讓人先在候見室等候，這次也不例外。他花了一刻把鐘的時間翻閱報紙之後，才吩咐讓船主進來。

摩萊爾先生原以為維爾福會垂頭喪氣的，但他發現他與六個星期前並無二致，換句話說，鎮靜、堅定、冷漠而彬彬有禮，這是有教養的人與平民百姓之間一道最難以逾越的鴻溝。

他走進維爾福的辦公室，滿心以為法官看見他會震撼發抖，相反的，他看見維爾福把手放在辦公桌上用手臂撐著的頭在等著向他提問時，自己反而打了個冷顫，開始局促不安起來，於是，他停在門口。維爾福注視著他，似乎一時還不能把他認出來似的。在相互對視期間，可敬的船主把手裡的帽子翻來又轉去。

「我想您是摩萊爾先生吧？」維爾福說。

「是的，大人。」船主回答。

「請走近些，」法官接著說，用手打了一個恩賜的手勢，「請告訴我，什麼事情使我有幸見到您。」

「您猜不到嗎，先生？」摩萊爾問。

「是的，完全猜不到，但我仍樂意為您服務。」

「事情完全取決於您。」摩萊爾說。

「那麼請詳細說明吧。」

「先生，」船主邊說邊產生了自信，「您還記得，在皇帝陛下登岸的前幾天，我特地來為一位不幸的年輕人請求過寬恕，他是我船上的大副，而他被控告與厄爾巴島有聯繫這件事嗎？當時，那是重罪，但在今天看來，卻是功勞一件了。那時您為路易十八效忠，不能庇護他，先生，那是您的職責。今天，您為拿破崙服務，就應該保護他了，這仍然是您的職責。我就是來問您他現在的狀況。」

維爾福竭力地控制住自己。

「這個人叫什麼名字？」他問，「請告訴我他的名字。」

「愛德蒙·鄧蒂斯。」

維爾福寧可在一場決鬥中讓對手在二十五步外的距離開火，也不願直接聽人提到這個名字，不過，他連眼皮都沒眨一下。

「鄧蒂斯。」他重複了一遍，「愛德蒙·鄧蒂斯。」

「是的，先生。」

這時，維爾福打開一份大卷宗放到桌子上，再從桌子離開走去翻閱其他文件，然後，他轉身面向船主。

「您能肯定沒有弄錯，先生？」他極為自然地問他。

如果摩萊爾更細心一點，或者對這類事務的經驗更豐富一些的話，他也許會覺得奇怪，為什麼法官會回答他這些已完全與他職務無關的案件。然後，他就會問自己，為什麼維爾福不請他到監獄長或是相關單位那裡去打聽。但此刻，摩萊爾並未看到期待中的懼怕反應，只見到他屈尊的態度，也就不疑有他。維爾福的戰略是正確的。

「沒有，先生，」摩萊爾說，「我沒有弄錯。我認識他已經有十年了，四年前他就開始為我做事。您還記得，六個星期前，我來請求您對他仁慈些，就如今天我來請求您還給他公道一樣。您那時待我的態度相當冷淡。啊！在那個年頭，保王派對拿破崙支持者可相當嚴厲啊！」

「先生，」維爾福回答，「我當時是保王派，是因為我認為波旁家族不僅是王座的合法繼承人，也是民族擁戴的天命。但是拿破崙奇跡般的復位，向我證實，我以前錯了。他才是受人民愛戴的合法的帝王。」

「好極啦！」摩萊爾大聲說，「您這樣說我很高興，愛德蒙的命運也不難揣測了。」

「請等一等，」維爾福翻閱一個新的卷宗接著又說，「我找到了。他是一名海員，也即將迎娶一名加泰羅尼亞女子為妻是嗎？我現在想起來了，這是非常嚴重的案件。」

「怎麼回事？」

「您知道，他從我這離開後，就被帶到法院的監獄去了。」

「是的，後來呢？」

「我向巴黎當局報告這件事，然後，一個星期之後，他就被帶走了。」

「帶走！」摩萊爾說，「他們會把他怎麼樣呢？」

「哦！請放心吧。他可能被送往弗內斯特雷爾、皮涅羅爾或是聖瑪格麗特群島。某個晴朗的早晨，他就會回來重新指揮您的商船。」

「無論他什麼時候回來，他的位置永遠給他留著。不過他怎麼還沒到家呢？依我看，政府首先關心的應該是釋放被王朝法院監禁的人。」

「請別太急躁，摩萊爾先生，」維爾福回答，「監禁的命令來自高層，因此釋放的命令也該自上而下。拿破崙復位才半個月，那些進行平反的公文大概也還尚未發出。」

「可是，」摩萊爾問，「難道就沒有辦法加快手續嗎？好讓他從拘留中釋放。」

「沒有拘留文件。」

「怎麼會沒有？」

「政治犯入獄是不登記的。因為，政府有時候想要消滅一個人而不留下任何痕跡，若是有囚犯入獄登記就有據可查了。」

「在波旁王朝執政時也許如此，但現在……」

「任何時代都如此，親愛的摩萊爾先生。在路易十四統治下的司法機構今天還在運轉。皇帝對於監獄的管理比國王本人更加嚴格！入獄而未登記的人不計其數。」

如此合情合理的解釋動搖了摩萊爾的信心，他甚至沒有半點懷疑。

「那麼，維爾福先生，您建議我該怎麼做呢？」他說。

「向司法大臣寫陳情書。」

「哦！我知道陳情書意味著什麼，大臣每天要收到兩百份，但看不到三份的。」

「這是事實，但是他會讀那份由我發出、簽署，並直接由我送去的陳情書。」

「您會親自負責把這份陳情書送到嗎？」

「非常樂意。鄧蒂斯也許在當時是有罪的，但目前是無辜的。以前把他關入監獄是我的職責，現在使他獲得自由也是我的職責。」

就這樣，維爾福防止了一次可能性不太大但仍存在著危險的調查，因為這個調查能使他徹底完蛋。

「那麼該如何向大臣陳述呢？」

「請坐在那裡，」維爾福說著把座位讓給船主，「請寫下我說的話。」

「您真有這番好意？」

「當然。別浪費時間了，我們已經浪費得太多啦。」

「是的。想想那可憐的孩子現在不知正在遭受什麼樣的折磨。」

維爾福想這點，不禁打了一個冷顫，但是他已陷得太深，收不回來了。鄧蒂斯必須在他用野心構成的齒輪裡被輾得粉碎。

「我準備好了，先生。」船主說，他已坐在維爾福的椅子上，手上拿著一支鵝毛筆。

於是，維爾福口述了一份陳情書，文中目的明確，無可置疑。他誇大了鄧蒂斯的愛國主義，並且將鄧蒂斯塑造成了為拿破崙復位出力最為積極的活動分子。依照文中的陳述，大臣若讀了這份文件，會立即為他伸張正義的。

陳情書寫完以後，維爾福又把它高聲念了一遍。

「這樣就行了，」他說，「現在，剩下的一切就交給我吧。」

「陳情書很快就會送出嗎？」

「今天就寄。」

「由您簽署嗎？」

「我能做的就是證實您陳情書中所言是千真萬確的。」

說完，維爾福便坐下來，在陳情書的最後寫下自己的證明文字。

「還有需要做的事嗎？」摩萊爾問。

「我會負責一切。」維爾福接著說。

這個保證使摩萊爾充滿了希望，他離開了維爾福，去向老鄧蒂斯宣布，他不久便能重新見到他兒子了。

至於維爾福呢，他不僅沒把陳情書送交巴黎，還小心翼翼地握在手裡，這份報告眼下雖可救出鄧蒂斯，但未來卻能嚴重地危及鄧蒂斯，那就是第二次王朝復辟的時候。

鄧蒂斯繼續當一名囚犯，根本聽不見路易十八退下王位的巨大聲響，或是帝國垮臺時更加恐怖的響音。

在世人稱之為百日王朝的短暫時期，摩萊爾為了關心釋放鄧蒂斯的進度而去找維爾福兩次，每次維爾福都以明確的保證來安撫他。最終，滑鐵盧戰役發生了。摩萊爾也停止再去維爾福府邸。船主盡了一切努力，最後不僅徒勞，反而有害。

路易十八重登王位，對維爾福而言，馬賽成了充滿悔恨記憶的愧疚之地，他申請圖盧茲的檢察官空缺，獲得了允准。他到新任所後兩個星期，便娶了芮妮．德．聖米蘭小姐為妻，此時他的岳父在宮廷的地位已更加顯耀了。

至於鄧蒂斯在百日政變期間和滑鐵盧戰役之後仍然被關在囚牢，完全被世人與上帝所遺忘。

當拿破崙重新回到法國時，鄧格拉斯心裡明白他給了鄧蒂斯的那一擊有多麼厲害，他的告發打中了要害。他聲稱這個離奇的巧合為天意。但是當拿破崙到達巴黎時，鄧格拉斯真的聞風喪膽。他無時無刻不在擔心鄧蒂斯會再度出現。他明白鄧蒂斯知道一切，他是個有威脅性的人物，也有能力報仇，這時，他向摩萊爾先生表達了辭去船上職務的願望，並請船主幫忙將他推薦給一位西班牙商人。三月底，他在那家商行裡開始做小職員，那是拿破崙重返杜樂麗宮後的十到十二天之間的事情。之後他去了馬德里，大家再也沒聽過他的消息了。

弗南特始終懵懵懂懂，只知道鄧蒂斯不在了。至於他現在怎樣了？弗南特根本不關心。只是在鄧蒂斯不在的這段時間裡，他一方面得編造鄧蒂斯離去的理由去欺騙美茜蒂絲，一方面也在蘊釀移民以及把她強行帶走的計畫。有時，他會靜坐在法羅灣的頂端，從此處可以同時看見馬賽與加泰羅尼亞人村落，他像一隻猛禽，悲傷而木然地望著，以為會看見那位英俊的年輕人再度現身。對弗南特來說，此人就是報復的使者。弗南特決定，他將一槍射殺鄧蒂斯，然後自殺。然而弗南特錯估了自己，像他這樣的人是絕對不會自殺的，因為他還抱有希望。

在這期間，帝國召集了全部人馬，所有尚能拿起武器的人都響應皇帝的號召衝到法國境外去。弗南特也和其他人一樣離開家園和美茜蒂絲，準備出發打仗。一個黑暗、可怕的想法折磨著他，就是，他走後，他的情敵就會回來，迎娶他心愛的人。

如果說弗南特真的會自殺的話，那只有離開美茜蒂絲才能逼他走上絕路。

他對美茜蒂絲的關心，對她的不幸深表同情，以及盡可能滿足她的一切所需的努力終於產生了效果，就如表現在善良的人身上總能產生效果一樣。美茜蒂絲始終真心誠意地看待弗南特，現在這分情誼更增添了感激之意。

「哥哥，」她將新兵的背包掛在弗南特的肩上說，「請您千萬小心，別失去性命，假如您不在，這世上就只剩下我孤單一人了。」

美茜蒂絲說的這番話使弗南特又抱有一線希望。如果鄧蒂斯不回來了，美茜蒂絲有一天就會屬於他。

只剩美茜蒂絲孑然一人與這片看來從未如此荒涼的土地和一望無際的大海為伴了。她整日眼淚汪汪，在加泰羅尼亞村落漫無無目的地走著。有時，她動也不動地像一尊雕像佇立著，呆呆地望著馬賽。有時，她坐在堤岸上盯著大海，不斷地問自己是否應該投入海洋的深淵，也許這樣做比承受著痛苦要好受得多。美茜蒂絲並不是缺乏完成此舉的勇氣，而是靠宗教的力量幫助了她，避免使她走上絕路。

卡德魯斯與弗南特一樣加入軍隊，不過，他比加泰羅尼亞人年長八歲，並且已婚，所以他等到第三批才入伍，並被派往沿海地區。

老鄧蒂斯一直靠著希望在支撐著，自從皇帝再度垮臺，一切變成了絕望。他與兒子分開五個月以來，或者應該說，在他兒子被捕的那一刻，他就在美茜蒂絲的懷裡咽下最後一口氣了。摩萊爾先生負擔了他的全部喪葬費，並且把老人在患病期間欠下的所有債務都還清了。這樣做光是靠著慈悲之心是不夠的，還需要勇氣。

當時南方還在開戰，資助一個像鄧蒂斯那樣危險的拿破崙黨人的父親，也是一樁罪行。

第十四章　兩名囚犯

路易十八復位後一年左右，監獄巡視員前來視察。

鄧蒂斯在地牢裡聽見進行迎接準備所發出的聲響，原本在地面下的人是聽不見這樣的噪音，但是，囚犯們早已習慣在黑夜的靜謐中傾聽蜘蛛結網和地牢天花板上凝聚的水滴每隔一小時墜落的響音。他猜測人世間大概發生了什麼不尋常的事情。長久以來，他與世隔絕，他早已把自己視為死人了。

果然，是巡視員在逐一視察大牢、單間牢房和地牢。幾名犯人出於他們的良好行為或愚蠢要求都得到當局的恩惠。巡視員問他們伙食如何，有什麼要求。

他們一致回答伙食糟糕，要求恢復自由。

於是巡視員問他們是否有其他事情要向他說。

他們又都一致搖頭。這些犯人還有什麼比自由更為寶貴的東西要提出來呢？

巡視員微笑著轉過身子，對典獄長說：

「我真不明白為什麼上面要叫我們作這些無用的巡迴視察。看一個犯人就等於看了全部，永遠是千篇一律的回答：吃得不好，自己無辜。還有其他犯人可以看看嗎？」

「有，我們還有危險和發瘋的囚犯，關在地牢裡。」

「去看看吧，」巡視員帶著極為厭倦的神色說，「做事就得有始有終，現在下去看地牢。」

「讓我們先派兩名士兵前來，」典獄長說，「囚犯有時會為了擺脫痛苦的生活，想讓自己被判死罪，而做出無意義的暴力之舉。因此，您有可能成為一次絕望行動的犧牲者。」

「那麼就採取必須的防護措施吧。」巡視員說。

典獄長派人去找來了兩名士兵，巡視員開始沿著一條髒污、散發惡臭、潮濕又黑暗的樓梯往下走，只要走過這塊地方，人們的視覺、味覺和呼吸就變得極為難受了。

「天啊！」巡視員走下一半停住說，「誰能住在這樣的地方呢？」

「一名最危險的謀反者，上面指示要嚴加看守，因為他是個無惡不作的人。」

「他一個人住？」

「當然。」

「他在這裡多久了？」

「將近一年。」

「他一來就關在地牢裡？」

「不是的，先生，他想殺死一名獄卒才被關到這兒的。」

「他想殺死獄卒？」

「是的，先生，就是這個替我們掌燈的人。是這樣嗎，安東尼？」典獄長問。

「這是真的，他想要殺死我，」那個獄卒說。

「啊呀！難道這個犯人是一個瘋子？」

「比瘋子更糟糕，」獄卒說，「他是魔鬼。」

「您要我教訓他嗎？」巡視員問典獄長道。

「喔，不用了，那是毫無用處的。況且，他已快瘋了，不出一年，他就會完全錯亂了。」

「是啊，對他來說反而好些。他將會比較不會感到痛苦。」巡視員說。

讀者不難看出，這位巡視員是一位仁慈之人，正好適合他的職務。

「您說得對，先生，」典獄長說，「您的想法說明您對這個問題有深入的研究。離這裡約二十呎處另有一個地牢，可以從另一個樓梯下去到達那裡，裡面關著一位老神父。他原是義大利一個政黨的領袖，從一八一一年起就關在這裡了。一八一三年底他就發了瘋，從那時起，他在外表上就跟從前判若兩人。他時而哭，時而笑，之前原本越來越瘦，但這一陣卻長胖了。您看這一位不如看那一位，他瘋得很有趣。」

「我兩個都要看，」巡視員回答，「做事不該敷衍塞責。」

巡視員第一次巡迴視察，很想給上司一個好印象。

「那我們先進去看第一個地牢。」他繼續說。

「好的。」典獄長回答。

說完，他向獄卒示意去開啟門鎖。笨重的鐵鎖嘎嘎作響，銹蝕的鉸鏈在支軸上轉動發出的刺耳聲，鄧蒂斯蹲在地牢的一角，當他看見一束微弱的日光由狹窄的窗柵欄投射進來時便抬起頭來。鄧蒂斯看見一個陌生人由兩個獄卒舉著火把照明，典獄長手拿著帽子在與他說話，另有兩名士兵護送，便猜出來者是何人。他終於看見向上級部門陳訴的機會到了，便合著雙手跳上前去。

士兵們立即把刺刀交叉成十字，因為他們以為犯人是想攻擊巡視員。巡視員本人也不禁往後退了一步。鄧蒂斯發現他們把他看成是一名危險人物了。於是他將所持的人性中所能有的溫和與謙恭凝聚在眼神與口氣之中，向巡視員陳述，希望能感動來訪者的靈魂。

巡視員一直把鄧蒂斯的敘述聽完，然後轉身面向典獄長。

「他會皈依宗教的，」他輕聲說，「他已經變得溫和多了。瞧，他會害怕，他在刺刀前退縮了，反之，真的瘋人是什麼都不怕的。關於這個題目我在夏朗東[62]做過有趣的觀察。」

接著，他轉身面向犯人。

「您有什麼要求？」他說。

「我希望知道我犯了什麼罪。我要求公開審理我的案子，如果我真的有罪，我該被槍斃，而如果我是無辜的，還給我自由。」

「您的伙食好嗎？」巡視員問。

「我想是的，我不知道，不過這沒什麼。重要的是，不僅是對我，還與所有主持正義的官員與國王有關，就是，一個無辜的人不該是卑鄙誣陷下的犧牲者，也不該永遠被關在牢裡，在對劊子手的咒罵聲中死去。」

62 Charenton，法國的一個城市，離巴黎不遠，那裡有一所著名的精神病院。

「您今天很恭順，」典獄長說，「但您不總是這樣的，那天您想殺死獄卒時，就不是這樣。」

「那是事實，大人，」鄧蒂斯說，「我向這個人表示深深的歉意，他對我一直很好。但是，那時我憤怒至極了」

「您不再那樣了？」

「不了，囚禁生活已消磨了我的心靈。我來這裡已經很久了！」

「很久了嗎？您是什麼時候被捕的？」巡視員問。

「一八一五年二月二十八日的下午兩點。」

「今天是一八一六年七月三十日。您被關在這裡只有十七個月。」

「只有十七個月！」鄧蒂斯回說，「啊！先生，您不知道十七個月的囚徒生活意味著什麼！它像是十七個世紀，尤其是對於像我這樣的一個離幸福僅差一步之遙的人，對於像我這樣即將迎娶一位心愛的妻子的人，對於一個錦繡前程已呈現在他面前，卻在轉瞬間都化為泡影的人。他發覺前途毀於一旦，不知道他所愛的人是否還在愛他，也不知道他的老父是死了還是活著！

「十七個月對於一個慣於享受無垠的海域與自由的海員來說，這比對任何人類語言所能形容之罪惡的懲處都還要殘酷啊。因此，請可憐可憐我吧，先生，為了我。我不是請求理解而是審判；不是寬恕，而是裁決。大人，我要求的只是開庭審判，既然我被指控犯罪，這請求就不該被回絕。」

「好吧，」巡視員說，「我們研究研究。」

接著，他又轉身對典獄長說：

「說真的，這個可憐的魔鬼感動了我。您要把他的入獄卷宗拿給我看看。」

「遵命，」典獄長說，「不過，您會看到可怕的指控。」

「先生，」鄧蒂斯接著說，「我知道您無權釋放我，但您可以向當局轉達我的請求，您可以讓我擁有審判的機會，就一次審判的機會，這是我全部的請求。讓我知道我犯了什麼罪，為何我被關在這裡。因為，不明不白才是世上最殘忍的酷刑。」

「請對我再說詳細些。」巡視員說。

「先生，」鄧蒂斯大聲說，「我從您的聲音裡聽出您被我的不幸所感動了。先生，告訴我是有希望的吧。」

「我不能對您說這句話，」巡視員回答，「我只能答應查閱您的案件。」

「哦！我自由了，我得救了。」

「誰下的逮捕令？」巡視員問。

「德．維爾福先生，」鄧蒂斯回答，「請去見他，與他商量一下。」

「德．維爾福先生已不在馬賽了，他在圖盧茲。」

「啊！那我一直被關在這裡就不奇怪了，」鄧蒂斯喃喃地說，「我唯一的保護人離開了。」

「德．維爾福先生對您有什麼私人怨恨嗎？」巡視員問。

「沒有。相反的，他對我非常友好。」

「那麼我可以相信他所留下關於您的紀錄都會是事實了？」

「完全可以相信，先生。」

「那好，您耐心等待吧。」

鄧蒂斯跪倒在地，雙手舉向上天，輕聲祈禱著。地牢的門又重新關上，不過這次鄧蒂斯有了新的獄友，那就是**希望**。

「您想立即看相關文件，還是先到神父的地牢裡去？」典獄長問。

「一次把地牢巡視完吧，」巡視員回答，「如果我走上階梯，我也許就再沒有勇氣走下來了。」

「這名犯人可不像剛才那位，他的瘋狂可不像那位的理智那樣令人動情。」

「他如何發瘋的？」

「他幻想自己擁有無窮的財富。他被捕的第一年，聲稱假如政府願意還他自由，他就會人奉獻一百萬給政府，第二年，增加到兩百萬，第三年，三百萬，每年如此遞增。他已坐了五年牢了，他會請求與您私下交談，並給您五百萬。」

「果真很有趣，」巡視員說，「他叫什麼名字？」

「法利亞神父。」

「第二十七號地牢！」巡視員說。

「就在這裡。打開門，安東尼。」獄卒開了門，巡視員的目光好奇地探進**瘋神父**的地牢。

在房間的正中，一個幾乎赤裸的人躺在用牆上剝落的白石灰在地上畫出的一個圈子裡，他的衣服已經破爛不堪了。他在圈內畫了一些非常清晰的幾何線條，正聚精會神地在解決問題，他的神情與阿基米德[63]被瑪律賽魯斯[64]的一個士兵殺死前的神情無異。

因此，當打開地牢的門發出的聲音傳來，他也沒動一下身子，只有當火把以不尋常的光芒突然照亮他工作的那塊濕漉漉的地面時，他才受到驚動。這時他回過頭來，詫異地看著許多人走進他的地牢。他立即拿起床上的被單，手忙腳亂地裹住自己的身體。

「您有什麼要求？」巡視員問。

「我嗎？先生，」神父帶著驚訝的神色回答，「我沒有要求。」

「您沒有弄明白，」巡視員接著說，「我是政府特派員，我的任務是巡視監獄，聽聽犯人的意見。」

「哦，這麼說來，那就是另一回事了，」神父趕緊大聲道，「我希望我們能談得來。」

「像我說的那樣，開始了吧。」典獄長低聲說。

「先生，」犯人繼續說，「我是法利亞神父，出生在羅馬。我當羅斯皮裡奧西紅衣大主教書記長達二十年之久。在一八一一年初，我被捕了，我不知道其中原因，不過自那時起，我就要求義大利和法國當局釋放我。」

---

63 Archimedes（約西元前二八七—約前二一二年），古希臘數學家，理論力學的創始人；相傳當羅馬人攻陷敘拉古城時，他正在沙地上畫數學圖形，不幸被殺。

64 Marcellus（約西元前二六八—前二〇八年），古羅馬政治家，圍攻敘拉古城的羅馬軍隊的統帥。

「為什麼向法國當局提出？」典獄長問。

「因為我在皮翁比諾被捕，我想，皮翁比諾如同米蘭和佛羅倫斯，已經成為法國某個省的省會了。」

「您這個來自義大利的消息已經是舊聞了。」巡視員說。

「這個消息還是我被捕那天的事情，先生，」法利亞神父說，「皇帝陛下為上帝賜予他的兒子創造了羅馬王國。我想，他如繼續遠征，就會實現馬基雅弗利[65]和波吉亞[66]的理想，就是把義大利變成一個唯一的王國。」

「先生，」巡視員說，「上帝幸而給這個您竭誠支持的偉大計畫帶來了某些變化。」

「這是把義大利變成一個強大、獨立、幸福國家的唯一辦法。」神父回答。

「有可能，」巡視員說，「但我此行的目的不是與您討論政治，而是像我剛才做的那樣詢問您，您對您的食宿條件是否有什麼意見。」

「伙食與其他監獄的相仿，」神父回答，「換句話說，非常糟糕，至於住宿條件，您看見了，這裡很潮濕，不衛生，但作為一間地牢還說得過去。但我想說的不是這些，而是極為重大的祕密。」

「重點來了。」典獄長低聲對巡視員說。

65 Machiavelli（一四六九—一五二七），義大利政治家，代表作有《論李維》和《君主論》。

66 Borgia（一四七五—一五〇七），教皇亞歷山大六世的私生子，政治家。他以主張「欲達目的可不擇手段」而著名。

「這就是為什麼我見到您會如此高興的緣故，」神父繼續說，「雖說您在我做一項極為重要的計算時打擾了我，如果這項計算成功了，也許能修正牛頓定律。能容許我私下與您交談嗎？」

「就像我說的吧。」典獄長對巡視員說。

「您對您的人非常了解，」後者微笑地回答。

隨後，他回頭面對法利亞。

「先生，」他說，「您的要求是不可能被滿足的。」

「不過，先生，」神父接著說，「我所要提出的是一筆巨款，大約五百萬。」

「您說的數字真是準確。」巡視員輕聲對典獄長說

「天哪，」神父看見巡視員動了動身子準備退出，接著說，「我們未必非得單獨談不可，典獄長先生也可以在場。」

「不幸的是，」典獄長說，「我們已經先預料到您會說什麼，這是關於您的寶庫是嗎？」

法利亞凝視著典獄長，任何人都可從他的眼神中看出他神智相當清醒。

「這是當然的，」他說，「不然您還要我說什麼呢？」

「巡視員先生，」典獄長接著說，「我可以把這個故事講述得與神父一樣完整，因為這四、五年來我的耳朵已經聽膩了。」

「這就證明，」神父說，「您如同《聖經》上所說的那類人一樣，視而不見，聽而不聞。」

「親愛的先生，」巡視員說，「政府很富有，也不需要您的錢。所以，把您的錢留到出獄那時吧。」

神父睜大眼睛，緊抓著巡視員的手。

「可是如果我無法出獄，」他說，「如果把我關在這裡一輩子，那麼這筆財富不就完全無用了嗎？政府如果能取得不是更好嗎？我出六百萬，如果您們放了我，我享用剩餘的就夠了。」

「說真的，」巡視員輕聲說，「如果我們不是知道這個人瘋了，還真的會相信他說的是實話。」

「我沒有瘋。」法利亞回答，他憑著犯人特有的敏銳聽覺，聽到巡視員的話，「我說的寶藏確實存在，我建議可以簽屬一份協議，按照協議，您們帶我去我所指定的地點並且當場挖掘，假如我說的是謊言，再把我帶回到這裡，我從此不再提出任何要求。」

典獄長笑著說：「寶藏很遠嗎？」

「離這裡將近一百里格。」法利亞回答。

「想得倒美，」典獄長說，「如果所有的囚犯都想長途跋涉一百里格，即使有看守員隨行押送，他們還是有很大的機會可以逃走。」

「這種手段並不新奇，」巡視員說，「這位神父的計畫甚至稱不上原創。」

他接著轉身面向神父。

「我已經問過您了，您的伙食如何？」他問。

「請您發誓，」法利亞回答，「如果我對您說的是實話，您將還我自由。您們可以去我指出的地點尋找寶藏，而我則待在這裡等候。」

「您的伙食如何？」巡視員重複道。

「先生，您這樣做是不會冒風險的，像我說的，我留在這裡，這樣我根本沒有機會逃跑。」

「您並沒有回答我的問題。」巡視員不耐煩地問。

「您也不願聽我的請求！」神父喊道，「您們不想要我的黃金，我自己留著；您們拒絕給我自由，上帝會還給我的。」

說完，神父扔下被單，揀起一塊石灰，重新在圈子正中坐下，繼續做他的計算題。

「他倒底在幹什麼？」巡視員退出時問。

「他在計算他的寶藏價值。」典獄長說。

法利亞對他的冷嘲熱諷回以極為鄙夷的一眼。

他們出去了。獄卒隨之關上了門。

「他過去說不定真的有點財產。」巡視員走上階梯時說。

「是呀，做夢時有，醒來則是瘋子。」典獄長回答。

「其實，」巡視員說，「他如果真的富有，也不會進監獄了。」

於是，法利亞神父的事件就這樣結束了。他仍被關在地牢，而這次視察只是讓他的瘋狂更加出名了。

卡利古拉[67]和尼祿[68]是偉大的探寶者，喜歡異想天開，如果他倆聽到這個可憐人的一番話，就會同意讓他以如此昂貴代價贖回自由。但是當今的君王局限於現實的考量，已失去勇氣也沒有渴望。他們懼怕下達命令時被人偷聽，擔心所做的事情有人窺視。從前，他們自許為朱比特的兒子，為天神所庇佑；如今，他們只是凡人而已。

從古至今，專制政府總是很不願意把囚禁和酷刑的真相昭示於天下，也很少有例子證實一個被嚴加審訊的受害者能肢體不全、傷痕累累地重見天日。同樣，瘋狂者也將永遠被囚禁在監牢中。萬一他被放出來了，他也會被深藏在某家陰森森的醫院裡。那裡的醫生們對獄卒送去的這些腦體殘缺患者，既無想法也不關心。

法利亞神父是在監獄裡發的瘋，有鑒於他的精神異常，被判處無期徒刑。

對於鄧蒂斯，巡視員並未食言。他參閱著入獄文件，看到記錄如下：

愛德蒙·鄧蒂斯 ｛ 狂熱的拿破崙支持者，
曾積極參與厄爾巴島的復辟。
必須嚴加看守並加以監視。

在文件案中，這條紀錄是用另一種筆跡與墨水寫成的，這就說明是在鄧蒂斯被監禁之後

67 Caligula，羅馬皇帝，西元三十七年至四十一年在位。

68 Nero，羅馬皇帝，於西元五十四年即皇位。

添加上去的。

控詞肯定，無懈可擊。巡視員在下面寫上了：

無需覆議。

這次的巡視為鄧蒂斯注入新的活力。自他入獄之後，他早已忘了時日。巡視員走後，他用天花板上剝落的一塊石灰在牆上寫下日期，一八一六年七月三十日。從那時起。他每天刻上一道線，防止自己再度遺忘時間。

一天過去了，一星期過去了，接著是一個月又一個月地流逝，鄧蒂斯始終等待著。一開始，他把自己獲釋的時間定為半個月。兩星期過去了，他心想，巡視員必須回巴黎才能處理他的事，只有等他巡視完之後才會回到巴黎。於是，他定下了三個月的期限。三個月過去了，他又推遲到六個月。一下子十個半月過去了，完全無消無息，而他的狀況也毫無改善。鄧蒂斯不禁開始懷疑巡視員的到訪只是一場夢，一個出現在腦中的幻覺

一年之後，典獄長調職了。他得到了漢姆堡的主管職務。他帶走了好幾個下屬，其中就有看守鄧蒂斯的獄卒。新的典獄長上任了，他覺得記住這些犯人的名字實在太麻煩，於是讓人把他們一一編號。這個可怕的地方共有五十間牢房，囚犯便以房號作為代號。

那位不幸的年輕人從此不再叫愛德蒙・鄧蒂斯，而是三十四號。

第十五章　三十四號和二十七號

鄧蒂斯度過了被遺忘在監獄裡的每位囚犯必須經歷的痛苦階段。

他一開始還對自己的清白有著自信，也一直保持著希望。接著，他開始懷疑自己是否真的有罪，這多少證實了典獄長關於他開始精神錯亂的說法。漸漸的，他的傲氣蕩然無存，他開始祈禱，不是向上帝，而是向人。最終，上帝才是他的精神支柱。不幸的人本該一開始就求助於上帝，只可惜，他是到了山窮水盡時才寄望於祂。

鄧蒂斯要求他們把他從這個牢房關進另一個地牢，哪怕更黑更深也心甘情願，因為這也算是一種變動，能讓他有機會轉移注意力。他懇請他們讓他散步、透氣，給他書籍和書寫工具，結果一樣都沒滿足，但這又有什麼關係，他就一直請求下去就是了。他已習慣與新的獄卒講話，雖說這個獄卒比前任更加沉默，不過，能對一個人說話，甚至對一個啞巴說話，也是一種樂趣。鄧蒂斯說話是為了聽見自己的聲音。當他獨處時，他曾試著跟自己說話，但是聽到自己的聲音時反而使他害怕。

在他還是自由人時，他想到強盜、流浪漢、殺人犯等罪犯就不寒而慄。但他現在反而希望能和這些人關在一起，這樣他就可以看到其他人，而不是老對著獄卒的臉。他還羨慕起那些穿著襤褸的衣服，腳下戴著鐐銬，肩上有著烙印的苦役犯：他們有同夥做伴，還能呼吸新鮮空氣，他們是幸福的。一天，他哀求獄卒為他找一個同伴，即使是那位瘋神父也好。

獄卒雖然粗暴、鐵面無情，但終究還是人，在他內心深處，常常可憐這位不幸的年輕人，因為囚禁生活使他飽受折磨。他把三十四號的請求轉告給典獄長，可是他謹慎地認為鄧蒂斯是想要煽動犯人、醞釀陰謀或是企圖潛逃，於是回絕了請求。

鄧蒂斯求遍了所有可求的人，終於，他轉而祈求上帝了。

他重新拾起早已忘卻多年的虔誠之心，想起了母親教會他的祈禱詞，並從中發現了前所未知的新意。對於幸福的人來說，禱告是一些內容單調與空洞詞句的組合，直到不幸降臨，備受痛苦的人才學會解釋這些崇高的語言，用這些詞彙向上帝說話。

他祈禱，大聲地祈禱，不再害怕聽到自己的聲音，他甚至進入某種迷幻的境界。他將一生的所有作為都託付給上帝的意志，也為自己規定了需完成的種種任務，最後，每回祈禱結束前，他都要表達一個心願，而這個心願是對人不是為神。

他說：「請寬恕我們的侵犯，就如我們寬恕侵犯我們的人一樣。」

鄧蒂斯雖然誠心誠意地祈禱著，但他仍深陷牢獄之中。

他的眼前陰霾重重。鄧蒂斯本是一個頭腦單純，沒受過教育的人。因此，在孤寂的地牢裡，他沒有足夠的想像力能在腦海中栩栩如生地重現古老世紀的生活，也無法復甦滅亡的國家或重新建造古代的城市。一個富有想像力的人可以把這一切變得宏偉、充滿詩意，就像馬丁的巴比倫城油畫。他沒有辦法，他只有短暫的過去，悲慘的現在，和朦朧的未來。他只有十九年的生命經歷，卻要在無止境的黑暗中思索，也沒有任何方法能助他消愁解悶。他那精力充沛的靈魂本能翱翔於風雲之中，如今成了籠中的鷹，做了階下囚。他只抓住一個事實，那就是，他的幸福被一個不可思議的惡運不明不白地摧毀了。他不斷猜想再猜想，將自己的狀況視為但丁《地獄篇》中，無情的烏哥利諾吞掉羅吉埃利大主教的腦袋一樣。

苦苦修行之後便是瘋狂。愛德蒙開始口吐穢言，使獄卒嚇得直往後縮。他用身體猛烈撞擊地牢的牆。他對周圍的一切都看不順眼，尤其對他自己，甚至是一粒沙子、一根稻草、一絲風都會使他感到不適而遷怒一番。這時他又想起了維爾福出示給他看過那封信。信裡的每一行字映照在牆上就如伯沙撒[69]的 **Mane，Thecel，Pharès**[70]。他告訴自己，這一切起因於人的仇恨，而不是神的報復。這個想法使他陷入最底層的痛苦深淵。他想像出各種最恐怖的酷刑，好虐待他那些匿名的迫害者，但是，他覺得再殘忍的酷刑也太輕微、太短暫，因為施刑後就是死亡，就算死亡不代表著安息，至少從此以後就失去意識了。

他轉而想到，既然死亡就是安息，那麼想要嚴懲他人，勢必要有死亡以外的辦法。想著想著他又陷入自殺的悲慘念頭上了。

在他面前的是死亡之海，眼前是一片向前延展的碧海藍天。不過，在這片死海之中，他只會感覺到雙腳被怪物抓住，想把他拖進地獄的深淵，除非借助神力，否則必然無望，因

69 伯沙撒，巴比倫攝政者，西元前五三九年被西魯斯所殺。

70 「算，稱，分」。伯沙撒大宴群臣時，突然牆上顯現這幾個字，先知但以理解釋說，這表示上帝計算了他的在位期限，並稱量了他的分量，最後他的王國將被分割給米堤亞人和波斯人。見《聖經．舊約．但以理書》第五章。

為，每次的掙扎只是加速自己的死亡。不過，這種精神上的痛苦還比不上先前的折磨還有隨後可能出現的懲罰那麼可怕。沉浸在冥想的深淵也可以算是一種慰藉，畢竟在淵底只有黑暗與虛無。

愛德蒙在這個想法上找到了些許安慰。所有的悲苦，所有的折磨，所有隨之而來的幽靈鬼魂都在死神走進這間牢房的前一刻離他而去。鄧蒂斯平靜地回顧著他的過去，恐懼地遙想著他的未來，他選擇了中間地帶，這似乎是一塊避難之所。

「有幾次，」他說，「在我航行途中，那時我還是個自由的人，那時我還能指揮其他人，我看見天空烏雲密布，大海在震動、怒吼，暴風雨如同一隻巨鷹拍打著雙翅膀從天際呼嘯而至。那時候，我覺得我的船隻是一個脆弱的避難之地，因為我的船在搖晃、震動。不一會兒，隨著驚濤駭浪巨大的聲響，我看見了鋒利的岩石，感到死亡迫近，我懼怕死亡，我使出身為一個人與水手的全部力量與智慧與上帝抗爭！我可以那麼做是因為我當時是幸福的。那是因為我並未召喚死亡。那是因為在海藻和岩石鋪墊的床上長眠太艱苦了。那是因為我是活著服務上帝的人，也不甘願現在就成為海鷗和禿鷲的食物。如今，一切都不同了，我已失去了使我熱愛生活的一切。如今，死亡在向我微笑，邀請我安息。我會以自己的方式死亡。我死於心力交瘁，就像是我在牢房繞行了三千圈後疲累地睡著一般死去。」

當這個想法在年輕人的腦海裡萌生時，他變得平穩溫和。他盡可能地把自己的床整理好，吃得少，睡得少，找到使自己先活下去的理由——只要他願意，這個生命可以像扔掉一件舊衣服般隨時捨棄。

有兩種自盡的方法：一種是把手帕往窗欄上一結，上吊身亡；另一種是絕食，讓自己餓死。對第一種死法，鄧蒂斯向來很厭惡。他是在對海盜的憎惡中成長的，那些人就是在船的橫桁上吊死的。他不願用這種具侮辱性的方式結束自己的生命。於是，他採用了第二種方式，當天起就開始絕食了。

將近四個年頭過去了，就在第二年歲末，鄧蒂斯已經不再計數時日。

鄧蒂斯說過：「我想死。」他選擇了死亡的方式。因為害怕自己的決心會動搖，所以他立下尋死的誓言。他想過，如果獄卒早晚兩次把飯送來，我就倒出窗外，並裝成吃過的樣子。

他按設想的方式去做了。每天兩次，他把獄卒送來的食物從鐵窗欄中倒出去，起初高興，接著猶豫，最後帶著遺憾。唯有想到自己所立下的誓言才支撐他繼續堅持那可怕的計畫。飢餓讓噁心的食物也顯得可口了。他每次會花一小時只端著盤子，然後眼睛直盯著一塊腐肉或是一塊臭魚，還有發黴的黑麵包。生存的本能還在他的身上抗爭著，並且不時地動搖他的決心。此時，他覺得地牢不再那麼陰森，他也未必無路可走，況且，他仍年輕，還不到二十五歲，尚有將近五十年可活。未來可能會發生意外之事來衝破大門，推倒伊夫堡的圍牆，還他自由！想到這，他把嘴伸向食物，他這是自願做坦塔洛斯[71]，他推翻了他自己。但是，他想起了自己的誓言，他絕不會打破它。他堅持絕食，終於有一天，他再也無力爬起來把獄卒端來的晚餐扔出窗外了。次日，他看不清東西，幾乎也聽不見什麼了。獄卒以為他得了重病，

71　Tantalus，希臘神話中的呂底亞國王，用親生兒子的肢體招待天神，宙斯罰他永遠忍受饑渴的煎熬。

而愛德蒙一心只求早死。

白天就這樣過去了。愛德蒙感到昏沉，神智恍惚之中居然產生某種舒適的感覺。胃痙攣產生的劇痛消失了，口乾舌燥的痛苦平息了。當他合上眼睛時，他彷彿看到繁星般的亮光在眼前亂舞，猶如在泥濘的土地上竄動的鬼火，這就是人們稱之為死亡國度所升起的暮光。

將近晚上九點時，愛德蒙突然聽到在靠床的一面牆壁上傳來沉悶的聲響。

在這座監獄裡，什麼骯髒的小動物都會出來發出聲響，因此愛德蒙早已習以為常，不會為這點事情影響自己的睡眠。而這次，不管是他的感官因饑餓而更加敏銳，還是這聲音真的比平時更響，總之，愛德蒙抬起頭來想聽得更真切些。

這是一種均勻的抓扒聲，好似有巨爪在抓或是巨牙在啃，要不就是有工具在挖掘石塊。

年輕人雖然已虛弱不堪，但他的大腦仍然閃現所有犯人朝思暮想的念頭——自由。這個聲音讓他覺得上帝終於憐憫他的不幸了，為他送出這個聲音是警告他懸崖勒馬。誰又能知道是不是日夜思念的某個親愛的人此時來關心他，千方百計來接近他了？

不，不是的，毫無疑問，他被蒙蔽了，這只是死亡之門上面飄動著的一個夢。

不過，愛德蒙還是在傾聽這個聲音。聲響持續了將近三個小時，之後，他聽到了一種像是東西倒坍的聲音，接著便是一片死寂。幾小時後，聲音又傳來了，而且更響更靠近。愛德蒙開始產生了興趣。這時，獄卒突然進來了。

在一個星期之前，他已下定決心去死，四天前，他開始執行這個計畫，在此期間，愛德蒙對這個人沒有說過一句話。當獄卒問他得了什麼病時，他不答不理。當獄卒仔細端詳他時，他就把臉轉到靠牆的一邊。但今天，獄卒可能會聽見那沉悶的聲響，他將發出警報，結束這一切，使某個希望破滅。當下，這個想法佔據了愛德蒙的最終時刻。

獄卒帶早飯來了。

鄧蒂斯在床上支起身子，開始說個不停，嫌他端來的飯菜品質太差，抱怨地牢裡太過冰冷，讓獄卒聽得不耐煩，他正巧在當天為患病的犯人申請到一碗湯、一份新鮮的麵包，他正是把食物送來給他。

所幸，獄卒以為鄧蒂斯是意識模糊，正在說囈語，於是，他把食物放在往常的一張破舊的桌子上，然後退了出去。

愛德蒙自由了，他又興奮地傾聽起來。聲響已變得異常清晰，現在，年輕人可以毫不費勁就能聽得清楚。

他自言自語說：「不再有疑問了，在大白天還製造聲響，這表示有某個像我一樣的囚犯在為逃跑而努力。啊！如果我在他身邊的話，我一定會幫助他！」

突然，在他那已習慣不幸，難以存在希望的頭腦裡，出現了一個想法——也許這是典獄長雇用的工人在修繕隔壁牢房時所發出的聲響吧。

想要確定這一點不難，但要如何冒險提出這個問題呢？不難，只要等獄卒回來，讓他聽聽響聲，再觀察他的表情就行了。然而這樣做，不就是為了讓自己得到一次短暫的滿足而放棄了極為寶貴的希望嗎？不幸的是愛德蒙的腦袋仍是模糊一片，使他無法集中注意去思考問題了。

愛德蒙只知道有一個辦法可以使他的思考變得清晰，幫助他恢復判斷力。他轉過頭去看獄卒剛放到桌上的還在冒著熱氣的湯，站起來，搖搖晃晃地走上前去，端起盤子，放到嘴邊，一口氣把湯喝光，得到了難以言喻的快感。

他極有克制力地適可而止，因為他曾聽說過，當不幸的遇難者從海上救起來後，由於過度饑餓使得身體機能衰竭，結果反而因為一時間吃了太多的食物而喪命。於是愛德蒙把要放入口裡的麵包又放回到桌子上，走回去重新躺下。愛德蒙已經不想死了。

很快，他就覺得頭腦清醒些了，他又能思考，並且以推理來增強他的思維能力。這時，他告訴自己：

「應該在不連累任何人的情況之下測試一下。如果他是名普通工人，我只需在牆上敲一下，他就會立即放下工作去猜測敲牆者是誰，為什麼要敲牆。既然他的工作受僱於承包商且受法律保護，他就會立即恢復工作。相反的，如果他是名囚犯，我發出的聲響便會嚇到他，他會因害怕被人揭發，而停止工作，直到晚上當他以為大家都躺下睡著後，才會重新開始工作。」

愛德蒙重新下床。這一次，他的雙腿不再發抖，也不會眼花目眩了。他走到牢房的一角，抽出一塊因潮濕而鬆動的石磚，在牆面響聲最清晰處敲打了起來。

他連敲了三下。

敲第一下時，那頭的響聲便神奇地停止了。

愛德蒙全神貫注地傾聽著。一小時過去了，兩小時過去了，沒傳來新的聲音。牆的另一端一片死寂。

愛德蒙充滿了希望，吃了幾口麵包，喝了幾口水，他天生體質強健，現在體力已差不多恢復到以往那樣了。

白天過去了，那頭仍然沒有動靜。

夜晚來到了，那頭依然沒有聲響。

「這是一名犯人。」愛德蒙內心充滿喜悅地說。

夜晚消逝，仍沒傳出任何聲響。愛德蒙一夜沒有闔眼。

白天來臨，獄卒端著飯菜進來。愛德蒙已把原來的食物吃得精光，現在又把新的一掃而空，然後他焦慮地聽著是否有新的聲響。他不斷地在牢房裡來回踱步，還拉扯著氣窗上的鐵欄杆，作為訓練恢復四肢彈性和力量的運動。他要做全準備好迎接未來的命運。在積極鍛煉的中間，他會保持注意，聆聽還有沒有聲響，鄧蒂斯開始對於這位囚犯過於謹慎的態度失去耐性，並埋怨他怎麼沒想到，在他為自由而辛勤工作時，使他分心的是另一位同樣渴望自由的囚犯。

三天過去了，死寂般的七十二小時，鄧蒂斯是數著每分鐘度過的。

終於在一天晚上，當獄卒最後一次查監過後，鄧蒂斯習慣性地把耳朵貼近牆壁，他覺得似乎聽到石塊輕輕震動的聲響。他退後幾步，並在牢房裡繞了幾圈好整理自己的思緒讓頭腦恢復平靜，之後，他又把耳朵貼到原來的地方。毫無疑問，牆的另一頭開始有動靜了。那名囚犯警覺到了危險，改用了其他什麼辦法，他用棍子替換了鑿子。

這個新的發現，使愛德蒙決心幫助那位不知疲倦的工作者。他一開始先移動床位，再用眼睛搜索任何可以鑿牆、敲下濕漉漉的水泥以及可以移動磚石的工具。

他什麼也沒看到。他既沒有小刀，也沒有鋒利的工具，他只有視窗上的鐵條，只是，他早就確認，這些鐵條釘得很牢，試圖搖動它們只是徒勞。牢房裡的全部傢俱就是一張床、一把椅子、一張桌子、一隻水桶和一個瓦罐。床上本該有不少鐵榫，但這些榫頭都用螺絲與木條釘牢了，必須使用螺絲起子才能旋出螺絲，取下鐵榫。桌子和椅子無法利用，水桶上本來有的把柄也早已被卸走。鄧蒂斯只剩一個辦法，就是打碎瓦罐，取下一片帶稜角的瓦片，開始工作。

他把瓦罐扔在石板地上，瓦罐裂成碎片。

鄧蒂斯選了兩三塊有尖角的瓦片，藏在草褥裡，讓其他瓦片散落在地面上，打破瓦罐是很自然的意外，不致引起疑心。

愛德蒙整夜工作著，但在夜裡，工作進展很慢，因為他只能摸黑進行，他很快發現，用形狀不規則的工具去挖更為堅硬的水泥，會使工具很快就磨鈍。於是他又把床推回原處，等待天亮。在滿懷希望的同時，他開始變得很有耐心了。

他整夜聽著陌生的挖掘人在繼續他的地下工程。

白天來臨，獄卒走進來。鄧蒂斯對他說，前晚喝水時，瓦罐從手裡滑脫，落地時打碎了。獄卒嘟噥抱怨著送來一個新的瓦罐，他甚至連舊瓦罐的碎塊都懶得掃走。不一會兒他又走回來，叮囑犯人小心點，又走了出去。

鄧蒂斯無比喜悅地聽著鎖孔嘎吱作響。他聽見腳步聲漸漸遠去，等它消失之後，他一個箭步跳到床前，移動床位，借著鑽進地牢的微弱曙光，看到他白白辛苦了一晚，因為他在夜裡只是挖在石磚面上，而不是挖在石磚四周的泥灰隙縫中。

泥灰受到潮濕已經軟到讓鄧蒂斯可以挖鑿，雖然挖出的只是碎小的塊狀物，但半個小時下來，鄧蒂斯已經挖出了將近一把泥灰。一名數學家大致可以計算出，這樣挖上兩年，如果不碰上岩塊，或許就可以挖出一條二十呎長、兩呎寬的通道。

犯人埋怨自己把時間浪費在等待、祈禱和悲觀絕望上面，而沒有及早開始這項工作。他被關進這間地牢已經將近六年，想想這段時間他可以完成多少進度啊！

三天下來，他萬分小心地挖掉了水泥層，讓石塊裸露在外。牆壁由碎石砌成，在碎石中間不時會添加一塊大石頭用以增加牢固度。鄧蒂斯已差不多挖鑿出一塊大石的根部，現在可以嘗試動動它的根基了。

鄧蒂斯試著用指甲，但指甲太軟。他想用瓦塊作桿杆，但瓦塊一嵌進縫裡，便碎裂了。他徒勞無功地弄了幾小時，他只好暫時停下來。

工作才剛開始就停下來嗎？或者他只能等待著著由同夥來完成這一切？突然，他閃過一個想法。他發出會心的微笑，而他那汗水淋漓的額頭不一會就乾了。

獄卒總是把鄧蒂斯的湯用馬口鐵做的平底鍋盛著端來。這只平底鍋裝的是他和另一名囚犯的湯，其實鄧蒂斯早就發現，平底鍋裡的湯有時是滿的，有時只剩下一半，這是依獄卒是先把食物分給他還是他的鄰居。

這只平底鍋的手柄是鐵做的，鄧蒂斯願以十年的生命換取這只鐵柄鍋。

獄卒把平底鍋裡的湯倒進鄧蒂斯的盤子裡。鄧蒂斯用木湯匙吃完湯之後，就清洗這個每天使用的盤子。晚上，鄧蒂斯把盤子放在門與桌子之間的地面上，當獄卒進來時，一腳把它踩成碎片。

這次，他無法責怪鄧蒂斯，雖然鄧蒂斯把盤子放在地上不好，但他自己沒注意腳下的路也不對。獄卒也只能咕噥幾句。接著，獄卒看看周圍有什麼可以倒湯的容器，但是，鄧蒂斯可用的器具也只有這麼一個盤子，別無選擇。

「把平底鍋留下來吧，」鄧蒂斯說，「您明天送早飯時再拿走。」

這個建議正合獄卒的意，這樣他就不必來回走三趟了。於是，他留下了平底鍋。

鄧蒂斯興奮得有點忘我。他很快把食物吃完，然後他等待了一個小時，確信獄卒不會再改變主意後，就移動床，拿起平底鍋，把鍋柄的一端插進脫去水泥層的大石和碎石之間，開始撬動。大石微微動了一下，讓鄧蒂斯明白他有所進展。一小時後，大石頭從牆裡被挖了出來，露出一個約一呎半直徑的牆洞。鄧蒂斯仔細地把泥灰都集中起來，放到地牢的一角，用一塊瓦片刮下一些灰土蓋在這些泥灰上。他想好好利用夜晚時間，於是繼續拼命挖掘。

黎明時分，他把大石頭放回到牆洞裡，把床推回靠牆，然後躺下。

早餐只有一塊麵包，獄卒走進牢房，把這塊麵包放在桌上。

「咦！您沒給我另帶一個盤子來嗎？」鄧蒂斯問。

「沒有，」獄卒說，「您總是毀壞東西。您先摔碎了瓦罐，而我會踩破盤子也與您有關，假如所有的犯人都跟您一樣，政府就支付不了啦。我把平底鍋留給您，湯就倒在裡面，希望您以後不會再破壞東西了。」

鄧蒂斯抬頭望天，在被子裡雙手合十。留下來的這一件鐵器使他的心裡對上天產生了感激之情，在以往的生活裡出現的任何喜從天降的事情都沒有使他如此激動過。

不過他發現，自從他開始挖掘之後，那位囚犯就再也沒動過工。這沒關係，這不是讓他停工的理由，如果他的鄰居不過來，他就主動去找他。他整天不停地挖掘著。到了晚上，他已牆上挖出十來把碎石、泥灰和水泥的碎末。每當到了查監送飯的時候，他就用勁把平底鍋手柄向上扳直，再把鍋子放回到原處。獄卒像往常那樣在裡面倒一份肉湯，或者更確切地說，倒一份魚湯，因為這天是守齋日。每星期三次，他們讓犯人守齋。如果鄧蒂斯不是早已不再計數日子的話，這倒不失為一種記日的方法。獄卒倒完湯後，就出去了。

這次，鄧蒂斯想確認一下，他的鄰居是否真的停止工作了。他側耳細聽。四周一片寂靜，就如對方之前中斷三天時那樣。鄧蒂斯嘆了一口氣，顯然，他的鄰居不信任他。然而，他毫不氣餒，仍然整夜挖掘。兩、三小時之後，他遇到了一個障礙，鐵柄插不進去，而是在一塊平面上打滑。鄧蒂斯用手觸摸了一下，發覺他碰到了一根大梁柱。這根大梁橫穿過，或者說完全堵住了鄧蒂斯挖出來的洞。他思索著現在應該朝上或者朝下挖。不幸的年輕人從未想到還會遇到這樣的障礙。

「啊！上帝呀，上帝。」他大聲說，「我一直虔誠地向您祈禱，我希望您聽到了我的禱告。您剝奪了我的自由，剝奪了我的死亡，現在又讓我萌發了生存的希望。上帝啊！請可憐可憐我吧，千萬別再讓我絕望了！」

「是誰把上帝和絕望說到一塊兒了呢？」

一個聲音彷彿是從地底下冒出，由於隔著距離，在年輕人的耳裡，它低沉的像是從墓地裡發出來的。愛德蒙感到頭髮根根豎起，跪著往後退了一下。

「哦！」他喃喃自語道，「我聽見一個人在說話。」

四、五年來，愛德蒙僅僅聽到獄卒的說話聲。對犯人來說，獄卒不能算人，他是橡木門外的一扇活動門，是鐵欄杆外的一道肉做的柵欄。

「看在上天的分上！」鄧蒂斯說，「您已經開口了，雖然您的聲音讓我害怕，但還是說下去吧。您是誰？」

「您又是誰？」那個聲音問。

「一個不幸的囚犯。」鄧蒂斯毫不猶豫地回答。

「哪個國家的人？」

「法國人。」

「您的名字？」

「愛德蒙．鄧蒂斯。」

「您的職業？」

「船員。」

「您何時來到這裡？」

「一八一五年二月二十八日。」

「您犯什麼罪？」

「我是無辜的。」

「那麼別人指控您犯什麼罪？」

「參與皇帝復辟的陰謀活動。」

「什麼！皇帝復辟！皇帝不在位了？」

「他於一八一四年在楓丹白露[72]遜位，並被流放到厄爾巴島。那麼您是何時到這裡來的，怎麼會對這些事情都不知道呢？」

「一八一一年。」

鄧蒂斯顫抖了一下：這個人比他多坐了四年牢。

「好吧，別再挖了，」那個聲音很快地說，「不過，請告訴我，您挖的洞高度有多少？」

「與地面齊平。」

「洞是怎麼遮起來的？」

「在我床的後面。」

「自您入獄以後，他們移動過您的床嗎？」

「從來沒有。」

72　Fontainebleau，指法王弗朗索瓦一世的一個行宮，一八一四年，拿破崙在這裡簽署了遜位元協定。

「您的房間通向哪裡？」

「通向一條走廊。」

「走廊呢？」

「通到一個院子。」

「哎呀！」那人喃喃地說。

「哦！怎麼了？」鄧蒂斯問。

「我的失誤導致我的計畫出現錯誤。我算錯了一個角度，使得挖掘路徑比預定偏離了十五呎，我把您挖的牆當作城堡的牆啦！」

「那樣的話，您不是挖到海邊去了嗎？」

「正是我所希望的。」

「如果您成功了呢？」

「我就跳海，游到伊夫堡附近的某一座島上，或是多姆島，或是狄波倫島，或者游上岸，這樣我就得救了。」

「您能游到那裡嗎？」

「上帝會給我力量。但，現在一切都完了。」

「一切？」

「是的。請小心把洞堵上，別再挖了，什麼也別做，等候我的消息。」

「至少說一聲您是誰，請問您是誰？」

「我是……我是……第二十七號。」

「您信不過我嗎？」鄧蒂斯問。愛德蒙似乎聽到一聲苦笑穿過拱頂，傳到他耳朵裡。

「啊！我是一個虔誠的基督教徒，」鄧蒂斯大聲說，本能地猜到此人想甩開他，「我以基督的名義向您發誓，我寧願讓人殺死也不會向您還有我的劊子手透露半點口風。我懇求您，別拋棄我，我向您發誓，因為我已心力交瘁，我會把頭在牆上撞得粉碎的，我死後您會內疚的。」

「您有多大了？聽聲音，您似乎是個年輕人。」

「我不知道我的年齡，因為從我來這裡以後，我就不計算時間了。我所知道的，就是我在一八一五年二月二十八日被捕時，快滿十九歲了。」

「還沒滿二十六歲，」那人喃喃地說，「這個年齡還不會使他出賣別人。」

「啊！不會！不會！我向您發誓，」鄧蒂斯大喊，「我再次向您發誓，我寧可碎屍萬段也不會背叛您。」

「您對我有話直說很好，您懇求我也做得很對，否則我就要擬定另一個計畫，離開您了。不過您的年齡讓我放心，我不會忘記您的，等著我吧。」

「什麼時候？」

「我必須再計算一下我們的機會，我會再給您打信號。」

「但請您千萬別拋下我。您會來找我或是您允許我找您嗎？我們一塊兒逃走，即使我們逃不了，我們也能說說話。您說您喜歡的人，而我說我愛的人。您總有深愛的人吧？」

「我在世上孤單一人。」

「那麼，您會喜歡我的。如果您年輕，我將是您的同伴；如果您是年長，我將成為您的兒子。我的父親如果還活著該有七十歲了。這世上，我只愛他和一位名叫美茜蒂絲的姑娘。我的父親沒忘掉我，我確信這一點。但她，唯有上帝才知道她是否還在想念我。我會愛您的，如同我愛我的父親一樣。」

「好吧，」那個犯人說，「明天見。」

雖然只有三言兩語，鄧蒂斯已經被他的語氣說服了。他不再奢求，站起來，像他以往那樣，小心謹慎地把牆上挖出的碎塊處理完畢之後，再把床推回靠牆。

鄧蒂斯整個人沉浸在幸福之中。因為，他不再是孤單一人，甚至有可能讓他獲得自由，最壞的狀況也不過仍是囚犯，但是他卻多了一位同伴。兩個人被關在一起，只算半囚禁的生活；兩個人一起訴苦，幾乎就等於禱告；兩個人一起禱告，幾乎就是上天的恩惠了。

鄧蒂斯整天在牢裡走來走去。他坐在床上，用手壓住胸口。他只要聽到走廊上發出些微聲響，就三腳兩步衝到門邊。也有一、兩次，他想到獄方可能會把他和這位素昧平生，而自己已把他當成朋友看待的人分開。於是，他打定了主意：如果獄卒移開他的床，低頭察看洞口時，他就用水罐把他的腦袋砸得粉碎。這樣他就會被處以極刑。要不是那個神奇的聲響喚起他求生意志，他不也早已因悲傷而絕望地死去嗎？

傍晚上，獄卒來了。鄧蒂斯躺在床上，他覺得這樣可以把未挖成的洞口遮得嚴密些。無疑的，獄卒看他的目光有些異樣，因為那人問他：

「瞧，您又要變瘋了嗎？」

鄧蒂斯默不作聲，他擔心自己說話的聲音過於激動，會洩露祕密。

獄卒搖搖頭走了出去。

夜晚來臨了，鄧蒂斯以為他的鄰居將趁寂靜和黑暗之際重新與他接觸，他想錯了。一整夜過去了，在他焦急的期待中，沒有任何聲音呼喚他。但在翌日，清晨查監過後，正當他把床從牆前移開時，他聽到三下規律的敲擊聲。他趕緊跪下來。

「是您嗎？」他說，「我在這兒。」

「您那裡獄卒走了嗎？」那個聲音問。

「走了，」鄧蒂斯回答，「他要到今晚才會再來。我們有十二個小時無人看管。」

「那麼我可以行動了？」聲音問。

「啊！可以，可以！現在就開始吧，我求求您。」

鄧蒂斯半個身體鑽進洞裡，他雙手支撐的一塊地面突然向下塌陷，他趕緊向後退，這時，大塊的泥土和石頭迅速落入一個突然出現的通道開口裡，這個通道正好位於他自己挖掘的洞穴下方。

這時，從這個晦暗、深不可測的通道開口下，先是露出了一顆腦袋，然後是雙肩，最後出現了一個人，以敏捷的動作從裡鑽出進到鄧蒂斯的牢房中。

第十六章　一位義大利學者

鄧蒂斯一下子就把這位他已渴望並盼望已久的新朋友緊緊抱住，把他帶到窗前，好利用透進地牢的微弱日光來看清他的樣子。

這個人個子不高，有著一頭因受牢獄生活折磨而非年齡所致的白髮。在他灰白的濃眉之下藏著一對炯炯有神的眼睛，鬍鬚仍然烏黑，一直垂到胸前。他那線條清晰、輪廓分明、瘦削的臉上刻著一道道深深的皺紋，看得出此人慣於勞心而較少勞力。新來者的頭上沁滿了汗珠，他身上的衣服已破爛不堪，但依稀可從布料上的花紋看出它曾是流行的款式。

這名陌生人看起來有六十或六十五歲，但他的舉止還算俐落，這說明長期的囚禁生活使他顯得比實際年齡更老些。年輕人表現出的熱烈與激動使他冷漠的心受到鼓舞，重新熱了起來。他原以為能走向自由，卻只是進入了另一個地牢，不免有些洩氣，儘管如此，他還是相當感激年輕人溫暖友善的接待。

「先看看有什麼辦法把通道堵起來，不讓獄卒看見。」他說，「只要他們不知道這裡發生的事，我們就能安寧地過日子。」接著，他俯向洞口，拿起一塊石頭，雖然石頭很重，但他一下子便抬了起來，再把它塞進洞裡。

「您就這麼徒手挖這塊大石頭的呀，」他搖著頭說，「您沒有工具嗎？」

「您呢，」鄧蒂斯吃驚地問，「您有工具嗎？」

「我做了幾樣，除了銼刀，該有的我都有了：鑿子、鉗子和桿杆。」

「啊！我很想看看您憑耐心和巧手做出來的這些東西。」鄧蒂斯說。

「瞧，這是一把鑿子。」

說著他拿出一塊刃口鋒利的厚鐵，手柄是山毛櫸木做的。

「您用什麼做的呢？」鄧蒂斯問。

「用我床上的一塊鐵鉸鏈。我就是用了這件工具才把通道一直挖到您這裡的，約有五十呎。」

「五十呎！」鄧蒂斯不禁驚恐地叫出了聲。

「小聲點，年輕人，說話輕一點。有時他們會在牢房門外偷聽的。」

「他們知道我是一個人。」

「也會聽的。」

「您說您挖了五十呎才挖到這裡？」

「是的，這差不多是我和您房間之間的距離。由於我缺少畫地圖所需的幾何工具，所以我把彎道計算錯誤。本來該畫四十呎，結果畫了五十呎，就如我對您說的，我原以為能通到外牆，只要穿牆就能跳海了。但我卻是沿著您房間外面的走廊挖掘，而沒有往下挖，這下我完全白做工了，因為這條走廊通向一個天井，裡面全是衛兵。」

「是的，」鄧蒂斯說，「不過這條走廊只占著我房間的一面，還有其他三面啊。您知道另外三面牆外的狀況嗎？」

「其中的一面牆是用岩石砌成的，就算十個經驗豐富的礦工帶上所有工具也需花上十年時間才能鑿穿。另一面大約背靠著典獄長套房的地基，待我們挖到那肯定鎖著門的地窖時，就會被抓住了。最後一面……等等，最後一面通到哪呢？」

他說的那一面就是正透進日光的視窗。這個窗洞向外漸漸縮小，直到光線的入口處，就算是小孩子也不可能鑽進這樣小的開口，更何況它上面還釘了三排鐵欄杆，即使再多疑的獄卒也不用擔心犯人會從這個洞口逃跑。

當陌生人提出問題時也同時把一張桌子拖到窗口下面。

「請爬到桌上，」他對鄧蒂斯說。

年輕人順從地爬上桌子，已猜出他同伴的意思，於是他把背往牆上靠好，再將雙手伸向陌生人。此時，那位只說了房間號碼還沒報上姓名的陌生人，突然以超出他年齡能有的靈活度一下子就躍到桌子上，就像一隻貓或是蜥蜴那樣輕巧又平穩地站好後，又踏著鄧蒂斯的雙手再跳到他肩上。受限於地牢的高度，於是他彎身成九十度，把頭鑽進第一排鐵欄杆中間，從上朝下張望。

過了一會兒，他迅速地把頭縮回來。

他說：「果然不出我所料。」

於是他又順著鄧蒂斯的身子向下滑到桌上，再從桌上跳到地面。

「您料到什麼了？」年輕人也一下跳到他的身邊，不安地問。

老囚犯思索了一會兒。

「沒錯，」他說，「這道牆外面是一個外走廊，像一個環形通道，不斷有人巡邏，也有哨兵站崗。」

「您能肯定嗎？」

「我確定，我看見一名士兵和他的槍尖，我趕緊縮回來，就怕他發現我。」

「那怎麼辦？」鄧蒂斯問。

「您瞧，不可能由您的牢房裡逃出去了。」

「那怎麼辦？」年輕人以探詢的口吻接著問。

「那麼，」老囚犯說，「只能聽天由命了。」

老人的臉龐上展現出樂天知命的神色。這個人醞釀了這麼長久的希望，現在居然就這樣豁達地放棄了，鄧蒂斯望著他，在驚訝之餘，不能不表示由衷的敬佩。

「現在，您可以告訴我您是誰了嗎？」鄧蒂斯說，「我此生從未遇過像您這般非凡卓越的人啊。」

「我很樂意。只是，我現在對您一無所用了，如果您還對我的名字感興趣的話，我可以告訴您。」

「千萬別這麼說。您還可以安慰我並且以您的智慧與心靈的力量支持我。懇請您告訴我您真實的身分吧。」

神父淒涼地笑了笑。

「我是法利亞神父，」他說，「如您所知道的，我在一八一一年成了伊夫堡的囚徒，而在這之前我在弗內斯特雷爾堡被關過三年。一八一一年，他們把我從皮埃蒙特[73]轉到法國。也就在那時，我才得知上天似乎對拿破崙特別關照，賜給了他一個兒子，而且在襁褓中就被封為羅馬王了。您不久前對我說的話，我是絕對料想不到的，誰曉得四年後，這個巨人居然會被推翻。那麼現在誰統治法國呢？是拿破崙二世嗎？」

「不是，是路易十八。」

「路易十八，路易十七的弟弟[74]！天意真是神祕莫測、難以預料。上帝把親自擢升的人打倒，又把打倒的人提拔上來，祂的旨意何在呢？」

鄧蒂斯眼專心看著這個一時間忘卻自己的處境，而關心起世界命運的人。

「是啊，是啊，」他繼續說，「這就如英國一樣：查理一世之後是克倫威爾，克倫威爾之後是查理二世，也許在查理二世之後，又是哪個女婿、親戚，或是奧蘭治[75]的什麼親王即位了。某個地方總督將成為國王，於是就對平民百姓作出新的讓步，憲法產生了，自由也來了！您會看見的，我的朋友。」他轉身面對鄧蒂斯說，並用先知者才有的灼熱而深邃眼神注視著他，「您還年輕，您會見證這一切的。」

「是的，如果我能從這裡出去的話。」

73 Piedmont，義大利西北部的一個地區。
74 路易十八是路易十六的弟弟，而路易十七是路易十六的次子，原文似有誤。
75 Orange，一個貴族世家。一八一五年繼承稱號的奧蘭治親王成為尼德蘭的國王，稱威廉一世。

「說得不錯，」法利亞神父說，「我們都是囚犯，有時候我竟然忘了這一點，因為我的眼睛能穿透四周的圍牆，讓我自以為仍是個自由之人。」

「那麼您為什麼會被關起來呢？」

「因為我在一八〇七年就做著拿破崙在一八一一年想實現的夢。因為義大利已被分割成許多暴虐和虛弱的小王朝，我贊同馬基雅弗利的主張，希望在這些諸侯之中建立起一個偉大而統一、團結而強盛的王朝。

「我誤信一個戴王冠的傻瓜就是我的波吉亞君王，他假裝贊同我，結果卻把我出賣。這也是亞歷山大六世和克萊蒙七世的計畫，但他們執行不力，而拿破崙又沒能實現它，看來這個計畫是註定要失敗的。義大利是該被詛咒的！」說完，老人垂下了頭。

鄧蒂斯無法理解一個人怎麼會為這些事甘冒生命危險。對他來說，他見過拿破崙，與他說過話，也算是認識他了，可是，他對克萊蒙七世和亞歷山大六世根本就一無所知。

「您是不是就是那位……」鄧蒂斯開始有點理解獄卒的話了，這也是伊夫堡普遍的看法，「別人說的有病的……教士？」

「您是想說他們以為我瘋了，是嗎？」

「我不敢那麼說。」鄧蒂斯微笑著說。

「沒錯，」法利亞帶著苦笑接著說，「是的，被人看作瘋子的就是我。長久以來一直被作為笑話出示給這座監獄裡的來賓看的也是我。如果在這座毫無希望的痛苦建築裡住有孩子的話，我還能負責逗他們開心。」

鄧蒂斯一動不動，沉默良久。

「這麼說，您放棄越獄計畫了？」他問。

「我覺得已不可能逃跑了。上帝不允許的事若一意孤行，就是違抗上帝。」

「為什麼要洩氣呢？想要一舉成功，也過分為難上帝了。您不能朝另一個方向重新開始挖掘嗎？」

「您如此輕鬆地說出『重新開始』，可見您完全不明白，我如今絕望的挫折全來自於我所付出的努力。讓我從頭解釋給您聽吧：我花了四年時間才製成我現有的工具。我又鑿又挖地對付這片如岩石般堅硬的地面已經有兩年了。我以前不敢設想自己能挪動的石頭，我現在卻必須把它們移除。我終日做著這項巨大的工程，相信總會得到回報。有時到了晚上，當我挖下一平方吋[76]變得堅如卵石的泥灰時，我幾乎高興到忘我。為了埋放這些挖出的泥土和石塊，我挖穿一個梯級的拱頂，再把這些廢料一點一點地埋進去。

「現在，洞已塞滿了，我都不知道今後該把泥灰藏哪兒才不會被人發現。直至今日，我本以為辛苦已到了盡頭，我終於完成了任務，同時力量也使盡了。可是突然間，上帝不僅推延了成功的時間，而且讓我走投無路。讓我再重申一次，既然這一切是上帝的旨意，那麼從此以後我再也不會試圖爭取自由了。」

愛德蒙低下了頭，為了不讓那個人看出來，他因得到同伴的喜悅，影響了他對這位正飽

76 指法吋，約合 27.07 毫米。

受失敗痛苦的神父應該有的同情心。

法利亞神父倒在愛德蒙的床上，年輕人仍然站著。

愛德蒙從未想過要越獄。有些事情若看似不可能辦到，人們會連嘗試的念頭都不會有，而且還會本能地逃避。在地下挖掘五十呎，為這項工程日夜辛苦三年，即便成功，也只是通到一個臨海的懸崖峭壁。從五十、六十，也許百呎的高度往下跳，就算沒有被哨兵的子彈打死，也可能一頭撞在岩石上而粉身碎骨。就算真能平安渡過這些危險，還必須在大海裡游上一里格才可能上岸。這些過程實在是太艱難，鄧蒂斯甚至連想都不敢想，還不如聽天由命。

雖然鄧蒂斯差一點甘於認命，可是當他看見一位老人在絕境中仍意志堅強地活著，讓他對人生有了一個嶄新的想法，也激發了他的勇氣。有一個人，沒他年輕，沒他強健，卻敢於嘗試他甚至連想都不曾想過的事。那個人，為了完成這個難以想像的艱難計畫，憑藉著他的堅毅與無比的耐性，親手製作出所有會使用上的工具，只因計算錯誤才使這個計畫失敗。既然有人能做到這一切，那麼對鄧蒂斯來說，天下便沒有不可能的事了。

法利亞可以挖掘五十呎，他就能鑿穿一百呎。法利亞年已五十，為這件工程花了三年時間，而他只有法利亞一半的年紀，他就能用上六年。法利亞是神父、學者、教會裡的人，他都不怕從伊夫堡游到多姆島、拉托諾島或是勒梅爾島，那麼他，愛德蒙，是水手，他，鄧蒂斯，是勇敢的潛水者。他曾經常常潛入海底去尋找一簇珊瑚，要他游上一里格還有需要遲疑什麼呢？游一里格要花多少時間？一小時？那好，他過去也曾多次泡在海裡好幾個小時沒上過岸。鄧蒂斯只需要有一個勇敢的榜樣來激勵自己就行了。那個人已做的一切，鄧蒂斯一定也能做到。

年輕人就這樣思考了一陣子。他突然對老人說：「我已找到您在尋找的辦法了。」

法利亞大吃一驚。「您真的找到辦法了？」他抬起頭來帶著一絲焦慮的神情說，「說說看吧，您發現什麼了？」

「您挖掘的那條從您的牢房連結到我這裡的通道與外走廊是朝同一個方向，是嗎？」

「是的。」

「那麼通道與外走廊只距離十五步左右囉？」

「大約如此。」

「那好！在通道中間處，我們可以再橫挖一條交叉的支道，這一次，請您測量得準確一些。這樣，我們就會挖到外走廊，先把哨兵殺死，再逃跑。要完成這個計畫，需要勇氣，您是有的。還要有力氣，這我也不缺。至於耐心，您已充分表現出來了，我也會證實我的能耐。」

「等等，」神父回答，「親愛的朋友，您不知道我有的是什麼樣的勇氣，我打算把力氣用在何處。說到耐心，我每天日以繼夜，夜以繼日地工作，我想耐心是足夠的。不過，請聽著，年輕人，那時我相信將一個無辜的、未犯過罪、不應該受審判的人釋放，是在為上帝效忠。」

「那麼您的狀態改變了嗎？」鄧蒂斯驚訝地問，「難道從您遇見我之後，覺得嘗試越獄讓自己變得有罪了嗎？」

「不是的，但我不願意因此成為罪人。在此之前，我一直以為我只需要解決眼前的困境，不是對付人。我可以挖通牆壁，破壞樓梯，但我不會刺穿一個人的胸膛，輕易地結束一個人的生命。」

鄧蒂斯稍稍做了個表示驚訝的動作。

「這麼說，」他說，「您明明可以自由，卻被這麼一個顧忌束縛住手腳了？」

「那麼您自己呢，」法利亞說，「為什麼在某個晚上您沒有用桌腳砸死您的獄卒，穿上他的衣服，設法逃走呢？」

「理由很簡單，因為我完全沒想到這一點，」鄧蒂斯說。

「那是因為人性本能地對犯罪產生恐懼，而這種恐懼使您不曾想過那樣的辦法。」老人說，「因為在這些簡單易行的事情上面，我們的天性會告誡我們不應該偏離正道。例如老虎，牠天生嗜血，當牠的嗅覺告訴牠獵物已進入追捕範圍時，出自本能，牠會立即衡量出能成功撲殺獵物所需的衝刺與動作，這是牠的天性。但是人類卻相反，人害怕見血。這不是受制於法律或是社會的規範使他們不敢取人性命，而是源自於人類的天性與心理的價值。」

鄧蒂斯對這一長篇解釋有些迷惑不解並保持沉默。不過他也確實在無意識之中，或該說是在靈魂深處出現過這樣的思考。至於為何有兩種截然不同的想法，是因為有些念頭出自大腦，而有些思想源於心靈。

「從我被拘禁開始，」法利亞接著說，「我想過了所有著名的越獄案例。我看到脫逃成功者寥寥無幾。那些得到圓滿結果的成功案例，都是經過深思熟慮、長期準備的，如德．博福特公爵[77]逃出萬森堡；杜比古瓦神父逃出主教堡；拉杜特[78]逃出巴士底監獄，還有一些碰巧越獄成功的先例，這些都是可遇不可得的。我們等待機會吧。等機會來了，我們就抓住它不放。」

「您真有耐心啊，」鄧蒂斯嘆息道，「您每天都用各種工作或活動把時間排滿，足以幫您能夠忍受長期的等待。當您的疲勞讓您痛苦時，您還能依靠信仰與希望來保持清醒並且得到鼓勵。」

「我能跟您保證，」神父說，「我並不是靠這些來排遣時間或得到支撐的力量。」

「那麼您做什麼呢？」

「我寫作或是學習與研究。」

「他們會給您紙、筆和墨水嗎？」

「不會，不過我能自己做。」

「您自己做了紙、筆和墨水？」鄧蒂斯驚呼道。

「是的。」

鄧蒂斯敬佩地望著他，不過，他仍難以相信他說的話。法利亞發覺他仍有一些疑惑。

77 Duc de Beaufort，博福特公爵（一六一六—一六六九），法國親王，投石党運動領袖之一。他曾參與推翻馬薩林首相的密謀，一六四三年被捕，一六四八年越獄逃跑。

78 Abbe Dubuquoi，拉杜特（一七二五—一八〇五），冒險家，曾密謀推翻蓬巴杜夫人，被關進巴士底監獄，後逃脫過一次。

「下回您到我那裡去時，」他說，「我就會拿一部完整的書稿給您看，這是我一生的思想、研究與反省結晶。我是在羅馬競技場的遮蔭處，在威尼斯聖馬克廣場的廊柱下，在佛羅倫斯阿爾諾河邊早就構思好的，我當時完全沒想到有一天，居然是在伊夫堡的高牆裡才有時間完成它。這本著作的書名叫《論在義大利建立統一君主政體的可能性》，這將是一套四本的大書。」

「您寫在什麼東西上呢？」

「寫在兩件襯衫上。我想出了一個辦法，可以先使襯衣變得像羊皮紙那樣光滑緊密。」

「您是位化學家？」

「學過一點。我認識拉瓦錫[79]，和卡巴尼斯[80]也是親近的朋友。」

「可是，要完成這麼一部著作，您需要藉助書籍。您有書可看嗎？」

「我在羅馬的圖書室裡有將近五千冊書。經過再三閱讀後，我發現只要精選出其中一百五十本，即使無法涵括人類全部的智慧，至少也能滿足一個人需要知道的知識。我花了三年的時間全心全意地一再閱讀、研究這一百五十本書。在我被捕時，我已幾乎熟記在心了。我在牢房裡，只要動一下腦子便能回憶起書中記載的內容，就好像書本就在我眼前攤開一般。

79　Lavoisier，拉瓦錫（一七四三—一七九四），法國化學家和現代化學之父。
80　Cabbanis，卡巴尼斯（一七五七—一八〇八），法國哲學家和生理學家。

因此，我能向您舉出修昔底德[81]，色諾芬[82]，普盧塔克，提圖斯．李維[83]，塔西圖斯[84]，斯特拉達，約爾南代斯，但丁，蒙田[85]，莎士比亞，斯賓諾莎[86]，馬基雅弗利和博絮埃[87]。這裡我只說出一些最重要的名人而已。」

「我毫不懷疑您一定學習過多種語言。那麼您懂得哪些呢？」

「我會說五種現代語言：德語、法語、義大利語、英語和西班牙語。我透過古希臘語，進而理解了現代希臘語，不過我說得不好，我還在學習中。」

「您還在學？」鄧蒂斯問。

「是的，我把我知道的字排成了一個單詞表。我把這些單詞排列、組合、顛來倒去，我就是這樣使用它們來表達我的思緒。我掌握了近一千個詞彙，目前也就夠用了。雖然我相信在詞典裡有不少於十萬個詞彙，雖然我說得不好，但只要我能清楚地表達我的願望與需求，對我來說就足夠了。」

愛德蒙越聽越入迷，他差點以為這個古怪的人可能具有超能力。但他還是想在他身上找些缺點，於是繼續問：

81 Thucydides（西元前四六〇—前四〇四年以後），古希臘歷史學家。
82 Xenophon（西元前四三一—前三五〇年以前），古希臘歷史學家。
83 Titus Livius（西元前五十九—後十七），古羅馬歷史學家。
84 Tacitus（五十四—一一七），古羅馬歷史學家。
85 Mante（一五三三—一五九二），法國思想家、作家。
86 Shakspeare（一六三二—一六七七），十七世紀的唯理性主義哲學家。
87 Bossuet（一六二七—一七〇四），十七世紀法國上帝教教士，演說家。

「如果他們不給您筆，那麼您用什麼寫成這麼厚的一本大書呢？」

「我就自製幾支絕佳的筆。假如有人知道在齋日有時吃到的鱈魚頭軟骨能成為製筆的材料，那麼，他們會寧願用這種筆而不再使用普通筆了。因此，我總是非常高興地盼著星期三、星期五和星期六，因為這些日子可以使我有機會得到更多製筆的材料。我承認，撰寫歷史著作是我最喜歡的工作，也是最大的慰藉。當我走進過去，拋下現在，任自己悠遊其中時，便完全遺忘我是名囚犯了。」

「那麼墨水呢？」鄧蒂斯問，「您用什麼材料自製墨水呢？」

「在我的牢房裡有曾有一個壁爐，」法利亞說，「在我住進來時，這只壁爐已經被堵塞多時了。不過在堵塞之前，他們成年累月在壁爐裡生火，因而所有內壁上都積滿了煤灰。每個星期天，他們會給我一點葡萄酒喝，我就把煤灰溶化在葡萄酒裡，製成了上好的墨水。至於重要的註釋，或是需要引起注意之處，我就刺破手指，用我的血書寫。」

「那麼，」鄧蒂斯問，「能讓我看看嗎？」

「您隨時都能來。」法利亞回答。

「哦！那麼就現在吧！」年輕人脫口說。

「那就跟我來。」神父道。

說完，他鑽回到地下通道，消失了。鄧蒂斯則尾隨其後。

第十七章　神父的房間

鄧蒂斯彎著腰，不算困難地鑽過了一條地下通道，到了通往神父牢房的入口處。通道驟然變窄，空間僅夠一個人匍匐前進。神父地牢的地面上鋪著石板，他是在最暗的一個角落掀起了一塊石板才開始了他那艱鉅的工程。現在，鄧蒂斯已經看到其結果了。

年輕人進入後直起身子，馬上就仔細地察看這間牢房。這間房間乍看之下並無特別之處。

「好了，」神父說，「現在才十二點一刻，我們還有幾小時自由支配的時間。」

鄧蒂斯環視四周，想知道神父是看什麼樣的鐘才能準確報時。

「請看看從我的視窗透進來的一縷日光，」神父說，「再看看我劃在牆上的那幾道線吧。這些線條是根據地球自轉及它繞著太陽公轉的原理劃出來的。我掌握時間，比戴錶還準確，因為錶會亂走，而太陽和地球的運行絕不會出差錯的。」

鄧蒂斯對這個解釋完全不能理解。以前每當他看到旭日從山後升起，又墜入地中海的時候，他總是想，是太陽在轉動，不是地球。在他看來，他所居住的地球在他不知不覺之中正在雙重轉動，幾乎是不可能的。他從對方所說的每一句話，開始窺探到了科學的奧祕。他記得在孩提時的一次旅行中，在居紮拉特和戈爾孔達參觀過的金礦、鑽石礦也同樣使他心馳神往，值得開採。

「嗯，」他對神父說，「我急於想看看您的寶藏。」

神父走向壁爐，用始終拿在手裡的鑿子移開爐內的一塊石頭，出現了一個相當深的洞穴，他對鄧蒂斯說起的所有東西就深藏在其中。

「您想先看什麼？」他問。

「您寫的那本有關義大利王朝的著作。」

法利亞從藏東西的洞穴中取出三、四捲襯衣布，攤開後是一些長方形的布片，寬約四吋，長約十八吋。每條布片都編上了號碼，布上面寫滿了密密麻麻的文字。鄧蒂斯閱讀起來毫無問題，因為神父是用母語義大利文書寫，而鄧蒂斯是普羅旺斯人，完全懂得這種語言。

「看吧，」他說，「都在裡面了。將近一星期前我在第六十八條布片的末端寫上了完字。我撕毀了兩件襯衣和我所有的手帕才夠寫。若有一天我恢復了自由，在整個義大利只要我能找到一家出版商有勇氣把我的東西印出來，我就成名了。」

「我明白了。」鄧蒂斯回答，「那麼現在，請把寫這部書的筆拿給我看看好嗎？」

「看吧。」法利亞說。

說完，他拿給年輕人一根六吋長，粗如畫筆的一根小杆子，頂端綁著一根神父曾對鄧蒂斯說過的魚軟骨。軟骨尖端沾著墨漬，軟骨端部呈鴨嘴狀，像普通筆尖那樣，中間裂開一條縫。

鄧蒂斯仔細端詳著，用目光搜尋著能如此恰到好處地削出軟骨筆尖的工具。

「啊！對了，」法利亞說，「您在找削筆刀嗎？那可是我的傑作。我自製的，還有這把刀，都是用舊的鐵燭臺做出來的。」

削筆刀鋒利如剃刀。至於這把刀，它有兩個用處，既可以是刀也能當匕首用。

鄧蒂斯仔細觀察著這每件東西，其認真程度，就如當年在馬賽的古玩店裡欣賞船長們在遠洋航行時從南半球海域帶回來由蠻子製作的工具一樣。

「至於墨水，」法利亞說，「您知道我是怎麼做的。我都現做現用。」

「現在，還有一件事我不明白，」鄧蒂斯說，「就是這麼多工作，僅是利用白天怎麼夠用呢？」

「我還有夜晚。」法利亞回答。

「夜晚！難道您有貓的能力，在夜裡也能看清東西？」

「不是的，不過上帝賜給人智慧以彌補他官能上的不足：我弄到了光。」

「這是怎麼回事？」

「我從他們送來給我的肉中把脂肪切下，使它融化，製成油。看，這就是我的自製蠟燭。」

說著法利亞拿出一個小油燈給鄧蒂斯看，樣子有點像在公共場所照明用的燈。

「那麼生火的東西呢？」

「用這兩塊碎石和燒焦的襯衣。」

「火柴呢？」

「我假裝得了皮膚病，要了一點硫磺，他們就會給我。」

鄧蒂斯把手裡的東西放到桌上，垂下頭，深深被法利亞的堅韌和力量所折服。

「還不止這些呢，」法利亞接著說，「總不能把所有寶貝都藏在一處吧。先把這個洞蓋上！」

兩人把石板放在原地後，神父先在上面撒了一點砂土，再用腳又擦了擦以清除移動的痕跡。而後他向床走去，並移開了床。在床頭後面，有一塊幾乎把洞口全部遮掩起來的石頭，洞裡有一根長約二十五到三十呎的繩梯。鄧蒂斯仔細看了看，覺得這條繩梯非常結實。

「誰給了您可以完成這麼一件傑作所必需的材料呢？」

「我在弗內斯特雷爾監獄坐牢的三年間，先撕了幾件襯衫，又拆了床上被單的接縫邊。在我被轉送到伊夫堡時，我想出個辦法把這些東西帶走，到了這，我就完成了這個繩梯。」

「難道獄方沒有發現您的床單上少了接縫邊嗎？」

「我又縫上了。」

「用什麼縫的？」

「用這根針。」

說完，神父撩開他的破衣爛衫，露出一根貼身藏著，又長又尖，還穿著線的魚骨給鄧蒂斯看。

「我起初想折斷這些鐵欄杆，從這個視窗逃出去的。」法利亞繼續說，「您看到了，它比您牢房裡的要大一些，等我要越獄時還可以再挖開一點，但是，我發現這個視窗下面就是天井，我認為這個計畫太危險，就放棄了。但是，我仍保存了繩梯以備不時之需。現在，我向您提到過的那些脫逃計畫，就很有機會可以用上。」

鄧蒂斯表面上注視著繩梯，卻想著另外一件事情：這個人充滿智慧、足智多謀又有遠見，也許能幫他解開讓他遭受不白之冤的黑暗之謎，因為他自己完全毫無頭緒。

「您在想什麼？」神父微笑著問，他把鄧蒂斯的沉思理解成他已欣賞到出神的地步了。

「我首先想到一件事情，」鄧蒂斯回答，「就是您消耗了所有的智慧與心力才達到如此驚人的成果，如果您本來是自由的，您會做些什麼呢？」

「也許一事無成，我過剩的腦力也許會化為烏有。要開發深藏在人類智慧裡的神祕寶藏，就需要遭遇不幸。要想引爆炸藥，就需要壓力。囚禁生活把我分散的、浮動的能力都凝聚在一個焦點上，它們在一個狹窄的空間相互衝撞。您是知道的，烏雲相撞生成電，由電生成火花，由火花生成了光。」

「不，我一無所知，」鄧蒂斯說，他因自己的無知而有點沮喪，「您所說的話，有很多對我而言就如天書。您能如此博學多才，真幸福啊！」

神父笑了。

「您剛才說，您想到了兩件事情？」

「是的。」

「您只說了第一件，第二件又是什麼呢？」

「第二件是您對我敘述了您的過去，可您還不知道我的身世。」

「年輕人，您的生活夠短促的，經歷不了多少了不起的大事。」

「已足夠讓我遇到一場我根本不該遭受到的極大災難。」鄧蒂斯說，「我多希望能找到使我陷入如此不幸命運的元兇，以免我去褻瀆上帝。」

「那麼您能肯定別人控告您的罪名是無中生有的嗎？」

「絕對無中生有，我可用世上我最愛的兩個人發誓，我的父親和美茜蒂絲。」

「談談吧，」神父邊說，邊封上洞穴，再把床推回原位，「把您的故事說給我聽聽吧。」

於是，鄧蒂斯就開始講述起他所謂的故事。他的故事其實也只局限在他在印度的一次遠航和兩三次在利凡得[88]的航行生活，之後，他才談到了最後一次在海上橫渡的情景，談到了勒克雷爾船長之死，由他轉交給大元帥的那包東西，謁見大元帥和托他帶回給諾爾帝亞先生的信。再談到了他回到馬賽，與父親重聚，以及對美茜蒂絲深厚的愛。最後，談到他的訂婚宴，他的被捕，對他的審訊，他在法院的臨時拘禁，終於，他被關進伊夫堡這個終身監獄。到這裡，鄧蒂斯就再也說不下去了，他甚至不知道自己在這座監牢裡關多久了。

神父等他說完以後，陷入了深思。

「關於權益，有一個很深奧的公認原則，」他過了一會兒說，「這與剛才我對您說的話有關聯，就是扭曲的人格才會產生不健全的思想。正常來說，人性是厭惡犯罪的。然而，文明使我們產生了貪念、慾望、惡習和虛榮心，有時，這些因素足以使我們扼殺善良的本性，導致我們作惡。於是，有了這麼一句格言：欲抓罪犯，先找犯罪對之有利之人！您不在了會對

88　Levant，地中海東岸地區的通稱。

誰有利呢？」

「我的上帝，對誰都沒有好處！我是多麼渺小啊。」

「別這麼說，因為您的回答既不合邏輯又缺乏哲理。一切都是相對的，親愛的朋友，從國王妨礙他的即位者登基，到小職員影響候補雇員轉正職，道理都是一樣的。倘若國王死了，即位者就可繼承王位。倘若小職員死了，候補雇員就能得到那份一千二百法郎的薪餉。為了生活，這筆錢對他的重要性與國王得到的一千二百萬無異。

「每個人，從社會的最低層到最高層，都在他所屬的社會階層裡站在自己的位置上，彼此爾虞我詐、貪得無厭，就如同笛卡兒[89]的理論曾提到壓力與反動力。只是，隨著一個人的地位越高，壓力就越大。這是一座倒金字塔，全憑平衡力作用支撐在一個尖頂上。我們回到您所屬的世界吧。您說您就要被任命為法老號船長了？」

「是的。」

「您將要娶一位年輕貌美的姑娘為妻？」

「是的。」

「現在想想，在這兩件事上，有誰會想盡力阻止，避免它們成真呢？我們先從第一個問題開始。有誰不願意您當上法老號的船長呢？」

「沒有，船員們都很喜歡我。如果他們能自由選舉船長，我相信他們會選擇我。在全體

---

89 Descartes，笛卡兒（一五九六—一六五〇），法國數學家和哲學家，解析幾何學的創始人。

船員中只有一個人對我有所不滿，我之前曾與他吵過一架，我提出與他決鬥，他拒絕了。」

「我們找到了！這個人，他叫什麼名字？」

「鄧格拉斯。」

「他在船上的職等？」

「押運員。」

「假如您當了船長，您還會留他繼續任職嗎？」

「如果我有權決定的話，我不會留任他，因為我發現他的帳目有幾處不清。」

「好了。現在說說，您與勒克雷爾船長最後一次談話時有誰在場？」

「沒有，就我們兩個人。」

「有人會聽到您們的談話嗎？」

「會，因為艙門開著。而且……等等……對了，在勒克雷爾把要交給大元帥的那包東西交給我時，鄧格拉斯正巧路過。」

「很好，我們說到正題了。當您們在厄爾巴島停泊時，您有帶誰一起上岸嗎？」

「沒有。」

「有人交給您一封信？」

「沒錯，是大元帥。」

「這封信，您放在哪兒呢？」

「我放在我的公事包裡。」

「您的公事包是隨身帶著的嗎？一個可以放進一封官方信函的公事包，如何能放進一個船員的口袋裡呢？」

「您說得對，我把公事包留在船上了。」

「那麼您是回到船上之後才把信放進公事包裡的囉？」

「是的。」

「從費拉約港回到船上之前，您把信放在哪兒？」

「我一直拿在手上。」

「當您回到法老號船上時，任何人都能看到您手裡拿著信了？」

「是的。」

「鄧格拉斯也與其他人一樣看得見囉？」

「鄧格拉斯也不例外。」

「現在，聽我說，請盡量回憶一下，您記得密告信上寫的是什麼內容嗎？」

「哦！記得，我重讀過三遍，每句話我都記得。」

「請複述給我聽。」

鄧蒂斯沉思默想了片刻。

「我一字一句背給您聽吧。」他說。

「檢察官先生臺鑒：鄙人乃王室與教會的朋友。茲稟告有一名叫愛德蒙．鄧蒂斯者，是法老號船上的大副，今晨從士麥那港而來，中途在那不勒斯和費拉約港港口停靠過。繆拉有一信託他轉交予謀王篡位者，後者覆命他轉交一信與巴黎的波拿巴黨人委員會。

「逮捕此人時便可得到他的犯罪證據，因為此信不是在他身上，就是在他父親家中，或是在法老號上他的艙房裡。」

神父聳了聳肩。「現在一清二楚了，」他說，「您太天真太善良了，要不您應該一下子就能猜出是怎麼回事了。」

「您這麼想嗎？」鄧蒂斯脫口說，「啊！這可太卑鄙了！」

「鄧格拉斯平常的筆跡是怎麼樣的？」

「一手漂亮的草體。」

「匿名信上是什麼筆跡？」

「向右傾斜的字體。」

神父露出淺淺的一笑。「偽裝的，是嗎？」他說。

「如果是偽裝，也寫得夠流利的。」

「等一下。」他說。

他拿起筆，或者說他稱之為筆的東西，在墨水裡沾了沾，用左手在一件備用的襯衫上寫了密告信的頭兩三行字。

鄧蒂斯往後退了一步，驚恐地看著神父。

「啊！簡直不可思議！」他驚呼道，「這個筆跡與密告信上寫的多麼相像啊。」

「這就是說，密告信是用左手寫的。我注意到了這一點。」神父繼續說。

「什麼？」

「就是用右手寫的所有筆跡完全不同，而用左手寫的所有筆跡大同小異。」

「您真是什麼都見過，什麼都研究過了？」

「接著說下去。」

「哦！好的。」

「現在談第二個問題。」

「我聽著。」

「有誰出於自己的利益，不願意您與美茜蒂絲結婚嗎？」

「有！一個愛著她的年輕人。」

「叫什麼名字？」

「弗南特。」

「這是一個西班牙名字。」

「他是加泰羅尼亞人。」

「您認為他有能力寫出這麼一封信來嗎？」

「沒有。這個人只有捅我一刀的能耐而已。」

「是呀，這符合西班牙人的天性：寧可當殺人犯，也不肯當懦夫。」

「再說，」鄧蒂斯接著說，「他並不知道密告信裡的所有細節。」

「您沒把這些細節告訴任何人嗎？」

「沒有。」

「甚至沒有對您的情婦說？」

「甚至沒有對我的未婚妻說。」

「那麼就是鄧格拉斯寫的了。」

「啊！現在，我相信了。」

「等等……鄧格拉斯認識弗南特嗎？」

「不……如果……我想起來了。」

「想起什麼？」

「在我訂婚的前兩天，我看見他們在邦菲爾老爹的涼棚下同坐在一張桌子。鄧格拉斯態度親切，有說有笑；弗南特則臉色蒼白，心不在焉。」

「就他們倆嗎？」

「不，除他們還有第三個人，我很熟悉，大概就是他介紹那兩人認識的。他名叫卡德魯斯，是一名裁縫。不過那時他已經喝醉了。等等……等等……我怎麼沒想到這個呢？在他們旁邊的一張桌子上，放著墨水、紙和筆。（鄧蒂斯把手放在額上。）啊！無恥！無恥！真無恥！」

「還有其他的事需要我幫您釐清的嗎？」神父笑著問。

「當然有，我當然要繼續拜託您。您能洞悉一切，能將如此複雜的謎團像是猜謎語般輕易地解開。所以我想請問，為什麼我只被審訊過一次，為什麼我沒有上法庭，我又是如何在沒有判決下就被定罪呢？」

「哦！關於這點，」神父說，「那就更嚴重些了。司法界的內幕黑暗而神祕，難以捉摸。到目前為止為您的兩位朋友所作的分析好比小孩子遊戲。至於這個問題，您得給我一些更確切的線索。」

「還是由您問我好了。說真的，您對我的生活看得比我自己更清楚。」

「誰審訊您的？是檢察官，代理檢察官，還是預審法官？」

「是代理檢察官。」

「年輕人還是老年人？」

「年輕人，大約二十七、八歲。」

「嗯！雖然還沒有腐敗，但已野心十足。」神父說，「他對您的態度如何？」

「溫和多於嚴厲。」

「您什麼都對他說了？」

「都說了。」

「在審訊過程中，他的態度有過變化嗎？」

「有的，當他讀完誣告我的信後，他的神情巨變；似乎是對我遭受到如此不幸感到不忍。」

「是為您的不幸遭遇？」

「是的。」

「那麼您相信他同情的是您的不幸嗎？」
「至少他對我表現出極大的同情心。」
「怎麼樣表現？」
「他燒毀了能定我罪的唯一證據。」
「什麼證據？密告信？」
「不是，是要我轉交的那封信。」
「您能肯定這一點？」
「我親眼看見信被燒毀。」
「這就是另一回事了。這個人很可能是一個您想像不到的最陰險毒辣的角色。」
「您真的使我膽戰心驚了！」鄧蒂斯說，「難道這是個老虎、鱷魚橫行的世界嗎？」
「不錯，區別在於兩隻腳的老虎和鱷魚比其他猛獸更加兇殘。」
「繼續吧，我們再說下去。」
「非常樂意。您說他把信燒了？」
「是的，並且對我說：『您看，只有這個證據會對您不利，現在被我銷毀了。』」
「這個舉動過於崇高，反而不自然。」
「您這樣認為？」
「我能肯定。這封信是指定給誰的？」
「給巴黎雞鷺街十三號的諾爾帝亞先生。」

「您能推估出您那位代理檢察官燒了這封信對他有什麼好處嗎？」

「也許吧，因為有兩、三次他要我答應不對任何人提起這封信，說是為我著想，還要我發誓不吐露寫在信封上的姓名。」

「諾爾帝亞？」神父反復念道，「諾爾帝亞？我倒是知道一個曾在伊特魯裡亞[90]女王的朝廷裡任職並且在大革命時期是吉倫特黨人的諾爾帝亞。您那代理檢察官對您說他叫什麼名字？」

「德．維爾福。」

神父爆發出一陣大笑。

鄧蒂斯驚訝地望著他。

「您怎麼啦？」他問。

「您看到這束陽光了嗎？」神父問。

「看到了。」

「那好！我看透這一切都能比您看到這束陽光還要清楚。可憐的孩子，可憐的年輕人！告訴我吧，那位代理檢察官對您表現出充分的同情跟憐憫，是嗎？」

「是的。」

「這位受人尊敬的代理檢察官燒毀了密告信？」

90　Etruria，義大利中西部古國，位於後來的托斯卡納地區。

「是的。」

「他還要您發誓永遠不吐露諾爾帝亞這個名字？」

「是的。」

「您這個可憐的瞎子啊，您知道他處心積慮想要隱瞞的這位諾爾帝亞是誰嗎？這位諾爾帝亞就是他的父親！」

這時，即使一道轟天雷劈到鄧蒂斯腳邊，或是地獄之門在他眼前打開，都不如神父突如其來的這幾句話在他身上產生的效果。一切是那麼迅猛，那麼激烈，那麼慘痛。

他站起來，雙手捧住頭，彷彿不讓它爆炸似的。「他的父親！他的父親！」他驚叫道。

「對，是他的父親，名叫諾爾帝亞．德．維爾福。」神父接著說。

這時，一道閃光在犯人的頭腦裡閃現，讓原本被黑暗籠罩的心豁然開朗。審訊時維爾福轉變的神情，燒毀的信，非得要他作出的保證，還有代理檢察官不但沒有對他嚴加逼訊，反而苦苦叮囑的那個近乎哀求的口吻，他一下子都回憶起來了。他大喊一聲，像喝醉酒似的晃動了幾下，然後一頭鑽進那條連通這兩個牢房的通道。

「我得一個人待著好好想想這一切。」他說。

他剛剛回到自己的地牢，就倒在床上。傍晚，當獄卒看見他時，只見他坐著，兩眼直視，板著臉，像一尊雕像似的一動不動，沉默不語。

他冷靜思索了好幾個小時，但是他感覺才度過了幾分鐘。這期間，他下定決心，立下了令人生畏的誓言。

一個聲音把他從沉思中喚醒，是法利亞神父。他在獄卒查監之後，過來邀請鄧蒂斯與他共進晚餐。他是一個公認的瘋子，而且還瘋得很有趣，因而這名老囚犯享受了某些特權，例如，星期天可以得到一點白麵包，還可以享受一小瓶葡萄酒。這天正巧是星期天，因此神父特地來邀請年輕同伴分享他的麵包和酒。

鄧蒂斯跟去了。他的情緒與表情都平復，恢復了常態，但仍帶著剛強堅毅的神色，可以看得出來，他的決心已不可動搖。神父凝視著他一段時間。

「我幫助您分析線索，又對您說了那麼多話，反而有點後悔了。」他說。

「為什麼？」鄧蒂斯問。

「因為我在您的心裡注入了一種您從未有過的情感，那就是復仇。」

鄧蒂斯微微一笑。

「我們聊聊其他的事吧。」他說。

神父又看了他一會兒，憂傷地搖了搖頭。既然鄧蒂斯提出這個請求，他只好轉移話題。像所有飽受風霜的人那樣，老犯人的談話隱含著許多教誨與建議，但是聽起來像是有用的資訊，不會讓人聽了乏味。而且他的談話不帶自我意識，因為這個不幸的人從不談論自己的苦難。

鄧蒂斯懷著敬佩之心傾聽著他說的每句話。其中有的與他的想法吻合，跟他做水手時所獲得的知識一致。有的話涉及到一些未知的領域，如同北極光照耀著南半球緯線上的航行者一樣，他的話帶給年輕人五光十色的景象和眼花繚亂的新視野。鄧蒂斯明白了，一個頭腦健全的人若追隨像法利亞這樣天賦異稟的人學習，那麼他在真理的高度上將會迎刃有餘。

「請您用您知道的一小部分教導我吧。」鄧蒂斯說，「就當作是跟我在一起時解悶也好。我覺得，您寧願孤獨自處也不想與一個像我這般缺乏知識的同伴在一起。如果您答應我提出的要求，我保證再也不和您提越獄兩個字了。」

神父笑了。

「哎呀，我的孩子，」他說，「人類的知識是很有限的，在我教會您數學、物理、歷史和我會講的三、四種現代語言後，您就掌握我所知道的一切了。不過，這些知識，我大約需要兩年時間從我的腦子裡取出再灌進您的腦子裡。」

「兩年！」鄧蒂斯驚叫說，「您真的相信用兩年時間我就能學會這些東西嗎？」

「若要說應用，不可能。但是學會基礎原理，夠了。學習不等於知曉。世間有會學習和會思考的兩種人：記憶造就前者；哲學造就後者。」

「難道不能學習哲學嗎？」

「哲學是無法教的。哲學是世間真理的應用，它就像是基督升天時踩在腳下的那片絢麗的金雲。」

「那好吧，」鄧蒂斯說，「您先教我什麼呢？我想學習，我現在渴望知識。」

「什麼都學！」神父說。

果真，當天傍晚，這兩名囚犯就擬訂了一個學習計畫，次日就實行了。鄧蒂斯有驚人的記憶力和極強的領悟力。他很有數學頭腦，能順利理解各種需要經過計算才能學得的知識，而他天生富有詩意的想像力幫助他將枯燥的數學公式和呆板的幾何學變得有趣。他本來就懂義大利文，在他遠航東方時也學會一點羅馬對話。在這兩種語言的基礎下，他沒花多久時間就掌握了其他語言的語法結構。六個月後，他已能說西班牙語、英語和德語了。

或許是繁忙的學習課程使他沒有其他心思，或許他正是我們看到的那樣，是一個說一不二的人，就如他先前對法利亞神父說的，他再也沒提過越獄的事了。他覺得日子過得飛快，而且充實。一年之後，他變成了另一個人。

法利亞神父呢，鄧蒂斯發現，雖然他的出現給神父的囚禁生活帶來些許樂趣，但是他卻越來越憂鬱了。似乎有一個煩惱時時刻刻都在困擾著他，他常常陷入深思，不自覺地嘆息，有時陡然站起，交叉雙臂，在牢房裡愁眉不展地徘徊。

有一天，法利亞在一條已來回走動不下百次的路線上突然停下來，大聲說：「如果沒有哨兵該有多好！」

「您想有就有，不想有也可以沒有。」鄧蒂斯說，他早就像透過水晶球一般看到了神父腦中的想法。

「啊！我說過了，」神父接著說，「我厭惡濺血的想法。」

「不過，謀殺罪，如果你想這樣稱呼的話，那也只是出於自衛的衡量。」

「無論如何，我是做不出來的。」

「但您想過這件事，是嗎？」

「是啊，一直不停地在想。」神父喃喃地說。

「那麼您已想出一個能讓我們重獲自由的辦法，對嗎？」鄧蒂斯焦急地問。

「是啊。如果碰巧派來一個既瞎又聾的哨兵站在我們外面的走廊上就好了。」

「那麼，那位哨兵會又瞎又聾的。」年輕人以堅定的語氣回答，讓神父吃了一驚。

「不，不！」他高聲說，「不可能。」

鄧蒂斯本想讓他再繼續這個話題，但神父搖了搖頭，拒絕再說下去。

三個月過去了。

「您力氣大嗎？」有一天神父問鄧蒂斯。

鄧蒂斯一句話也不說，拿起鑿子，像擺弄一片馬口鐵似的把它扭彎又扳直了。

「您能保證不到最後關頭絕不傷害哨兵嗎？」

「是的，我以名譽擔保。」

「這樣，」神父說，「我們或許可以將計畫付諸行動了。」

「我們需要多少時間準備才能執行這個計畫？」

「至少一年。」

「那麼我們現在就開始工作嗎？」

「馬上。」

「我們已經損失一年時間了。」鄧蒂斯說。

「您以為過去十二個月的時間是被白白浪費嗎？」神父問。

「請原諒我！」愛德蒙漲紅了臉說。

「嘖！嘖！」神父說，「人終究是人。您還是我認識的人中最優秀的一個。聽著，我的計畫是這樣的。」

這時，神父向鄧蒂斯展示了他早已畫好的一張草圖。圖上有他與鄧蒂斯的牢房以及連通這兩間囚室的通道。他計畫在通道上再挖一條地道，就如礦工使用的通道那樣，一直沿伸到外走廊的中間地帶。這條通道可以讓兩個囚犯前進到哨兵放哨的外走廊下面。一旦到了那裡，他們再挖一個大洞，鬆動外走廊地面上的一塊大石板，只要士兵踩上去，在重量的壓力下，他會跟著石板一起掉進大洞穴裡。在士兵已摔得昏頭昏腦，不能動彈之際，鄧蒂斯就撲上去，把他捆住，堵住他的嘴巴，然後兩人便可藉由這條走廊上的一個窗戶，利用繩梯，從外牆上爬下去，成功脫逃。

鄧蒂斯拍起雙手，高興得眼睛都發亮了，因為這個計畫非常簡單，似乎已經成功在望。

當天，這兩名囚犯就開始挖掘工作。由於他們已經休息了很長一段時間，並且這又是他們各自私藏許久的想法，所以就更加興奮與努力。

每次總要到獄卒查監的時刻，他們才不得不回到各自的牢房裡，除此之外，他們不間歇地挖著。他們早已能夠辨別出獄卒下來時輕微的腳步聲，所以絕不會突然被獄卒發覺。他們從新地道裡挖出來的土如不處理，就會把舊地道堵死，所以他們極端小心地把土一點一點地從鄧蒂斯與法利亞牢房的視窗扔出去，由於事先把土碾得粉碎，夜間的風會把碎土吹散到遠處，不會留下任何痕跡。

他們所有的工具也僅限於一把鑿子、一把小刀和一根桿杆，在一年多時間裡，他們就用這些工具進行這項工程。在這一年中，法利亞邊幹活邊繼續教育鄧蒂斯，有時用一種語言對他說話，有時又換另一種。他教授各民族的歷史和偉人的生平。這些一代又一代的偉人在他們身後留下了人們稱之為「光榮」的燦爛足跡。神父是上層社會的人，而且經常接觸顯貴，他的態度與言行莊重而含蓄，而鄧蒂斯天生具有模仿能力，懂得如何學習他所缺少的高雅禮儀和貴族的風采。這些都是真正接觸過上流社會或是與高尚的人交往時才能學得的特質。

十五個月之後，地道完成了，走廊下的洞穴也挖好了。在洞裡可以聽見哨兵來回走動的聲音，所以他們倆不得不等待一個漆黑無月的夜晚逃跑，以便能更有把握。眼下他們只懼怕一點，就是根基已挖空的石板在士兵的腳下會自行墜落。為預防不測，他們把在地基裡找到的一根小梁作為支撐。這一天，鄧蒂斯在撐木梁，法利亞神父則待在年輕人的牢房裡磨尖一隻釘栓，作為掛繩梯之用。突然，鄧蒂斯聽到神父在叫喚他，聲音淒慘。鄧蒂斯迅速回到牢房，他看見神父站在囚室中央，臉色蒼白，頭冒冷汗，兩手痙攣著。

「哦！天哪！」鄧蒂斯叫出了聲，「發生了什麼事，您怎麼啦？」

「快！快！」神父說，「聽我說！」

鄧蒂斯看到法利亞臉色鐵青，眼圈發黑，嘴唇發白，頭髮豎起。他嚇呆了，手一鬆鑿子落到了地上。

「究竟發生了什麼事情？」愛德蒙大聲問。

「我完了！」神父說，

「請聽我說。我得了一種可怕的、會致命的病。我覺得，病要發作了。在我被囚禁的前一年也發過病。對付這個病只有一種藥，我這就告訴您。請趕快跑到我的房間去，拆下床腳，床腳裡有一個洞，裡面有一個小玻璃瓶，裝有半瓶紅色的液體，把藥瓶帶來。哦，不，不，在這裡我會被人發現的。現在我還有一點兒力氣，幫助我回到自己的房間去。病發作時，誰知道會發生什麼事情呢？」

飛來的橫禍使鄧蒂斯受到狠狠的打擊，但他沒有失去理智。他鑽進地道，拖著多災多難的同伴，辛苦地把他帶到地道的另一端，回到了神父的房間，讓他平躺在床上。

「謝謝，」神父說，手腳直發抖，彷彿他是剛從冰水裡爬出來似的。「我得了一種叫強直性昏厥的病。發病時我會倒下去，或許我會一動不動，或許我不會哼一聲，但是，也可能癲癇發作，到時我會口吐白沫，身體僵直，大喊大叫。所以，你要想辦法讓我別叫出聲，這點至關重要，否則，他們可能會把我換到另一個囚室，那麼我們就永遠分開了。當您看見我不動了，手腳冰涼，或者說如死去一般時，記住，只有到這個時候，才用刀撬開我的牙齒，往我的嘴巴裡灌進八到十滴這種液體，也許我會恢復過來。」

「也許？」鄧蒂斯痛苦地問。

「救命！救命！」神父突然驚呼起來，「我……我……」

病發得太迅速、太猛烈，可憐的老囚犯甚至都還沒把話說完。他的臉上掠過一片烏雲，像海上暴風雨那樣壓來，再一閃而過。他的瞳孔放大，嘴巴歪斜，兩頰翻紫，他扭動著身體，口吐白沫，大聲吼叫著。鄧蒂斯遵照他病發前的囑咐，他用被單捂住了神父的喊叫聲。這種狀況持續了兩個小時之久。這時，法利亞比一個嬰兒還要無助，比一塊大理石更白更冷，比踩在腳下的蘆葦更加軟弱無力。他最後再度痙攣，就昏厥了過去了，身體僵直有如死屍。愛德蒙等待這個假死現象侵入神父的全身，然後，他拿起小刀，把刀刃伸進他的牙齒縫，用了很大力氣撬開了咬緊的嘴巴，一滴一滴地數著，滴進十滴紅色液體以後就靜等著。

一小時過去了，老人沒有挪動一下。鄧蒂斯擔心自己的行動過於延遲，急得兩手插進頭髮裡死盯著他看。終於，神父的面頰上泛起淡淡的紅暈，他那雙一直睜著，毫無反應的眼睛開始有了一點生氣，他的嘴裡發出了輕微的嘆息聲，身體動了一下。

「救活了！救活了！」鄧蒂斯大聲叫道。

病人雖然還不能說話，但已能把手伸向門口，神情焦慮。鄧蒂斯側耳細聽，聽到獄卒的腳步聲：快到七點鐘了。先前他無暇顧及時間。

年輕人奔向洞口，鑽了進去，把石板遮住頭頂上方的洞口，回到自己的牢房。不一會兒，他的房門打開了，像往常那樣，獄卒看見囚犯坐在床沿邊上。獄卒轉身離開，他的腳步聲才剛剛消失在長廊上，鄧蒂斯就迫不及待地再鑽進地道，根本沒想到去吃東西。他用頭頂起石板，回到神父的囚室。

老人已恢復知覺，但他仍然平躺在床上，一動不動，力氣全無。

「我沒料到還會見到您。」他對鄧蒂斯說。

「怎麼能這樣說呢？」年輕人問，「您以為您會死去嗎？」

「不是的，我是說您越獄的條件都具備了，我以為您逃跑了。」

鄧蒂斯生氣了，臉漲得通紅。

垮了。」

「不帶您走嗎？」他大聲說，「您真的把我想像得那麼壞嗎？」

「現在，我看出來了，我原先的想法是錯誤的，」病人說，「我很虛弱，精疲力竭，徹底

「振作起來，您會復原的。」鄧蒂斯說，他在法利亞的床邊坐下，握住他的雙手。

神父搖了搖頭。

「上一次，」他說，「我發病半個小時，事後我肚子餓了，還能再站起來。但是今天，我的大腿與手臂都動彈不了。現在我的腦袋發脹，這就說明腦血管在滲血。第三次再發病，我就會完全癱瘓，或者突然死去。」

「不，不，放心吧，您不會死的，當您第三次發作時，早已獲得自由。我會像這一次一樣把您救活的，而且更為快速，因為我們會準備好急救工具和藥品。」

「我的朋友，」老人說，「別異想天開了，剛剛過去的痙攣已經判處我無期徒刑了。要逃走，得先能走動啊。」

「好吧！只要需要，我們可以等上一星期、一個月、兩個月，在這期間，您就會恢復力量的。我們已做好一切越獄的準備，我們可自由選擇逃跑的時間和時機。只要等到您有足夠的力氣游泳的那一天就行了！那天一到，我們就按計畫執行。」

「我游不了啦，」法利亞說，「這隻手臂癱瘓了，不是一天，而是一輩子了。您可以提起它，看看是不是我錯了。」

年輕人提起神父的一隻手臂，它又毫無知覺地垂落下來。他嘆了一口氣。

「現在您相信了是嗎，愛德蒙？」法利亞說，「相信我吧，我明白自己在說什麼。自從我得了這種病，第一次遭受到打擊後，我就不停地想這件事情。我早有心理準備，因為這是家族的遺傳病。我的父親死於第三次發病，我的祖父也是。這種藥水就是名醫卡巴尼斯幫我配製的，他預言我會遭受到同樣的命運。」

「大夫錯了，」鄧蒂斯大聲說，「您的癱瘓難不倒我，我會把您背在肩上，我能背著您游泳的。」

「孩子啊，」神父說，「您是水手，是游泳高手，因此您應該明白，一個人背著這麼重的負擔在海裡是游不出五十尋[91]的。別再用這些幻想欺騙自己了，您那顆高尚的心也不會相信的。我就留在這裡，直到徹底解放我的鐘聲敲響的那一刻吧。現在，我的解放只能意味著死亡。至於您，您逃跑吧，快走吧！您年輕、靈活、強健，別替我操心了，我把您的承諾退回給您。」

「那好，」鄧蒂斯說，「如果是這樣，我也留下不走了。」

接著，他站起來，在老人頭上莊嚴地伸出一隻手，說：「我以耶穌基督的血發誓，我保證在您死之前絕對不離開您。」

法利亞默默地注視著這個年輕人，他是如此高尚，如此純潔，如此有教養，他在鄧蒂斯絕對虔誠的神情裡，看到了他善良的真誠和對誓言的忠貞。

91 Stroke，法國古代的長度單位，尋約合一點六公尺。

「好吧，」病人說，「我接受了，謝謝。」

之後，他又向他伸出一隻手說：「也許您那無私的誠意會得到回報的。現在，既然我走不了，您又不願走，那麼我們就把長廊下的那個洞堵上吧，因為士兵在走動時可能會發現那塊下方挖有洞穴的石板發出空洞的聲響，就會去叫獄官來查看，這樣我們就可能會暴露，而且被迫分開了。去做這件事吧，遺憾的是我再也不能幫助您了。有可能的話就徹夜工作吧。等明天早晨查監後再過來，我有一件重要的事情要對您說。」

鄧蒂斯抓起了神父的一隻手，後者微微一笑，讓他放下心來。然後，他懷著對這位老朋友的順從和尊敬的心情，走了出去。

第十八章　寶藏

次日清晨，當鄧蒂斯回到他受難同伴的牢房時，他看見法利亞坐著，神色安詳。一束陽光穿過他牢房狹窄的視窗鑽了進來，只見他的左手拿著一張展開的紙，讀者應該還記得，這是他唯一的一隻尚能使用的手了。紙張先前一直是被卷成一小卷的，因此現在還微微捲曲著。

他一聲不響地拿這張紙給鄧蒂斯看。

「這是什麼？」鄧蒂斯問道。

「請仔細看看。」神父微笑著說。

「我正睜大雙眼看著，」鄧蒂斯說，「可我只看見一張燒掉一半的紙片，上面還用一種奇怪的墨水，寫著哥德體的文字。」

「這張紙，我的朋友，」法利亞說，「既然我已經考驗過您了，現在我可以向您洩露一切了，這張紙就是我的寶藏，從今天開始，寶藏的一半歸您所有了。」

鄧蒂斯的額頭上沁出冷汗。在今天之前，他們已經度過了多少時光啊！他一直避免與法利亞提起這個寶藏，因為這正是神父被指控已發瘋的緣由。愛德蒙憑著天生的敏感度，一直避免觸動這根痛苦的神經，而法利亞也始終絕口未提。愛德蒙一直把老人對此事的沉默看成是理智的恢復。今天，法利亞度過了如此險惡的危機之後，又提起了這個話題，這似乎說明他的神智又開始錯亂了。

「您的寶藏？」鄧蒂斯結巴地問道。

法利亞笑了。

「是啊，」他說，「從各方面來看，都證明您是一個心地高尚的人。愛德蒙，看您臉色發白，渾身顫抖，我就明白此時您在想什麼。不，放心吧，我沒有瘋。這個寶藏是真的存在，鄧蒂斯，雖然我無法擁有它，您卻可以得到它。沒有人肯聽我的，誰也不相信我，因為他們都以為我瘋了。可是您，您該知道我沒瘋，請先聽我解釋，再決定要不要相信我也不遲。」

「唉！」愛德蒙對自己低語道，「他老病又犯了！我也是差點就瘋了。」

接著他又大聲對法利亞說：

「我的朋友，也許您剛才發病後太過疲憊了，您不需要休息一下嗎？明天，假如您願意，我再來聽您講，但今天，我想照料您，就這樣吧。再說，」他笑著接下去說，「寶藏，也不是我們現在著就能去找的事。」

「相當緊急，愛德蒙！」老人答道，「誰知道明天，或許是後天，我會不會第三次發病呢？想想吧，到那時一切都完了！是的，沒錯，我時常懷著既苦澀又欣喜的心情想著這些財寶，它能使十多個家庭富有，而現在那些迫害我的人則永遠無法得到它。這個想法成了滿足我報復心的慰藉之一，夜間，我待在囚室裡，因終身監禁而陷於絕望時，我就慢慢體會其中的快樂。可是現在，我因您的愛而寬恕了世界，我看見您的年輕，前途無量，所以，當我想到說出這個祕密之後將會給您帶來的幸福，我就非常擔憂為時過晚，生怕不能確保把埋在地下的巨大寶藏交給像您這樣一個值得擁有的人的手中。」

愛德蒙扭過頭去嘆了一口氣。

「您仍然不願相信我的話，愛德蒙，」法利亞又說，「我的話還是無法說服您嗎？我知道，您得要看證據才行。那好！您念念這張紙吧，這是我從未給任何人看過的。」

「明天吧，我的朋友，」愛德蒙說，他很不願意順從老人的瘋狂之舉，「我想，我們已約定明天再談此事的。」

「我們是要明天才談哪，不過今天您先念念這張紙。」

「還是別惹他生氣吧，」愛德蒙心裡想。

於是，他拿起這張想必因某次意外而損毀、殘缺了一半的紙張，念了起來。

今日為一四九八年四月二十五日，
乃慮及教父對余納資捐得紅衣主
餘處置如克拉帕拉及班蒂伏格裡奧兩位紅衣主
產繼承人侄兒吉多．斯帕達宣告，余曾在一地
基督山小島之洞窟。埋藏之金塊、金幣、寶石、金剛鑽、玉飾
須自該島東首小灣徑直數至第二十塊岩石，掀開
最深一角；余悉數遺贈余之唯一繼承人。

凱

「怎麼樣？」當年輕人念完後，法利亞問道。

「可是，」鄧蒂斯答道，「我在這張紙上僅看到一行行不完整的句子，一些沒有下文的斷句，文字被火燒掉了一半，變得語意不明了。」

「對您是這樣的，我的朋友，您第一次看到，但對我卻不是，我在上面花了好多個夜晚進行研究，已經重新把句子組織起來，把所有的意思都補充完整了。」

「您認為您已經找到了另一半的意思了嗎？」

「我完全能肯定，您可以自己來判斷，不過，請先聽聽這張紙的來歷吧。」

「別出聲！」鄧蒂斯輕喚道，「有腳步聲……有人來了……我走了……再見！」

說著，鄧蒂斯就像一條蛇似的，鑽進狹窄的通道，他慶幸自己可以不再去聽那個故事和解釋，因為這些只能向他證實他朋友的不幸。至於法利亞，他因受到驚嚇，恢復了一點活力，用腳把石塊推到原位，並用草席蓋上，以遮住移動過的痕跡，因為他已來不及抹去了。

來者是典獄長，他從獄卒的報告得知法利亞的病情，親自前來了解他的病有多嚴重。

法利亞坐著見他，避免做出任何會引起猜疑的動作，終於成功對典獄長隱瞞了他半身癱瘓的實情。他擔心典獄長會對他萌發惻隱之心，把他安排到更乾淨一些的監牢裡，這樣就會把他與他的年輕同伴分開了。幸好情況不是如此，典獄長離去時確信，這個可憐的瘋子只是身體不適而已，其實，在典獄長內心深處，他對神父還是有些好感的。

在這期間，愛德蒙坐在床上，雙手捧住頭，努力把思想集中起來。自從他認識法利亞以後，神父的一切都顯得那麼理智，那麼崇高，那麼合乎邏輯，他不能理解，在所有方面都表現出超凡智慧的人怎麼就在這一點上會失去理智：究竟是法利亞在寶藏的問題上錯亂了呢，還是世人誤解了法利亞？

鄧蒂斯整個白天都待在自己的牢房裡，不敢再回到他的朋友那裡去。他想以這種方式來延遲確認神父發瘋的事實。證實那一刻來到時他不僅害怕面對也難以承受。

到了傍晚時分，當查監的時間過了，法利亞見年輕人沒再來，就試著自己穿過他倆之間的那段通道。愛德蒙聽見老人挪動身子時艱難費勁的聲音，打了一個寒顫。老人的一隻手臂與一條腿已經癱瘓，這讓愛德蒙不得不去拉了他一把，因為他自己怎麼也無法從那狹小洞口鑽出來。

「我不顧一切地追到您這兒來了，」他慈祥地微笑著說，「您以為能迴避我的慷慨饋贈，但您是躲不掉的。所以您還是聽我說吧。」

愛德蒙看出自己已再無退路，於是便讓老人坐在他的床上，自己則靠近他坐在一張小板凳上。

「您知道，」他說，「我是斯帕達紅衣主教的祕書、親信和朋友，他是這一族親王中的最後一位。我一生中享有的幸福都是這位可尊敬的爵爺賜予的。雖說他家族的巨大財富人盡皆知，而且我也常聽說『像斯帕達那樣有錢』，但他本人並不富有。只是，既然大家都這麼說，他也就在榮華富貴的虛名下度日。他的宮殿就是我的天堂。我教育了他的幾個侄兒，後來他們先後死去，當在世間只剩下他孤零零一個人之後，我出於對他的絕對忠誠，便盡力回報他在十年間給過我的那一切恩惠。

「紅衣主教的府邸對我很快就再無祕密可言了。我經常看見爵爺辛苦查閱古書，努力地在塵埃之中翻尋家傳的手稿。一天，我埋怨他為此熬夜非但而一無所獲，還把自己弄得身心疲憊。他苦笑著看著我，在我面前打開一本書，那是一本記述羅馬城歷史的書，他翻到書中敘述教皇亞歷山大六世生平的第二十章，上面有一段話，那是我一輩子也忘不了的。

「羅馬涅[92]的主要戰役業已結束。凱薩．波吉亞完成其征服事業後，急需資金收購義大利全部國土。教皇亦需錢來擺脫法國國王路易十二，後者雖連連受挫，但仍相當強大。於是勢必得做一筆交易，但這對當時財力已耗盡又虛弱的義大利談何容易。

「教皇陛下有了個主意。他決定冊封兩位紅衣主教。

「倘若選中羅馬的兩位頭號人物，尤其是兩位財主的話，則聖父即能從這筆交易中得到以下的利益：首先，他可出售兩位紅衣主教屬下的重要職位和其他一些肥缺。其次，他能以高價出賣這兩頂主教的高帽。

「還有第三個好處，下面馬上就會講到。

「教皇和凱薩．波吉亞先是物色了兩位未來的紅衣主教人選，其一是讓．羅斯皮裡奧西，他一人就掛有神廷裡的四個至尊頭銜。其二是凱薩．斯帕達，他是最顯貴最富有的羅馬人之一。這兩位對教皇如此寵幸的代價都心照不宣，因為他們都是野心勃勃的人物。一旦確立了兩位紅衣主教之後，波吉亞很快又找到了其他職位的買主。

92 Romagna，古代義大利的一個省份，是當時主教國的一部分。

「結果是羅斯皮裡奧西和斯帕達出資當上了紅衣主教，而另外八個人也付了錢，並得到了兩位紅衣主教升遷之前所擔任的職位。這筆交易讓賣家的保險櫃裡增加了八十萬埃居（編註：法郎古貨幣）。

「現在該輪到這樁交易的最後一部分了。教皇對羅斯皮裡奧西和斯帕達關懷備至，並授予他倆紅衣主教勳章。他確信，這兩人為了還他這筆實實在在的人情債，會把他們的產業集中變賣，到羅馬定居。之後，教皇和凱薩．波吉亞一起邀請這兩位紅衣主教共赴晚宴。

「關於這次宴請，聖父和聖子之間曾發生過爭議。凱薩心想，他可以使用對付他知交好友的一個慣用手法，就是使用那把出了名的鑰匙。他會請某些人用那把鑰匙打開某個櫃子。鑰匙上有一根小小的鐵刺，這是工匠疏忽所致。當人們使勁去打開那個很難開鎖的櫃子時，手就會被鐵刺扎到，而那個人隔日就會暴斃。還有就是那只獅頭戒指。當凱薩要與某人握手時，他就戴上那只戒指，獅頭會咬破受寵幸的那隻手的表皮，而傷口會在二十四小時後致人於死地。

「於是凱薩向聖父建議，要麼請兩位紅衣主教去開櫃子，要麼與他倆熱絡地各握一次手，然後亞歷山大六世回答道：「對斯帕達和羅斯皮裡奧西這兩位傑出的紅衣主教，別計較一頓晚宴的費用了。有跡象顯示，這筆錢，我們還是能賺回來的。再說，您忘記了，凱薩，消化不良是會立即顯現的，而扎一下或咬一口要在一、兩天之後才會有結果。凱薩贊同了這個說法。因此這兩位紅衣主教被邀赴宴了。

「他們在聖皮爾．埃斯裡安宮附近，教皇擁有的一座葡萄園裡擺下宴席。這座宮殿是一座可愛迷人的邸宅，兩位紅衣主教已久聞其名。

「羅斯皮裡奧西為再一次獲得尊榮，樂得忘我，他準備帶著最高興的表情去美餐一頓。斯帕達則是一位謹慎小心的人，他在世上僅愛一個人，就是他的侄兒，一個前途無量的年輕船長。於是他拿出紙和筆，寫下了遺囑。

「隨後，他派侍從通知他的侄兒，要他在葡萄園附近等他，只是侍從似乎沒有找到他。

「斯帕達十分了解宴請的慣例。自從自視為卓越文明傳播者的基督教把進步帶到羅馬之後，就不會再有百人隊的隊長從暴君那裡來對您說：『凱薩要您去死。』現在是一位羅馬教皇特使，嘴角帶著微笑，來下達教皇的聖諭：『教皇陛下希望與您共進晚餐。』

「斯帕達在兩點鐘左右出發去聖皮爾．埃斯裡安宮的葡萄園，教皇已在那裡等他。映入斯帕達眼簾的第一張面孔卻是他穿著全套盛裝、笑容可掬的侄兒。凱薩．波吉亞已經對他甜言蜜語過一番了。斯帕達臉色變的的慘白，而凱薩對他投以嘲諷的眼神，用以證明，他早已預料到了一切並且設下了陷阱。

「餐宴開始而斯帕達只來得及問了他的侄兒一句：『您收到我的口信了嗎？』侄兒回答說沒有，此時他已完全明白這個問題的意涵，只是一切都太晚了，因為他先前才喝了一杯由教皇的膳食總管特地為他準備的上等葡萄酒。而此時，斯帕達又見到一瓶酒正被拿到他面前。一個小時後，一位大夫宣布他倆都因食用了有毒的羊肚菌而中毒身亡。斯帕達死在葡萄園的門口，侄兒在自家門口斷氣前向他的妻子做了個手勢，只是，她不明白這手勢的意思。

「凱薩和教皇馬上就迫不及待去搶奪遺產，藉口是尋找死者的文件資料。可是所謂的遺產也只是一張紙，斯帕達在上面寫著：

余將餘之銀箱、書籍遺贈與所鍾愛之侄，內有精裝金角《日課經》一冊，余望侄兒善為保存，作為對親愛的叔父之紀念。

「搶奪遺產者四處翻找，對《日課經》賞閱一番以後，再把傢俱搶劫一空。他們驚訝地發現，斯帕達雖說是位出了名的有錢人，實際上卻是最寒酸的叔父。他完全沒有留下財寶，頂多就是那些鎖在圖書室和實驗室裡的科學珍品。

「事情就是這樣。凱薩和他的聖父也在尋找、搜索、探查，但一無所獲，或者說，東西少得可憐。只有價值一千埃居的金銀製品以及大約相同數目的現鈔。不過斯帕達的侄子臨終前還來得及對他的妻子說：『在叔父的書籍文件裡尋找，裡面有真正的遺囑。』

「於是大家又去搜尋，也許比尊嚴的繼承人更為積極。卻還是一無所獲。留下的只有兩座宮殿和巴拉丹山[93]後的一座葡萄園。然而，在當時，不動產的價值有限，於是兩座宮殿和那座葡萄園仍舊歸家族所有，看來這些似乎不符教皇及其聖子的胃口。

「隨著時光飛逝，亞歷山大六世中毒身亡，您知道這是誤殺了的。凱薩同時也中了毒，他像蛇似的蛻了一層皮才保住了性命，毒汁使他在新長出來的皮膚上留下了類似虎皮的斑紋，最後，他只好被迫離開羅馬。之後，他在某個夜晚被人莫名其妙地打死，從此幾乎被歷史遺忘。

93 Palatine Hill，古羅馬七座小山中的一座，那裡有君王的諸多府邸。

「自教皇猝死，他的聖子又流亡在外以後，人們普遍以為這個家族會恢復斯帕達紅衣主教時代的顯貴，然而情況並非如此，斯帕達家族的生活只能勉強撐著門面。關於上述這件撲朔迷離的事情，謎團一直沒被解開，有傳聞說，凱薩的政治手腕比聖父高明，他從教皇手上奪走了兩位紅衣主教的財產，我會說兩位，是因為羅斯皮裡奧西紅衣主教一直毫無戒心，他的財物早已被洗劫一空了。」

法利亞停頓了一下，微笑著說：「到這裡為止，您並不覺得這個故事過於荒唐嗎？」

「哦，我的朋友，」鄧蒂斯大聲說，「相反的，我似乎在讀一本充滿趣味的編年史。拜託再往下說吧。」

「我就說下去了。這個家族對平庸的生活已習以為常了。時間又流逝好幾年。在後代之中，有的習武，有的當了外交官，有些人成為教會的人士，有些人當起銀行家來。有部分人發財致富，其他人以破產告終。我現在要說的是這個家族的最後一位傳人，即斯帕達伯爵，而我當過他的祕書。

「我常聽到他埋怨他的家財與他的爵位不相稱，因此我勸說他把手頭的一點家產變為終身年金，他聽從了這個意見，增加了一倍收入。

「那本著名的《日課經》一直留在家中，現在歸斯帕達伯爵所有。它由家族的人世代相傳，保存至今，因為在唯一找到的遺囑裡有這麼一句古怪的話，於是《日課經》成了家族子孫們懷著如宗教般虔敬的心而保存的一件真正聖物。這本書裡有許多美麗的哥德花體字，書角上包著金，很重，遇有盛大的節日，總會由一名僕人把它捧到紅衣主教面前。

「我看過由被毒死的紅衣主教傳下，並被保存在這個家族文件檔案中的各類文件，如證書、契約、公文等。我也曾和我前任的二十名侍從、管家和祕書那樣，開始在浩大如海的舊紙堆裡尋找，雖然我以積極並且虔誠的信念拼命地翻找，但什麼也沒發現。這期間，我讀過，甚至自己也寫了一本有關波吉亞家族非常詳實、幾乎記下每件大事的歷史書。我唯一的目的是想弄清楚，在凱薩·斯帕達紅衣主教死後，在這些親王的家產上是否多出了一筆財富，然而我發現他們所增加的，只是斯帕達紅衣主教的不幸同伴——羅斯皮裡奧西紅衣主教的財產。

「於是我幾乎肯定，波吉亞家族也罷，斯帕達本人的家族也好，都沒能享有這筆遺產，這筆無主的財富就如同在大地的懷抱中長眠著，由一位守護神看守的阿拉伯神話寶藏那樣。我無數次的思索、計算、推估這個家族三百年來的進帳和支出，一切都徒勞無功，我還是毫無線索，而斯帕達伯爵最後仍以貧困無告。

「我的雇主離開人世了。除了終身年金之外，他把家族文件、有五千冊圖書的圖書室，和那本著名的《日課經》統統遺贈給我，並把他僅有的一千羅馬埃居的現款也留給了我，條件是我每年要為他舉行一次彌撒活動，給他編一本族譜和一本家史。這些我都一一照辦了……別著急，我親愛的愛德蒙，就要說完了。

「一八〇七年，在我被捕前的一個月，即斯帕達伯爵死後的半個月，也就是十二月二十五日那天，待會兒您就會明白，這個日子是如何深深地銘刻在我的記憶之中的，我第一千遍重讀我正在整理的文件資料。那時這座宮殿已經歸一名陌生人所有，我也即將離開羅馬到佛羅倫斯去定居，同時還要帶走我擁有的一萬二千法郎，我的藏書，以及那本有名的《日課經》。連續不斷的工作使我感到勞累，加上午餐吃得過飽以致於身體有些不適，我用雙手墊著頭睡著了，那時約莫午後三時。

「我醒來時，時鐘正敲六點。我抬起頭，發覺周圍一片漆黑。我拉鈴想叫人，但無人回應，於是我決定自己去拿蠟燭。況且我也必須養成順其自然以適應環境的習慣才行。我用一隻手拿起一支現成的蠟燭，由於盒子裡的火柴用完了，我用另一隻手去摸找紙片，想用壁爐裡的最後尚在跳動的微弱火苗點燃這張紙。

「我擔心拿到的不是一張廢紙而是記錄著有用內容的紙張，所以猶豫了一下，忽然，我想起來，我放在身旁桌子上的那本著名的《日課經》裡有一張上端發黃的舊紙片，似乎是被當作書簽使用。其實這張紙片已度過了幾個世紀，只是繼承者們出於對遺物的尊重，一直留著沒動。我摸索地去找那張廢紙片，找到以後，就把它捲成一卷，伸向即將熄滅的火苗，點著了。

「隨著火苗躥起，我看見手指下的白紙如同施了魔法一般顯露出了泛黃的字跡，出現在紙片上。這時我嚇了一跳，我把紙握在手中，吹滅了火，直接在爐子裡點燃了蠟燭，以無比激動的心情重新打開捲皺的紙張，我發現這些字是用神祕的隱形墨水寫成的，只要熱度驟升，字就會顯現出來。三分之一以上的紙片已經被火燒毀，餘下的就是今天早晨您讀到的那些。再讀一遍吧，鄧蒂斯，待會兒您讀完了，我再把那些斷掉的句子和不完整的意思補充給你聽。」法利亞停頓一下，得意地把那殘缺的紙片交給鄧蒂斯。這一次，鄧蒂斯再次重讀那些原是棕色現在近似於鐵色的墨水寫成的如下文字：

今日為一四九八年四月二十五日，
乃慮及教父對余納資捐得紅衣主
餘處置如克拉帕拉及班蒂伏格裡奧兩位紅衣主
產繼承人侄兒吉多．斯帕達宣告，余曾在一地
基督山小島之洞窟。埋藏之金塊、金幣、寶石、金剛鑽、玉飾
須自該島東首小灣徑直數至第二十塊岩石，掀開
最深一角，餘悉數遺贈余之唯一繼承人。

凱

「現在，」神父接著說，「請再念另一張紙。」
說著，他向鄧蒂斯遞過去第二張紙，上面也有些殘行斷句。
鄧蒂斯拿過紙張，念了起來：

余受教皇亞歷山大六世之邀赴宴，
教之銜必嫌不足，有心承襲餘之財產，或將
教同一命運，蓋此兩位均系中毒斃命者。余今向餘之財
埋有寶藏。彼曾與余同遊該地，即
等，僅餘知其所在，其價值約合兩百萬羅馬埃居，必

之，即可獲得。此窟內有洞口二處，寶藏位於第二洞口之

一四九八年四月二十五日

撒．斯帕達

法利亞用灼熱的眼神注視著他。

「現在，」當他看見鄧蒂斯讀到了最後一行，便說，「把兩張紙拼攏起來，您就可以自行判斷了。」

鄧蒂斯照著做了，兩張拼攏的紙湊成了以下完整的內容：

今日為一四九八年四月二十五日，	余受教皇亞歷山大六世之邀赴宴，
乃慮及教父對余納資捐得紅衣主	教之銜必嫌不足，有心承襲餘之財產，或將
餘處置如克拉帕拉及班蒂伏格裡奧兩位紅衣主	教同一命運，蓋此兩位均系中毒斃命者。余今向餘之財
產繼承人侄兒吉多．斯帕達宣告，余曾在一地	埋有寶藏。彼曾與余同遊該地，即
基督山小島之洞窟。埋藏之金塊、金幣、寶石、金剛鑽、玉飾	等，僅餘知其所在，其價值約合兩百萬羅馬埃居，必
須自該島東首小灣徑直數至第二十塊岩石，掀開	之，即可獲得。此窟內有洞口二處，寶藏位於第二洞口之
最深一角，餘悉數遺贈余之唯一繼承人。	
	一四九八年四月二十五日
凱	撒．斯帕達

「如何！現在您該明白了吧？」法利亞問道。

「這就是斯帕達紅衣主教的聲明和人們一找再找的遺囑嗎？」愛德蒙仍然半信半疑，反問道。

「是的，千真萬確。」

「誰把遺囑拼成這個樣子的？」

「我。我憑藉餘下的殘紙，依據紙張的長度，測出句子的長短，根據字面上的含義，推敲句子的意思，再把另一半猜出來了，就像在隧道裡借助頂上漏進的一線亮光，摸索前進一樣。」

「當您確信自己猜對之後，您又做了些什麼？」

「我想馬上出發，於是帶上我那本剛開了頭的關於統一義大利王國的巨著手稿就出發了。其實，帝國警方的想法與拿破崙在兒子出生後的想法是相反的，他們是想讓各省自治，因此他們長久以來就監視著我，看到我急著離開，他們猜不出原因，卻產生了警覺，因此當我在皮翁比諾港口要啟程時，我就被捕了。

「現在，」法利亞幾乎以父親般的眼神凝視著鄧蒂斯繼續說，「現在，我的朋友，您和我知道得一樣多了。若我們能一起逃脫，我的寶藏一半歸您；若我死於此地而您能成功逃走，那麼就全部歸您。」

「可是，」鄧蒂斯猶豫地問道，「難道除我們而外，這個寶藏在世上就沒有更加合法的主人了嗎？」

「沒有，沒有了，您放心吧，這個家族完全絕後了。而且，最後那位斯帕達伯爵也把我認作他的財產繼承人，他把那本作為象徵的《日課經》遺留給我，也就等於把書中的一切都留給我了。沒有了，沒有了，放心吧，如給我們得到這筆財富，我們可以問心無愧地擁有。」

「您說這個寶藏價值……」

「兩百萬羅馬埃居，用我們的幣制算，相當於一千三百萬埃居。」

「不可能！」鄧蒂斯聽了這個天文數字嚇得叫出了聲。

「不可能！為什麼？」老人接著說，「斯帕達家族是十五世紀最古老最強盛的家族之一。再說，當時沒有金融交易，沒有任何工業，金幣和珠寶是積聚成堆的情況並不少見，至今還有些羅馬家族幾乎窮得快餓死了，但身邊還守著價值百萬的鑽石和珠寶不能動用，因為那些都是只由長子世襲繼承的財產。」

愛德蒙以為在做夢。他時而懷疑，時而興奮。

「我長久以來對您保守這個祕密，」法利亞接著說，「一來，是為了考驗您；二來，也是為了讓您大吃一驚。如果在我再次發病前我們能越獄成功，我就把您帶到基督山去。但是，」他嘆了口氣又說，「現在反而該由您帶我去了。好了，鄧蒂斯，您還沒謝我呢。」

「這個寶藏是屬於您的，我的朋友，」鄧蒂斯說，「只屬於您一個人，我沒有任何權利，我又不是您的親人。」

「您是我的兒子，鄧蒂斯！」老人大聲說，「您是囚禁生活給我的孩子。我的職業決定我只能過單身生活，上帝把您賜給我是為了撫慰一個不能當父親的人，同時也是撫慰一個不能獲得自由的囚犯。」

法利亞向年輕人伸出那隻尚能活動的手臂，鄧蒂斯撲上去抱住他的脖子哭了起來。

第十九章　第三次發病

這個寶藏長久以來一直是神父用來斡旋的條件，現在它終於能用來確保法利亞愛之如子的這個人未來的幸福了，這一點在他眼裡，寶藏的價值進而倍增。他每天不斷地談論寶藏如何分配，向鄧蒂斯解釋，一個人在現在的時代，若擁有一千三百萬到一千四百萬的財產，能夠在多大程度上造福他的朋友。這時，鄧蒂斯的臉色就變得陰沉了，因為他所立下的復仇誓言在他的腦中浮出，他想著，現今，一個擁有一千三百萬到一千四百萬財富的人，能帶給他的仇人多大的災難。

神父沒去過基督山島，但是鄧蒂斯去過，他過去常常經過它。基督山島離皮阿諾紮島[94]二十五浬，位於科西嘉島和厄爾巴島之間，他的船甚至在那裡停靠過一次。這個小島自古以來一直荒無人煙，現在仍是這樣。它實際上像是一塊巨大幾乎成錐形的岩石，似乎是某次海底火山爆發後被推到海面上而成形的島嶼。

鄧蒂斯畫了一張小島地圖給法利亞看，法利亞則指導鄧蒂斯用什麼辦法找到寶藏。不過鄧蒂斯遠不如老人的積極熱情與自信。毫無疑問的，法利亞不是瘋子，雖然他的發

94 Pianosa，義大利托斯卡諾群島之島嶼，面積 16 平方公里。

現讓別人以為他精神錯亂，但拼湊出祕密的經過卻使鄧蒂斯對他更加的敬仰。只是，他仍不能相信，這個過去曾存在的寶藏，現在就一定還在。若說他不認為寶藏是幻想出來的，至少也該認為它不復存在了。

然而，命運彷彿有意要奪去這兩名囚犯的最後一線希望，好讓他們懂得他們就該註定坐一輩子監牢似的，又一次新的災難降臨到他們頭上了：臨海的走廊因為早就有陷坍的危險，近來重建，加固了地基，用巨大的岩塊堵住了鄧蒂斯已經填塞了一半的洞。讀者應該記得，這個防範措施還是神父向年輕人提議的，否則，他們就要遭到更大的不幸，因為獄方一旦發現他們的越獄的企圖，肯定會把他們分開。他們從此就要被關在更新、更堅固也更無情的牢門後面了。

「您看吧，」年輕人帶著淡淡的憂鬱對法利亞說，「上帝甚至把您稱之為『我對您的忠誠』的那點功德都給抹掉了。我曾答應過永遠與您在一起的，現在，我想違背諾言也沒這個自由了。我與您一樣得不到那個寶藏，我們都出不去了。不過，我的朋友，我真正的財富不是在基督山陰森岩石下等著我的東西，而是您的出現，是我們在獄卒的看管之下每天共度的五、六個小時，是您灌輸在我的腦中的智慧之光，是那些植根在我的記憶裡的語言。它們現在已經長出了富於哲理的分枝了。您對科學知識有深刻的了解，能把它們歸納成條理清晰的原則，使這些分門別類的科學變得明白易懂，方便我能掌握。這些都是我的財富，朋友，您用它們使我變得富有和幸福。請相信我吧，請您放心吧，對我來說，這比成噸的金子、成箱的鑽石更加珍貴，哪怕那些東西確實存在，而不是像人們清晨看到在海面上飄浮、像是堅實的土地，但一靠近就消失無蹤的海市蜃樓。我想盡可能長時間地與您待在一起，傾聽您那雄辯的演說以豐富我的思想，鍛鍊我的靈魂，若有一天我真能重獲自由，我的身心將能承受巨大而可怕的災難。請充實我的心靈吧，原本準備自暴自棄的我，自從認識您以後，就不再傷心絕望，這就是我的財富，真正屬於我自己的財富。這個財富不是虛幻的，而是您確確實實施恩於我的。世上任何君王，即便是凱薩．波吉亞家族也罷，都休想從我這裡奪走。」

於是，對這兩個命運不濟的囚犯，往後的日子雖不能說快活，但至少覺得時間過得很快。法利亞多年來對寶藏守口如瓶，現在一有機會就說個沒完。但身體狀況就如他所預料的那樣，他的右臂和右腿仍然癱瘓不能動，因此他失去了自己享受這筆財富的希望了。不過，他一直幻想著他年輕的同伴能獲釋或是越獄，也預期著年輕人享受著寶藏帶給他的快樂。神父還擔心遺囑在某一天會找不到或丟失，於是就強迫鄧蒂斯熟記在心。當鄧蒂斯能把這個遺囑從第一個字背誦到最後一個字時，法利亞毀掉了另外半張遺囑。他確信即便有人找到並奪走前半張，也猜不出全部的含義。有時，法利亞一小時又一小時地對鄧蒂斯施授各種教育，教導著讓他在獲得自由後可以用上的知識。然後，從他獲得自由的那一天、那一時、那一刻起，他只有唯一的想法，就是不惜任何代價想辦法直奔基督山島。要找一個不會引起猜疑的藉口，一個人待在那裡。一旦到了目的地，只剩下他單獨一人時，他就設法去找到那神奇的洞窟，搜索指定的地點。那個地點，讀者該記得，就是在第二個洞穴裡最深的那個角落裡。

這段期間，日子過得雖不能說飛快，至少也不致讓人難以忍受。我們提到過，法利亞雖沒有恢復那隻手和那隻腳的功能，但神志是完全清醒的。漸漸的，除了我們已經詳述過的種種科學知識外，他還教會了年輕人怎樣做一名耐心而高尚的犯人，怎樣懂得在無所事事之中找些事情來做。因此，兩人永遠是忙碌的，法利亞借此避免自己老得過快；鄧蒂斯則避免想起幾乎忘卻的過去。他的記憶已像是一盞遠處燈火在夜中隱隱閃爍。在上帝的看顧下，他們沒有新的災禍臨頭，隨著時光流逝，他們就這樣活著。

可是，在表面的平靜之下，年輕人的內心，或許也在老人的內心裡，隱藏著許多被克制的衝動和被禁聲的嘆息，每當法利亞獨自留下，愛德蒙回到自己房間去之後，它們就都表露出來了。

一天夜裡，愛德蒙突然驚醒，他似乎聽到有人呼喚他。他睜開眼睛，想穿過濃重的夜色看個明白。他的名字，或者確切地說是費力地呼喚著他名字的呻吟聲。他從床上跳起，焦慮不安，頭冒冷汗，他傾聽著。毫無疑問，呻吟聲正是從法利亞的牢房裡傳出來的。

「天啊！」鄧蒂斯喃喃地說，「難道是……」

他移開床，抽出石塊，匆匆鑽進地道，爬到另一端，洞口的石塊已經掀開。在那盞我們提到過的醜陋、燭火抖動的小燈照明下，愛德蒙看見老人臉色蒼白，緊抓著床架。他的狀況是鄧蒂斯熟悉的那些可怕症狀。當法利亞第一次發病時，這些症狀真把他嚇壞了。

「哦！我的朋友，」法利亞無力地說，「您知道是怎麼回事，是嗎？我不需要對您解釋了。」

愛德蒙痛苦地慘叫一聲，神志混亂，他衝向門口大聲叫喊：

「救命！救命！」

法利亞用僅剩的一點力氣攔住他。

「安靜！」他說，「要不然您就完了。我們現在只能指望您了，期盼如何使您的囚禁生活好過一些，或者如何能讓您逃跑。我在這裡所做的一切，您一個人得花幾年才能再重新做到，若獄方知道我們互有來往，這一切頓時就會被摧毀。再說，您就放心吧，我的朋友，我即將離開的這間地牢，它不會長期空著，會有另一位受難者來代替我。對那個人來說，您就好比是一位拯救天使。那個人也許像您一樣年輕、強健、堅韌不拔，那麼那個人能幫助您逃跑，而我只會妨礙您。您再也不會有一個半身癱瘓的人綁在您身上使您動彈不得了。上帝終於為您做了件好事，把您被剝奪的一切加倍地償還給了您，現在到了我該死的時候了。」

愛德蒙只能合起雙手，大聲說：

「天啊！我的朋友，我的朋友，請別這樣說吧！」

剛才他突然遭受打擊，一時軟弱下來，而老人的一番話又使他失去力量，但現在他的理智都恢復了。

「啊！」他說，「我已經救過您一次，我還能救您第二次！」

說完，他抬起床腳，從缺口裡取出藥水瓶，裡面還剩下三分之一的紅色藥水。

「聽著，」他說，「這救命藥水還有。快，快，快告訴我這次該怎麼做。有新的辦法嗎？說吧，我的朋友，我正聽著。」

「沒有希望了，」法利亞搖著頭說，「不過這沒什麼。上帝創造了人，並在他們心裡深深紮下了對生命的愛。他希望人類竭盡所能保存生命，雖說生活有時是艱難的，但生命永遠是珍貴的。」

「啊！是的，是的，」鄧蒂斯大聲說，「我告訴您，我會救活您的！」

「那好，就試試吧！我越來越冷了。我感到血流向我的頭腦，我顫抖得厲害，牙齒直打顫，骨頭似乎都要散了。現在全身都開始發抖了，再過五分鐘，就要發病了，再過一刻鐘，我就成為一具屍體了。」

「啊！」鄧蒂斯喊道，內心極度痛苦。

「您照第一次那樣做，不過時間別等得那麼長。此刻，我的生命活力全都已耗盡了，死神要做的事，」他指著他癱瘓的手臂和小腿繼續說，「也只剩下一半了。您先在我嘴裡倒十二滴藥水，而不是十滴，若我還無法回神，您就把剩下的全倒進去。現在，把我抱起放到床上，因為我已經站不住了。」

愛德蒙把老人抱在懷裡，幫他躺到床上。

「現在，朋友，」法利亞說，「您是我悲慘的一生中唯一的安慰，上天把您帶給我雖然遲了一些，但總是給我了，這是一件無比珍貴的禮物，我深深地感激上帝。在我即將永遠與您分別之際，我祝您幸福、成功。您該得到這些，我的兒子，我為您祝福！」

年輕人跪下來，把頭靠在老人的床上。

「特別是，在這莊嚴的時刻請聽我對您說：斯帕達的寶庫確實存在。蒙上帝恩准，距離和障礙現在對我都不存在了。我在第二個洞窟的深處看到了寶藏，我的目光穿透了大地，我在如此之多的奇珍異寶面前感到眼花繚亂。倘若您能成功逃脫，請記住這個可憐的神父，大家都認為他是瘋子，其實不是的。請直奔基督山，享用我們的財富，好好享受吧，您受的苦難夠多的了。」

老人一陣劇烈震動，中斷了講話。鄧蒂斯抬起頭，看見他的眼球充滿了血，似乎大量的血液從他的胸腔湧到了他的臉部。

「永別了，永別了！」老人痙攣地按住年輕人的手喃喃說，「永別了！」

「啊！別這麼說，別這麼說！」鄧蒂斯大聲說，「呵，上帝啊，別拋棄我們！快來救救他，幫幫我的忙……」

「安靜點！別出聲！」垂死的人輕聲說，「若您能救活我，我們就不會分離了！」

「您說得對。啊！是的，是的，請放心，我會救活您！再說，您雖然很痛苦，但看來比第一次要輕微些。」

「哦！您錯了！我不那麼難受，是因為我已沒有力氣再忍受痛苦了。在您這個年紀，您們對生活充滿了信念，自信和希望是年輕人的特權。而老人對死看得比較清楚。啊！它在這兒……它來了……結束了……我看不見了……我的思想消失了……您的手呢？鄧蒂斯！……永別了！……永別了！」

他集中了所有的精力，使盡最後一點力氣掙扎著抬起身子。

「基督山！」他說，「別忘了基督山！」

說完，他癱倒在床上。

這一次發作十分可怕：他的四肢僵直，眼皮鼓起，口吐紅色泡沫，全身一動不動，躺在這張受苦難的床上，不久前它還躺著一名智者。

鄧蒂斯拿起燈，放到床頭前的一塊凸出的石頭上，搖曳的燈光就從那裡，以一種異樣而古怪的光芒，照亮了這張變了形的臉和這個失去生氣的僵直軀體。

他眼神堅定，無畏地等待著施用救命藥水的時刻到來。他覺得時候已到，便拿起小刀，撬開牙床，這次牙齒沒像第一次咬得那麼緊，他一滴一滴地數著，數到十滴，又等著。瓶子裡大約還有兩倍於滴進去的數量。他等了十分鐘，一刻鐘，半小時，毫無動靜。他渾身顫抖，毛髮豎起，額頭上凝著冷汗，他用自己心臟的跳動來計秒。這時，他想該進行最後一次努力了。他把藥瓶移近法利亞發紫的嘴唇，他無須掰開那張開後就不曾閉上的下頜，將藥瓶中的藥水全都倒了進去。

藥水產生了電流刺激般的效應，老人的四肢劇烈地抖動了一下，他的雙眼睜得大大的，令人害怕，他嘆出一口氣，聽上去卻像是一聲尖叫，接著，顫動的全身漸漸又歸於死寂。只有兩隻眼睛睜開著。

半小時，一小時，一個半小時過去了。愛德蒙在這焦躁不安的一個半小時裡，不時向他的朋友彎下身子，把手貼在他的胸口上，卻只感到他的身體漸漸變涼，心臟的跳動越來越低、越來越沉。最後，法利亞的心跳停止了，他臉色鐵青，兩眼仍然睜著，眼神卻已無光。

那時是清晨六點，天才剛亮，微弱的光線鑽進地牢，使得原本就起不了作用的的燈光顯得更加蒼白。異樣的陰影略過死者的臉，看似仍有生命的跡象。在天明與未明之際，鄧蒂斯還抱著一線希望，但是，當白天來臨時，他明白了，他是跟一具屍體待在一起。

一種極度的、無法克服的恐懼佔據了他，他不敢再把手按在神父那隻懸在床外的手上，不敢再把眼睛停留在神父那對固定不動、泛白的眼睛上。他好幾次想把它們合上，都沒有用，因為總是合了又睜開。他滅了燈，把它小心藏好，鑽進地道去，再盡可能把他頭頂上方的石板放端正。

時間到了，獄卒馬上要來了。

這次，獄卒先去查看鄧蒂斯，從他的地牢出來後，再去法利亞的地牢，而且帶了早飯和內衣。在獄卒身上沒有什麼跡象表明他已經知道了發生的事情，他走了出去。

這時，鄧蒂斯渴望知道在他那位苦難朋友的牢房裡發生的事，於是他又回到地道往另一端前進，到達時正巧聽到獄卒求援的驚呼聲。沒多久其他獄卒進來了，接著，聽到了士兵們沉重而有節奏的腳步聲，最後，典獄長也來了。

愛德蒙聽到有人搖動屍體，床發出了吱嘎聲。他還聽到典獄長命令下屬向老人臉上潑水的聲音，當他看到潑過水後犯人依然不動時，就派人去找大夫。

典獄長出去了。有幾句憐憫的話傳到鄧蒂斯的耳朵裡，話中還夾雜著嘲諷的笑聲。

「行啦，行啦，」一個人說，「瘋子去找他的寶藏去了，祝他一路順風！」

「他有幾百萬但買不起一條裹屍布。」另一個人說。

「哦！」第三個人接著說，「伊夫堡的裹屍布可不算貴。」

「也可能，」先前那第一個人說，「由於他是教會的人，他們願意為他出錢。」

「那麼他就有幸裝進袋子裡了。」

愛德蒙聽著，一句話也沒漏掉，只是其中的有些話他聽不懂。說話聲很快就消失了，他覺得所有人都已離開了那間囚室。但是他仍不敢進去，也許獄方留下幾位獄卒守屍也不一定。於是他一動也不動、默不作聲、凝神屏氣地待著。

將近一個小時之後，寂靜中出現了輕微的聲音，而且越來越響。是典獄長回來了，後面跟著大夫和幾名軍官。接著出現了片刻的寂靜，是大夫正在檢查屍體。過一會兒，他開始發言。

大夫診斷了犯人死亡的病因，並宣布他已經死亡。問話與回答都是那麼漫不經心，使得鄧蒂斯不禁憤慨起來。他覺得，世上所有的人都應該像他一樣對可憐的神父保持著愛與尊敬才對。

「聽了您的診斷我很難過，」大夫明確宣布老人確實死了，典獄長聽了回答道，「這個犯人性情溫和，與人為善，瘋得有趣，特別易於看管。」

「啊！」獄卒說，「我們甚至不必看守他，我敢擔保，他在這裡可以待上五十年也絕不會有一次越獄的企圖。」

「不過，」典獄長又說，「現在還是要確認一下犯人是否真的死了，此事很重要，不是因為我懷疑您的判斷與醫術，而是出於我的責任。」

牢房裡一時鴉雀無聲，在這期間，鄧蒂斯一直在聆聽，他估計大夫又再一次檢查死者，並為其診脈。

「您可以完全放心，」大夫說，「他死了，我向您擔保。」

「您知道，先生，」典獄長固執地說，「像他這樣的情況，我們不能滿足於一次簡單的診斷。雖然他看來是死了，還得請您按法律規定的手續辦理，好把這件事結案。」

「那麼請人去燒烙鐵吧，」大夫說，「不過，這個做法是大可不必的。」

鄧蒂斯聽到下達燒烙鐵的命令，打了一個寒顫。他聽到急促的腳步聲，門的轉動聲和人們走來去走的聲響，過一會兒，一個獄卒走進來說：「火盆和烙鐵拿來了。」

這時靜默了片刻，接著便傳來烙炙人體的嘶嘶聲，濃烈而嗆人的氣味甚至穿過了牆壁，而鄧蒂斯正在那堵牆後驚恐地聽著。年輕人聞到人體的焦味，額上冒出了汗，他覺得快要昏過去了。

「您瞧，先生，他是死了，」大夫說，「火燒後腳跟是關鍵。可憐的瘋子的瘋病治好了，他從大牢裡解脫了。」

「他名叫法利亞嗎？」陪同典獄長的一個軍官問道。

「是的，先生。照他自己說，這是一個世家的姓氏。此外，他很博學，只要不涉及寶藏這件事，他在其他任何方面都很明辨事理。只是，一旦說到寶藏，我得承認，他就固執得要命。」

「我們對這種固執的感情稱之為偏執狂。」大夫說。

「您對他從來就沒什麼可抱怨的嗎？」典獄長向負責給神父送飯的獄卒問道。

「從來沒有，典獄長先生，」獄卒答道，「從來沒有，絕對沒有！相反的，以前，他還會講故事給我聽，可讓我高興了。有一天，我老婆生病了，他甚至給我開了一個藥方，把她的病治好了。」

「哦！哦！」大夫說，「我不知道我還有一位同業。典獄長先生，我希望，您會對他作出適當的安排。」

「是的，會的，放心吧，我們會盡可能找一個嶄新的袋子把他裝在裡面。您滿意了嗎？」

「我們該當著您的面把這道最後的手續辦完嗎？」一名守門獄卒問道。

「當然，不過得抓緊時間。我總不能一整天待在這個房間裡。」

又傳來了來回走動的腳步聲，隔了一會，鄧蒂斯聽到了搓揉麻布的聲音，床的吱嘎聲，還有沉重的腳步聲，這似乎是有人抬起屍體，雙腳負重踏在石頭地面上的聲音，最後是床被重物壓上去後發出的吱嘎聲。

「晚上見。」典獄長說。

「要做一次彌撒嗎？」一個軍官問道。

「不可能了，」典獄長答道，「堡裡的神父昨天請一個禮拜假，他要到耶爾[95]去一趟，我還跟他保證說這段期間內犯人不會出什麼問題。可憐的神父走得也太急了些，他本來可以聽到安魂曲的。」

「呸！呸！」大夫帶著他這一行人對宗教慣有的不敬口吻說，「他是教會裡的人，上帝會考慮到這個情況，不會把一個教士派到他那兒去，讓魔鬼得意的。」

這句拙劣的玩笑引起一陣哄堂大笑。這期間把屍體裝進麻袋的工作仍在繼續進行。

95 Hyeres，法國最南部的地中海海濱區最古老的遊覽勝地和浴場。

「晚上見！」結束後，典獄長說。

「幾點？」看門獄卒問道。

「十點到十一點吧。」

「要守屍嗎？」

「何必呢？像他生前那樣把地牢門關上就行了。」

腳步聲走遠了，聲音越來越小，又傳來了關門上鎖以及拉鐵門的刺耳嘎嘎聲。之後便是一片寂靜，這片死寂比孤獨更淒慘，它滲透周圍的一切，一直滲入年輕人冰冷的心裡。此時，他用頭慢慢地頂起石板，往囚室裡察看。

牢房已空無一人，於是鄧蒂斯鑽出了地道。

第二十章　伊夫堡的墳場

借著穿進視窗的微微陽光，可以看見一個粗麻布袋平放在床上，在袋子的皺褶下面，隱約顯現出一個長長的、僵直的人體。這麻袋就是法利亞的裹屍布，照守門獄卒的說法，這塊裹屍布不值幾文。就這樣，一切都結束了。鄧蒂斯和他的老友之間已隔著一道無法越過的障礙。他再也不能看見那對睜得大大的，彷彿能超越死亡之外的眼睛。他再也不能緊握那隻為他撥開迷霧，揭示許多事物真相的靈巧之手。法利亞，這個與他親密無間、相濡以沫的好夥伴，只能存在於他的記憶裡了。於是，他坐在這張可怕之床的床頭前，陷入悲慘而辛酸的哀戚之中。

一個人！他又變成孤零零的一個人了！他又重新陷入孤寂之中！他再次面對著虛無。一個人！他再也見不到也聽不到那個唯一把他與人間聯繫在一起的人了！他還不如像法利亞那樣不惜以通過痛苦的死亡之門為代價，去懇求上帝解開人生的謎底呢！他的朋友曾把他自殺的念頭從他的腦海裡逐出，有這位朋友在，他不曾再想過這樣的事。但是，現在這個想法又像幽靈似的在法利亞屍體旁邊冒了出來。

「假如我能死，」他說，「我就要到他去的地方，我肯定能找到他。可是要如何死去呢？那還不簡單，」他笑著補充道，「我待在這裡，誰先進來就朝誰撲上去，把他掐死，那麼他們就會把我絞死了。」

然而，巨大的痛苦就像海上的狂風暴雨，把脆弱的三桅帆船從浪底拋向浪頭一般，鄧蒂斯在這種罪大惡極的念頭面前退縮了，他驟然從絕望中清醒，渴望起生命和自由。

「去死！不！」他大聲說，「現在去死不就是白活了這麼多日子，白受了那麼多苦嗎？死亡，在幾年前我已死過了。可是現在尋死，那就真的正是向命運的嘲諷投降了。不，我要活下去，我要奮鬥到底！不，我要重新獲得被奪去的幸福！在我死前，我絕對不會忘了，我還有幾個仇人要懲罰。天知道，也許還有幾個朋友要報恩呢？現在，他們把我遺忘在這裡，將來我只能像法利亞一樣死在這座地牢裡。」說到這裡，愛德蒙陷入沉默了，他兩眼直視前方，如同被自己突然冒出的想法嚇住的人一般，驀然地，他站了起來，像是頭暈似的，把手放在額上，在牢房裡轉了兩三圈後在床前站定。

「啊！啊！」他自言自語地說，「這個主意是誰出給我的呢？是您嗎，我的上帝？既然只有死人才能自由地從這裡出去，那就讓我代替死人吧。」

他不允許自己再花時間去思考這個決定，同時也不容許自己有絲毫的想法去摧毀那孤注一擲的決心。他向那個令人厭惡的麻袋俯下身去，用法利亞自製的小刀把它劃開，把屍體從袋中抽出，帶到他的囚室裡，把他平放在自己的床上，將自己平常戴的破帽子戴在他的頭上，再給他蓋上毯子，最後一次親吻了他冰涼的額頭，試著把那雙依舊睜得大大的、因失神而顯得很嚇人的倔強眼睛闔上，把他的臉面對牆，好讓獄卒送晚飯時以為他像平時常有的那樣睡著了。然後鄧蒂斯返回地道，把床拉去頂住牆，進入另一間囚室，在櫃子裡取出針和線，先把破衣爛衫扔掉，好讓人感到布袋裝著的是赤裸的屍體，然後鑽過劃開的袋口，按照屍體原先的姿勢躺下，又從裡面把布袋縫上。

如果此時不巧正好有人進來，一定能聽見他心跳的聲音。鄧蒂斯原本可以等到晚上查監後再這麼做的，但是他擔心在這段時間裡典獄長會改變主意，提前把屍體搬走。這樣的話，他最後的希望就破滅了。不管怎麼說，他的計畫已定，也決定如此行動。假設當他被抬出去時，掘墓人發現他們要埋的是一個活人而不是死人，那麼鄧蒂斯將在他們回過神之前，便用小刀猛然地從上至下把口袋割開，趁他們驚魂未定之際逃走。假設他們想捉住他，他就會動刀子了。假設他們把他帶到墳地，把他安放到洞穴裡，他就讓他們填土。由於是在夜間，只要掘墓人一離開，他就能翻開鬆軟的泥土，脫逃，當然他希望泥土不會過重，好讓他能翻開。假使他估計錯了，情況相反，厚重的泥土把他悶死，那也再好不過了！一切一了百了！

從神父去世的那晚起，鄧蒂斯就沒吃東西，但他沒感覺到飢餓，現在也無此感覺。他的處境過於危險，沒心力去想別的事情。

鄧蒂斯遇到的第一個危機，就是獄卒七點鐘給他送晚飯時發覺已經掉了包。以前有二十多次，鄧蒂斯有時因心情惡劣，或是過於勞累，就是躺著等獄卒來的。每當這種時候，獄卒通常就把麵包和湯放在小桌上，也不跟他說話就離開。可是這一次，獄卒可能一反常態，對鄧蒂斯說起話來，當他看見鄧蒂斯不回話，也許就會走近床邊，那樣就全都完了。

臨近七點鐘時，鄧蒂斯變得心焦如焚起來了。他把手貼在胸口上，想壓住心臟的狂跳，他用另一隻手去擦從額頭沿著太陽穴流下的汗水。他全身不時地打冷顫，他的心在收緊，如同被夾在冰鉗中，這時，他覺得自己快要死了。隨著時間過去，堡裡沒有任何動靜，鄧蒂斯明白，他已成功地度過第一個難關，這是一個好預兆。七點鐘到了，愛德蒙知道，決定性的時刻來臨了。他屏住氣，鼓起全部勇氣。如果他能讓動脈快速的跳動也同時停止，他是會馬上這樣做的。有人走到門口停下，是兩個人的腳步聲。鄧蒂斯猜測是兩名掘墓人來抬他了。這個想法立刻得到了證實，因為他聽到他們放下擔架的聲響。門打開了，鄧蒂斯的眼睛感受到了隱隱約約的亮光。透過裹住他的麻袋布，他看見兩個黑影走近他的床。第三個人站在門口，手裡拿著一個火炬。走近床的兩個人各抓住麻袋的一端。

「這麼個瘦老頭，還挺重的！」抬起他頭的那個人說。

「據說每年骨頭要增加半斤[96]重量。」提他雙腳的那人說。

「您的結綁好了嗎？」第一個人問道。

「何必增加那點不必要的分量呢，」第二個人說，「我到那兒再捆綁也不遲。」

「說得對，我們走吧。」

「為什麼要捆綁？」鄧蒂斯暗自問道。

他們把所謂的死人抬到擔架上。愛德蒙把身體伸得直挺挺的，以更好地扮演死人的角色。他們把他平放在擔架上，這一行人由拿著火炬的人在前面照路，然後登上臺階。突然，夜晚新鮮而寒冷的空氣包圍了他。他感覺到這是地中海上強烈的西北風。這個感受使他憂喜參半。

96　本書中用的斤均指法國古斤，約合四百九十公克。

抬擔架者走出二十來步，停下，把擔架放到地上。其中一人走開了，鄧蒂斯聽見他的鞋底在石板地上發出震響。

「我到了哪兒啦？」他自問道。

「您知道，他一點也不輕啊！」站在鄧蒂斯身旁的人邊說邊在擔架邊上坐下來。

鄧蒂斯的第一個本能反應是逃走，還好他克制住了。

「照著我，畜生，」走開的那個扛夫說，「要不然我一輩子也找不到那個東西了。」

拿著火炬的人聽從了他的命令，儘管，我們也看見了，這個命令的措詞不太文雅。

「他在尋找什麼呢？」鄧蒂斯想著，「大概是一把鏟子吧。」

一聲得意的喊聲傳來，說明掘墓人找到了他要找的東西。

「總算找到了，」另一個說，「天底下沒有不麻煩的事。」

「是阿，」他答道，「但等待也沒有損失就是了。」

說完，那個人走近愛德蒙，他聽出有一件重物在他身旁被扔下，發出一聲很響的聲音，同時，一根繩子緊緊捆住了他的雙腳，讓他感到很疼痛。

「怎樣！綁好了嗎？」站在旁邊看的掘墓人問道。

「綁好了，我保證絕對牢固。」另一個人說。

「那麼就出發吧。」他們抬起擔架重新上路。

一行人走了五十多步，又停下來去開門，然後再上路。他們愈向前走，波濤拍擊城堡下面岩石的聲響就愈清晰地傳入鄧蒂斯的耳中。

「這鬼天氣！」一個扛夫說，「今夜泡在海裡可不好玩。」

「是呀，神父可要渾身濕透啦。」另一個人說，他們爆發出一陣大笑。

鄧蒂斯不太懂得這個玩笑的意思，不過他照樣覺得毛骨悚然。

「好，我們總算到了！」第一個人接著又說。

「再走遠點，走遠點，」另一個說，「您知道上一個就是撞到岩石上，躺在半山腰的，典獄長第二天說我們都是大懶蟲。」

他們又向上攀登了四、五步，接著鄧蒂斯感到他們同時提起他的頭和腳，把他來回地搖晃。

「一！」這幾個掘墓人齊聲喊道。

「二！」

「三！」

此時，鄧蒂斯感覺到自己被拋到空中，像一隻受傷的小鳥墜落著，快速地往下墜讓他的血液凝結。雖說有一樣沉重的東西在腳下拖著他加速往下落，但他還是覺得墜落了一世紀之久。最後，只聽得一聲可怕的巨響，他像一支離弦的箭直射進冰冷的水裡，他不由得驚呼了一聲，但這喊叫聲立即被淹沒在海水裡了。鄧蒂斯被拋到海裡，綁在他雙腳上的一個三十六磅重鐵球正把他拖向海底。

大海就是伊夫堡的墳場。

第二十一章　狄波倫島

鄧蒂斯感到頭昏腦脹，幾乎快要窒息，不過，他的神志還算清醒，及時屏住了呼吸。我們前面說過，他為了以備不時之需，右手拿著一把小刀，他迅速地劃開了麻袋，伸出手臂，接著是頭。他雖然竭力想把鐵球托起來，但仍被拖著直往下沉，於是他彎下身子，尋找捆住他兩隻腳踝的繩索。他盡了最大力氣，在即將窒息之際，準確地割斷了繩索，同時用腳使勁一蹬，便自然地浮上了海面，而鐵球則拖著那塊差一點成了他的裹屍布的粗麻袋，沉到深不可測的海底。

鄧蒂斯吸了一口氣，就又潛入水裡，以避免被人看見。當他再度浮出海面時，他距離墜落處至少有五十步遠了。他在頭頂上方看見一片黑壓壓的天空，預告著暴風即將來臨。狂風吹得浮雲移動著，不時露出有著繁星的天空。在他前面，延伸著一片灰暗而咆哮著的海面，暴風雨就要來了，浪濤洶湧，滾滾而來。在他的背後是比天空與大海還黑暗宛若幽靈的巨大岩石建築物，彷彿像怪物伸開的手臂想要擒獲它的獵物，而在那塊最高的岩石上，一把火炬照亮了兩個人影。他覺得這兩個人影正往海裡看著，擔心這兩名古怪的掘墓人聽到了他的喊叫聲。於是，鄧蒂斯又潛了下去，在水面下游了很長距離。以前，他很喜歡潛泳，在法羅灣，他常常把眾多的觀賞者吸引到他的周圍，他們也常說他是馬賽最優秀的游泳能手。當他再次浮出海面時，火炬消失了。

他現在該確定方向了。在伊夫堡四周的所有島嶼中，拉托諾島和波梅格島是最近的兩個島嶼。可是拉托諾島和波梅格島都有人居住，小多姆島也是。那麼，最安全的島嶼莫過於狄波倫島或是勒梅爾島了，這兩座島離伊夫堡約有一里格。

鄧蒂斯決心登上這兩座島之中的一個，可是他在如此黑暗的深夜中，要如何找到這兩座島呢？這時，他看見普拉尼埃的燈塔像星星似的在閃爍。如果對準這座燈塔游去，狄波倫島應該在稍稍偏左的位置。他只要向左偏斜一點，就大致能在這條線路上與該島相遇。不過我們已經說過了，在伊夫堡與這個島之間至少有一里格的距離。

在獄中時，法利亞見他萎靡不振、無精打采的時候，經常提醒他說：「鄧蒂斯，別那麼懶洋洋的好不好。您試圖逃走時，若體力堅持不了，您會淹死的。」當沉重、帶著苦味的浪頭劈頭打下來的時候，這句話又在鄧蒂斯的耳邊響起。他急忙冒出海面，繼續前進，想看看自己是否真的體力不支。他欣喜地發現，長期的囚禁生活並未使他喪失力量，他仍然是那個從孩童時期就把它當作遊樂場的大海之主。

恐懼，這個無情的追捕者，也迫使鄧蒂斯加倍用力。他仔細聽著是否有喧鬧聲傳來。每次當他浮上浪濤的頂峰時，他就迅速地向地平線掃視，希望透視深沉的夜色。他覺得每一個高捲的浪頭都像是追逐他的一條船，於是他便加速游開距離。但是，如果一直這麼拼命，他大概很快就會把體力消耗殆盡了。他不停地游著，那座恐怖的獄堡在夜霧中已漸漸消失，他雖然看不清它的模樣，卻仍然感覺得到它的存在。

一小時過去了，在這段時間裡，鄧蒂斯的全部身心都沉浸在自由的喜悅之中，他精神振奮，繼續朝既定的方向游去。「讓我們看一下。」他心想，「我游了將近一個小時了，但因為是逆風，速度大約減慢了四分之一，不過，除非我看錯了方向，否則我現在離狄波倫島不會太遠。但是，要是我認錯了方向呢？」游泳者全身打了個冷顫。他想仰浮在海面上休息一下，然而大海的浪濤越來越洶湧，他很快就發現，他想到可以讓自己放鬆一下的那個辦法是行不通了。

「好啊！」他說，「我就一直游到底，到精疲力竭，或是游到手腳抽筋，然後就沉到海底了事！」於是，他湧出因絕望而反投出的精力奮力游下去。

突然，他覺得天空變得更黑暗和陰沉，一片厚而濃密的烏雲衝著他壓下來。同時間，他感到膝蓋一陣劇痛，撞擊來得非常迅猛。他想像著他被子彈擊中，而且馬上就會聽到槍響。然而，並沒有槍聲出現。鄧蒂斯伸出一隻手，感覺到有樣東西擋著他，當再次游水時，他碰到了岸。

在他面前，聳起一大片奇型的岩礁，好似在燃燒得最熾熱時突然凝固的一塊巨石。這就是狄波倫島。鄧蒂斯站起來，向前邁出幾步，邊感謝上蒼邊躺了下來，此刻在他看來，他身下凹凸不平的岩石比世上最舒適的床還要柔軟。儘管此時已風吹雨淋，他已氣力用盡，沉沉地睡著了。一小時之後，一聲巨雷把愛德蒙驚起。此時，狂風大作，傾盆暴雨自天而降，天空不時劃過一道猶如火蛇般的閃電，亮光把前呼後擁滾滾而來的巨浪和烏雲照得一覽無遺。

鄧蒂斯知道自己沒估計錯：他已登陸兩個島嶼中的第一個島。它果然就是狄波倫島。他早知道這個島嶼草木不生也無任何遮蔽之處。一等暴風雨稍停歇，他就得重新下海，游到勒梅爾島去。雖然那裡也是一片荒蕪，但面積比較大，也更適合棲身躲藏。

一塊聳立的巨石，提供了鄧蒂斯暫時的庇護之所，他躲了進去，幾乎就在同時，暴風雨又以排山倒海之勢驟然而至。愛德蒙感到他賴以棲身的巨岩在抖動，惡浪在巨大如金字塔般的岩石底下撞得粉碎，翻起的浪花濺了他一身。他雖然已有了安身之所，但周圍仍然在轟轟作響，雷鳴電閃。他還是有點頭暈目眩，他彷彿覺得小島在他腳下震動著，它如同一艘拋錨的戰艦，纜繩隨時會斷裂，把他拖向深不見底的漩渦中去。這時他才想起，他已整整一天沒有吃東西了，此時他是又餓又渴。鄧蒂斯伸出雙手，飢渴地喝著暴雨聚集在岩石凹處的雨水。

正當他站起來時，一道閃電似乎從天堂直劈而下，照亮了黑夜。愛德蒙憑著這道亮光，看見在勒梅爾島和克魯瓦西海角之間，離他四分之一里格處，有一艘小小的漁船被風暴和海浪劇烈地擺弄著。一秒鐘後，他再度看到這艘船，它正以驚人的速度朝他衝來。鄧蒂斯想大聲呼喊，想尋找一件破衫在空中揮動，讓船員知道他們要觸礁了，不過他們自己已發覺了。在另一次閃電的照亮下，年輕人看見有四個人緊抓著桅杆和繩索，第五個人緊緊扶著斷裂的舵輪。他看見的那些人無疑地也看見了他，因為他們的叫喊聲由勁風帶到他了的耳裡。在桅杆的上方，一張破破爛爛的風帆，折曲得像一根蘆葦似的，突然地，繫住它的繩索斷裂了，於是那張帆像在黑雲之上滑翔而過的白色巨鳥，消失了。在此同時，傳來了猛烈的撞擊聲與呼救聲。他從岩石高處看到粉碎了的小船，還看到了在殘木斷塊間無助的水手們。接著，一切又都被黑暗淹沒。

鄧蒂斯冒著自己跌的粉身碎骨的危險，趕緊沿著岩石光滑的斜坡衝下去。他四處張望，側耳傾聽，在黑暗中摸索，但他什麼也沒聽見，什麼也沒看到。叫喊聲停止了，只剩狂風暴雨繼續在咆哮。風漸漸停息了，大片大片的灰雲向西方而去，而蔚藍的蒼穹重新顯現，星星比先前更為明亮。很快的，在地平線上出現一條紅色長帶，海浪轉白，光在他們上面照耀著，把浪花上的泡沫點綴成金。白天來臨了。

鄧蒂斯默默地站著，一動也不動地望著這壯麗的景觀，彷彿他是第一次看到如此景色。是的，自他被關進伊夫堡之後，他早已忘了一切。他轉向堡壘，看著陸地與海洋。陰暗的建築從大海的胸膛高高聳起，帶著威嚴的神態，統治著一切。此刻大約是清晨五點鐘，而大海則越來越平靜。

「再過兩三個鐘頭，」愛德蒙心想，「獄卒就要走進我的房間，發現我那可憐朋友的屍體。他會認出他來，又找不著我，便會發出呼叫。於是，他們會發現地洞與通道。然後，獄方會詢問把我扔進海裡的那些人，他們大概聽到了我的叫喊聲。很快地，載滿武裝士兵的小艇就會去追捕那個不幸的逃亡者，因為他們知道他走不了多遠。他們會鳴炮向沿岸所有的居民發出警告：別為一個四處飄泊、衣不蔽體、饑腸轆轆的人提供避難所。馬賽的警察將會接到通知，開始在海岸進行搜查，而伊夫堡的典獄長也會派人在海上搜索。這樣一來，我在水中和陸地上都會被包圍攔堵，這該怎麼辦？我又餓又冷，我甚至把那把有妨礙我游泳的救命小刀都扔了。任何想把我交出以換得那二十法郎賞金的農民都會置我於死地。我的力量用盡，頭腦空洞，意志全無了。啊，我的上帝啊！我的上帝！您看著，我受的苦難已經夠多了，您是否能再為我做些我自己沒法做到的事情呢？」

愛德蒙（他的目光朝向伊夫堡的方向）苦苦地、熱切地祈禱時，他突然瞥見，在波梅格島的盡頭，出現了一艘小船。它的三角帆勾勒在地平線上，如同一隻沿著波浪滑翔正在尋找獵物的海鷗。只有水手的眼力才能判斷出這是一艘熱那亞單桅帆船。它從馬賽港出發，向外海急駛，尖尖的船頭吐出反著光的白沫，為那鼓鼓的船身劈開一條較為易行的航道。

「啊！」愛德蒙驚呼道，「這麼說來，如果我不怕被人詢問，不怕被認出是一名逃亡者或不怕再次被帶回馬賽的話，再過半個小時我就能登上這艘船了！可是我能做什麼？能說什麼？我能編什麼故事來騙過他們呢？這些人是走私販，他們寧願出賣我，也不會去做一件善舉。還是再等等吧。可是不能再等了，我快餓死了。再過幾個小時，我僅剩的一點力氣也將消耗殆盡，再說，我從堡壘裡失蹤的消息或許還沒傳出。我完全可以裝成昨夜沉船上的一名倖存水手。我的故事將會被接受，因為已沒有人能跟我對質了。」

當鄧蒂斯說著這幾句話時，他同時把目光轉向小船沉沒的地方，嚇了一跳。在一塊岩石的尖角上，掛著一個遇難水手遺留下的一頂紅色帽子，附近，漂浮著船龍骨的一些殘骸，海浪把這些碎片一次又一次地撞擊在峭壁上。當下，鄧蒂斯拿定了主意。他再度下海，向紅帽游去，把它戴在頭上，抓起一根龍骨殘片，再向單桅船航行的路線橫切著游過去。

「現在我得救了。」他自言自語道。這個信念使他重新獲得了力量。

他看到，單桅船頂著風，正在伊夫堡和勃拉尼埃燈塔之間搶風航行。鄧蒂斯開始擔心小船不是沿著海岸線航行，而是駛出海去，但是，他很快發現，船是沿著一條去義大利的船隻慣常的航線，想從雅羅斯島與卡拉薩雷涅島之間穿過去。然而，單桅船在鄧蒂斯沒注意時越來越接近。在一次搶風而變航向時，它甚至駛到了離鄧蒂斯將近四分之一浬附近。於是，他浮出水面，揮動小帽，作為緊急呼救的信號。但船上沒有人看見他，船身傾斜了一下，又向前衝去。鄧蒂斯本想呼喊，但他知道他的聲音將會被海風吞噬。

此刻，他慶幸自己預先拿了一塊龍骨片，現在他可以躺在上面了。以他身體如此虛弱的狀態下，他可能在海上堅持不到登上單桅船了。而且，小船很可能沒有發現他就駛過去，若是如此，他可以肯定地說，自己也無力再游回岸上了。

雖然鄧蒂斯幾乎能確定這條船航行的路線，但還是放心不下，他目不轉睛地注視著它，直到看見船首稍稍轉了一下方向，朝他直駛而來。他開始迎著單桅船游去，但是在他跟帆船相會之前，船又開始掉頭。此時，鄧蒂斯立即使出全身的力量，將半個身體挺出海面上，揮動帽子，像一位遇難的水手那樣，發出極為淒厲的呼喊聲。這一次，船員看到他，也聽見他的聲音了。單桅船中斷航程，掉頭向他駛去。同時，他看見他們準備把小艇放到海裡。

沒多久，有兩個人划著小艇，快速地向他靠近。這時，鄧蒂斯認為龍骨片不再起作用，就讓它隨波逐流而去，自己則奮力朝小艇游過去。但是，這名游泳者太過高估自己幾乎已使盡的力量，直到此刻，他才了解那片龍骨對他是多麼有用。他的手臂開始僵硬，兩條腿也難以動彈，他幾乎無法呼吸。

他大叫了一聲，兩名水手的人更加使勁划，其中一個用義大利語對著他大喊道：「撐著點！」

他剛剛聽見這句話，就興起一個他已無力穿越的大浪朝他的頭上打下來，他浮出水面，像一個即將溺死的人一樣用最後一絲力氣掙扎呼救。在發出第三次慘叫，他就感覺到自己往下沉，彷彿他的腳上還繫著致命的鐵球。海水淹過他的頭頂，他看見天空變成灰色。一股巨大的力量把他拖上海面，這時他覺得有人抓住他頭髮，之後，他就什麼也看不見、聽不見，他昏死過去了。

鄧蒂斯重新睜開眼睛時，他已經躺在單桅船的甲板上了。他首先想到的是看船的航行方向。他們正快速地往反方向前進，把伊夫堡越拋越遠了。然而，鄧蒂斯實在太疲憊了，他的喜悅聲聽起來讓人誤以為是痛苦的呻吟。

正如我們說過的，他躺在甲板上，有一名水手正用一條羊毛巾為他摩擦四肢；另一位，他認出就是對著他喊「撐著點」的人，正把一個裝滿蘭姆酒的葫蘆伸進他的嘴裡。第三個人是一個老水手，他是領航員也是船長，此刻正帶著同病相憐的神情望著他。這是昨天雖然躲過了災難，明天還是可能大禍臨頭的人常有的感情。

幾滴蘭姆酒讓年輕人從不醒人事的狀態恢復過來，而他們不斷地按摩，也使他的四肢可以活動自如了。

「您是誰？」領航員用蹩腳的法語問。

「我是一個馬爾他水手，」鄧蒂斯用蹩腳的義大利語回答，「我們從錫拉庫薩[97]來，船上裝載著穀物。我們昨夜在莫爾季翁海岬遇上了暴風雨，船觸礁碎裂，礁石就在那邊，您們看得見的。」

「您從哪裡遊來的？」

97　Synacuce，義大利西西里島錫拉庫薩省省會。

「觸礁時幸好我攀住了那些礁石，但是船長和另外三個夥伴都遇難了。後來我看見了您的船，因為害怕被丟在這個與世隔絕的小島，所以就抓著船上的一塊殘骸，想游到您們船上。您們救了我的命，真是太感謝了。」鄧蒂斯接著說，「要不是您們的一個水手抓住我的頭髮，我就完了。」

「是我，」一個面容坦誠、開朗，兩頰蓄著長長的黑髯的水手說，「我到得真是時候，您正在往下沉哩。」

「是啊，」鄧蒂斯向他伸出手說，「一點也沒錯，我的朋友，我再次感謝您。」

「說真的！」水手說，「我有猶豫了一陣子的。您的鬍子有六寸長，頭髮有一呎長，看起來像一個強盜而不像是一個好人哩。」

鄧蒂斯想起來了，自被關進伊夫堡之後，他沒有剪過頭髮，也沒有刮過鬍鬚。

「是的。」他說，「那是我有一次遇難時，我曾向寶洞聖母許過願，如果我能大難不死，我就十年不剃頭髮、不刮鬍子。今天就是許願到期的最後一天。」

「現在，您要我們怎麼辦？」船長問。

「都好！」鄧蒂斯回答，「隨您們的意，我的船長死了，我也差點遇難。不過，我是個相當能幹的水手，在您們靠岸的第一個港口就把我扔下，我會找到工作的。」

「您對地中海熟悉嗎？」

「我自幼就在那裡航行。」

「您知道哪些港口可以下錨嗎？」

「沒有哪個港口我不能閉著眼睛開進去或是開出來的。」

「您說呢，船長，」那個叫鄧蒂斯撐著點的水手問，「假如這個小子說的是真話，那又為什麼不把他留下來呢？」

「假如真是這樣，當然可以，」船長懷疑地說，「不過以他現在這種慘狀，恐怕是說得好聽，做起來就不一定行。」

「可是我做起來會比我說的還強。」鄧蒂斯說。

「那咱們等著看吧。」船長笑著說。

「您們到哪裡去？」鄧蒂斯問。

「去來亨港[98]。」

「那麼，你們為什麼不乾脆盡量靠前迎風行駛，反而搶風而行呢？」

「因為這樣我們就會直接撞到裡翁島上去了。」

「您會在離岸二十噚外的地方通過的。」

「那就由您掌舵吧，」船長說，「讓我們看看您的本事如何。」

年輕人走去坐在舵輪前，輕輕壓一下，船頭隨之而動。他看出船的靈敏度雖不能算第一流的，但還差強人意。於是他接受了。

「拉轉桁索和帆角索！」他說。

98 Leghorn，義大利西岸城市，利古裡亞海港口。

船上全部四個水手都跑去拉帆索，船長則看著他們幹活。

「把繩索拉直！」鄧蒂斯繼續說。

水手們聽命行事，絕無敷衍。

「現在，把繩索拴上。」

這條命令也立刻被執行了，而後，正如鄧蒂斯所言，船的右舷側在離島二十噚左右處駛過去了。

「太棒了！」船長歡呼道。

「太棒了！」水手跟著叫喊起來。

大家都欽佩地看著這個人，他的眼神充滿了智慧，身體也恢復了活力。他們已不再懷疑他身上具備的能力。

「您看著，」鄧蒂斯離開舵輪說，「至少在這次航行中我對您還算有點用處。如果您到來亨港後不要我了，就把我留在那裡，等我領到第一筆薪水，我就把這段時間的伙食費還有您借我的衣服還給您。」

「可以。」船長說，「只要您的要求合理，我們都沒問題。」

「您給船員們什麼待遇，也照樣給我就行了。」鄧蒂斯說。

「這不公平，」把鄧蒂斯從海裡拉上來的水手說，「因為您比我們懂得多。」

「這與您有關係嗎，雅各博？」船長說，「要多要少，是每人的自由。」

「是沒錯，」雅各博說，「我也只是說出自己的意見罷了。」

「那好，如果您有替換的衣服的話，還不如給他找條褲子和一件短外套，他還赤裸著身子呢。」

「不行，」雅各博說，「我只多一件襯衫和一條褲子。」

「對我就足夠啦，」鄧蒂斯說，「謝謝，我的朋友。」

雅各博鑽下艙口，過了一下子就帶著愛德蒙需要的衣物回來了。

「現在，您還需要什麼東西？」船長問。

「一塊麵包，再來一口我剛才喝的上好的蘭姆酒。我好長一段時間沒有吃東西了。」

愛德蒙已經將近有四十個小時沒有吃過東西了。他們給他一塊麵包，而雅各博則把裝酒的葫蘆遞給他。

「打左舵！」船長轉身對舵手說。

鄧蒂斯邊把酒葫蘆向嘴裡送，邊朝舵手方向瞥了一眼，可是葫蘆只舉到半空就停住了。

「看啊！」船長說，「伊夫堡那邊出什麼事了？」

一小團白霧從伊夫堡南棱堡上方升起，引起了鄧蒂斯的注意。此時，還能聽到遠方隱隱有炮聲響起。水手們抬起頭，面面相覷。

「這是什麼情況？」船長問。

「昨夜有名囚犯從伊夫堡逃走了，所以他們在放炮示警。」鄧蒂斯回答。

船長向年輕人看了一眼，鄧蒂斯在說完這句話時已經把葫蘆口放進嘴裡。當船長看見年輕人如此神色自若，即使他曾有過一絲疑慮也都煙消雲散了。不管怎麼說，船長看著他心裡想，「如果是他，就再好不過了，因為我得到一個難得的人才。」

鄧蒂斯假裝累了，請求能先掌舵。舵手樂得在崗位上輕鬆一下，便看向船長，後者點頭示意他可以把舵輪交給新來的夥伴。鄧蒂斯終於能把眼睛死死盯著馬賽的方向了。

「今天是幾號？」鄧蒂斯向走來坐在他身旁的雅各博詢問。

「二月二十八日。」

「哪一年？」鄧蒂斯又問。

「哪一年！您問我這是哪一年？」

「是的，」年輕人接著說，「我問您是哪一年。」

「您忘了嗎？」

「昨晚我嚇破了膽，」鄧蒂斯笑著回答，「我差點失去記憶。我請問您，現在是哪一年？」

「今年是一八二九年。」雅各博回答。

鄧蒂斯自被捕之日起，已經過了十四個年頭了。他關進伊夫堡時才十九歲，出來時已經三十三歲了。他的嘴角露出一絲苦笑，他自問，在這麼長的時間裡，美茜蒂絲早就以為他不在人世了，她現在怎麼樣了呢？接著，他想到了那三個人，眼睛裡燃起了仇恨之火，就是他們讓他被囚禁這麼長時間，使他身心備受摧殘。他又想起了在獄中立下的誓言，他要找鄧格拉斯、弗南特和維爾福報仇雪恨，不達目的絕不甘休。

這個誓言絕不再是一句空泛的危脅，因為此時地中海中最快速的帆船也絕對無法追上這艘單桅三角帆船了，它正揚帆迎風，向來亨港直駛而去。

第二十二章　走私販

鄧蒂斯在船上還沒待滿一天，就已經發現他在與誰打交道了。熱那亞單桅三角帆船的船名叫少女阿梅莉。它那可敬的船長雖然沒有受到法利亞神父的教育，但幾乎懂得地中海周圍國家使用的所有的語言，從阿拉伯語到普羅旺斯方言都沒問題。這樣他不需雇用多位翻譯，因為他們總是惹麻煩，甚至言行有失檢點。這樣的本領也使他容易跟人溝通，不論是跟在海上遇到的船員，或是沿岸航行的小船水手，還是跟沒有姓名、沒有國籍、身分不明的人。他們大多是在海港附近碼頭的石板上常見到的那些人，靠著神祕的、暗中的經濟來源生活，簡直就像是直接得到上天資助一般。既然他們看不出有任何資助來源，讀者想必也猜到了，鄧蒂斯是在一條走私販的船上。

最初，船長在接納鄧蒂斯到船上來時是還抱持著相當的懷疑。因為沿海的海關人員都熟悉他，加上他與這些先生們鬥起法來一次更比一次狡詐，所以他一開始以為鄧蒂斯是稅務局的一個密探。他猜想他們計畫用這個巧妙的辦法來查探出他的某些祕密。可是在看到鄧蒂斯熟練的駛船技術之後，便完全相信他說的話了。後來，當他看見在伊夫堡的棱堡上方升起的一縷白煙，又聽到遠處傳來的炮聲時，他也曾想過這個剛剛收留的人或許就是像國王那樣進出都要鳴炮的角色。這使他稍稍放心，因為這樣總比海關人員強。只是當他看到新來的夥計泰然自若的神情，這第二種假設也像第一種一樣不存在了。

愛德蒙在此占了上風，因為他知道船長是什麼樣的身分，但是船長卻不知道他是誰。無論這位老水手或是他的船員如何套他的話，他就是不透露任何口風。他能精確地描述拿不勒斯和馬爾。他對這兩個地方就像他對馬賽一樣熟悉，同時他也堅持著他最初的說法。那位熱那亞人雖然精明，但多虧愛德蒙的溫和態度以及航海經驗，特別是他那高明的掩飾技巧，還是把他騙住了。或許是這位熱那亞人就如其他明智者一樣，只知該知道的事，只信該相信的事；其他一概不知、不信。

兩人之間就處在這種互有默契的狀況下到達來亨港。愛德蒙在此地還得接受另一次考驗，就是這十四年來他沒有看見過自己的模樣，他是否還能認得自己的長相。他的腦海裡還準確地記得年輕時候的面容，現在他就要看到自己變成什麼樣子了。在他新夥伴們的眼中，他的願望也該實現了。他曾在來亨港上岸不下二十次，他記得在聖費爾迪南街上有一家理髮店，於是他走進去理髮刮鬍。髮髮師看著這位長頭髮、鬍鬚又密又黑的人驚奇不已，他看去就像提香[99]畫筆下的一個英俊男子。在當時，留長髮蓄長鬚還不流行，如果是在現在，那麼讓理髮師感到驚奇的只會是——一個人在外型上有著這麼得天獨厚的條件，怎麼會捨得丟掉呢？

來亨港的理髮師不發一語地開始工作。

99 Leghorn，義大利西岸城市，利古裡亞海港口。

理髮剃鬍後，愛德蒙感到下巴光溜溜的，頭髮也修得與常人一般長短了，於是他就要了一面鏡子，仔細地看起自己的臉來。正如我們說過的，此時他已有三十三歲了，十四年的牢獄生活，在他的臉上發生了很大的變化。鄧蒂斯關入伊夫堡時有著快活的年輕人那圓圓的、微笑的、開朗坦誠的臉蛋。他的早年走過的路是平坦的，他以為未來必定會理所當然地持續下去，但是現在一切都已完全改變了。他橢圓形的臉拉長了，含笑的嘴如今刻上了堅毅而沉著的線條，彎彎的濃眉上方多出了一條沉思的紋路，眼睛裡有一種非常憂鬱的眼神，不時露出憤世嫉俗、仇恨的光芒。他的臉色因長時間沒照到白天的亮光和陽光，蒙上了一層灰白色，配上烏黑的長髮，顯示出北歐男子的高雅和俊美。他學到的深奧知識，又在他的臉龐上煥發出了一道寧靜的智慧之光。此外，他天生就身材修長，長年來體內又積蓄了力量，因此顯得更加壯實有力。

原來那剛健而瘦削的翩翩身姿，變成了肌肉結實、健美的軀體。他的嗓音因祈禱、啜泣和詛咒而改變，他有時發出格外具有穿透力的溫和音調，時而又變得粗聲粗氣，近似嘶啞。除此而外，他的眼睛由於一直處在半明半暗或黑暗之中，早已練就了能在夜間分辨事物的獨到本領，如同鬣狗和狼的眼睛那樣。愛德蒙看著自己不禁笑了。假如他在世上還有友人的話，那麼即使他最要好的朋友也不可能認出他來，因為，甚至連他自己也認不得自己了。

少女阿梅莉號的船長很希望手下能有像愛德蒙這樣人才，於是提出先預支未來一部分的紅利給他，愛德蒙接受了。理髮師剛剛使他初步地改變了模樣，他從理髮店出來後首先想到的，就是走進一家商店，買一套水手服裝。我們知道，這種服裝是很簡單的，不過是一條白色褲子，一件條紋衫和一頂帽子而已。他穿著這身服裝，把向雅各博借來的襯衫和褲子還給他。等他來到少女阿梅莉號船長的面前時，不得不把他的身分再次向船長敘述一遍。船長簡直不敢相信眼前這個瀟灑、優雅的水手就是原先那個被救起時鬍子骯髒，長髮夾著海藻，身上淌著海水，身體赤裸，奄奄一息的那個人了。老水手看見鄧蒂斯這麼容光煥發的模樣十分高興，就向鄧蒂斯提出雇用的提議。可是鄧蒂斯有自己的打算，所以只接受三個月的聘用期。

少女阿梅莉號的船員是非常忙碌的，他們服從船長的命令，而船長又視時間如金，所以，他們到了來亨港才一個星期，這艘船就載滿了印花平紋細布、禁運的棉花、英國火藥和專賣局忘了蓋印的菸草。他們想把這些貨物從自由港來亨港運出，在科西嘉海岸登陸。在那裡，一些投機商人會負責把貨物運到法國去。船啟航了，愛德蒙又在這蔚藍的大海上破浪前進，這是他青年時代活動的天地，在獄中常常讓他魂牽夢縈，他把戈爾戈納[100]拋到右邊，把皮阿諾紮島拋到左邊，向保利[101]和拿破崙的故土前進。

次日，船長像往常那樣早早地登上了甲板，看見鄧蒂斯倚靠在船舷上，以奇異的眼神注視著一堆巨大的、沐浴在初升太陽的玫瑰色光線中的岩礁，那就是基督山島。少女阿梅莉號的右側在離該島將近四分之三里格駛過去了，並繼續向科西嘉島航行。

基督山島對鄧蒂斯而言是多麼重要的名字。當他們靠近那座島嶼時，他想著，他只要跳下海裡，大約半個鐘頭，就可以登上這塊上帝賜予他的土地了。只是他到了那裡以後又該怎

100 Gorgone，義大利島嶼，位於科西嘉島和來亨港之間。
101 Paoli（一七二五—一八〇七），科西嘉的政治家。

麼辦呢？他沒有工具挖掘寶藏，也沒有武器用來保護它。再來，船員們會怎麼說？船長會怎麼想？所以他應該等待。

幸好鄧蒂斯是善於等待的。他等待著自由有十四年之久，現在他得到了，他當然可以為財富再等上一年半載。如果有人向他提出以財富換取自由的建議，他會接受嗎？再說，這筆財富不會真的是妄想的吧？可憐神父腦海中的產物，會不會跟他一起離開了塵世呢？說真的，斯帕達紅衣主教的信裡說明真的非常精確。鄧蒂斯把內容又複述一次，從頭到尾一個字也沒忘掉。

黃昏來臨，愛德蒙看見小島的色彩隨著漸濃的暮色慢慢變深，最後隱沒在黑夜之中，然而，這是對常人而言。鄧蒂斯在昏暗的獄中早已練就了在黑夜裡看東西的本領，他應該還能看見它，因此他獨自一人留在甲板上。翌日，他們醒來時船已行到阿萊裡亞鎮[102]附近。他們整天搶風航行，入夜，海岸上亮起了燈火。根據燈光的位置判斷，他們毫無疑問地可以靠岸了，因為掛在一艘小船的桅頂上的是一盞信號燈而不是一面信號旗，於是他們駛近，進入了岸上來福槍的射程之內。鄧蒂斯注意到，少女阿梅莉號的船長在靠近岸邊時，在支軸上裝上了兩門輕型長炮，有點像城堡上作防禦用的長筒槍，這種武器能把四磅重的炮彈送出千步之外而不發出很大的響聲。

不過對這天晚上來說，這種預防措施是多餘的了，一切都進行得非常安靜。四艘小艇在

102 Aleria，科西嘉島上的一個鎮。

默契配合下，輕輕地駛近帆船。而帆船為了作出相對應的表示，也放了一艘小艇下海。這五艘小艇工作非常順暢，到了淩晨兩點，所有貨物都已從少女阿梅莉號上卸運上岸了。少女阿梅莉號的船長是個辦事有條不紊的人，當天夜間，他就把紅利分配完畢：每人可拿到一百個托斯卡納法郎。折合我們的錢，差不多有八十法郎。然而這次航行並未結束，他們又掉頭駛向薩丁島，要到那兒把剛剛卸空的船再次裝滿。第二次行動與第一次一樣順利，少女阿梅莉號真的福星高照。新裝載的貨物將要運到呂克公國。貨物中幾乎全部是哈瓦那雪茄，赫雷斯與馬拉加的葡萄酒。

在那裡他們與稅務局發生了衝突。一個海關人員被打死，兩名水手受了傷。鄧蒂斯是其中一個，一顆子彈擦破了他左肩。鄧蒂斯對這次的小衝突幾乎是感到開心，對自己受了點輕傷也稱的上高興。拜那些無情的老師之賜，他們教會了他應該用什麼樣的態度來看待危險，用什麼樣的心情去承受苦難。他用微笑來面對危險，在被子彈擊中時，他像希臘哲人那樣說：「痛苦啊，您並不是壞事。」此外，那名海關人員是在他眼前傷重而亡，但不知是因為他在發生衝突時熱血沸騰，還是因為他屬於人類的情感已冷卻，這個景象在他心裡只造成微小的振動罷了。鄧蒂斯已經踏上他所要走的路，已經朝著他的既定目標前進，他的心正在他的胸膛裡受到錘煉、砥礪。不過，當雅各博看見他倒下時，以為他死了，立刻朝他撲過去，把他扶起來，之後，又以夥伴之情悉心照料他。

這個世界不像龐格洛斯博士眼裡的那樣好，但也不像鄧蒂斯想像的那麼壞。這個男人，對著除了一份獎金之外沒什麼可貪圖的夥伴，看見他倒下時不就顯得相當憂心嗎？像我們提到過的，幸好愛德蒙只是受了點輕傷，也多虧服了薩丁島老婦賣給走私販的那些不知哪個年代採集到的草藥，傷口癒合得很快。這時，愛德蒙想考驗一下雅各博，提出把自己所得的獎金給他，以報答他對自己的細心照料，但雅各博怒氣沖沖地一口回絕了。

雅各博第一次見到愛德蒙之後，就對他產生了夥伴間的赤誠之情，而愛德蒙也因此對雅各博產生了某種友善的感情，這對雅各博而言已相當足夠了。他本能地感覺到，愛德蒙身上有一種屬於優越地位的氣質，而這種優越感，愛德蒙卻完全瞞住了所有人。在這段期間，只要愛德蒙對他友善以對，這位勇敢的水手就很滿足了。

單桅船在蔚藍色的海面上，借助鼓帆的順風，只要舵手稍加配合即可平穩行駛了。在船長漫長的一天中，愛德蒙會手拿航海圖，擔任雅各博的老師，就如可憐的法利亞神父當初教導他一樣。愛德蒙向雅各博指出海岸線的位置，向他解釋羅盤的各種變化，教他學會讀懂在我們的頭頂上打開著的、人們稱之為天空的這本大書，它是上帝用鑽石作文字，在湛藍的蒼穹中寫成的。

當雅各博問他：「教一個像我這樣卑下的水手學這些知識有什麼用？」

這時候，愛德蒙就回答：「誰知道呢?也許有朝一日您會成為船長。您的同胞拿破崙不是還當上皇帝了！」我們忘了提一句，雅各博也是科西嘉人。

兩個半月在這一次又一次不間歇的航行中過去了。愛德蒙變成了能幹的沿海航行海員，就如他從前曾是一名勇敢的水手一樣。他與沿岸的所有走私販都混得很熟，也學會了這些與海盜無異的走私販間的祕密聯絡暗號。期間，他經過基督山島超過二十多次，但始終沒有找到任何上岸的機會。

於是他在心裡拿定了一個主意：一旦他與少女阿梅莉號船長簽訂的契約期滿，就用自己的錢租一條小艇（鄧蒂斯可以這樣做了，因為在多次航行中，他已積存了一百來個皮阿斯特[103]），再隨便找個藉口自行前往基督山島。到了那裡，他就可以隨心所欲地進行搜尋。也許不可能隨心所欲，因為不用懷疑，那些送他去的人將會窺視他。可是在這個世界上，總是要有些冒險精神才行。監獄生活使愛德蒙變得謹慎小心，他很希望不冒任何風險。但是，不論他的想像力有多豐富，除了讓人送去之外，他實在想不出任何方法能到達那座小島。

鄧蒂斯正在猶疑不決之際，有一天晚上，船長忽然挽住他的手臂，把他帶到奧格利奧街上的一家小酒館去，那是來亨港的走私販平常聚會的地方。船長這樣做是因為他對鄧蒂斯已經非常信任了，很想把他留下來為自己效力。沿岸的生意通常都在那裡成交。所以鄧蒂斯進入這家海運交易所已有兩、三次了。他看著這些散布在沿岸方圓將近兩千里格膽大妄為的海盜們，心想，若有一個人能用堅強的意志，把這些對立與分歧的人們結合起來，那還怕沒有力量嗎？

這一次，他們談的是一筆大生意——在一艘船上裝載土耳其地毯、利凡得的綾羅綢緞和開司米。若要這樣做就必須找一個方便交易的中間地帶，然後再設法把這些貨物送上法國沿岸。若行動能成功，紅利數目金會很可觀，每人可以分到五、六十個皮阿斯特。

103　埃及、西班牙等國的貨幣名。

少女阿梅莉號的船長提出把基督山作為卸貨地點，因為那個地方荒無人煙，既無士兵又無海關人員，似乎早在奧林匹斯[104]時代，就被商人和盜賊的保護神——墨丘利置於大海的中央。商人與盜賊這兩個階層，我們在今天還是略有區分的，雖然界線有些模糊，而在古代，似乎人們是把兩者歸於一類的。鄧蒂斯聽到基督山這個名字，興奮得發抖，他趕忙起身以掩飾自己的激動，在煙霧瀰漫的小酒館裡兜轉了一圈，那裡，世界上所有已知的方言都融匯進法蘭克語言之中了。當他重又走近那兩名對話者時，他們已經決定在基督山島卸貨，並決定在次日夜間就出發。

在徵求愛德蒙的意見時，他也贊同這個做法，這個島嶼既然具有一切可能的安全條件，若要做成大宗生意，就得速戰速決。

於是，已商定的計畫不再作任何變更。確定次日傍晚啟航，如果海上無浪又是順風的話，估計第三天的晚間就可到達這個位於中間地帶島嶼的海面上。

104 Olympus，希臘山名，古代希臘人視為神山；這裡指遠古神話時代。

第二十三章　基督山島

一個人被無情的命運虐待久了，總也會遇到意外的幸運降臨到他頭上的一天。鄧蒂斯這次就是喜從天降，他將能以一個簡單、自然的辦法到達目的地，而不會引起任何人的猜疑。現在，只要再過一夜他就能登上那座島。

這一夜是鄧蒂斯度諸多心緒不寧的夜晚其中之一。好運與惡運在他的腦子裡不斷地交替出現。當他閉上眼睛，他就看見斯帕達紅衣主教用火焰寫在牆上的信。當他一時睡著，荒誕不經的夢就會來擾亂他的大腦：他往下走進岩洞裡，石穴都是瑪瑙鋪成的地面，用寶石鑲嵌的牆，凝成鐘乳石狀的鑽石從岩頂上掛下來，珍珠像地下水凝聚的水汽那樣一滴一滴往下掉。愛德蒙驚喜不已、心花怒放，在口袋裡塞滿了珠寶。但是，當他走回到亮處，珠寶卻變成了一顆顆石頭。於是，他又想回到這些不可思議的石穴，但是它們卻向後退去，通道變得像迷宮，然後洞口就消失了。於是他絞盡腦汁，想拚命猜出讓阿拉伯漁夫打開阿里巴巴寶窟的那句魔法神祕口訣，但一切都沒有用，那些寶藏消失了。那些他曾短暫希望能擁有的一切，又回復到原樣。

白天來臨，幾乎與夜晚一樣令人焦躁不安。但是白天能讓人用理性幫助想像，在此之前，鄧蒂斯頭腦裡的計畫都只是模糊不明的雛形，現在一切都明確了。夜晚到了，隨著暮色降臨可以開始準備出發。對鄧蒂斯來說，這些準備工作可以幫他掩飾激動的心情。他現在對船員們已具有某些權威，就像他是單桅船的指揮者似的。他的命令總是非常簡練、明確、易於執行，他的夥伴們不僅樂意服從而且動作迅速。

老水手並未出手干預，因為他看出鄧蒂斯確實比其他水手高出一籌，甚至比他本人還強。他認為這位年輕人是他理所當然的接班人，只是遺憾自己沒有女兒，不然就可以透過婚姻把他拴住了。晚上七點，一切準備就緒。七點十分，正當燈塔燃燈之際，他們駛過了它。大海很平靜，涼爽的風從東南方向徐徐吹來。他們航行在明亮的藍天之下，彷彿上帝也為他們點亮了一盞盞指路燈，每一盞燈就是一個世界。鄧蒂斯宣布大家可以去睡覺了，由他來掌舵。只要馬爾他人（他們這樣稱呼鄧蒂斯）作出這樣的決定，就夠了，於是每個人都心安理得地回船艙去了。

時常會出現這樣的情況：鄧蒂斯從孤獨中掙脫，來到這個世界上，可是他有時又強烈地需要孤獨。有甚麼比在一個漆黑的夜裡，萬籟俱寂，在上帝的垂顧下，駕著一艘小船，形單影隻地在海面飄蕩，還要孤獨，富有詩意的呢？

這一次，孤獨中充滿了種種想像，夜晚被幻覺照亮，靜寂中有他的許多誓言在震響。當船主醒來時，船正揚帆全速前進，沒有一片帆不被風吹得鼓鼓的，船速達每小時十節。基督山島在水平線上顯得越來越大了。愛德蒙把船交還給它的主人，這回該輪到他去吊床上躺下了。儘管他一夜未睡，他仍一刻也無法闔上眼睛。兩個小時後，他又回到甲板上，此時，帆船正繞過厄爾巴島。他們在瑪律西阿納附近，位於平坦而青翠的皮阿諾紮島的北面。從這裡可以看見基督山被陽光照得火紅的山頂直入蔚藍的天空。鄧蒂斯命令舵手把舵柄向左舷打，以便從右邊通過皮阿諾紮島。他計算過了，這樣航行可以縮短兩到三里格的航程。傍晚五點鐘左右，全島已盡收眼底，緩緩下沉的夕陽把周圍照得清晰可辨，他們可以看到島上的一石一木。

愛德蒙專注地注視著這堆岩礁，它們漸漸染上了變化中的暮色，從鮮豔的玫瑰色一直到深藍色。他的臉不時地泛紅，表情深沉，一團迷霧飄過他的眼前。任何一位賭徒把他的全部財產押在一盤骰子上時的急躁不安心情，也不像愛德蒙此時即將實現希望時的感受這麼強烈。夜晚來臨了，晚上十點鐘，他們靠岸。少女阿梅莉號是首先到達的船。鄧蒂斯雖然平時善於克制自己，但這次也不能自持。他是第一個跳上岸的人，如果他敢，他就會像布魯圖那樣親吻大地。天完全黑了，但是到了十一點鐘，月亮從大海中央升起，波浪被月光照得銀光閃閃。月亮愈升愈高，月光開始變成如瀑布似的銀鏈，在另一座皮裡翁山[105]的巨岩上嬉戲。

少女阿梅莉號的船員對該島都很熟悉，這是他們常常停靠休息的地方。至於鄧蒂斯，他在地中海沿岸航行時每次都認出它，但從未上去過。

他向雅各博打聽。「我們在哪裡過夜？」他問。

「在單桅船上。」水手回答。

「我們待在岩洞裡不是更好嗎？」

105 Pelion，希臘的山地。山坡多林木，根據希臘神話，該山是半人半馬神的住地。

「在哪個岩洞？」

「在這個島上的岩洞裡啊。」

「我不知道有什麼洞。」雅各博說。

鄧蒂斯額上沁出冷汗。「基督山上沒有岩洞？」他問。

「沒有。」

一時間鄧蒂斯像是失了魄，但他轉而又想，也許這些岩洞在某次天災中被掩蓋了，或者是斯帕達紅衣主教為了更加小心，把它們堵上了。現在的關鍵在於找到隱藏的入口處。在夜間是找不到的，於是，鄧蒂斯把探尋工作放到次日進行。再說，在半里格外的海面上已經升起信號，少女阿梅莉號也立即發出同樣的信號相互呼應，這說明開工的時候到了。那艘船也靠岸了，從信號中得知一切無問題後，很快就像個幽靈似的悄悄出現了，並且在離岸不遠處拋下錨。

他們開始卸貨。鄧蒂斯邊做邊想，如果他把在他心裡不停作響的想法大聲說出來，只要一句話，他就能在他的夥伴中引起一片歡呼聲。但是他無意洩露這個驚人的祕密，相反地，他擔心自己已經說得太多，害怕自己這麼走來走去，這麼反復提問，這麼仔細察看，老是顯得心事重重的樣子，會引起人們的猜疑。幸運的是，至少在當時的情況下，痛苦的往事讓他的臉上現出一種不可磨滅的哀傷，在這片愁雲慘霧下，他偶爾的歡樂神采實際上都只是些轉瞬即逝的表情。

沒有人看出一點兒破綻。次日，當鄧蒂斯拿著槍、子彈和火藥表示想去獵捕在岩石間跳來蹦去的野山羊時，船員們相當贊成，因為他們都以為鄧蒂斯喜歡打獵，或者是想找機會獨處而已。只有雅各博一人執意要跟他去。鄧蒂斯對此不便反對，害怕自己拒絕陪伴會導致猜疑。他剛走了四分之一里格的路，就找到機會射殺了一隻山羊，於是他讓雅各博把山羊帶給他的夥伴，請他們處理，煮熟後再鳴槍作為信號，好叫他回去吃他那一份。羊肉再加上一些乾果、一瓶普爾西亞諾葡萄酒就算是還不錯的一餐了。鄧蒂斯一邊往前走一邊不時回頭往後看。他走到一塊巨岩的頂端，看見在他腳下一千呎外，雅各博已經回到夥伴中間。他們正起勁地準備餐點，真多虧鄧蒂斯的技術，他們這頓飯又加上了一道主菜。

愛德蒙帶著自知比周圍的人優越的那種溫和而憂鬱的笑容看著他的夥伴們。「再過兩個鐘頭，」他說，「這些比先前多了五十個皮阿斯特的人，就要重新出發，冒著生命危險，試圖再多賺五十個皮阿斯特。然後帶著六百法郎的財富再返回來，用蘇丹的驕傲和富豪的自信，到隨便某個城市去揮霍殆盡。

「今天，我抱有希望，所以看不起他們這點獲利，覺得這點錢是再寒酸不過了。明天，一旦我的幻想破滅，也許我又不得不把這點小錢當成最大的幸福。啊！不會的，」愛德蒙大聲說，「這種事不會發生！知識淵博、從不出錯的法利亞絕不會在單單這一件事情上弄錯的。再說，若真是如此的話，我寧可去死也不願繼續去過這種貧窮卑賤的生活。」

三個月前，鄧蒂斯一心只想著自由，現在光有自由不夠了，他還渴望財富。若要說有錯，那不在鄧蒂斯，而在上帝。祂限制了人類的能力，卻給了他無窮的欲望。

鄧蒂斯走過夾在岩石組成的兩道屏障之間的荒漠小路，順著一條由激流沖刷而成，也許從未有人走過的小徑，接近了他認為那些岩洞可能存在的地點。他沿著海岸一路往前走，神情專注地觀察路上每個細微的跡象，他似乎看到在某些岩石上，有人工鑿出凹口的痕跡。

時間讓一切有形的物體都披上了一件青苔斗篷，如同給無形的物體蒙上了一層忘卻的外衣一樣。然而，它似乎又很尊重這些顯然由人工做出、有某種規律可循的標誌，它們或許為了明確的目的而存在。這些記號不時地被遮掩在粗枝闊葉、鮮花盛開的一叢叢香桃木下，或是被覆蓋在寄生的地衣底下。鄧蒂斯得時時撥開樹枝或是扒開苔皮才能找到指引他通向另一個迷宮的指示記號。不過，這些標誌使愛德蒙充滿了希望。莫非這些都是由紅衣主教所刻下，以備在遇到他完全無法預測的災禍時，好給他的侄兒指路？一個人若想埋藏寶物，當然會選擇這個人跡罕至的地方。只不過，除了那些刻鑿印記的人之外，是否還有其他人注意到過這些洩露祕密的標誌呢？在這個荒涼而奇特的小島上，是否仍忠實地保守著它那驚人的祕密呢？

地面崎嶇不平，讓愛德蒙的同伴看不見他。在離港口將近六十步遠的地方，他發現岩石上鑿出的標記中斷了，而這些記號沒有通向任何岩洞。一塊渾圓的巨岩立在一塊堅實的基石上，似乎是標記唯一導向的目標。愛德蒙心想，他非但沒有到達目的地，也許反而走到起點，於是，他掉頭按原路往回走去。

在這段時間裡，他的夥伴在準備食物，他們到湧泉去汲水，把麵包和乾果拿上岸，並且烤著山羊肉。正當他們把肉從臨時架起的鐵叉上取下來時，他們看見愛德蒙像隻羚羊似的在岩石間輕快又大膽地跳來跳去，於是他們開了一槍向他發出信號。這位獵手立即改變方向，直接向他們跑去。正當所有的人注視著他在半空中跳躍，埋怨他過於大膽時，好像是為了證明人們的擔心不是沒有道理似的，愛德蒙的腳扭了一下，只見他在一塊岩石頂上晃了晃，慘叫一聲就消失不見了。所有的人都跳起來衝了上去。儘管愛德蒙在各方面都顯得比他們高出一等，但是，大家都深深地愛著他。第一個到達的就是雅各博。

他發現愛德蒙平躺著，鮮血淋漓，幾乎失去了知覺。他可能是從十二或是十五呎的高度上滾落下來的。他們往他嘴裡倒了幾滴蘭姆酒，這個藥方曾在他的身上起過神奇的力量，這次也產生了同樣的效果。愛德蒙重新睜開雙眼，直叫喊著膝蓋痛得厲害，他的腦袋發暈，腰也像被針扎似的疼痛難受。他們想把他抬到岸邊，但一有人碰著他，即便扶著他的是雅各博，他也一直哀哀叫，說他一點力氣也沒有，就連被抬著走他都受不了。

現在鄧蒂斯是不可能想到吃飯這件事，但是他堅持他的夥伴們不應該為了他而待在這裡，他們應該要回去用餐。至於他，他表示只需要休息一下子，等他們再回來時，就會看見他沒事了。水手們也不必讓人多說，一來，他們都餓了，山羊肉的香味正誘惑著他們；二來，在南征北闖的水手之間無須客套。一小時過後，他們回來了。這段時間裡鄧蒂斯所能做的，僅僅是拖著腿爬了十幾步，靠在一塊長滿青苔的岩石上。

鄧蒂斯的疼痛非但沒有減輕，反而更嚴重了。這位年長的船主必須在早上出發，把貨運到尼斯和弗雷儒斯[106]之間的皮埃蒙特[107]和法國這一帶的邊界上。因此他力勸鄧蒂斯設法站起

106 Prejus，法國東南部瓦爾省城鎮。
107 Piedmont，義大利西北一個地區。

來。鄧蒂斯努力地想達到他的期待，但每一次嘗試，他就倒下一次，臉色蒼白，嘴裡呻吟不止。

「他的肋骨斷了。」船長低聲說，「沒關係，他是好夥伴，我們不能撇下他，還是想辦法把他抬到船上去吧。」

可是鄧蒂斯認真地說，他寧願死在原地也不願忍受移動時引起的劇烈疼痛，哪怕動一下也不行。

「那好吧，」船長說，「可是不管怎麼說，我們總不能把您這樣的好夥伴孤零零地留下不管。我們改為今晚出發吧。」

水手聽到他的話，雖然沒人提出異議，但都感到很驚訝。因為船長向來是個說一不二的人，要他放棄一筆交易，甚至推遲行程，這可是破天荒頭一遭。因此鄧蒂斯絕不同意大夥為他而破壞船上已形成的規章制度。

「不，」他對船長說，「是我的疏失，就該受到懲罰。請留給我一些餅乾，還有一支槍和一些火藥與子彈，這樣我就可以用來打山羊或是自衛。再留下一把十字鎬，如果您們來接我的日子拖得太久，我還可以搭一個棚子什麼的。」

「可您會餓死的。」船長說。

「我寧願這樣，也不願忍受動一下就鑽心刺骨的痛。」愛德蒙回答。

船長轉過身子看看海船，它搖晃著，已經在小小的港灣裡開始作航行準備，一等整裝完畢，就可以出海了。「您讓我們怎麼辦呢？馬爾他人，」他說，「我們不能這樣擱下您，可我們又不能留下來，該怎麼辦呢？」

「走吧！您們先走！」鄧蒂斯大聲說。

「我們至少會離開一個星期，」船長說，「然後還得繞道來接您。」

「請聽我說，」鄧蒂斯說，「假使兩、三天之內您碰上一艘漁船或是來到附近的任何船隻，您就把我的情況告訴他們。我願付二十五個皮阿斯特搭船回到來亨港。若您碰不到，再親自來一趟吧。」

船長搖了搖頭。

「聽我說，巴爾蒂老闆，我有一個兩全其美的辦法，」雅各博說，「您們先出發，我則和受傷者留下來，我可以照顧他。」

「您願意放棄您那一份紅利留下與我在一起嗎？」愛德蒙問。

「是的，」雅各博說，「絕不後悔。」

「您真是個好人，也是善心的夥伴，雅各博。」愛德蒙說，「上帝會回報您的一片好意的。不過我不需要任何人，真的謝謝。我只要休息一、兩天就會好的。我希望能在這些岩石上找到一些治外傷的好藥草。」

鄧蒂斯的嘴角掠過一絲奇特的微笑，他緊緊握著雅各博的手，不過，他要留下。他要單獨一人留下的決心是不可動搖的了。走私販給愛德蒙留下了他所要的東西，就出發了。他們頻頻回頭，每一次就用各種方式向他依依不捨地道別，愛德蒙只用手致意，彷彿他身體的其他部分都不能動彈似的。當他們消失之後，鄧蒂斯笑著自言自語說：「真是不可思議呀，居然是在這些人中才能找到真正的友誼和真誠的幫助。」

之後，他開始小心翼翼地挪動身子，爬到一塊岩石頂端，因為這塊岩石擋住了他的視線，使他無法看到海上的情況。現在，他能從岩頂看到單桅三角帆船已作好起航準備，收起錨，如同即將飛翔的海鷗那樣優雅地晃了晃就出發了。一個小時之後，它完全消失了，至少從受傷的人待著的地方看已無法再看見它了。這時，鄧蒂斯站了起來，他一下子就變得比在荒野岩礁上的香桃木和黃連木樹叢中蹦來跳去的羚羊更加靈活、輕快。他一手提著槍，一手拿起十字鎬，向他稍早發現刻有最後引導標記的那塊岩石飛奔而去。

他想起法利亞向他說過的阿拉伯漁夫的故事，大聲說：「現在，芝麻開門！」

第二十四章　神奇的洞穴

太陽幾乎升到半空了，五月的陽光暖洋洋的，充滿了生氣，照在這片岩礁上，岩石似乎也感受到它的熱力。成千隻蟬躲在灌木叢中，鳴叫聲此起彼落，聲調單一。桃香木和橄欖樹的樹葉抖動個不停，發出了像金屬碰撞般的聲響。鄧蒂斯在發熱的岩石上每走一步，那些酷似綠寶石的蜥蜴就紛紛逃竄。在遠處的斜坡上，不時有引誘著獵手的野羚羊在蹦跳。總之，小島上是有生命且充滿活力的，可是，愛德蒙在上帝的手掌下感到非常孤獨。他無法形容此時的感覺，有點近乎恐懼。那是因為我們在光天化日下總有點不放心，即使在不毛之地，也會以為有人在窺視我們。這種感覺極為強烈，以致愛德蒙正要開始工作時，又停下來，放下十字鎬，提起槍，最後一次攀上小島最高的一塊岩石，從那裡向四周瞭望了一遍。

不過，此刻吸引他注意力的，不是那座他能分辨出每一座房屋的科西嘉島，不是薩丁島，不是可載入歷史史冊的厄爾巴島，也不是那條延伸至天際的隱隱約約的線，用水手老練的眼睛來看，可以知道那是多彩多姿的熱那亞和商業繁華的來亨港。不是的，他關心的是破曉時出發的雙桅橫帆船和剛剛起航的單桅三角帆船。前者在博尼法喬海峽即將隱沒，後者向相反方向，沿著科西嘉行駛，正準備繞過去。愛德蒙看到這個情況，安下了心來。於是他又把視線轉向周圍稍近的一些的景物。他看見自己站在全島的制高點上，它像是一個在巨大底盤上的一個瘦小錐形雕塑。在他四周空無一個人，只有蔚藍色的大海拍打著小島的岩石，並為它鑲上一條銀光閃閃的花邊。

正如我們說過的，鄧蒂斯順著岩石上留下的標記往反方向走，他發現這條小路通向一個小灣，它像古代仙女的浴池，隱匿在岩石之中。這個小灣的開口處很寬，中間很深，讓斜桁四角帆船那樣的小船可以駛入，還可以在裡面隱藏起來。他曾經看過法利亞神父是如何根據事實歸納出的線索，用極為巧妙的推斷，理清思路，走出種種假設的迷宮。於是，他順著神父的思路想到，斯帕達紅衣主教為了不讓人看見，也曾到過這個小灣，把他的小船藏起來，沿著記號所標示出的方向，來到這條路線的終點，再把珍寶埋藏起來。基於這樣的假設，鄧蒂斯來到了一塊圓形岩石旁。不過，這個龐然大物使愛德蒙很不安，打亂了所有活躍在他腦中的想法。

他想，當初要不是有很多人一起用力，怎麼能把這塊大約有五、六千公斤重的巨岩拉升到現在的位置上呢？突然，鄧蒂斯又冒出了一個想法。他心想，這塊巨岩應該不是被拉上去的，而是被推落下來的吧。於是，他迅速衝到岩石上面，想尋找它原先所在的位置。果然，他很快發現上面有一個小小的斜坡。岩石就是沿斜坡滑下來，並停在現在的位置上。另一塊和普通石頭一般大小的岩石變成了它的墊石，一些石塊和卵石又被巧妙地塞在巨岩四周以消除中間的接縫痕跡。在這小小的石造工程上面，覆蓋上了土，野草在上面生長，青苔向四周蔓延，一些香桃木和黃連木的種子也在上面生根發芽，而古老的巨岩彷彿是天生就存在於那個地方。

鄧蒂斯小心地掀開土層，看到或者說自以為看出這個巧奪天工的傑作。於是他開始用十字鎬去鑿挖這個已被時間風化的外層。十分鐘之後，外層被鑿開了，露出了一個大小可將手臂伸進去的洞口。鄧蒂斯找到了一棵最粗壯的橄欖樹，把它砍下來，削掉旁枝，再把樹幹伸進洞裡充當槓桿。但是巨岩太重，而且與下面的岩塊板黏結得太牢，若想要靠人力移動，哪怕是海克力斯[108]也動不了它。

鄧蒂斯想了一會兒，覺得應該要先移動這塊墊石。但是要怎麼做？他向周圍看了看，他的目光落在了他的朋友雅各博留給他的裡面裝滿炸藥的挖空岩羊角上。他笑了：這可怕的發明將要發揮作用了。鄧蒂斯拿起十字鎬，如同工兵為了節省臂力所做的那樣，在巨岩和墊石之間挖出一個放雷管的凹槽，然後在裡面填滿了炸藥，再把他的手帕撕成碎布條，包裹上硝石，做成了一根導火線。他點燃導火線，然後走開。

炸藥很快就引爆了——上面的岩石轉眼間被巨大的力量掀起，下面的墊石裂成了碎塊飛向空中。成千的昆蟲從鄧蒂斯先前挖出的小洞裡向外四處逃竄，還有一條像是作為神祕寶藏守衛的大蛇，扭動著它的軀體急忙竄出，消失不見了。

鄧蒂斯走上前去，巨岩已失去支點，向懸崖傾斜。無畏的探險者在它四周轉了一圈，選中最不穩固的一處，把桿杆插進一條裂縫，使盡全身力氣去移動巨石。岩石早已被震得晃動了，這下更是搖搖欲墜。鄧蒂斯加倍使勁，就如力拔群山與天神之父對爭的某個泰坦[109]。巨

108 Hercules，希臘神話中的英雄，神勇無敵，完成十二項英雄事蹟。
109 Titans，希臘神話中天神和地神的子女以及他們的後裔。

岩終於讓步了，它滾動又蹦跳地向下急速墜落到海裡消失了。

巨岩移開後露出了一個圓形的空間，在一塊方形的石板中間，露出一個封口的鐵環。鄧蒂斯又驚又喜，大叫一聲說：「想不到第一次嘗試就得到完滿成功，真是太好了。」他原本想繼續進行，但他的兩條腿開始發抖，心臟劇烈跳動，雙眼灼疼，視力模糊，使得他不得不暫停。不舒服的感覺只持續一下，他重新開工。他把桿杆伸進鐵環，用力一抬，封住洞口的石塊被移開，露出一個陡坡，有點像階梯似的，一直通到越來越幽深的黑洞裡。換了另一個人，也許會一頭衝下去，興奮得大聲呼喊，但是，鄧蒂斯停住腳步，臉色蒼白，遲疑不決。

「喂，」他對自己說，「像個男子漢的樣子！我已屢遭厄運，別再讓失望把自己弄得一蹶不振了。如果沒有寶藏，我豈不是白受那麼多罪！如果我期望過高，當發現一切只是幻想，換來的只是心碎！

「法利亞只是做了一個夢，斯帕達紅衣主教在這個洞裡沒埋過任何寶藏。或許，他根本沒到過此地。又或是，即使他來過，但有凱薩．波吉亞這個膽大妄為的冒險家、不知疲倦而陰險歹毒的強盜，也隨之而至，發現了他的蹤跡，和我一樣亦步亦趨找到這裡，也像我一樣移動這塊石頭，在我之前就走下去過，然後什麼都沒給我留下呢。」他不動地站著沉思，眼睛直直地盯著這個幽暗而深邃的岩洞。

「既然我現在已不再期待什麼，我也不再抱持希望，那麼對我來說，完成這次的探險只是出於好奇心而已。」他仍然站在原地著，默默地思考著。

「就是如此。在這位強盜君主充滿黑暗與光明的豐富生命中，充滿著許許多離奇古怪的事件，因此，這次的冒險該占有一席之地吧，這個難以置信的奇遇肯定與其他事情相互有著關聯。是的，波吉亞在某個夜晚來過這裡，一隻手舉著火炬；另一隻手拿著一柄劍。離他二十步遠，也許就在這塊岩石下面，站立著兩名隨扈監視著大地、天空和大海，而他們的主人就如我即將要做的那樣，走進洞裡，用他令人生畏的行動去驅散黑暗。

「不過，那兩名知道祕密的隨扈下場又如何呢？」鄧蒂斯心裡想。

「他們的命運，」他微笑著自問自答，「就跟埋葬阿拉里克[110]人們的下場一樣，也遭到被埋葬的命運吧。」

「不過，他若真的來過，」鄧蒂斯接著想道，「他就會找到寶藏，並把它取走了。可是，波吉亞是一個把義大利比作一株洋薊[111]，並把它一片一片剝下吞食的人，波吉亞可不會浪費他的時間重新再把這塊巨岩安置好的。還是先下去看看再說吧。」

於是他走下去了，嘴上帶著將信將疑的微笑，輕聲說出讓人類智慧最終得勝的那句話：「也許！」

但是，鄧蒂斯既沒有置身於他設想的黑暗之中，也沒有聞到汙濁、腐敗的霉味，他只是看到一縷呈淡藍色的柔和日光。空氣和光線不僅從他剛才開出的洞口，而且還從洞外看不見的岩石裂滲透進來，從這些裂縫可以看見湛藍的天空，綠色橡樹的枝葉以及樹莓那肥厚帶

---

110 Alaric，阿拉里克（約三七〇—四一〇），西哥德王國國王。西元四一〇年率軍攻占羅馬，大掠三天，揮師北上時死於軍中。

111 Artichike，亦稱朝鮮薊，原產地中海沿岸，花苞及花托供食用。

刺、攀緣生長的莖稈，正在藍天的映襯下婆娑搖曳。他在洞穴裡站了幾秒鐘，感到洞裡的空氣並不太潮濕，反而有點溫暖。等鄧蒂斯的眼睛適應黑暗後，他甚至能看清洞內最深的角落。岩洞是花崗岩構成的，正像鑽石一般閃耀發光。

「天哪！」愛德蒙微笑著說，「這裡大概就是紅衣主教留下寶藏的地方了。這位好心的神父，在夢中看見了光彩奪目的四壁，就陷入妄想之中了。」

不過鄧蒂斯想起了他早已銘記在心的遺囑。「位於第二洞口之最深一角。」遺囑上是這麼說的。鄧蒂斯才進了第一個洞，現在該尋找第二個洞的洞口。鄧蒂斯繼續探查。他想，這第二個洞應該會再深入島內。他仔細察看每塊石頭的底部，又去敲打在他看來像是洞口的一面岩壁，無疑地，這個洞口被藏得更加隱密了。十字鎬乒乒乓乓地敲了一陣子，岩石發出沉悶的回聲，這樣的響聲讓鄧蒂斯的額頭上沁出了冷汗。最後，這位不屈不撓的探挖者似乎聽到岩壁的一處發出較為深又空遠的聲音，他把熾熱的目光移到這堵岩壁上，並以囚犯特有的敏銳觸覺，判斷出那裡可能有一個洞口。換了其他人，或許就發覺不到了。

鄧蒂斯像凱薩．波吉亞一樣，明白時間就是金錢的道理，他為了不白費力，用十字鎬試探了其他幾堵岩壁，用槍托擊打地面，在可疑的地方把沙子扒開，但他一無所獲，也沒看到異樣之處，於是他只好回到發出令人寬慰聲響的那處岩壁上。他開始敲擊，並且加大了力量。這時，不可思議的現象發生了。在工具的敲擊下，一種像用於鋪地的灰泥紛紛剝落，露出了一塊白色的大石，他跟周圍的石頭之間的縫隙很小。當初應該有人用這個大石封住岩洞口，然後又在這石頭上抹上灰泥，最後再修飾出花崗岩的顏色和紋路。

於是，鄧蒂斯用十字鎬的尖頭猛鑿，當嵌進這個岩壁某處時，那就是他該挖掘的地方。因人類情緒上一種以解釋的奇特情感，法利亞的話越是得到證實，越是使鄧蒂斯相信它們的同時，他那疲憊的心卻越來越多疑，甚至快要洩氣了。這個新的進展本該賦予他更多的力量，結果反倒奪走了他剩餘的力氣。他手中的十字鎬軟軟地垂下，差點滑落。他把這件工具放到地上，擦著額頭上的汗水，又爬回到上面的亮處。他為自己找了個藉口，是想去看看是否有人在窺視他，但事實上，他需要呼吸新鮮空氣，因為他覺得自己快要昏過去了。小島上空無一人，炙熱的陽光像火一般的直射全島，遠處，幾艘漁船正在蔚藍海面上緩緩徐行。

鄧蒂斯還沒吃過東西，不過在這樣的時刻，是沒有時間坐下來用餐的，他灌了一口蘭姆酒後再度回到岩洞中。剛才他還覺得異常沉重的十字鎬，現在卻變得如羽毛般輕盈了。他抓緊它，再度敲向岩壁。在敲擊了幾次之後，他發現石頭根本沒有封牢，只是一塊塊堆壘起來，然後在外面塗了一層泥灰。他在其中的一道縫隙裡嵌進十字鎬的尖頭，再使勁地壓鎬柄，欣喜地看到石塊落到了他的腳下。現在鄧蒂斯不需要再費力，只要用十字鎬的鐵牙把石塊一一啃下來就行了，之後，石頭開始一塊一塊地依次落到了他的腳邊。洞口已大到可以讓鄧蒂斯鑽進去了，但是他想多等一下，這樣就可以抱著希望久一些，並且推遲證實破滅的時間。因此，鄧蒂斯遲疑了片刻後，才從第一個洞窟進入到第二個洞穴裡。第二個岩洞比第一個矮些、暗些，形狀也更恐怖些。空氣只能從剛剛開啟的洞口進入，洞內散發著惡臭，鄧蒂斯奇怪為何在第一個岩洞裡沒有聞到這種氣味。他等了一會兒，讓外面的空氣把這股死屍般的惡臭沖淡一些，然後才走了進去。在洞口的左面，有一個幽深而陰暗的角落。對鄧蒂斯的眼睛來說，是無黑暗可言的。他把第二個洞窟看了一圈，它像第一個一樣是空著的。

寶藏如果存在的話，一定是埋藏在那個陰暗的角落裡。等待已久的時刻到了，只要再挖兩呎土，鄧蒂斯會是極樂還是極悲就可見分曉。他向那個角落走去，彷彿突然間下定決心似的，大膽地猛擊地面。十字鎬鑿了五、六下，鐵鎬頭在另一塊鐵上發出震響。對聽到這聲音的人來說，悲傷的警鐘或顫慄的喪鐘也從未能產生同樣的效果。即使鄧蒂斯一無所獲，他的臉色肯定也不會比此刻更加蒼白。他在剛才發出聲響之處的旁邊又鑿了一下，雖然同樣有東西擋著，但聲音卻不同。「這是一個箍著鐵皮邊的木箱。」他想。此時，一個黑影在亮光處急速地掠過。鄧蒂斯放下十字鎬，抓起槍，爬出洞口，向洞外衝去。是一隻野山羊在岩洞第一個洞口上方躍過，正在不遠處啃草。這倒是個確保晚餐的好機會，但鄧蒂斯擔心槍聲會驚動他人注意。

他思考了一下，砍斷一根含樹脂的樹枝，在稍早走私販做飯的餘火上點著，拿著這根火把又折了回來。他希望能把一切仔細地看清楚。他把火移近剛掘成的洞，在火光的照明下，他看到十字鎬的確鑿在鐵皮和木頭上。他把火把豎在地上，重新開始工作。一下子，將近三呎長兩呎寬的一塊地方掃清，鄧蒂斯看到了一個箍著一圈鐵皮的橡木箱子。箱蓋的中間，在一塊尚未被泥土侵蝕的銀牌上，斯帕達家族的紋章正在閃閃發光。就像所有義大利盾形紋章那樣，在一塊橢圓形盾牌上直豎著一柄寶劍，盾牌之上又有一頂紅衣主教的高帽。鄧蒂斯一眼便認出來了，因為法利亞神父已向他描繪過無數次。至此，不再有任何疑問了，寶藏就在這裡。若只是在這個地方隱藏一個空箱子，是犯不著如此防範的。不一會兒，鄧蒂斯就把木箱周圍清理乾淨。他先是看見兩個鎖扣中間的一把大鎖，之後又看見箱子兩側的提環，兩者上面都刻有精美的花紋，在那個時代，鐫刻藝術能使最平常的金屬品變得很有價值。鄧蒂斯抓住兩個提環，想把箱子抬起來，但他知道絕無可能。鄧蒂斯想把箱子打開，但是有大鎖和鎖扣緊緊固守著，這些忠誠的衛士似乎不願意把它們的財寶拱手交出。鄧蒂斯把十字鎬鋒利的一頭嵌進木箱和箱蓋之間，用力壓十字鎬的木柄，箱蓋吱呀了一聲，被撬開了。木板裂出大口，鐵皮也失去作用，紛紛落下，但仍有一些鐵皮碎片掛在斷裂的木板上，木箱整個被打開了。

鄧蒂斯一陣頭暈目眩。他提起槍，把它放在身邊。起初，他像孩子一樣閉上眼睛，如同他們想像著可以在群星閃爍的夜空裡看到更多的星星一般。然後他重新睜開雙眼，心醉神迷地呆呆站立著。

木箱分成三格——在第一格裡裝的是閃爍著深黃色光澤的耀眼金幣。在第二格裡盡是大塊大塊未經打磨的金條，排列得整整齊齊，其重量和價值相當誘人。第三格只裝了一半，裡面全是鑽石、珍珠和寶石。愛德蒙抓了一把珠寶在手中，當它們一顆顆落下時，發出如冰雹打在玻璃窗上的響聲。在觸碰、撫摸、檢視這些珍寶後，愛德蒙像個發狂的瘋子衝出洞穴。他跳上一塊可以觀望大海的岩石，但什麼東西也沒看見。他獨自一人，只有他與這些無可計數、不可思議、神話般的財富在一起。這些都是屬於他的。可是，他現在究竟是在作夢還是清醒著呢？

若是再看一眼黃金他可能會暈倒。而且，他此刻也沒足夠的力量了。他把雙手壓在頭頂，彷彿這樣做可以阻止理智離開他似的。接著，他在基督山島的岩石上狂奔。他的狂野的叫喊聲和動作驚跑了野羚羊也嚇壞了海鳥。當他折返時，還是難以相信自己的理智。他匆忙地跑回岩洞，發現自己再次面對著這一堆堆的金塊和寶石。這一次，他跪了下來，用痙攣的雙手壓住狂跳的心，喃喃說出一句只有上帝才能聽懂的禱告。很快地他恢復了鎮靜，心情也輕鬆多了，因為直到此刻，他才開始相信自己的幸運。

他開始計算起他的財富：有一千條黃金，每條重兩、三磅，約可換算兩萬五千枚金埃居。依現用的幣制算每枚值八十法郎。金條上面都刻有教皇亞歷山大六世及他的前任的頭像。他發現，這樣做，那一格也只是空了一半。最後，他雙手捧了十捧珍珠、寶石和鑽石，其中有許多出自當時優秀的工匠之手，其精良的加工藝術也讓珠寶更增加了不少價值。鄧蒂斯看見太陽漸漸落下了。他擔心如果繼續留在洞穴內會被人發現，於是就提著槍走了出去。他以一塊餅乾和幾口酒便解決了他的晚餐。之後，他把石塊搬回原處，躺在上面，用身體堵住了洞口，然後睡了幾個小時。

這是既甜蜜又恐怖的一夜，但是，在這位情緒波動異常之人的生命中已經歷過兩、三次這樣的夜晚了。

第二十五章　陌生人

天亮了。鄧蒂斯早已把眼睛睜得大大的，等候這個時刻的到來。曙光剛剛升起時，他就起身，如同前一天晚那樣，登上全島最高的岩石，想看看四周的情況。結果也一如昨晚，完全不見人影。愛德蒙走下去，移開石塊，在口袋裡裝滿寶石，盡可能把木板和木箱上的鐵鎖重新放好，蓋上泥土，在上面用腳踩了踩，又灑上一些沙子，以使剛剛翻開的地方與旁邊的地面相似。然後，他走出岩洞，重新放上石板，在石板上堆了一些大小各異的碎石，把泥土填進石縫裡，在縫間種上香桃木和歐石南，再為這些新種上的植物澆點水，讓它們看上去像是原生植物。最後，他擦去周圍紊亂的腳印，開始焦急地等待他的夥伴返回。事實上，現在要做的事已經不是成天去看那些金子和鑽石，也不是待在基督山像條龍似的守護深睡在地下的寶藏。現在，應該要回到現實生活中，重新回到人群中，然後在社會上取得地位、名望和權力。在當今世界上，財富是人類所能具有的首要且最強大的力量，有了它就能擁有一切。

到了第六天，走私販們回來了。鄧蒂斯遠遠地就看見少女阿梅莉號的風姿和航行的方向。他拖著自己的腳步假裝艱難地走到了港口。當他的夥伴們靠近後，他對他們說，雖然他比他們離開時要好多了，但仍然有些疼痛。然後，他問起這趟航行的經過。走私販們敘述著，雖然他們成功了，但是當他們剛把貨卸下後，就聽說從土倫港開出一艘警備船，直向他們駛來。於是他們就飛快地逃離，並且十分遺憾鄧蒂斯沒有在船上指揮，因為他懂得如何讓商船的速度超過警備船。果然，他們不久就發現快被追上了，還好當時天色已暗，在他們借助夜色駛過科西嘉海岬之後，就把那艘船甩掉了。總而言之，這次航行還算成功，所有的人，尤其是雅各博，都為鄧蒂斯沒有參與而惋惜，否則，鄧蒂斯就可得到他的一份紅利，約有五十個皮阿斯特。

愛德蒙始終不動聲色。當他聽到如果他也離開小島，就能夠分得多少好處時，他甚至連笑都不笑一下。由於少女阿梅莉號是專程來基督山接他的，他當晚就上船，跟著船長一直來到來亨港。到達來亨港後，他去了一家猶太人開的店，賣掉四顆最小的鑽石，每顆賣出五千法郎。本來猶太人應該詢問一名水手如何會擁有這些東西，但既然他能在每顆鑽石上淨賺一千法郎，他也就不多問了。

第二天，鄧蒂斯買了一條嶄新的小船送給雅各博，在這份禮物之外又送了他一百個皮阿斯特，讓他能雇用一批人馬，不過，他附帶了一個條件，就是要雅各博到馬賽去打聽一位名叫路易．鄧蒂斯的老人以及一位名叫美茜蒂絲的姑娘的下落。老人住在梅朗小路，姑娘則住在加泰羅尼亞人的村子裡。現在輪到雅各博以為自己在做夢了。愛德蒙告訴他，自己是因為家裡拒絕給他想花用的錢，一時氣憤才當水手的，但是回到來亨港之後，身為一位叔叔的唯一遺產繼承人，他接受了這筆遺產。由於鄧蒂斯有很高的文化素養，加上敘述得真實可信，使得雅各博毫不懷疑地相信這位從前的夥伴所講的話。另一方面，由於愛德蒙在少女阿梅莉號的雇用期已滿，他便向船長請辭，原本打算挽留他的船主，在聽完遺產繼承的故事之後，也就打消了念頭，不再指望能動搖這位水手的決心了。次日，雅各博便揚帆起航去了馬賽，之後他會到基督山與愛德蒙會合。同一天，鄧蒂斯也出發了，他並沒說要去哪裡。他在餽贈豐厚的禮品給少女阿梅莉號的全體人員後就告別大家，並且答應船長當他確定自己未來的行程後便會寫信給他。

鄧蒂斯去了熱那亞。當他到達時，有人正在檢驗一艘英國人訂購的小遊艇。這名英國人早就知道熱那亞人是地中海沿岸造船的專家，所以出價四千法郎在熱那亞建造一艘小遊艇。鄧蒂斯表示願出六千，條件是遊艇必須在當天交貨。英國人在小艇沒有完工以前，抽空去了瑞士，他大約要過三個星期或者一個月再回來。造船商心想他可利用這段時間在工地另外再建造一艘小艇。於是鄧蒂斯把造船商帶到猶太人的店鋪，猶太人點了六千法郎交給造船商。

造船商好意提出為鄧蒂斯找一批適任的水手，但鄧蒂斯謝絕了，他表示他習慣一個人航行。他唯一的要求是要造船商在船艙的床頭做一個祕密的櫃子，裡面再分成三個祕密的格子。他報出了格子的尺寸，次日就完工了。鄧蒂斯看著量身訂做的傢俱，一切完美吻合。

隔天，鄧蒂斯從熱那亞港口出發，一大堆人目送他離港，他們十分好奇這位喜歡獨自出遊的西班牙貴族是長什麼樣子。但是當他們看到鄧蒂斯完美的駕船技術後便從一開始的議論轉變成讚嘆。鄧蒂斯雖然掌著舵，但小船更像是個聰明的動物，隨時準備服從主人任何微小的指示。鄧蒂斯本人也信服了，熱那亞人不愧是世界一流造船好手的聲譽。好奇的人潮看著小船漸漸遠去，直到消失在他們的視野之外。這時，他們才開始紛紛討論，想知道他究竟到哪裡去。有一些人傾向於科西嘉；另一群人偏向厄爾巴島。有人打賭說他去的地方是西班牙；

另一幫人則堅持說他是去非洲。只是，沒有人想到基督山島。

鄧蒂斯去的地方正是基督山島。他是在第二天傍晚時分到達的。遊艇是一艘出色的帆船，從熱內亞出發只用了三十五個鐘頭就駛完全程。鄧蒂斯對小島的地理位置瞭若指掌，他沒有在平常的港口靠岸，而是把錨下在小灣裡。小島上空無人影。自從鄧蒂斯離開後，似乎沒有人再上來過。他直接去找寶藏，一切都保持他離開時的原樣。次日一早，他把寶藏搬運到了小艇上，並鎖在那個祕密櫃子的三個暗格裡。

一星期過了。鄧蒂斯在這期間駕著遊艇繞著小島轉，反覆測試它，如同騎師研究他的馬。到最後一天，他已掌握了遊艇的所有優缺點。鄧蒂斯使其優點發揮得更完善，彌補了它的不足之處。

到了第八天，鄧蒂斯看見一艘揚滿風帆的小船向島上駛來，他認出是雅各博的船，他打出一個信號，雅各博也回應了，兩個小時後，小船靠岸停泊在遊艇旁邊。

對鄧蒂斯提出的兩個要求，每一個都得到了可悲的答案。

老鄧蒂斯死了。

美茜蒂絲失蹤了。

愛德蒙神色平穩地聽完了這兩條不幸的消息。但是，他立即下船上了岸，並且不許任何人跟隨他。兩個小時後，他回來了。雅各博小船上的兩名水手登上遊艇幫助他操作，他下令掉頭直駛馬賽。他早已料想到父親會去世，多少有點心理準備。但是對於美茜蒂絲的失蹤，他想知道她現在怎樣了。

愛德蒙因為想要保守祕密，無法給手下明確的指示，再說，他還想知道其他的消息，因此，他只能親自出馬了。他在來亨港照鏡子時就確信，他不會有被人認出的危險。此外，他現在也掌握了喬裝打扮的技巧。在一個清晨，遊艇後面跟著小船，大膽地開進馬賽港，停泊之處的對面，正是那個終生難忘的夜晚他被帶往伊夫堡的出發地。

鄧蒂斯看見一名憲兵乘坐一艘檢疫艇向他駛來時不免一震。不過鄧蒂斯早已練就處變不驚的本領，向他出示了他在來亨港買來的英國護照。這本護照在法國比本國的護照更受到尊重。憑著這張通行證，他毫無困難地上了岸。當鄧蒂斯踏上卡納比埃爾街後，第一眼看見的就是法老號上的一名水手。此人曾在鄧蒂斯的手下工作過，他在這裡正好可以用來試探鄧蒂斯的外型是否發生了巨大的變化。他直接走向那個人，向他提出好幾個問題，那位都一一回答了，從他說話的口氣和表情來看，絲毫沒有懷疑這位正與他說話的人可能似曾相識。

鄧蒂斯給了水手一枚金幣，以感謝他提供的情報。沒多久，他聽見那位老實人向他跑來。鄧蒂斯轉過了身子。水手說：「對不起，先生，您肯定是弄錯了。您以為給我的是四十個蘇的一枚角子，可您給我的是一枚雙拿破崙[112]。」

「是嗎？我的朋友，」鄧蒂斯說，「我真的弄錯了，不過您的誠實應該受到獎賞，這裡還有一枚雙拿破崙，請您收下吧。您可以與夥伴們一起為我的健康乾一杯。」

水手看著愛德蒙驚訝不已，甚至忘了道謝，邊目送他遠去邊說：「這個人大概是從印度

112 法國舊時金幣，每枚拿破崙值二十法郎，雙拿破崙值四十法郎。

來的大富翁吧。」

鄧蒂斯繼續向前走。他每邁出一步，一種新的情緒就壓迫著他的心。童年時的所有回憶與無法抹掉的記憶始終縈繞在他的腦海裡，現在一下子都冒出來了，它們出現在廣場的每個角落，街道的每個轉角，以及十字路口的每個交叉點上。他走到諾埃伊街盡頭看見梅朗小路時，感到膝蓋發軟，差一點跌倒在一輛馬車的車輪下。他終於來到父親生前居住的那棟樓房前。

鐵線蓮和旱金蓮從頂樓消失了，昔日那位老好人曾親手費心地把這些植物綁紮在窗欄上的。他靠在一棵樹上，默想了片刻，注視著這幢寒磣小樓的最高幾層，然後，他向門口走去，越過門檻，詢問裡面是否有空餘的套間。雖然樓裡已住滿了人，但他仍然堅持要去看看五樓的房子。於是看門人上樓，替這個陌生人請求房客允許讓他進去看一下裡面僅有的兩個房間。

住在這房裡的是一位年輕男子和一位少婦，他們在一個星期前才剛剛完婚。鄧蒂斯看著這兩位年輕人，深深地嘆了一口氣。在這兩個房間的小屋中，鄧蒂斯再也找不到他父親留下的任何痕跡。壁紙換掉了，所有的老式傢俱曾經是愛德蒙童年時代的朋友，他都還清楚記得它們每一個細節，現在也都不見了，只有四面牆依然如舊。鄧蒂斯轉過頭去看床，它放在先前的房客中原本就放床的地方。愛德蒙的雙眼情充滿了淚水。或許，老人就是在這個位置上呼喚著兒子的名字並嚥下最後一口氣的。那對年輕人驚訝地看著這個表情嚴肅的人，他的臉頰上淌下兩顆碩大的淚珠，但是，他臉部的肌肉完全未牽動一下。不過，任何痛苦都帶有莊嚴的意味，這兩位年輕人也就不問陌生人原因了。他們只是往後退了一下，好讓他哭得更自在些。當他離去時，他們陪送著，並對他說，只要他願意都可再過來，他們的那間小住房都會開門歡迎他的。當愛德蒙經過下一層樓時，他在另一扇門前停下來，並且詢問住在裡面的是否還是那位裁縫卡德魯斯。但是守門人回答他，他所說的那個人因為生意清淡，現在在貝爾加德到博凱爾的大路上開了一家小旅店。

鄧蒂斯走下樓，要了梅朗小路上這棟樓房房東的位址，然後來到房東家裡，自稱是威爾莫勛爵（這也是他護照上的姓名和頭銜），以兩萬五千法郎的數目向那個人買下了那棟樓房，這要比房子本身價值至少高出一萬法郎。不過對鄧蒂斯來說，即使房東向他開價五十萬法郎，他也會照價付款的。當天，簽訂契約的公證人告知五樓的那對年輕夫婦，新來的房東讓他們在整棟樓房裡任選一間屋子，而且不提高房租，條件是他們要把現在所住的房子讓給他。

這件奇特的事情成了梅朗小路住戶唯一關心的話題，他們作了各種推測，但沒有一個是對的。但是使這些人更為費解，並且使他們更加混亂的是，那位曾經走進梅朗小路上那棟樓房的人，在晚上又被人看見在加泰羅尼亞人的小村落附近徘徊，然後走進一家漁民的簡陋屋子，在裡面待了一個多鐘頭，並且打聽幾個人的下落。只是，事隔十五、六年，他詢問的人有的死了，有的不明去向。次日，他拜訪過的人家收到了一件大禮，那是一艘嶄新的加泰羅尼亞風格小漁船，上面配有兩張圍網和一條拖網。

這些誠實的人想好好向這位慷慨大方的提問者道謝，可惜那天他離開時，他們只見他向一名水手吩咐了幾句，便騎上馬，通過埃克斯門，出了馬賽城。

第二十六章 杜加橋旅店

那些像我一樣徒步周遊過法國南方的人，都能發現，在貝爾加德村和博凱爾鎮之間，即從鄉村到城鎮的中途附近偏博凱爾的地方，有一家小旅店，門口掛著一塊鐵片，微風吹來便會吱嘎作響，鐵片上用怪誕的字體寫了這麼幾個字：杜加[113]橋客棧。這個小旅店如果沿著羅納河的流向看去，它位於大路的左邊，背靠著河。它還有著在朗格多克一帶人們稱之為「花園」的一塊地。也就是說，旅店的前門向路人開啟，店的後方則有一塊地，裡面生長著幾株枯萎的橄欖樹和發育不良的無花果樹。在樹與樹之間的空間還種了蔬菜，有大蒜、蕃茄、慈蔥。此外，在一個被忽視的角落裡，一棵巨大的義大利五針松，如同一名被遺忘了的哨兵佇立著。延伸出的枝幹和頂端呈扇形散開的枝葉，在亞熱帶的陽光曝曬下，也已經搖搖欲墜了。

周圍的平地比較像沙塵之湖而不是堅硬的土地，在上面東一處西一處生長著幾株小麥。這大概是出自當地農藝專家的好奇心，為的是想看看在這個乾燥的地區種植穀物是否是件實際可行的事。每一株麥芒為一隻蝗蟲提供了棲身之處，這些蝗蟲以單調刺耳的聲音款待著旅人，讓他們以為正走過埃及。

113 Du Gard，杜加是當地的一個區，博凱爾鎮是這個區的中心。

大約七、八年以來，這家小旅店由一對男女共同經營，他們的僕人，只是一位名叫特麗奈特的侍女和一個看管馬廄的男孩，名叫帕科。自從博凱爾鎮到埃格莫爾特[114]之間挖了一條運河，貨船和馬拉駁船成功替代了載貨馬車和驛車之後，有這兩人就足以應付旅店的雜務了。這條運河彷彿要讓已被它弄得瀕臨破產的不幸旅店主人更加難受似的，偏偏在哺育它的羅納河與被它榨乾的公路之間流過，它離這個旅店僅百步之遠。至於這家旅店，我們剛作過簡短而精確的介紹了。

經營這家小旅店的男主人是個年約四十到四十五歲的大高個兒，身材乾癟且青筋暴露，兩眼深陷卻炯炯有神，鷹鉤鼻，白牙齒，活像一頭肉食動物，是個道地的南部地區人。雖然說他已上了年紀，但頭髮好像仍然拿不定主意是不是要變白，而臉上的絡腮鬍濃密而捲曲，只稀稀落落地雜有幾根銀絲。他的膚色天生黝黑，加上這個可憐蟲從早到晚站在門口盼望著有什麼旅客徒步或乘馬車來投宿，因此在黝黑的膚色上又覆蓋了一層茶褐色。他的等待多半是失望的。為了抵禦陽光在臉上毒曬，他也只能在頭上紮一塊紅頭帕，有點像西班牙的趕騾人。這個人就是我們的熟人：加斯帕德．卡德魯斯。

他的妻子在還是姑娘時的名字叫瑪德萊娜．拉黛爾。她與丈夫相反，是一個臉色蒼白、消瘦而多病的女人。她出生在阿爾勒地區。雖然她還保留了些許家鄉姑娘的傳統美色，但由於長年低燒，這是生長在埃格莫爾特塘地和卡馬格沼澤地附近的百姓常患的流行病，她的姿

114 Aiguemortes，杜加區的一個市鎮。

色也就漸漸減色不少。她幾乎終日坐在樓上自己的房間裡瑟瑟發抖，不是窩在安樂椅裡，就是靠在床上，而她的丈夫總是在門口守望。他非常樂意延長待在門口的時間，因為，每次他跟他妻子在一起時，他老婆總是喋喋不休地對他抱怨，詛咒命運。通常，她的丈夫總是以這麼一句充滿哲理的話來回答她：

「別說了，卡爾貢特女人！這都是上帝的安排。」

這個綽號的來由，是因為瑪德萊娜．拉黛爾出生在卡爾貢特村，該村位於薩隆鎮和朗貝鎮之間。而按照當地習俗，人們幾乎都用綽號而不是用姓名稱呼別人，於是她的丈夫用這個稱呼取代了瑪德萊娜這個名字，對他那粗俗的談吐來說，這個名字也許顯得太溫柔、太文雅了。雖然他聽從上帝安排，但請讀者千萬別以為我們的旅店主人對於這條可惡的博凱爾運河把他的客人與生意帶走沒有怨恨，或者說，他就甘於接受他老婆對他的喋喋不休與沒完沒了的埋怨。

如同所有的南方人一樣，他雖然生性儉樸，沒有奢求，但在外面還是挺要面子的。因此，在他事業順利的時期，每當傳統的火印節或宗教節日到來時，他必會帶著他的卡爾貢特女人參加。他穿著南方男人的漂亮服裝，有點像加泰羅尼亞人和安達盧西亞人所穿戴的那樣。而他的妻子則穿著阿爾勒地區婦女穿的迷人服裝，其款式似乎是從希臘和阿拉伯借來的。然而，慢慢地，錶鏈、項圈、彩色腰帶、繡花胸帶、絲絨背心、花邊長襪、條紋鞋罩、帶銀搭扣的鞋子都一一不見了。加斯帕德．卡德魯斯無法再炫耀像過去的那般風采，他跟妻子在所有這些世俗浮華的場面上銷聲匿跡了。當他聽到歡快的喧鬧聲響徹他那寒酸的旅店時，他真是心如刀絞。他繼續守著那間店，與其說它是一個做生意的地方，還不如說是把它當成庇護所。

這一天，卡德魯斯如同平常那樣，上午在門前站上一段時間，憂鬱的目光從幾隻母雞啄食的光禿小草地，遊移到往南北兩方延伸的荒涼道路的兩端。突然，他的妻子厲聲尖叫起來，他不得不離開他的崗位。他嘴裡嘀嘀咕咕地回到家中，爬上二樓，不過他仍讓正門敞開著，彷彿是為了請旅人路過時別忘了光顧似的。

當卡德魯斯走進去時，大路如同中午的沙漠一樣空曠寂寥。道路像是覆蓋著在塵土與沙石的線，夾在兩行枝葉稀疏的樹木之間無止盡地向前延伸。任何一名旅人，只要他有可能選擇一天中的另一時刻，就絕不會在這個時候到這個可怕的撒哈拉大沙漠來受這個罪。

儘管此時十之八九不會有人來，但是，如果卡德魯斯還待在他的崗位上，就會看見遠處，從貝爾加德方向隱約有一個人騎著一匹馬悠然自得、款款而來，這說明這一人一馬之間關係非常融洽。馬是匈牙利種，四條腿協調而輕快地行走著。騎馬的人是一名教士，雖然正午時分烈日當空，他仍穿著一身黑色教士服，戴一頂三角帽。騎馬者和他的馬速度穩當地向前走來。

到了旅店門口，人和馬同時停了下來，很難看出是馬帶人，還是人帶馬。不管如何，騎馬者跳下馬來，用韁繩牽著馬，把牠拴在只連著一個鉸鏈的破百葉窗上的一枚鉤釘上。然後，教士邊用紅棉紗手帕邊擦著額頭上不停地冒出來的汗水，邊向門口走去，他在門檻上站定，用手杖包鐵的一端敲了三下門。一條大黑狗立即跑出，牠吠叫著，並露出雪白而尖利的牙齒，這都說明牠很少與生客打交道。立即有沉重的腳步震動了通往樓上的木梯，這家可憐旅店的主人正彎著身子倒退著走下樓梯，來到教士站立的那扇門的門口。

「歡迎光臨！先生，誠摯地歡迎您！」卡德魯斯吃驚地說。

他繼續對狗大聲說：「好了！安靜點，瑪律戈丹！」

「請別害怕，先生，牠只會叫，不會咬人。您要葡萄酒嗎？天太熱啦。哦！對不起。」卡德魯斯看清了他迎接的是一位有身分的過路人，停頓了一下，接著又說：「我還不知道我有幸接待的是誰呢。您想要什麼，教士先生？我聽候您的吩咐。」

教士以一種奇特的目光注視著這個人有兩、三秒鐘之久。他似乎想把店主人的注意力也吸引過去，不過，當他發覺那人沒有聽到回話只是表現出驚訝之後，認為不該讓他這麼繼續驚訝下去了，於是便帶著濃厚的義大利口音問：「您就是卡德魯斯先生？」

「是的，先生。」店主人說，對他的問話比剛才對他的沉默顯得更加訝異。「那正是我。加斯帕德．卡德魯斯願為您效勞。」

「加斯帕德．卡德魯斯……是的，我想姓和名都對了。從前您住在梅朗小路是嗎？住在四樓？」

「一點也不錯。」

「您過去在那裡當過裁縫？」

「對，但生意不好，這搗蛋的馬賽天氣太熱了，我想最後那裡的人都要一絲不掛才好哩。哦，說到天熱，您想喝點什麼解解渴嗎，教士先生？」

「好的，請把您最好的葡萄酒拿一瓶給我，然後我們再接著往下談。」

「悉聽尊便，教士先生。」卡德魯斯說。

卡德魯斯家藏有最後幾瓶卡奧爾[115]葡萄酒。為不失去推銷一瓶酒的良機，他匆匆忙忙掀開底層房間地板上的一個蓋子，這間房間是兼作大廳和廚房之用的。五分鐘之後，他回來，看見教士坐在一張木板凳上，手臂擱在一張長桌子上，而瑪律戈丹在懂得了這位不速之客想要用餐、休息之後，似乎已經與他和睦相處了，牠蹲坐在教士的雙膝之間，把長長的頸脖放他的一隻大腿上，用倦怠的眼神望著這位旅人。

「您是單身嗎？」當主人在他面前放上一瓶酒和酒杯時，教士問他。

「是的，單身，或者差不多是單身。」店主回答，「教士先生，因為我雖有老婆，但她什麼也幫不了我，她長年生病，這個可憐的卡爾貢特女人。」

「哦！您結婚了！」教士帶著某種興趣說，同時向周圍掃了一眼，彷彿要估計一下這個寒酸店裡一點簡陋的傢俱能值幾文錢。

「您看出我沒有錢了，是嗎，教士先生？」卡德魯斯嘆了一口氣說，「可是有什麼辦法？這個世道光做個好人可別想發財吶。」

教士用嚴峻的眼神盯著他。

「是的，好人，我可以引此為豪，先生。」店主把一隻手放在胸前，點著頭，承受住教士的目光說，「而在當今這個世道，並不是所有的人都能這樣說吶。」

115 Cahors，法國南部南比利牛斯大區洛特省省會。

「若您引以自豪的優點是真的，就再好也不過了。」教士說，「好人遲早會受獎賞，壞人遲早遭到懲罰，我堅信這一點。」

「您幹這一行當然該這麼說，教士先生。您當然該這麼說。」卡德魯斯帶著一種苦澀的表情說，「可人家信不信您的話就是另一回事哩。」

「您這樣說就錯了，先生。」教士說，「因為再過不久，我就會兌現我對您說的話。」

「您說什麼呢？」卡德魯斯吃驚地問。

「我想說，首先得確信您是不是就是我要找的人。」

「您要我給您什麼證據才行呢？」

「在一八一四年或一八一五年，您認識一位名叫鄧蒂斯的水手嗎？」

「鄧蒂斯！我認識可憐的愛德蒙嗎？當然！愛德蒙跟我是親近的朋友吶！」卡德魯斯大聲說，他的臉漲得通紅，而教士也睜大眼睛，明亮而堅定的目光彷彿要把他詢問的人整個看個透徹似的。

「是的，您提醒了我，我向您詢問的年輕人是叫愛德蒙。」教士說。

「是愛德蒙，那個小夥子！我不會記錯！就如我叫加斯帕德·卡德魯斯一樣確定。那麼可憐的愛德蒙，他現在怎樣了，先生？」旅店主人繼續問，「您認識他嗎？他還活著嗎？他獲得自由了嗎？他過的還好嗎？」

「他坐牢時死了，比關在土倫的監獄裡拖著鐵球行走的苦役犯更加絕望，更加悲慘。」

卡德魯斯的臉由最初的紅色轉為灰白色，他轉過身，教士看見他用一塊當成頭巾的紅手帕的一角擦去眼淚。

「可憐的小子！可憐的小子！」卡德魯斯念念有詞地說，「看哪！這又是個活生生的證明，教士先生。好人從未得到上蒼的獎勵。有的只是惡運吶。啊！」卡德魯斯用南方人富有色彩的語言繼續說，「這世道越來越壞，如果上天真如祂所說的厭惡邪惡，祂應該投下硫磺與火，把惡人通通解決掉啊！」

「您說得很像是真心愛著這位年輕的鄧蒂斯。」教士用觀察的口吻詢問，彷彿他未去注意店主的強烈情緒。

「是的，我很喜歡他，」卡德魯斯說，「雖說我有一陣子嫉妒過他的幸福，但在那以後，我以卡德魯斯的名譽向您發誓，我對他的不幸遭遇同情極了。」

這時，出現了片刻的沉默，教士卻一直目不轉睛地探詢著店主人臉上的表情。

「您認識這可憐的小子？」卡德魯斯繼續問。

「他臨終時，我被召到他床前給予他宗教上的最後幫助。」教士回答。

「他是生什麼病死的？」卡德魯斯聲音哽咽著問。

「三十歲的人死在牢裡，若不是被監獄折磨死的，還能怎麼死呢？」

卡德魯斯擦去了額頭上的大顆汗珠。

「其中有一件事很奇怪，」教士接著說，「那就是鄧蒂斯在臨終時吻著耶穌基督的腳，對我一再發誓說，他不知道他坐牢的真正原因。」

「沒錯，一點都沒錯。」卡德魯斯喃喃地說，「他不可能知道的。不可能，教士先生，可憐的小子！他沒撒謊。」

「因此他委託我為他弄清他是為什麼才遭受災難的。這事他本人一直沒能弄明白，另外，假如他過去真的被人誣陷的話，他還要我替他恢復名譽。」

說著，教士的眼神變得越來越專注，他認真地研究著卡德魯斯臉上所浮現近於悲傷的神情。「一位有錢的英國人，」教士接著說，「是他的患難之交。在第二次王朝復辟時期出了獄，他有一顆很值錢的鑽石。在他生病期間，鄧蒂斯曾像兄弟一樣照料他，因此在他出獄時，便把這顆鑽石留給了鄧蒂斯，作為對他的回報。鄧蒂斯知道獄卒拿了鑽石後可能再出賣他，因此他沒有用它向獄卒行賄，而是十分珍惜地保存著，以便他出獄後用。假如他出獄了，他只需賣掉這顆鑽石就夠生活開銷的了。」

「照您的說法，」卡德魯斯帶著熾熱的目光說，「這是一顆非常值錢的鑽石囉？」

「一切都是相對而言的，」教士又說，「對愛德蒙來說是非常貴重，因為這顆鑽石估計值五萬法郎。」

「五萬法郎！」卡德魯斯說，「那麼它不就像核桃一樣大囉？」

「不，不完全是，」教士說，「不過您可以自己預估一下，我帶在身上呢。」

卡德魯斯的目光似乎可以在教士的衣服裡搜尋到他說的那樣東西。

教士從口袋裡掏出一個黑色皮面的小盒子，打開，有一顆加工精良，鑲嵌在戒指上的鑽石，其耀眼的光芒頓時使卡德魯斯眼花繚亂了。

「這東西值五萬法郎？」

「還不算托座，它本身也很值錢。」教士說。

教士關上首飾盒，把鑽石重新放進口袋，但那顆鑽石仍在卡德魯斯的腦海裡閃閃發亮。

「不過您是怎麼得到這顆鑽石的，教士先生？」卡德魯斯問，「愛德蒙讓您做他的遺產繼承人了嗎？」

「不是的，我是他的遺囑執行人。他對我說：『我有三個好朋友和一個未婚妻。我相信，這四個人是會深深悼念我的。其中一位好友名叫卡德魯斯。』」

卡德魯斯顫抖了一下。

「『另一個，』」教士接著說下去，就像沒有覺察到卡德魯斯的情緒變化，『另一位名叫鄧格拉斯。第三位，雖然是我的情敵，但也是非常愛我的。』他補充說。」

卡德魯斯的臉上露出狠毒的笑容，他做了一個手勢打斷教士的話。

「請等等，」教士說，「讓我把話說完，若您有什麼想法要說，待會兒再對我說吧。『另一位，雖是我的情敵，但也是非常愛我的，他名叫弗南特。說到我的未婚妻，她的名字叫……』我記不清楚他的未婚妻的名字了。」教士說。

「美茜蒂絲。」卡德魯斯說。

「啊！對了，是這名字，」教士輕輕嘆了一口氣接著說：「美茜蒂絲。」

「您怎麼啦？」卡德魯斯問。

「請給我一瓶水。」教士說。

卡德魯斯趕緊去拿水。教士倒滿了玻璃杯，喝了幾口。

「我們說到哪裡了？」他把杯子放在桌上問。

「未婚妻名叫美茜蒂絲。」

「是的，是這樣。『您到馬賽去……』這又是鄧蒂斯在說話，您明白嗎？」

「完全明白。」

「『您把這顆鑽石賣了，分成五份，平均分給這些好朋友，在這個世界上，只有他們才愛我！』」

「為什麼五份？」卡德魯斯問，「您對我只說了四個人的名字。」

「因為聽別人說，第五個人死了。這第五位是鄧蒂斯的父親。」

「唉！是的，」種種感情交織在卡德魯斯心頭，他激動地說，「唉！是的，可憐的人啊，他死了。」

「我是在馬賽知道這件事情的，」教士盡力裝得無動於衷的樣子回答，「他死了很久了，所以我沒有打聽到詳情。關於老人臨終的情況，您知道些什麼嗎？」

「有誰能比我了解得更清楚呢？」卡德魯斯說，「我與這個老好人幾乎是住在同一層樓啊！天啊！是的，大約在他兒子失蹤後一年，這名可憐的老人就死了！」

「他死於什麼病？」

「那個，大夫說他得了腸胃炎。但我想，熟悉他的人都說他是憂傷過度而死的。我是親眼看著他死去的，我要說他是死於……」卡德魯斯說到一半就停了。

「死於什麼？」教士焦急地問。

「唉！是餓死的！」

「餓死的？」教士從木凳上跳了起來，大聲叫道，「餓死的！最低下的動物也不該餓死啊！即使是街上遊蕩的野狗也會碰到好心腸的人扔給牠一塊麵包。一個人，一名基督徒，居然會在和他一樣同是基督教徒的人們之中餓死！不可能！哦！這不可能！」

「我說的是歸我說。」卡德魯斯接著說。

「那您真是個愚人，說了這些事。」樓梯口傳來一個聲音，「這些與您有何相干呢？」

這兩人很快地回過頭去，他們從樓梯木欄杆的空隙中看到那個卡爾貢特女人一張病懨懨的臉。她無力地拖著身子走出來，坐在最高一級的階梯，把頭枕在膝蓋上，聽那兩人的談話。

「又關您什麼事，女人？」卡德魯斯說，「這位先生在打聽消息，我出於禮貌也得告訴他。」

「可是出於謹慎您就該拒絕回答。誰能保證，那個人找您談話是出於什麼目的，呆瓜！」

「目的非常高尚，夫人，我向您保證。」教士說，「您的丈夫什麼也不用擔心，只要他照實回答就行。」

「什麼也不用擔心，是啊！一開始總是說得挺漂亮，隨後丟下一句什麼也不用害怕後就一走了之，說話根本不算數。結果也不知道在哪天的大清早，這些可憐蟲就大難臨頭了，可他們還不知道災難從何而來哩。」

「請放心吧，好夫人，災難不會由我引起的，我向您保證這一點。」

卡爾貢特女人嘴裡咕噥了幾句別人聽不清的話，又把剛剛抬起的頭垂到膝蓋上，仍然聽得直發抖，聽任她的丈夫自顧地講下去，但她卻坐在一個一句話都不會漏聽的位置。

在這當時，教士喝了幾口水，恢復了鎮定。

「不過，」他接著說，「難道世人都如此狠心，不理睬這位不幸的老人，就讓他這樣死去嗎？」

「啊！先生，」卡德魯斯說，「那位加泰羅尼亞姑娘美茜蒂絲，還有那位摩萊爾先生可沒有拋棄他，但是，可憐的老人對弗南特反感之極，那個人啊，」卡德魯斯帶著嘲諷的微笑說，「就是鄧蒂斯把他視為朋友的那個人。」

「他難道不配被稱做朋友嗎？」教士問。

「加斯帕德！加斯帕德！」那女人在樓梯上面輕聲說，「您要說什麼心裡可得盤算一下。」

卡德魯斯做了一個不耐煩的動作，對打斷他說話的女人不理不睬。

「一個想把別人的妻子占為己有的人還能算他的朋友嗎？」他對教士說，「鄧蒂斯有著一顆金子般的心，把這些人都看做自己的朋友。可憐的愛德蒙！其實呀，他還是什麼都不知道的好，否則，他臨終時要原諒他們可不是那麼容易。不過，不管怎麼說，」卡德魯斯以他那種頗有詩意的語言說，「我怕活人恨，但更怕死人罵哩。」

「笨蛋！」那個卡爾貢特女人說。

「那麼您知道，」教士繼續說，「弗南特是如何傷害鄧蒂斯的嗎？」

「您問我知道嗎？我想，沒人比我更清楚哩。」

「那就說吧，到底發生了什麼事？」

「加斯帕德，您愛怎麼做就怎麼做，畢竟您是一家之主。」那女人說，「不過，您如果相信我，就什麼也別說。」

「這次，我想您說得對，女人。」卡德魯斯說。

「所以，您不願說囉？」教士跟著問。

「說了有什麼好處呢？」卡德魯斯說，「假如那可憐的小子還活著，他來找我想徹底了解他的朋友是誰，敵人又是誰的話，我還可以考慮說出來。可是聽您說，他已長眠於地下，他就不會產生恨，也不能報復了。就讓這些事隨他一同埋葬吧。」

「那麼，難道您願意讓我把一份該給忠實朋友的謝禮，交給您所謂可恥的假朋友嗎？」教士說。

「這倒也是，您說得對。」卡德魯斯說，「愛德蒙的禮物是不該給弗南特與鄧格拉斯這兩位背叛者。只是，現在可憐的小子這點遺物對他們可不算什麼了，不過是大海中的一滴水！」

「記住。」那女人說，「那兩人動一下手指頭就能把您壓扁。」

「怎麼回事？」教士問，「這些人已經變得既有錢又有勢了嗎？」

「您不知道他們的故事嗎？」

「不知道，請說給我聽吧。」

卡德魯斯看似思索了一會兒。

「不了。說真的，這話說來太長啦。」他說。

「說不說隨您，我的朋友，」教士以毫不介意的口氣說，「我尊重您處事謹慎的態度。再說，您現在所做的，已說明您真是個大好人。那麼，我們就不說了吧。我的責任不過是履行一個簡單的手續而已。我就把這顆鑽石賣掉吧。」

說完，他從口袋裡掏出首飾盒，打開，讓鑽石的光芒照得卡德魯斯眼花。

「快來看哪，女人！」那人用粗啞的嗓門說。

「一顆鑽石！」那卡爾貢特女人說，她站起來，一步一頓地走下樓，「這顆鑽石是怎麼回事呀？」

「您沒有聽見嗎，女人？」卡德魯斯說，「這顆鑽石是那可憐的小子留給我們的。首先是留給他的父親。然後是他的三個朋友：弗南特、鄧格拉斯和我。最後是他的未婚妻美茜蒂絲。鑽石值五萬法郎哩。」

「哦！多華貴的寶石啊！」她說。

「這麼說，這筆錢的五分之一歸我們了？」卡德魯斯說。

「是的，先生，」教士回答，「還有鄧蒂斯父親的那一份，我想也可以在您們四人中平分。」

「為什麼在我們四個人之中？」卡爾貢特女人問。

「因為您們是愛德蒙的四位朋友。」

「我可不會稱那些背信棄義又毀你一生的人為朋友。」那女人也嘟噥起來。

「當然不是啊！」卡德魯斯說，「我剛才說過了，對於背叛——也許還有罪惡——反而加以酬報，這是一種恥辱，幾乎是一種褻瀆行為。」

「請記得，」教士平靜地回答，同時把鑽石收回到他長袍的口袋裡，「是您的意願，可不是我的錯。現在，請好心地把弗南特和鄧格拉斯的地址給我吧，以便我完成他最後的遺願。」

卡德魯斯的不安加大，額頭上流下了大顆大顆的汗珠。他看見教士站起來，向門口走去，好像是去向他的馬示意即將出發，隨後，又折了回來。

卡德魯斯和他的妻子意味深長地交換了眼色。

「您等著看吧，女人。」卡德魯斯說。「只要我們願意，這顆絢爛奪目的鑽石會完全歸我們所有的。」

「您真的相信？」女人問。

「以他神聖的身分是不會欺騙我們。」

「您怎麼想就怎麼做吧，」女人說，「至於我，這可都與我無關。」

說完，她又顫抖地爬上樓。天氣雖然炎熱，但她的牙齒仍在格格打顫。當她走到最後一級階梯時，站住了。「再仔細想想吧，加斯帕德！」她說。

「我考慮過也做了決定了。」卡德魯斯說。

卡爾貢特女人嘆了一口氣回到她的臥房。下面可以聽到她在樓上走動的聲音，直到她精疲力盡地跌坐在安樂椅上為止。

「好了，」回到樓下的教士問，「您做了什麼決定？」

「向您說出詳情。」那人回答。

「我真心認為你這樣做是聰明的。」教士說，「倒不是因為我有興趣一定要知道您不願對我說出的事情。只是，您若能讓我按照委託者的意願分配他的遺產，豈不更好？」

「我也希望如此。」卡德魯斯回答，他因抱有希望，加上貪念，臉上泛起紅暈，把他的雙頰燒得火紅。

「我準備好了。」教士說。

「請等等，」卡德魯斯接著說，「說到精彩處，若有人來打斷我們，這就太掃興啦。再說，也沒有必要讓任何人知道您來過這裡。」於是他向旅店大門走去，關上門，為了保險起見，他又插上了平時到打烊才用上的門閂。

接著，教士選定了一個位置，好讓自己聽起來舒服一些。他坐在一個角落裡，使自己處在暗處，這樣燈光就可以完全照在敘事者的臉上了。他自己則把頭傾向前，雙手交叉著，或者說，緊緊絞在一起，準備全神貫注地聽他講述。

這時候，卡德魯斯搬過來一張板凳，在他對面坐下。

「要記住我什麼事也沒讓您做！」那個卡爾貢特女人抖瑟地叫喊起來，彷彿她能穿透樓板看見樓下準備談話的情形似的。

「夠啦，好啦，」卡德魯斯說，「這事您別說了，一切由我負責。」

於是，他便開始說起故事來了。

第二十七章　往事

「首先，」卡德魯斯說，「我得請您答應我一件事，先生。」

「什麼事？」教士問。

「就是今後如果您要利用我即將要說的故事做出什麼的話，千萬別讓人知道是我說出來的，因為我要提到的那些人全都有錢又有勢，他們只要對我動一根手指頭，就會把我像玻璃那樣壓碎的。」

「放心吧，我的朋友。」教士說，「我是神父，人們的告解會永遠藏在我的心裡。請您記住，我們唯一的目的只是合情合理地去實現一位可憐朋友的遺願。說吧，請別保留，也別帶著仇恨，把事實說出來，全部的真相。您將要說到的那些人，我不認識，也許永遠也不會認識的。再說，我是義大利人，不是法國人。我屬於上帝，而不是屬於凡人。我會回到我的修道院去，這次我只是為了完成一個垂死之人的遺願才出來的。」

這個確實的承諾似乎讓卡德魯斯有點放心了。

「好吧！既然這樣，」卡德魯斯說，「我說，我願意全都說出來。我應該讓您明白，愛德蒙以為的真誠和忠貞的友誼究竟是怎麼回事。」

「請先從他的父親說起吧，」教士說，「愛德蒙向我說了許多這位老人的事，他是非常愛他的。」

「這是個悲慘的故事，先生。」卡德魯斯搖著頭說，「早先的故事您大概已經知道了。」

「是的，」教士回答，「愛德蒙對我把事情一直講到他在馬賽附近的一家小酒館被捕為止。」

「在雷瑟夫酒館！上帝啊！那天的事情就像發生在眼前哩。」

「是不是在他的訂婚宴上發生的？」

「是的，訂婚宴開始時是歡天喜地的，但結局可慘了。一名警長帶著四個持槍的人走進來，然後鄧蒂斯就被捕了。」

「我所知道的也是到這裡而已，先生。」教士說，「之後的事，鄧蒂斯除了他自己的遭遇之外對其他都一無所知。因為，我剛才向您提到的五個人，他再也沒看見過，也沒聽人提到他們的消息。」

「是這樣的，自從鄧蒂斯被捕後，摩萊爾先生就跑去打聽消息，情況真是夠糟糕的了。老人獨自回到自己家中，哭著收起他那身參加訂婚宴的禮服，整天在房間裡踱來踱去，晚上也不睡覺。因為我住在他的樓下，我聽到他整夜在走動的聲音。至於我，應該說，我也沒睡著，因為這位可憐父親的痛苦讓我心裡也很難受。他的腳步聲步步都像他的腳真的踩在我的胸膛上似的。

「第二天，美茜蒂絲去馬賽懇求德．維爾福先生的保護，但是她一無所獲，於是她又一口氣跑去看老人，她只見老人神情悲傷、垂頭喪氣，整夜都沒上床，而且從前一天晚上起就沒吃過東西，便提出要把他接走以便照顧他，但老人堅持拒絕。

「『不，』他說，『我不離開家，因為我那可憐的孩子愛我勝過一切，一旦他出獄了，他的第一件事就是回來看我。如果我不在家裡等他，他會怎麼說呢？』

「這些話我都是站在走道上聽來的，我倒真是希望美茜蒂絲能說服老人跟她離開。他的腳步聲每天都在我的頭頂上轟轟作響，讓我一刻不得安寧。」

「您自己就不能上樓去安慰他嗎？」教士問。

「啊！先生！」卡德魯斯回答，「只有需要別人安慰的人您才能去慰問呀。可是，他不願意聽別人安慰。再說，我也不知道為什麼，我總覺得他不希望看見我。有一天夜裡，我聽到他在哭泣，我受不了了，爬上樓，但當我走到門口，他又不哭了，改為祈禱。他說的那些動人的話和哀求的語言，我真不知該如何重複給您聽。先生，光用虔誠和痛苦來形容是不夠的。我不是虛偽的人，也痛恨陰險的人，從這天起，我就對自己說：『我孤身一人反而好，我很高興沒有孩子。如果我身為父親，若遇到像可憐老人所遭受的痛苦，又不能在我的記憶裡和我的心裡找到他對上帝傾訴的那些話語，我真會跳到海裡一死了之，因為我完全活不下去。」

「可憐的父親！」教士喃喃說。

「他一天比一天孤獨，越來越少出門。摩萊爾先生和美茜蒂絲常去看他，可他的門總關著，雖然我確信他在家，可他就是不應門。有一天，他一反常態，接待了美茜蒂絲，可憐的姑娘自己都傷心過度了，還努力安慰他。

「『相信我，我的女兒，』他說，『他死了。現在不是我們等他回來，而是他在等我們去。

我很高興，我年紀最大，因此能最先見到他。』

「再善良的人，您明白，也不會老是去見那些讓您看了就傷心的人。老鄧蒂斯最後就與外人斷絕了往來。我只看見過一些陌生人偶爾去他屋裡，他們走時總看得出身邊帶著一個包裹。後來我才知道這些包裹是怎麼回事，原來他在一點一點地變賣家當來維持生計吶。最後，這位老好人把東西賣得一乾二淨，還欠下了三個季度的房租。房東揚言要把他趕出去，於是他請求寬限一個星期，房東同意了。我知道這件事，是因為房東從他的屋裡出來就到我屋裡了。

「最初三天，我聽見他像往常那樣來回走動，到了第四天，我就什麼都聽不見了。我壯著膽子上樓去，門關著，所以我從鎖孔裡看進去，只見他面無血色，虛弱不堪，我肯定他病得很重，就叫人去請摩萊爾先生，並親自跑去找美茜蒂絲。兩人急忙地趕來了，摩萊爾還帶來了一位大夫。大夫診斷是腸胃炎，要他禁食。當時我在場，先生，我永遠也不會忘記老人聽了這個囑咐後所露出的笑容。

「從那天起，他把門打開了，他有了絕食的藉口，因為是大夫吩咐他禁食的。」

教士發出一聲很像呻吟的聲音。

「這個故事引起您的興趣，是嗎，先生？」卡德魯斯問。

「是的，」教士回答，「這故事非常動人。」

「美茜蒂絲又來了，她發現他幾乎不成人形了。就像上次那樣，她想把老人抬到她家去，這也是摩萊爾先生的意思，他想強迫老人搬家。但是老人的大聲哭喊讓他們害怕。美茜蒂絲只好留在他的床前。摩萊爾先生離開時向加泰羅尼亞姑娘做了一個手勢，表示他把一個錢包留在壁爐上。可是老人仗著有醫生的交代，什麼也不肯吃。最後，他在絕望和哀竭中熬了九天，他詛咒著給他帶來災難的那些人後就咽氣了。他臨終前對美茜蒂絲說：『若您見到愛德蒙，告訴他我到死都在為他祝福。』」

教士站起來，顫抖的手按在自己乾燥的喉嚨上，在房間裡轉了兩圈。

「那您認為他死於……」

「饑餓，先生，他是死於飢餓，」卡德魯斯說，「我保證沒錯，如同您我都是基督教徒一樣確定。」

教士用一隻痙攣的手抓起尚有一半水的杯子，一飲而盡，紅著眼睛重新坐下來，雙頰變得慘白。

「這實在是，真的，這件事真是太不幸了！」他嘶啞著說。

「先生，更不幸的是這並非出於上帝的意願，而是人為的。」

「那就談談那些人吧，」教士說，「不過請記住，」他幾乎用威脅的語氣繼續說，「您保證過會對我全部說出實情。說吧，讓兒子絕望而死，又讓父親飢餓而終的都是些什麼人？」

「兩個嫉妒他的人，先生，一個出於愛情；另一個出於野心。他們就是弗南特和鄧格拉斯。」

「這種嫉妒是用什麼方式表現出來的？說！」

「他們密告愛德蒙是拿破崙支持者的密探。」

「兩個人之中，是哪一位告發他的，哪一位是真正的元兇？」

「兩位都是，先生，一個寫信；另一個寄信。」

「這封信是在哪裡寫的？」

「就在雷瑟夫酒館，訂婚宴的前一天。」

「是的，是如此沒錯。」教士喃喃地自語，「哦！法利亞，法利亞！您對人對事都能一目了然啊！」

「您說什麼，先生？」卡德魯斯問。

「沒什麼，」教士回答，「請繼續說下去。」

「鄧格拉斯為了不讓人認出他的筆跡，是用左手寫的密告信，而由弗南特投遞出去。」

「哦！」教士突然叫喊起來了，「當時您在場嗎，先生！」

「我！」卡德魯斯驚訝地說，「誰告訴您我在場的？」

教士發現自己過於急躁了。「沒人沒告訴我，」他說，「不過您知道得這麼詳細，可見您應該是親眼見證的。」

「是的，是的！」卡德魯斯聲音哽咽著說，「我確實在場。」

「您沒有阻止如此卑劣的勾當嗎？」教士問，「如果沒有，那您就是他們的同謀。」

「先生，」卡德魯斯回答，「他們一直灌我酒，我喝得幾乎暈頭轉向了。我只能憑直覺理解我周圍發生的事。在喝醉狀態下的人還能說的話我都說了，但是他們對我保證這只是個玩笑，不會造成傷害。」

「隔天，就在第二天，先生，您該很清楚他們造成的後果了。您雖然什麼都沒說，但是當他被捕時，您也在現場吧。」

「是的，先生，我在現場。我本來是想說的，想把一切都說出來，但鄧格拉斯阻止我這樣做。

「『如果他真有罪，』他對我說，『如果他真的在厄爾巴島停泊過，真的為巴黎的拿破崙支持者委員會送過一封信，如果有人在他身上找到了這封信，那麼同情過他的人就會被看成是他的同謀。』

「我害怕當時的政治氣氛，我承認，我保持了沉默，這是怯懦行為，我同意，但不能說我犯罪。」

「我明白了。您讓事態自行發展，這就是全部事實。」

「是的，先生，」卡德魯斯回答，「這就是使我日夜感到內疚的事實。我常常請求上帝的寬恕，我向您發誓，因為這樣的行為是我過去的生活裡唯一真正該感到自責的事。毫無疑問，時運不濟正是給我的報應。我正在為一時自私的表現贖罪，因此，每當卡爾貢特女人在埋怨時，我總對她說：『別說了，女人，這都是上帝的安排。』」

說完，卡德魯斯低下了頭，表現出真正懺悔的樣子。

「好了，先生，」教士說，「您說得非常坦誠。您這樣自我譴責，是會得到他的原諒的。」

「不幸的是愛德蒙死了。」卡德魯斯說，「他沒原諒我！」

「他並不知道。」教士說。

「也許他現在知道了。」卡德魯斯接著又說，「人家說人死後什麼都知道。」兩人一時間都沉默不語。教士站起來，邊踱步邊沉思，然後回到原位，坐下。

「您向我提到過兩、三次一位名叫摩萊爾的人，」他說，「這個人是誰？」

「他是法老號的船主，鄧蒂斯的雇主。」

「在這個不幸事件的整個過程中，這個人在此事件中做了什麼呢？」教士問。

「他做了一位正直、勇敢和富有同情心的人會做的事，先生。他為愛德蒙求情不只二十次。當皇帝復位之後，他又是寫信，又是請求，又是威脅，以至到王朝第二次復辟時期，他被當成拿破崙支持者而受到嚴厲的迫害。

「我剛才說過了，他到老鄧蒂斯家中去想把他接到自己家中有十多次。在老人臨死的前一天或是前兩天的晚上，我說過了，他在壁爐上留下了一個錢包，人們就是用這筆錢替老人付了房租和喪葬費用。這樣一來，可憐的老人在死後就像生前那樣，沒給任何人添麻煩。那個錢包現在還在我這裡，是一個用紅絲線織成的大錢包。」

「那麼這位摩萊爾先生還活著嗎？」教士問。

「活著。」卡德魯斯回答。

「這麼說，」教士接著說，「他應該很富有、很幸福。」

卡德魯斯苦笑了一下。「是的，跟我一樣幸福。」他說。

「怎麼？摩萊爾先生不幸嗎？」教士大聲說。

「他近乎貧困了，先生，更為糟糕的是，他將名譽掃地。」

「怎麼回事？」

「哎，」卡德魯斯說，「是這樣的，摩萊爾先生花了二十五年的心血，在馬賽的商界得到了一個受人尊敬的地位之後，現在徹底破產了。他在兩年之內損失了五條船，三次受到銀行倒閉牽連賠上鉅款，現在他唯一寄望的就是可憐的鄧蒂斯曾指揮過的那艘法老號了。這艘船不久將從印度返航，載來洋紅和靛青。假使這艘船像其他船一樣出事，那麼他就完了。」

「那麼，」教士問，「這個不幸的人有家室和孩子嗎？」

「有的，他有一個妻子，在所有事情上，她表現得像一位聖人一般。他有一個女兒，即將嫁給她所愛的人，只是男方家庭不願意讓他娶個破產人家的女兒。他還有一個兒子，在軍隊裡當中尉。可是，您該明白，這一切非但不能減輕這個老好人的痛苦，反而使他倍加難受。如果他是單身一人，他只要往自己的腦袋上開一槍就萬事皆休啦。」

「多麼可怕啊！」教士喃喃自語道。

「上帝就是這樣報答有德行的人，先生。」卡德魯斯說，「聽著，我剛才對您說了，我除了做過一件錯事而外，從未幹過壞事，但我卻如此貧窮。我會眼看著我的老婆發高燒死去而無力去救她，然後我也會像鄧蒂斯老爹那樣餓死的。可是弗南特和鄧格拉斯卻財源滾滾。」

「怎麼回事？」

「因為他們的事業興旺發達，而誠實的人卻總是處處倒楣。」

「鄧格拉斯成了什麼人了？這個教唆犯，他不是罪魁禍首嗎？」

「他怎樣了？摩萊爾先生並不知道他的罪行，在他的舉薦下，他離開了馬賽，到一家西班牙銀行裡去當出納員。西班牙戰爭時期，他負責發給部分的軍糧、物資給法軍，發了財。於是，他靠了這點本錢，做起股票生意，把他的資本又翻了三、四倍。他的前妻是那位銀行家的女兒，前妻死後他又娶了一名寡婦德．娜戈納夫人，她就是在位國王的侍從長塞爾維厄先生的女兒。他的岳父在朝中很得寵，於是，鄧格拉斯成了百萬富翁，宮廷賜封他為男爵。

現在他可是鄧格拉斯男爵，在勃朗峰街有一座府邸，馬廄裡養著十匹馬，前廳裡有六名僕人侍候，我還不知道他的保險櫃裡究竟有幾百萬呢。」

「哦！」教士以一種很奇特的聲調說，「那麼他現在很幸福囉？」

「啊！幸福，誰說得上呢？幸或不幸這是牆裡的祕密。牆壁雖然什麼都聽得見，但它不會說話呀。如果錢多就是幸福，那麼鄧格拉斯就算是幸福的人了。」

「弗南特呢？」

「弗南特，那又是另一回事了。」

「不過，一個沒有經濟來源，又沒受過教育的加泰羅尼亞漁夫怎麼能發財呢？我承認，我無法理解。」

「所有的人都不理解。看來在他的生活裡一定有過無人知曉、不尋常的祕密吧。」

「那麼從表面上來看，他是怎麼一步步爬上去，擁有這麼多財富或是取得那麼高的地位的呢？」

「都有，先生，兩者兼具！他既有錢又有地位。」

「這是不可能的。」

「事實就是這如此吶，您繼續聽我說下去，您就會明白的。

「弗南特在皇帝復位的前幾天就已經被編進軍隊裡。波旁王朝讓他安穩地留在加泰羅尼亞人的村落，但拿破崙回來後，頒布了非常徵兵令，弗南特不得不入伍。我也不例外，我也從軍了。不過，由於我年紀比弗南特大，又剛剛娶了我那可憐的老婆，我只被派到沿海一帶。而弗南特，他則被編入作戰部隊，跟著他的兵團到了前線，參加了裡尼[116]戰役。

「戰役結束的當夜，他在一位將軍的門前站崗，這位將軍與敵人暗中串通。就在那天夜裡，將軍就要去投奔英國人。他建議弗南特陪他去而弗南特也接受了，離開了崗位，跟將軍走了。

「若拿破崙還在皇位上，弗南特就可能被送上軍事法庭，但實際上，他這樣做卻成了他投靠波旁王朝的資本。他回到法國時，肩上已戴著少尉徽章。那位將軍在王室備受寵幸，在他的保舉下，弗南特於一八二三年成了上尉。

「在西班牙戰爭期間，也就是鄧格拉斯開始進行投機買賣的時候，弗南特被派往馬德里去研究他同胞的思考脈絡與策略，因為他本來就是西班牙人。他在那裡遇到了鄧格拉斯，與他相互勾結，並向那位將軍保證在首都和外省的保王黨人中為他爭取支持，得到了行動的許可，自己也立下了軍令狀，於是他帶領自己的兵團通過一條只有他知道的羊腸小徑，來到了保王黨人把守的山隘。在這次奇襲中立下功績，因此在攻下特洛加代羅[117]之後，他被晉升為

116 Ligny，比利時的一個鎮，拿破崙在一八一五年六月十六日在那裡與普魯士人打了一仗。

117 Trocadero，西班牙一海灣，一八二三年被法軍占領。

上校，接受了四級榮譽勳章，並被冊封為伯爵。」

「命運啊！這是天數！」教士自言自語地說。

「是啊，不過請聽下去，我還沒講完。西班牙戰爭結束後，歐洲出現了長時期的和平局面，弗南特的仕途也就受到影響。這時只有希臘起來反對土耳其，並發動了爭取獨立的戰爭，所有的人都把目光轉向雅典，同情和支持希臘成了一種時尚。法國政府，如您所知，雖不公開保護希臘人，但默許其中一部分人自由遷移。弗南特請求去希臘效力並得到了允許，仍然在任職於軍隊中。

「不久後，就聽說德．馬瑟夫伯爵，這是他現在用的名字，已在阿里．帕夏[118]的麾下當上了少將教官。

「您也知道，阿里．帕夏後來被殺了，他死前給弗南特一大筆錢以酬謝他的效忠，弗南特帶了這筆錢回到法國，而且他少將軍頭銜被正式確認了。」

「結果現在？」教士問。

「結果現在，」卡德魯斯接著說，「他在巴黎的埃爾代街二十七號擁有一座華麗的府邸。」

教士張開嘴，欲言又止，停頓了一會兒，努力控制住自己的情緒。

「那麼美茜蒂絲呢，」他說，「別人都說，她失蹤了？」

118　Ali Pasha（一七四四—一八二二），希臘約阿尼納大帕夏區統治者，土耳其蘇丹屬下的總督。

「失蹤了，」卡德魯斯說，「對，太陽雖然消失，但次日升起時會更加明亮。」

「那麼她也變富裕了？」教士帶著譏諷的笑容問。

「美茜蒂絲現在成了巴黎一位最高貴的夫人哩。」卡德魯斯說。

「請說下去，」教士說，「我似乎覺得在聽人說夢話。不過我也親眼見過一些離奇古怪的事情，所以您對我說的並不使我那麼驚訝。」

「一開始，美茜蒂絲在失去愛德蒙之後也曾傷心絕望過。我已對您說過她怎麼向德·維爾福先生再三請求，以及她怎麼盡力照顧鄧蒂斯的父親。正當她處於極度悲痛的當下，弗南特又入伍離開，使她更加傷心不已。她並不知道弗南特所犯下的罪，一直把他當兄弟看待。

「弗南特離開後，只剩下美茜蒂絲孤零零的一個人。她整天以淚洗面，就這樣度過了整整三個月。她既不知道愛德蒙的下落，也沒有弗南特的消息，在她眼前的只有一位因絕望而將離開人世的老人。

「從馬賽到加泰羅尼亞村有兩條小路，她總會坐在其中的一條的轉角處。有一晚，她在那裡整整坐了一天之後，回到家中，精神比往常更加頹喪。不管是她的心上人，或是她的好朋友，誰都沒有從這兩條小路上走過來，她也得不到他們的任何消息。突然，她似乎聽到了一個熟悉的腳步聲，她不安地回過頭去，門開了，她看見弗南特穿著少尉軍服出現了。雖然不是她最渴望的那位，但也代表著她過去生活的一部分又回到了她的身邊。

「美茜蒂絲激動地握著弗南特的雙手，而少尉卻以為這是愛他的表示，其實，在度過長期的孤獨和悲傷的日子後，這只是表達出她在世上不再孤單，終於又見到了一位朋友的喜悅心情。何況，老實說，她從未憎恨過弗南特，她只是不愛他。是另一個人占有了美茜蒂絲的全部的愛，但他不在、失蹤了，也許死了。美茜蒂絲一想到他死了，總是泣不成聲，痛苦得抓著自己的兩隻手臂。以往，每當有人向她提到這種可能性，她總是反抗，現在，她的腦子裡滿是這個想法。況且，老鄧蒂斯也不時地對她說：『我們的愛德蒙死了，因為如果他沒死，他會回來的。』

「我前面說了，老人死了。如果他還活著，也許美茜蒂絲永遠也不會成為另一個人的妻子，因為老人會責備她不忠貞。弗南特明白這一點。所以當他得知老人的死訊後又回來，那時，他已是中尉了。他第一次從軍隊裡休假回鄉時，對美茜蒂絲絕口不提一個愛字。第二次回來，他提醒她，他仍愛著她。美茜蒂絲請求讓她再等愛德蒙六個月，再為他哀慟半年。」

「也就是說，總共是十八個月。」教士苦笑著說，「哪怕是一個被人愛得無以復加的情人，他還能再要求些什麼呢？」

接著，他輕輕背出一位英國詩人的詩句：「Frailty，thy name is woman![119]」

「六個月之後，」卡德魯斯接下去說，「婚禮在阿庫爾教堂舉行。」

「正是她要嫁給愛德蒙的那個教堂，」教士喃喃說，「只是換了新郎而已。」

「美茜蒂絲結婚了。」卡德魯斯繼續說下去，「雖然在眾人的眼裡，她顯得很平靜，但當她走過雷瑟夫酒館時，她差一點昏了過去。就在十八個月前，她與另一個人在那裡慶賀了

119 這是莎士比亞的《哈姆雷特》一劇中的一句臺詞，意思是：弱者，您的名字是女人！

他們的訂婚，如果她敢正視自己的內心深處，她會發現自己仍然在愛著他。

「弗南特開心多了，但也未必那麼心安理得，因為那時候，我還常見到他，他一直害怕愛德蒙回來。於是，弗南特就立即安排讓他的妻子遷居，自己也遠走高飛，因為繼續留在加泰羅尼亞村風險太大，而且能勾起回憶的東西也太多了。他們結婚後一個星期，就走了。」

「後來您還看到過美茜蒂絲嗎？」教士問。

「見過，西班牙戰爭期間，在佩皮尼昂[120]，弗南特把她留在那裡，當時她正專心致力於教育她的兒子。」

教士顫抖了一下。

「他的兒子？」他問。

「是的，」卡德魯斯回答，「小艾伯特。」

「可是，要教養兒子，」教士接著說，「她本人應該要受過教育才行呀！我好像聽愛德蒙說過，她是一個貧窮漁夫的女兒，漂亮，但沒受過教育。」

「啊！」卡德魯斯叫了起來，「他對自己的未婚妻怎麼這樣不了解呀！先生，假如王冠只能戴在最美麗最聰慧的人頭上的話，那麼美茜蒂絲就能成為王后。她的財富已不斷增長，她也隨著她的財富在成長。她學繪畫，學音樂，什麼都學。說句知心話，我認為她做這一切是為了散心，為了忘卻，她讓自己的大腦裝進那麼多的知識，是為了排除心中的思念。不

120 Perpignan，國南部東比利牛斯省省會，距地中海十五公里。

過，一切都已成定局，」卡德魯斯繼續說，「財富和名聲大概已經使她得到了安慰。她有錢，又是伯爵夫人，不過……」卡德魯斯突然停止。

「不過什麼？」教士問。

「不過，我確信她並不幸福。」卡德魯斯說。

「您為什麼這樣想呢？」

「是這樣的。有一陣子我窮得過不下去了，我想，我的幾個老朋友也許能幫我點忙。我去找鄧格拉斯，他甚至連見都不願見我。我到弗南特家，他讓他的貼身侍僕給了我一百法郎。」

「這麼說他們兩人您都沒見到囉？」

「沒有？可是德・馬瑟夫夫人卻見到我了。」

「怎麼回事？」

「當我走出來時，一個錢包落到我的腳下，裡面有二十五個路易。我立即抬起頭，看見美茜蒂絲正在把百葉窗關上。」

「德・維爾福先生呢？」教士問。

「啊！他可不是我的朋友。我根本不認識他，所以我對他可一無所求。」

「難道您對他的近況一無所知嗎？不知道他對愛德蒙的不幸該負一部份責任嗎？」

「不知道。我只知道，他派人逮捕了愛德蒙後不久，就娶了德・聖米蘭小姐為妻，並且很快就離開馬賽。毫無疑問，他像其他人一樣有福氣。毫無疑問，他像鄧格拉斯一樣有錢，也像弗南特一樣受人尊重。只有我一人，您看看，還是貧窮、悲慘，被上帝遺忘啦。」

「您錯了，我的朋友，」教士說，「上帝有時看似遺忘某人，那是因為祂在休息，沒有行使裁判的權力，可是當時候到了，祂會想起來的，這就是證明。」說著，教士從他的口袋裡掏出鑽石，遞給卡德魯斯。

「拿著吧，我的朋友，」他對他說，「拿著這顆鑽石，因為它是屬於您的。」

「什麼，屬於我一個人？」卡德魯斯驚呼道，「啊！先生，您不是在開玩笑吧？」

「這顆鑽石本該在愛德蒙的朋友間平分，可是他只有一個朋友，所以不用分了。拿著這顆鑽石，再把它賣了吧。它值五萬法郎，我再向您說一遍，我希望這筆錢，足以使您擺脫貧困。」

「啊！先生，」卡德魯斯膽怯地伸出一隻手，用另一隻手擦去額頭上沁出的汗珠說，「啊！先生，別拿一個人的幸福或是絕望開玩笑吧！」

「我知道幸福是什麼，也知道絕望的滋味，我從不拿感情開玩笑。拿著吧，不過，作為交換……」

卡德魯斯把已經碰到鑽石的手又縮了回去。

教士微微一笑。「作為交換，」他繼續說，「請把摩萊爾先生留在老鄧蒂斯壁爐上的那個紅絲線錢包給我。您對我說過的，錢包還在您的手裡。」

卡德魯斯越來越訝異，他走向一個大橡木櫃子，打開，交給教士一個長形錢包，紅絲線已經褪色了，上面有兩個鍍過金的銅圈。

教士接過錢包，然後把鑽石交給卡德魯斯。

「啊！您真是上帝派來的人，先生！」卡德魯斯大聲說，「說真的，沒有人會曉得愛德蒙曾經把一顆鑽石交給您，您完全可以自己留著吶。」

「嗯，」教士輕聲自言自語道，「看來您是會這麼做的。」

教士站起來，拿起帽子和手套。

「啊！」他說，「這麼看來，您對我說的一切都是真的，您提到的每一點我都能相信嗎？」

「聽著，教士先生，」卡德魯斯說，「在這面牆的一角有一個聖木做的基督十字架，在這箱櫃上有我老婆的《聖經》。請打開這本書，我就會把手伸向基督，面對《聖經》向您發誓。我將為拯救我的靈魂向您發誓，以我作為基督徒的信仰向您發誓，我對您說的所有事情都是真實發生過的，如同在最後審判的那一天，天使在上帝的耳邊轉述的那樣。」

「這就好，」教士說，他從卡德魯斯說話的語氣，相信他說的是真話，「這就好。但願這筆錢能對您有用！再見，我要離那些彼此迫害的人們遠遠的。」

教士好不容易謝絕了卡德魯斯的盛情挽留，親手卸下門閂，走出門，跳上馬，最後一次向連連道別、打躬作揖的店主人致意，沿著他來時的方向離去了。

當卡德魯斯回過頭來時，他看見卡爾貢特女人站在他身後，她的臉比任何時候都更加蒼白，身體也抖得更加厲害。

「我聽到的話是真的嗎？」她問。

「什麼？您問他是不是把鑽石給了我們？」卡德魯斯幾乎興奮得瘋狂了，他反問。

「是的。」

「再真不過啦，因為東西就在這裡啊。」

女人細看了一陣子，接著，又陰沉地說：「如果是假的呢？」卡德魯斯臉色陡變，身子搖晃起來。

「假的，」他嘟囔地說，「假的！可是為什麼那個人要給我一顆假鑽石呢？」

「為了不付錢就套出您的祕密阿，呆子！」

卡德魯斯聽了這句有分量的話，一時間也不知所措了。

「啊！」他邊說，邊拿起帽子，並把它戴到包著紅手帕的頭上，「是真是假馬上就可以知道了。」

「怎麼知道？」

「在博凱爾有個集市，那裡有不少巴黎來的珠寶商，我去把鑽石拿給他們看。您就守在家裡，女人，過兩個鐘頭我就回來。」

說著卡德魯斯就跑出屋子，朝著和陌生人相反方向飛奔而去。

「五萬法郎！」卡爾貢特女人一個人留下來喃喃自語道，「這是一大筆錢，但還算不上發財。」

第二十八章　監獄紀錄

我們上面介紹過在貝爾加德到博凱爾的大路上發生的那一幕後的第二天，一個三十一、二歲，身穿淡藍色禮服，紫花布褲，白背心，舉止和口音都是英國味的男人，求見了馬賽市長。

「先生，」他對市長說，「我是羅馬的湯姆森—弗倫奇公司的首席代表，十年來，我們與馬賽的摩萊爾父子公司有業務關係。我們在這些業務往來中投入了將近十萬法郎，現在聽說這家公司可能會破產，我們有點不放心，這次我專程從羅馬趕來，想向您打聽一下這家公司的情況。」

「先生，」市長回答，「我確實得知，最近四、五年來，摩萊爾先生似乎厄運不斷，他先後損失了四、五艘船，遭受到三、四次銀行倒閉的打擊。雖說我本人也是他的債權人，他還欠了我一萬多法郎，但我無法將他的財產狀況提供給您。

「若您問我以市長的身分對摩萊爾先生有何想法的話，那麼我回答您，他是一個極守信用的人，直到現在，他都能準確無誤地履行所有的契約。我言盡於此，先生。

若您想知道更多的情況，請向諾埃伊街十五號的監獄巡視員德．博維爾先生詢問，我想，他有二十萬法郎的資金還在摩萊爾父與子公司。這筆錢比我的要多得多，假如真的有什麼需要擔心的狀況，關於這點，也許他能向您提供比我更多的訊息。」

英國人似乎很欣賞這個得體又委婉的說辭，向他躬身致意，走了出去，用大不列顛子民特有的步伐，向剛才聽到的那條街走去。

德．博維爾先生在他的書房裡。英國人一看見他，表現出吃驚的樣子，這似乎表明他對要拜訪的人，並不是首次見面。然而德．博維爾先生因為心情過於沮喪，顯然滿腦子只顧著想眼前發生的事情，無暇讓自己的記憶和想像追溯到過去了。

英國人以他的民族特有的冷峻態度與措詞，向他提出與詢問過馬賽市長的相同問題。

「啊！先生，」德．博維爾先生大聲說，「不幸的是您的擔憂是有根據的，您說的那個人已到了山窮水盡的地步了。我有二十萬法郎放在摩萊爾父與子公司，這筆錢是我女兒的嫁妝，我打算讓她半個月後完婚的。這二十萬法郎都是到期付款，十萬在本月的十五日，剩下的十萬在下個月的十五日。我已通知摩萊爾先生，希望這筆款項能按時付清，可是先生，他半小時前剛剛來過，告訴我，如果他的法老號在十五日之前不能返航，他就無力償還這筆錢。」

「不過，」英國人說，「這很像是一種希望延遲付款的說法。」

「還不如說，這比較像是宣布破產吧！」德．博維爾先生絕望地說。

英國人看起來像是思索了片刻，接著說：「這麼說來，先生，這筆欠款讓您很擔心囉？」

「老實說，我認為這筆錢已經完蛋了。」

「那好！我會把您的債權買下來。」

「您？」

「是的，我。」

「那想必是低價收購了，是嗎？」

「不，照二十萬法郎原價，」英國人笑著補充道，「我們的公司不做這種事。」

「那麼以什麼方式結帳？」

「現金。」說著，英國人從口袋裡掏出一疊銀行鈔票，看來有德．博維爾先生擔心損失金額的一倍。

欣喜的表情掠過德．博維爾先生的臉，不過他盡力克制住自己，他說：「先生，我應該提醒您，照目前情況來看，您頂多只能收回全部金款的百分之六。」

「這與我無關，」英國人回答，「這是湯姆森—弗倫奇公司的事，我只受僱於這家公司。也許他們是想加速讓競爭的公司破產吧。不過我所知道的，先生，就是我準備用現金支付您的債權，而我只要求一點傭金就行了。」

「當然了！先生，這完全是應該的！」德．博維爾先生大聲說，「通常傭金是一成半，您要兩成？三成？五成？還是更多一些？請說吧！」

「先生，」英國人笑著回答，「我和我們的公司一樣，不做這樣的事。不，我要的是另外一種性質的傭金。」

「請說吧，先生，我聽著呢。」

「您是監獄巡視員？」

「做了不止十四年了。」

「您掌管著犯人進出獄的紀錄文件？」

「當然。」

「在這些資料裡應該附有犯人的相關紀錄囉？」

「每個犯人都有各自的紀錄。」

「那好，先生，我在羅馬是由一位可憐的怪神父栽培養大的，但是他突然失蹤了。我後來才知道他被囚禁在伊夫堡，我想知道有關他死時的詳情。」

「他叫什麼名字？」

「法利亞神父。」

「哦！對他我記得非常清楚！」德．博維爾先生大聲說，「他發瘋了。」

「別人都這麼說。」

「哦！他肯定是瘋了。」

「有可能。他發瘋的症狀是什麼？」

「他聲稱知道某處埋有巨大的寶藏，只要他能獲得自由，他願向政府捐獻一筆天文數字的鉅款。」

「可憐的人！他死了嗎？」

「是的，先生，差不多五、六個月前，就在二月分吧。」

「您的記憶力真強，先生，居然能把日期都記住了。」

「我記得日期是因為這個可憐傢伙死時還出了一件古怪的事情。」

「我可以問是什麼事嗎？」英國人帶著好奇的表情問。如果這時有一個眼光敏銳的觀察者在場，很可能會由於在他冷峻的臉上發現這個表情而感到吃驚的。

「哦！老天！當然，先生。神父的地牢離一名拿破崙支持者密探的牢房有將近四十五到五十呎遠。那個人對一八一五年篡位者的復位貢獻很多，是一個非常堅決的危險分子。」

「真的嗎？」英國人問。

「是的，」德．博維爾先生回答，「我在一八一六或是一八一七年曾經親自見過他一次，我們帶了一隊士兵到他的地牢裡，此人給我的印象很深，我一輩子也忘不了他的臉。」

英國人臉上露出了一絲令人難以覺察的微笑。

「您說，先生，」他接著說，「這兩間地牢……」

「相距有五十呎，不過，似乎這個愛德蒙．鄧蒂斯……」

「這名危險分子名叫……」

「愛德蒙．鄧蒂斯。是的，先生，似乎這個愛德蒙．鄧蒂斯弄到了工具，或是自己製造了工具，因為我們發現了一個連通這兩間牢房的地道。」

「挖掘地道無疑是想逃跑囉？」

「完全沒錯。不過那兩個犯人運氣不好，法利亞神父得了強直性昏厥的病，過世了。」

「我明白了，那麼他們的逃跑計畫就只能中止了。」

「對死者是這樣的，」德．博維爾先生回答，「但對活著的人卻不是。相反的，這個鄧蒂斯因此找到一個辦法逃走。他大概以為在伊夫堡死去的犯人會被埋葬到一般的墳場，所以他把死者搬到自己的房間，自己取而代之，藏在裝屍體的袋子裡，自己再縫好，等待被下葬的時機。」

「這個辦法很大膽，說明他有些膽量，」英國人接著說。

「哦！我已經對您說過了，先生，這個人相當危險。幸好結果是他自己讓政府不用再為他操心了。」

「怎麼回事？」

「怎麼？您不明白嗎？」

「不明白。」

「伊夫堡是沒有墳場的。只要犯人一死，就在他們的腳上綁上一個三十六磅重的鐵球，扔進海裡去。」

「那又怎麼樣？」英國人說，彷彿他聽不明白似的。

「怎麼樣？他們在他的腳上綁上一個三十六磅重的鐵球，然後把他扔進大海裡去了。」

「真的嗎？」英國人大聲問。

「是的，先生，」巡視員繼續說，「您知道，當逃跑者感到自己從岩石上往下墜落時，他會被嚇成什麼樣子。我真想在那一刻看一看他的臉。」

「這可不容易。」

「無所謂！」德．博維爾說。他已確信能收回二十萬法郎了，所以顯得幽默十足地接著說：「沒關係！我想像得出來。」說完，他放聲大笑起來。

「我也想像得出。」英國人說。他也笑了起來，不過，如同一般英國人那樣，笑得很勉強。

「這麼說，」英國人繼續說，他首先收斂住了笑容，「他淹死了？」

「千真萬確。」

「這樣，典獄長一下子就除掉了一個狂人和一個瘋子？」

「完全正確。」

「可是，對這件事總得要寫一份報告吧？」英國人問。

「是的，沒錯，死亡證明。您知道，鄧蒂斯如果還有家屬的話，他們會打聽他究竟是活是死的。」

「所以現在，他們如果能從他那裡繼承遺產的話，可以安心了。他死了，沒有錯誤，不是嗎？」

「哦！是的，假如他們需要，我們可以開立證明給他們。」

「這事我明白了，」英國人說，「我們還是回頭談談文件紀錄吧。」

「對了。那件事讓我們扯遠了。對不起。」

「對不起什麼呢？指那件事情嗎？這沒什麼，我覺得聽起來也很有趣。」

「確實很有趣。現在，先生，您想看跟那位可憐的神父有關的全部紀錄嗎？他人倒是挺溫和的。」

「我很樂意。」

「請到裡間來，我這就拿給您看。」

於是兩個人走了進去。

果然，那裡的一切文件資料都整理得井井有條。每一本登記簿都編上號碼，每一個卷宗都占據一格。巡視員請英國人坐在自己的椅子裡，再把有關伊夫堡的登記簿和卷宗放在他面前，讓他隨意翻閱，而他本人則挑了一個角落坐下，看起報紙來。

英國人毫不費勁地找到了有關法利亞神父的卷宗，不過，德．博維爾先生向他敘述的那個故事似乎讓他非常感興趣，因為他在看了前幾頁後，又繼續翻閱下去，一直等找到與愛德蒙．鄧蒂斯有關的資料才停手。在裡面，他發現文件資料一件都沒少：密告信、審訊記錄、摩萊爾的陳情書、德．維爾福先生的批示。他悄悄地把密告信折好，放進口袋裡，接著再閱讀審訊紀錄，他看見上面並未提到諾爾帝亞的名字。他又閱讀了標示一八一五年四月十日的陳情書，由於當時拿破崙尚在掌權，所以摩萊爾根據代理檢察官的建議，出於好意在陳情書裡誇大了鄧蒂斯對帝國事業的貢獻，而維爾福的旁證文字又使他的貢獻成了不容置疑的事實了。至此，他一切都明白了，因為這份由維爾福保管的致拿破崙的陳情書，在第二次王朝復辟時成了檢察官手中一件可怕的武器。他在翻閱文件案時，看到在他的姓名名目下有加上括弧的註腳，也就不再奇怪了：

愛德蒙．鄧蒂斯 {
狂熱的拿破崙支持者，
曾積極參與厄爾巴島的復辟。
必須嚴加看守並加以監視。

在這幾行字下面，有一行用另一種筆跡寫的字：

無須覆議。

不過，他在比較了註腳的筆跡與摩萊爾陳情書下面的旁證文字的筆跡之後，確信註腳與旁證文字筆跡相同，也就是說都出自維爾福之手。

至於註腳下面的一行字，英國人也明白了，它大概是由某個巡視員寫的，那個人曾對鄧蒂斯的處境一時產生興趣，但上面的註腳使他的這種關心無法再深入下去。

我們已經說過，巡視員出於謹慎，加上為了不影響法利亞神父的學生查找資料，離他遠遠的，在看他的那份《白旗》報。因此他沒有看見英國人折起那封密告信放在口袋裡，這封密告信就是鄧格拉斯在雷瑟夫酒館的涼棚下寫的，蓋著馬賽郵局二月二十七日的郵戳，是當晚六時送到的。不過，應該說一句，由於巡視員對這封信不太重視，又過於看重他那二十萬法郎，因而即使他看見英國人的所作所為，就算再不規矩，也不會提出異議的。

「謝謝，」英國人重重地合上文件案後說，「我找到我需要的東西了。現在，該輪到我來履行諾言了，您只需給我一張債權轉讓證書，在上面確認收到現款，我就可以付錢給您了。」

說完，他把辦公桌前的位子讓給德．博維爾先生，巡視員毫不謙讓地坐上去，快速地按要求擬定轉讓證書，而那位英國人則在文件檔案櫃上清點現鈔。

第二十九章　摩萊爾父與子公司

若有人是在幾年前離開馬賽，並且對摩萊爾父與子公司內部情況很熟悉的話，那麼在我們敘述到這裡的時候再走進去，便會發現裡面已經面目全非了。它再也不像一家蒸蒸日上的公司那樣，散發出寧靜而歡愉的生活氣息，看不見在窗戶邊快樂的臉龐，看不見耳朵上夾著一支筆，在走廊裡來回奔忙的職員。在院子裡看不到堆積的包裹，聽不到送貨人的叫喊聲和笑聲。一眼望去，人們能感覺到的，只是蕭條、寂靜的景象。

在冷清清的走廊和空蕩蕩的院落裡，以往坐滿每個辦公室的職員中，只剩下了兩個人。其中一位是個年輕人，大約二十三、四歲，名叫伊曼紐爾·雷蒙，他深愛著摩萊爾先生的女兒，儘管他的家人與朋友勸他離開，但他仍然留在公司。另一位是管帳的老夥計，獨眼，名叫科克萊斯[121]，這是那些當年擠在這個喧鬧，如今卻寂寥蜂窩裡的年輕人給他取的綽號。科克萊斯已完全取代了他的真實姓名。如果今天有人用真名來叫他的話，他十之八九連頭也不會回過頭來的。

科克萊斯仍在摩萊爾先生手下工作，在正直的船主目前的處境下，他的地位發生了奇特

[121] Coclès，拉丁文中意為「獨眼」。羅馬英雄賀拉斯因一眼失明有此綽號。

的變化，他既升任為出納主任，又降職成了僕役。儘管如此，科克萊斯依然故我，他善良、耐心、忠誠，但在數字計算上絕無通融的餘地，在這一點上，他能與全世界抗爭，甚至包括摩萊爾先生。他只認九九乘法表，儘管別人把乘法表翻個面，或是設法讓他出差錯，他還是能扳著手指頭算出準確的答案。當整個摩萊爾父與子公司出現灰心、失望的情緒時，科克萊斯是唯一不受影響的人。但請別誤會，他的無動於衷並非他的天生冷漠，而是因為他有不可動搖的信心。有人說，老鼠會漸漸離開命中註定要沉入大海的船，起錨時，這些自私的乘客就會完全拋棄它。因此，所有員工都漸漸地從辦公室和倉庫裡離開了。科克萊斯看著他們一個個走掉，也不去探究他們離去的原因。就像我們說過的，對科克萊斯而言，一切都是關於數字的問題。他在摩萊爾父與子公司已有二十個年頭，他看到公司總是如期付款，從不發生差錯。就像磨坊主人無法想像供給動力的河水有天會停止流動一樣，科克萊斯不能想像公司有天會中止付款。

科克萊斯的信念從未動搖過，像是上個月底該支付的款項都謹慎確實地支付了。科克萊斯曾查出摩萊爾先生多算的十四個蘇，並且在當晚把多出來的錢還給摩萊爾先生。船主苦笑了一下，收下錢，往幾乎空掉的抽屜裡一扔說：

「謝謝，科克萊斯，您真是出納員中的一顆明珠啊！」

科克萊斯退出時心滿意足，因為摩萊爾先生稱讚他是馬賽城裡誠實之人中的一顆明珠。對科克萊斯來說，這比五十個埃居的賞金更使他受寵若驚。

可是，在上個月底前，摩萊爾先生度過了相當艱難的日子。他為了支付月底的款項，於是集中了所有的資產，加上他擔心被人看見他這副捉襟見肘的窘態，會使他面臨困境的消息在馬賽不脛而走，於是他跑到博凱爾的集市，把妻子和女兒的一些首飾與他的一部分銀器都賣掉。靠這筆錢，摩萊爾父與子公司才保全了這次的信譽，不過資金已全空了。貸方聽到了傳聞，個個膽戰心驚，全都帶著合乎常情的自私心理不願再給予貸款。為了應付本月十五日要償還德・博維爾先生的十萬法郎，以及下月十五日到期的十萬法郎，摩萊爾先生只能把最後的希望完全寄託在法老號的返航上了。與法老號同時起航的另一艘船已順利返回，並把法老號已經起程回航的消息告訴他。這艘船與法老號一樣也是從加爾各答開出的，它早在兩個星期前就到了，但法老號卻音信全無。

就在這樣的情況下，羅馬的湯姆森—弗倫奇公司的代表，在與德・博維爾先生成功談成交易後的第二天，他到了摩萊爾的公司。

伊曼紐爾接待了他。由於每張陌生面孔都可能代表一個新的債權人，他們出於擔心，來到公司了解情況，因此，每張陌生的臉都使這位年輕人產生警覺。他想免去這次來訪給老闆帶來的煩惱，就向來訪者提了幾個問題，但來訪者聲稱，他對伊曼紐爾沒什麼可說的，他必須與摩萊爾先生本人面談。伊曼紐爾只好嘆口氣去叫科克萊斯。科克萊斯來了，年輕人吩咐他把陌生人帶去見摩萊爾先生。科克萊斯走在前頭，陌生人跟在後面。在樓梯上，他們碰到一位十六、七歲的漂亮少女，她驚恐不安地看著陌生人。

「摩萊爾先生在書房裡是嗎，裘莉小姐？」出納員問。

「是的，我想是的，」少女遲疑地說，「請您先去看看，科克萊斯，若我父親在裡面，就請通報一聲這位先生來了。」

「不用通報我的名字，小姐。」英國人回答，「摩萊爾先生並不知道我的姓名。這位朋友只需說一聲我是羅馬的湯姆森先生和弗倫奇先生的首席代表就行了，您父親的公司和他們有業務往來。」

少女的臉色變白了，她繼續往下走，而科克萊斯和陌生人則繼續上樓。她走進了伊曼紐爾待著的辦公室。此時科克萊斯用帶在身上的鑰匙打開了二樓樓梯平臺上的一道門，把陌生人帶進前廳，又打開第二道門，關上，讓湯姆森—弗倫奇公司的專員單獨等了片刻，然後出來示意他可以進去了。英國人走了進去，他看見摩萊爾先生坐在一張桌子後面，面對著一疊堆得高高的、記載著他負債情況的帳簿，臉色慘白。摩萊爾先生看見陌生人，合上帳本，站起來，推過去一把椅子，等陌生人坐定後，也隨之坐了下來。

十四年過去了，這位可敬的商人已今非昔比，在故事開始時他才三十六歲，現在已快五十了。他的頭髮白了，額頭因憂慮過度，刻下了幾道深深的皺紋。以往他的目光總是堅定、沉穩，現在卻變得茫然而游移，而且似乎很害怕把注意力專注在一個想法或是放在一個人身上。英國人帶著好奇又帶著關切的神情注視著他。

「先生，」摩萊爾說，英國人那專注的目光使他更加感到不自在了，「您想和我談話嗎？」

「是的，先生。您知道我是代表哪家公司前來的，是嗎？」

「代表湯姆森—弗倫奇公司，至少我的出納員是這麼對我說的。」

「他沒說錯，先生。湯姆森—弗倫奇公司在本月和下個月內，有三、四十萬法郎要在法國支付，該公司知道您辦事一絲不苟，於是把所能收集到的、由您簽署的期票都收齊，委託我根據這些期票的到期時間，到您這裡兌現，以備使用。」

摩萊爾深深嘆了一口氣，把手放到汗水淋漓的額頭上。

「這麼說來，先生，」摩萊爾問，「您手上有我簽署的期票？」

「是的，先生，數目相當大。」

「有多少？」摩萊爾問，努力使自己的聲音保持鎮靜。

「首先是這些，」英國人從口袋裡抽出一疊紙說，「這是監獄巡視員德・博維爾先生轉讓給我們公司的二十萬法郎期票。您承認欠德・博維爾先生這筆錢嗎？」

「是的，先生，這筆錢是他以四成半利息放我這的，就快滿五年了。」

「那麼您的償還期限是？」

「本月十五日支付一半，下個月十五日再還另一半。」

「正是如此，還有，這裡是一張三萬二千五百法郎的期票，本月到期，也是由您簽署，是其他債權人轉到我們帳上的。」

「我認得，」摩萊爾說，想到平生或許會第一次無法兌現自己簽過的票據，他羞愧之下，臉漲得通紅，「全在這裡了嗎？」

「不，先生，我在下月底還有一些錢要兌現，這是巴斯卡公司以及馬賽的懷爾德—特納公司轉讓給我們的，約有五萬五千法郎。總金額是二十八萬七千五百法郎。」

在計數這一筆筆錢時，摩萊爾承受著無法描述的痛苦。「二十八萬七千五百法郎。」他重複著。

「是的，先生，」英國人回答，「不過。」他停頓了一下又繼續說：「實不相瞞，摩萊爾先生，至今為止您那無可挑剔的信用是眾所周知的，但現在馬賽傳聞著，您已支付不了這些債務了。」

摩萊爾聽了這近乎無禮直接的問題後，臉色變得慘白。「先生，」他說，「我從我父親的手中接過公司至今已有二十四年了，他本人也經管了三十五年，截至今日，由摩萊爾父子公司簽署的期票還沒有不能在銀行兌現的情況。」

「是的，這我全知道，」英國人回答，「我想，在兩個都看重信譽的人之間，談話應可直截了當些。先生，您能準時支付這些欠款嗎？」

摩萊爾陡然一震，注視著這個用著先前不曾有過的決斷語氣對他說話的人。「既然您直接地提出這些問題，」他說，「我也會坦誠地答覆您。是的，先生，如果像我希望的那樣，我的船能順利返航，我就能夠付清，等船回來後，就能恢復我的聲譽。在這以前我因遭受到接二連三的意外事故，使得信譽岌岌可危，只是，如果不幸的，連我最後能指望的法老號也出事的話……」

可憐的船主眼睛裡湧滿了淚水。

「所以，」對話者問，「如果最後的財源斷了……」

「唉，」摩萊爾接著說，「先生，說這件事太讓我痛苦了，不過，我已經適應苦難，我也該習慣蒙受羞辱了。我怕到時就不得不延宕付款日期了。」

「您沒有朋友可以幫助您嗎？」

摩萊爾淒涼地笑了笑。「生意上是沒有什麼朋友的，先生，這您應該知道，」他說，「有的只是業務往來。」

「這倒是真的，」英國人輕聲說，「那您就只剩一個希望了？」

「唯一的希望。」

「最後的希望？」

「最後的希望。」

「因此，若這個希望落空了……」

「我就完了，先生，徹底完了。」

「我來您這裡時，一艘船正在進港。」

「我知道，先生。有一位年輕人在我患難時仍忠於我，他每天有一部分時間是在屋頂的平臺上度過的，因為他希望能是第一個告訴我好消息的人。我是透過他才知道那艘船進港了。」

「那不是您的船？」

「不是，那是一艘波爾多的船，名叫吉倫特號。雖然也是從印度返回，但不是我的那條船。」

「也許他們看到過法老號，會給您帶來一些消息。」

「我得對您說，先生！我害怕焦慮不安地等待，但也幾乎同樣害怕打聽我這艘三桅船的消息。人在不確定時總還能抱有一線希望。」接著，摩萊爾先生聲音沙啞地補充道：「但是，這樣遲遲未歸是很不正常的。法老號在二月五日離開加爾各答，已經過了一個多月，船早該回來了。」

「什麼聲音？」英國人一邊側耳聽著，一邊說，「這是什麼聲響？」

「喔，不！」摩萊爾臉色陡變，大聲說，「又出了什麼事了？」

樓梯上傳來了人們着急地跑來跑去的腳步聲，甚至還有啜泣聲。摩萊爾站起來想去開門，但渾身無力地又跌坐在椅子上。這兩人面對面地待著，摩萊爾四肢發抖，陌生人注視著他，眼神裡包含著深深的憐憫。聲音停止了，但摩萊爾似乎在等著後續的發生，喧譁事出有因，必有其下文。陌生人似乎察覺有人輕輕地上了樓梯，那是好幾個人的腳步聲，他們在門外站定了。一把鑰匙插進第一道門的鎖孔裡，然後傳來了房門開啟的吱呀聲。

「只有兩個人有這扇門的鑰匙，」摩萊爾喃喃說，「科克萊斯和裘莉。」此時，第二道門也打開了，少女走進來，臉色蒼白，兩頰沾滿淚水。摩萊爾顫抖地站起來，雙臂支在椅子的扶手上。他想發問，但是發不出聲音來。

「啊，我的父親！」少女合起雙手說，「請原諒您的孩子給您帶來了一個壞消息！」

摩萊爾面無血色，而裘莉撲到了他的懷裡。

「哦，父親！父親！」她說，「您要堅強啊！」

「這麼說，法老號沉沒了？」摩萊爾哽咽地問。

少女沒有回答，但她靠在父親的胸膛上點頭示意是這麼回事。

「那麼船員呢？」摩萊爾問。

「得救了，」少女說，「剛剛進港的那條波爾多船把他們救上來了。」

摩萊爾帶著聽天由命和莊嚴的感激表情，向上天舉起雙手。「感謝您，我的上帝！」摩萊爾說，「至少您只是打擊了我一個人。」

英國人面容冷漠，但也淚濕了雙眼。

「請進來吧，」摩萊爾說，「請進來吧，我猜想您們都在門口。」

他才說出這句話，摩萊爾夫人就啜泣著走了進來，後面跟著伊曼紐爾，站在前廳的是七、八個面容粗獷、半身赤裸的水手。英國人看見這些人，微微一震。他邁出一步似乎是要向他們走去，但隨即站到書房裡最不起眼的陰暗角落去了。摩萊爾夫人在一張椅上坐下，將她丈夫的一隻手放在自己的雙手之間，而裘莉仍然依偎在她的父親的胸前。伊曼紐爾停在房間的中央，似乎在扮演摩萊爾一家和站在門口的水手之間連絡人的角色。

「這是怎麼回事？」摩萊爾問。

「走近些，佩納隆，」年輕人說，「講講事情的經過吧。」

一名老水手，臉上被赤道的陽光曬得黑黝黝的，手裡捏著一頂破爛的帽子，走上前來。

「您好，摩萊爾先生，」他說，樣子像是他昨晚才離開馬賽，又剛從埃克斯和土倫港回來似的。

「您好，我的朋友，」船主說，在滿是淚水的臉上強露笑容，「船長在哪呢？」

「船長的情況，摩萊爾先生，他生病了，仍然在帕爾馬[122]，假如上帝保佑，不會出事的，再過幾天，您就會看見他回來，跟您和我一樣健康的。」

「這就好，現在，請說出經過吧，佩納隆。」摩萊爾先生說。

佩納隆把嚼著的菸草從右頰移到左頰，用手遮在嘴前，轉過身子，在前廳吐出一口長長的菸草汁，邊平衡著自己，邊走上前。「當時，摩萊爾先生，」他說，「我們在風平浪靜的海上航行了一個星期後，又藉著溫和偏南的西南風在勃朗海岬和布瓦雅多爾海岬之間穩穩地航行，突然，戈瑪爾船長向我走來，我得對您說，那時我正在掌舵。他對我說：『佩納隆，那裡，在海水盡頭升起的那一大片烏雲，您怎麼看？』

「恰好在這時，我也在看到一大片烏雲。『我想呢，船長！我想這烏雲升得太快，有些不尋常，而且也太黑，看上去不是好兆頭。』

「『我也這麼看，』船長說，『我去採取預防措施。眼看馬上就要起大風了，我們的帆張得太多。喔啊！喂！把頂帆收緊，拉下第一斜帆！』真及時吶，命令剛下，狂風已經在追逐我們，船向一側傾斜了。

「『喂！』船長說，『帆還是張得太多，快把主帆收起來！』五分鐘後，主帆收下，我們依靠前桅帆、第二層帆和第三層帆航行。『嗯？佩納隆，您為何搖頭？』船長問我。

「『我說啊，這下子您可有好戲唱囉。』

122．Palma，西班牙一城市，西地中海巴厘阿裡群島首府。

「『我想您說得對，老夥計，』他說，『馬上就要起風啦。』
「『哎呀！看您說的，船長，』我回答他，『如果僅是一陣大風那我們可就簡單啦。可那會帶來一場貨真價實的暴風雨，要不就算我看走眼了！』
「那陣風颳過來，就像從蒙特爾東颳過來的一陣風沙。幸好這陣風遇上了一個對它熟悉的人。
「『收兩格方帆！』船長叫喊道，『鬆開帆角索，順風轉動帆桁，收方帆，滑車掛上桅桁！』」
「在那個海域這樣做是不夠的，」英國人說，「換了我就收起四格方帆，再把前桅帆落下。」
突然響起的堅定、響亮聲音，讓在場的人都怔住了。佩納隆把手遮在眼睛上，仔細看著那個以如此泰然自若的口吻對他船長的技術評頭論足的人。
「我們做得更徹底，先生，」老水手帶著尊敬口氣回答，「因為我們收起了後桅帆，想趕到暴雨前面去。十分鐘後，我們把所有的帆都收起來了，光著桅杆航行。」
「這艘船太舊了，經不起這樣的風險。」英國人說。
「對，您說對啦！就是因為這樣使我們遭殃。我們忽上忽下地顛簸了十二個鐘頭以後，船開始進水了。『佩納隆，』船長說，『我想我們在往下沉，把舵輪給我，您到下艙去看看。』我把舵輪交給他，走下艙去，那裡已經積有三呎深的水。我叫喊著跑上來：『抽水！抽水！』唉！是啊，為時已晚了！水手開始抽水，不過我覺得好像水越抽越多。『啊！真是的，』工作了四個鐘頭後我說，『既然我們在下沉，就讓我們沉下去吧，人總得死一次！』

「『您就是這樣作出榜樣的嗎，佩納隆？』船長說，『好吧！等一下，等一下！』他到他的艙房裡拿出兩把手槍，說：『誰第一個離開，我就朝他的腦門開一槍！』」

「幹得好。」英國人說。

「理智清醒了，勇氣也就來了，」水手繼續說，「再說那時天放亮了，風也平息了。不過，船裡仍在繼續進水，並沒有很多，大約每小時升高兩吋左右，但還是一點一點往上漲。您算算，每小時兩吋，似乎算不上什麼，但十二個小時後，至少有二十四吋深了。二十四吋也就是兩呎，再加上加原來的三呎，一共是五呎。一艘船的肚子裡灌進五呎水，差不多就像一個人得了水腫病啦。

「『行啦，』船長說，『已經很夠啦，摩萊爾先生沒什麼可指責我們的了。我們為了救船已經盡力盡力，現在，要想辦法救人。孩子們，放救生艇，越快越好！』」

「您知道，摩萊爾先生，」佩納隆繼續說，「我們愛法老號，然而，儘管水手對船的感情再深，畢竟更愛惜自己的生命。所以我們也沒等他說第二遍就行動了。這時，您瞧，船呻吟起來了，它似乎在對我們說：『您們走吧，您們走吧！』可憐的法老號也沒撒謊，我們感到它在我們腳下漸漸往下沉。我們一起動手，迅速把救生艇放到海裡，八個人全都跳到裡面。船長最後一個下來，不，應該說，他沒有下來，因為他不願意離開他的船，是我上去攔腰把他抱住，把他扔給其他人，我再跟著跳下去的。真是千鈞一髮啊！因為我剛剛跳下小艇，甲板就帶著一聲巨響炸裂了，好似一艘主力艦的側舷炮齊發似的。十分鐘後，它先是往前傾，然後往後沉，接著就像一隻狗追逐自己的尾巴似的兜圈子。最後，各位再見，噗嚕嚕嚕！一切都結束了，法老號消失了！

「至於我們，我們在小艇上三天三夜沒吃沒喝。後來，我們竟然談論到抽籤決定命運，看誰讓大家分食了，就在這時，我們看現了吉倫特號，我們向它發出信號，它看見我們，向我們調轉船頭，為我們放下救生艇，把我們接上去。這就是全部經過，摩萊爾先生，我說話算數並以水手的榮譽發誓！其他人說吧，是這樣的嗎？」

一片表示同意的說話聲證明，敘述者仔細地還原真實還繪聲繪影的敘述獲得了一致的贊同。

「很好，我的朋友們，」摩萊爾先生說，「您們都做得很好，我早就知道，如果我遇到災難，唯一的罪人只能是我自己的命運。這是上帝的旨意，而不是人為的過錯。讓我們順從上帝的意願吧。現在，我欠您們多少薪水？」

「哦！算了！別談這個了，摩萊爾先生。」

「恰恰相反，一定要談。」船主淒然一笑，說。

「那麼！欠我們三個月。」佩納隆說。

「科克萊斯，給這些誠實的人們每人發兩百法郎。如果我的狀況不像現在這樣，我的朋友們，」摩萊爾繼續說，「我會補充說：『給他們每人再發兩百法郎的獎金。』可是日子不好過呀，朋友們，我剩下的一點錢也不屬於我的了。原諒我吧，可別因此嫌棄我啊。」

佩納隆轉向他的同伴們，與他們交談了幾句話，又轉身回來。

「關於這點，摩萊爾先生，」他把菸草移到嘴的另一側，「關於這點……」

「關於什麼？」

「錢。」

「怎麼？」

「是這樣的！摩萊爾先生，同伴們都說，他們現在每人有五十法郎就夠了，剩下的以後再說。」

「謝謝，朋友們，謝謝！」摩萊爾先生深受感動，大聲說，「您們都是好心人。不過，還是拿著，拿著吧，假如您們找到一份好工作，就去吧，您們可以走了。」

他的最後一句話在這些可尊敬的水手間產生了奇異的效果。他們面面相覷，神情惶恐。佩納隆憋住了氣，差一點把菸草吞下去，幸好他及時用手掐住了喉嚨。

「什麼，摩萊爾先生，」他結結巴巴地說，「什麼，您要辭退我們！這麼說，您在生我們的氣嗎？」

「不是的，不是的，」船主說，「我沒有生氣，恰恰相反，而且我不是要辭退您們。但是，我一艘船也沒有了，因此也不需要水手了。」

「什麼，您一艘船也沒有了！」佩納隆說，「那好！您就請人再造幾艘，我們可以等著。」

「我沒有錢再造新船了，佩納隆，」可憐的船主悲淒地說：「我無法接受您善良的建議。」

「那好！假如您沒錢了，那就不該再付給我們工資。沒問題！我們就像可憐的法老號那樣光著身子走吧，沒事！」

「夠了，夠了，朋友們，」摩萊爾激動得幾乎說不出話來，「去吧，求求您們了。情況好轉後我們會再相會的。伊曼紐爾，」船主補充說，「請送他們走，並按照我說的去做吧。」

「是再見不是永別，是嗎，摩萊爾先生？」佩納隆說。

「是的，朋友們，但願如此，是再見。去吧。」

說著他向領頭走的科克萊斯做了一個手勢。水手們跟在出納員後面，伊曼紐爾再隨其後。

「現在，」船主向他的妻子和他的女兒說，「離開吧，我要與這位先生談談。」他往湯姆森─弗倫奇公司的代理人看了一眼，英國人在整場談話過程中，一直站在角落裡沒挪動身子，只是中間插了幾句話。兩個女人抬起頭看了看陌生人，她們早已把他忘了，然後都退了出去，不過，少女在出門時，向這個人投去一道讓人感動的哀求眼神，那人則以微笑作答。如果此時有一個冷靜的旁觀者，看到這個冷若冰霜的人臉上出現這個笑容，一定會感到很驚奇。現在屋裡只剩下兩個男人了。

「好吧！先生，」摩萊爾重新跌坐回椅子上說，「您什麼都看見了，也都聽見了，我無可奉告了。」

「我看見了，先生，」英國人說，「新的災難又降臨到了您的身上，它跟其他的不幸一樣，都是您完全不應該承受的，這就使我更加希望能讓您感到有所寬慰。」

「啊，先生！」摩萊爾輕呼一聲。

「是的，」陌生人繼續說，「我是您的主要債權人，是嗎？」

「至少您擁有近期兌現的全部期票。」

「您希望能延期付款嗎？」

「延期付款能挽救我的聲譽，也能挽救我的生命。」

「您希望延期到何時？」

摩萊爾猶豫了一下。「兩個月。」他說。

「好吧，」陌生人說，「我給您三個月期限。」

「可是，萬一湯姆森—弗倫奇公司問起……」

「放心吧，先生，一切由我負責。今天是六月五日。」

「是的。」

「那好，請重新開出九月五日的期票。九月五日上午十一點（掛鐘此時正指十一點），我再到您這裡來。」

「我會恭候您的，先生，」摩萊爾說，「到時候，不是您拿到錢，就是我死去。」這句話說得非常之輕，陌生人並沒能聽清楚。

期票重新開出，舊的撕掉了，可憐的船主至少還有三個月的寬限以籌措他所有的資產。

英國人以他的民族特有的冷漠態度接受了摩萊爾的致謝，並向他道別，船主連聲感謝，一直把他送到門口。

在樓梯上，他遇見了裘莉。少女裝著要下樓的樣子，其實是在等他。

「哦，先生！」她合著雙手說。

「小姐，」陌生人說，「您有一天會收到一封署名水手辛巴達的信，不管您覺得信上的要求看上去有多麼奇怪，請務必逐一按照信上所說的去做。」

「好的，先生。」裘莉回答。

「您答應按照我說的去做嗎？」

「我向您發誓。」

「很好！再見，小姐。願您永遠像現在這樣，做一個善良、聖潔的姑娘。我希望上帝會回報您，讓伊曼紐爾成為您的丈夫。」

裘莉輕輕叫了一聲，臉漲得像一顆櫻桃似的通紅，她緊緊抓住樓梯的扶手，才沒摔下樓去。陌生人向她揮手告別，繼續下樓而去。在院子裡，他碰見了佩納隆，老水手兩手拿著一百法郎的鈔票，似乎決定不了究竟是拿走還是不拿走好。

「請來一下，我的朋友，」他對他說，「我有話要對您說。」

第三十章　九月五日

摩萊爾萬萬沒有想到，湯姆森—弗倫奇公司的代理人會同意延期，這在可憐的船主看來，是時來運轉的徵兆，它向他表明，命運已把他折磨夠了，終於感到厭倦了。當天，他向他的妻子、女兒，還有伊曼紐爾敘述了發生的事情，儘管全家人不能說是已經安下心，但總算多少有了點希望。不過不幸的是，摩萊爾不是只跟對他照顧有加的湯姆森—弗倫奇公司打交道。正如他說的，在生意上只有業務往來，無朋友可言。當他進一步深思時，他甚至不能理解湯姆森—弗倫奇公司為什麼對他如此慷慨寬大。他只能解釋為這家公司可能出於自身而周密的考量，也就是寧可支持一個欠債將近三十萬法郎的人，這樣三個月後還可收回這筆錢，也不願加速他的破產，最後只能回收本金的百分之六到八。不幸的是，摩萊爾的其他合作廠商不知是因為眼紅或是出於短視，卻不這麼想，有幾位甚至持相反的看法。於是，由摩萊爾簽署的期票都準時送到了會計室，多虧了英國人的同意延期，使得這些期票能在科克萊斯的處理之下一一兌現了。因此，科克萊斯依然保持著平常心。只有摩萊爾先生一個人警覺到，十五日要支付德．博維爾五萬法郎，而三十日還要付清另外積欠那位監獄巡視員的三萬兩千五百法郎，看來他真的要信用破產了。

馬賽商界普遍認為，摩萊爾是厄運連連，堅持不下去了。所以當他們看到他月底仍一如往常，準確無誤地兌現期票時，都感到相當驚訝。只是，大家在心理上對他仍然沒有恢復信心，他們一致把不幸的船主要向法院交出財產負債情況書的日期重新定為下個月月底。

整整一個月裡，摩萊爾做了前所未有的努力來籌措資金。以往，他開出的期票，不論何時兌現，都會被人放心地拿走，甚至供不應求。摩萊爾設法開出為期九十天的期票，但發現所有的銀行都向他關上了大門。幸好他本人還有幾筆進帳可以調頭寸。若這些進帳如期收進，摩萊爾覺得到七月底尚有辦法履行諾言。此外，他們在馬賽再沒有見過湯姆森－弗倫奇公司的代理人。自從他見過摩萊爾的第二天或者第三天之後，他就失蹤了，不過，既然他在馬賽只與市長、監獄巡視員和摩萊爾先生接觸過，他此行除了給他們這三位留下一些不同的印象之外，並無留下其他蹤跡，至於法老號上的那些水手，他們似乎都各自都找到了一份工作，因為他們也都銷聲匿跡了。

戈瑪爾船長因病留在帕爾馬，在治癒後也回來了。他遲疑著不敢去見摩萊爾先生，但船主知道他回來了，親自去看他。尊敬的船主從佩納隆的講述中，早已知道船長在遇難時的英勇行為，現在反而是他設法安慰戈瑪爾了。他同時也把船長先前一直不敢去領的那份薪水也送去給他。摩萊爾先生下樓時，遇見了正在上樓的佩納隆。看來他好好地利用了那筆錢，因為他穿了一身嶄新的衣服。可敬的舵手看見他的前雇主，顯得十分尷尬，他退到樓梯口的角落裡，嘴裡的菸草從一邊換到另一邊，惶恐地睜大眼睛瞪著，他把摩萊爾先生像往常一樣親切伸過來的手怯生生地握了一下，回以些微欣喜。摩萊爾先生把佩納隆的窘態歸因於他穿了那身漂亮的衣服。顯然，這個正直的人以往從未這樣闊氣地過。也許，他已受雇於另一艘什麼船。或許，他的羞澀是因為他沒能為法老號哀悼更長時間。也可能他這次來是為了把他的好運告訴戈瑪爾船長，並把他的新雇主想聘用戈瑪爾船長的意思轉告給他。

「都是好人啊，」摩萊爾離開時說，「但願您們的新船主能和我一樣的喜愛您們，希望他比我幸運！」

八月過去了，摩萊爾不停地拆東牆補西牆，有時兌現原有的期票，有時又開出新的期票。八月二十日，馬賽有傳言，說摩萊爾搭著一輛郵車走了，於是大家猜測，既然本月底，他就要提交負債情況書了，那麼摩萊爾先走一步一定是為了避免看到那個悲慘的局面，他大概想讓他的首席代表伊曼紐爾和他的出納員科克萊斯去出席這個殘酷的場合。但是出人意料之外，八月三十一日當天，公司照常營業。科克萊斯出現在櫃檯後面，仍然專心仔細地查看別人送上來的票據，從第一張直到最後一張，他都能準確無誤地支付現款。甚至還有兩筆摩萊爾先生認可的欠款，科克萊斯也是照付不誤，如同對待船主本人開出的期票一樣。這下看熱鬧的人們都困惑了，但他們以災難的預言家特有的執拗，又把摩萊爾的破產期推延到九月底。

九月一日，摩萊爾回來了，全家人都心急如焚地等著他，因為這次巴黎的之行算是他的最後一線生機。摩萊爾想到了如今已家財萬貫的鄧格拉斯，他可算是他的恩人，因為多虧了摩萊爾當初的推薦，鄧格拉斯才能進入那家西班牙銀行工作，也就是在那裡，他才開始發跡的。聽說，現在的鄧格拉斯擁有六百到八百萬的資產，還有無上限的信貸能力。因此，鄧格拉斯不需從自己的荷包掏出一塊錢就能挽救摩萊爾，他只需為一筆貸款做擔保，摩萊爾就能得救。其實摩萊爾早就想到鄧格拉斯，但對他有一種無法抑制、本能上的反感，因此，他一拖再拖，不到走投無路絕不求救於他。果然，他當初想的是對的，因為他斷然遭到拒絕，還蒙受屈辱，身心交瘁地回到了家中。

摩萊爾回家後沒有一句怨言，也沒說過詛咒他人的話，他只是淌著淚水擁抱了他的妻子和女兒，友好地向伊曼紐爾伸出手，再把自己關進三樓的書房裡，然後叫科克萊斯進去。

「這下我們完了。」兩個女人對伊曼紐爾說。

母女倆進行了短暫的密談後，決定由裘莉寫信給她在尼姆駐防的哥哥，請他立即趕來。兩個可憐的女人本能地感覺到，她們需要集中全部的力量來承受正在威脅她們的打擊。再說，馬西米蘭·摩萊爾雖然才剛滿二十二歲，但對他的父親已能產生很大的影響。他是個意志堅定，品行端正的年輕人。在他到了選擇職業的年齡時，他的父親並不想強行安排他的出路，而是先詢問年輕的馬西米蘭的興趣何在。這時，年輕人宣稱他想從軍，於是他以優異的成績通過會考，進入了綜合工科學校[123]，離開時已是第五十三聯隊的一名少尉軍官了。他得到這個軍銜已有一年多，並且只要有機會便可晉升為中尉。在軍隊裡，馬西米蘭·摩萊爾被認為是個嚴以律己的人，他不僅能完成軍人應盡的職責，也能承擔一個男人該盡的義務，因此有人稱他為斯多葛派[124]。不難猜想，用這個綽號叫他的人中有許多人只是跟著叫，他們並不知道其中真正的含義。

---

123 Polytechnic School，設在巴黎的工程學校，受武裝部領導。一八〇四年拿破崙把它改成一所軍事學校。

124 The Stoic，斯多葛派是西方哲學流派之一。早期斯多葛派學說提倡禁欲主義，堅信道德價值，崇尚堅強的理智，強調承擔義務。

母親和妹妹求援的就是這個年輕人，她們感覺到即將面臨的嚴重情況，希望他來支援她們。對情況的嚴重性，她倆並未估錯，因為當摩萊爾先生帶著科克萊斯走進書房後不多久，裘莉就看見會計員從辦公室裡出來時，臉色蒼白，渾身發抖，神色驚恐不安。當他走過她面前時，她本想問他狀況的，可是這位老實人卻一反常態，慌慌張張地直往樓下跑，只能把手臂向上舉起，大聲地喊著：「哦，小姐！小姐！多麼可怕的悲劇！誰能想到有這麼一天啊！」過了一會兒，裘莉看見他再次上樓，手上拿著兩、三本厚厚的帳簿、一個資料夾和一袋錢。

摩萊爾查看了帳本，打開資料夾，點了點錢。他的全部財產只剩六到八千法郎，到五日為止尚有四、五千可以進帳，加在一起最多也只有一萬四千法郎的現款，卻要面臨二十八萬七千五百法郎的期票債務。他甚至連分期付款都開不出口。然而，當摩萊爾下樓用晚餐時，他卻十分平靜。只是這種平靜要比極度沮喪的樣子更讓母女兩人感到驚慌不安。平時用餐後，摩萊爾會出門去。他總是到本地人聚集的地方去喝上一杯咖啡，讀讀《信號臺報》。但是這天他沒出去，而是直接上樓回到他的辦公室。

至於科克萊斯，他看上去簡直呆若木雞。在白天，有一段時間他一直待在院子裡，坐在一塊石頭上，光著腦袋，任由三十度的太陽曬著他。伊曼紐爾則設法安慰兩個女人，只是詞窮。這位年輕人對公司裡的事務瞭若指掌，他不會不知道有巨大的災難正在向摩萊爾一家逼近。夜晚來臨，兩個女人沒有就寢，她們希望摩萊爾下樓時，能到她們在的房間裡，可是她們聽見他路過門口時刻意放輕了腳步。她們側耳傾聽，聽見他走進自己的臥室，從裡面把門關上。摩萊爾夫人要女兒先去睡，在裘莉離開後半小時，她起身，脫掉鞋子，溜進過道，想從門鎖孔裡窺望她丈夫在幹什麼。在走廊上，她瞥見一個人影縮了回去，原來是袞莉，她也相當擔心，所以就比她她母親先來了。

少女走近摩萊爾夫人。「他在寫東西，」她說。

兩人不用說話就能相互理解。摩萊爾夫人彎腰再湊近鎖孔。果真，摩萊爾在寫東西，只是她的女兒沒能察覺的，摩萊爾夫人都看見了，這就是她的丈夫是在一張蓋了印戳的公文紙上寫東西。一個可怕的想法掠過了她的腦海：他是在寫遺囑。她嚇得四肢發抖，不過，她還是控制住自己沒叫出聲。次日，摩萊爾先生顯得非常安詳。他跟往日一樣待在辦公室裡，像平常那樣下樓用早餐，不同的是，他吃完晚飯以後，讓女兒坐在他身邊，抱住她的頭貼在自己胸前很長一段時間。傍晚，袞莉對母親說，雖說表面上看來父親很平靜，但她發覺他的心跳得異常之快。接下來的兩天也差不多是在同樣的氣氛裡度過的。九月四日晚上，摩萊爾先生向女兒要回他書房的鑰匙。袞莉對這個要求大吃一驚，她有著不祥的預感。她一直保有這把鑰匙，只有在她小時候家人為了懲罰她才拿走，為什麼她的父親現在又要向她要回去呢？

少女凝視著摩萊爾先生。她說；「我做錯了什麼事，父親，您要向我要回這把鑰匙？」

「沒有，我的孩子，」痛苦的摩萊爾回答，這個如此簡單的問題竟使他的眼裡充滿了淚水，「沒有，我只是要用它。」

袞莉裝作在找鑰匙。她說：「我大概把它留在我的臥房裡了。」說完她就出去了，不過她不是往自己房間走，而是下樓跑去徵求伊曼紐爾的意見。

「別把鑰匙還給您的父親，」伊曼紐爾說，「明天上午，如果可能的話，您千萬別離開他身邊。」

她想問伊曼紐爾為什麼要這樣做，可是他對其他事一概不知，或者說他是不願意說出來。

九月四日到五日的整個夜裡，摩萊爾夫人一直把耳朵貼在板壁上。淩晨三點以前，她聽見她的丈夫一直焦躁不安地在房間裡走來走去。直到三點鐘，他才倒在床上。兩個女人相伴彼此度過了這一夜。她倆從前一晚上起，就等著馬西米蘭回家。八點鐘，摩萊爾先生走進她們的臥房。他很鎮靜，但從他那張蒼白、疲憊的臉上還是看得出他整夜是在焦慮不安中度過的。因此母女倆也不敢問他夜裡睡得如何。摩萊爾對他的妻子溫柔備至，對他的女兒充滿了父愛，這都是前所未有的。他對他那可憐的孩子怎樣都看不夠也親不夠。當父親走出去時，裘莉想起了伊曼紐爾的告誡，想跟著他，可是被父親輕輕地推開了。

「留在您母親身邊吧。」他對她說。

裘莉想反對。

「我堅持！」摩萊爾說。

摩萊爾對自己的女兒說「我堅持！」還是生平第一次。不過他說這句話的口氣裡充滿了父親的柔情，導致裘莉不敢再向前邁出一步。她留在原地，佇立著，默不作聲，一動也不動。沒多久，門又重新打開，她感覺到兩隻手臂摟住了她，一張嘴貼在她的額頭上。她抬起頭來，興奮地叫喊出聲。

「馬西米蘭，我的哥哥！」她喊道。

摩萊爾夫人聽見喊聲，跑過來撲進了兒子的懷抱。

「母親，」年輕人看看摩萊爾夫人，又看看自己的妹妹，說，「怎麼啦，發生了什麼事情？您們的信讓我嚇了一大跳，我馬上就趕來了。」

「裘莉，」摩萊爾夫人邊向年輕人示意，邊說，「去告訴您的父親，說馬西米蘭回來了。」

少女衝出房間，但才剛走上樓梯的第一階，她就看見一個人手上拿著一封信。

「您是裘莉．摩萊爾小姐嗎？」此人帶著濃濃的義大利口音問。

「是的，先生，」裘莉結巴地回答，「您有什麼事情嗎？我不認識您。」

「請看一下這封信。」那人邊說邊向她遞過一張紙。

裘莉猶豫了一下。

「它能拯救您的父親。」送信人說。

少女從那人手裡奪過信紙。然後她迅速展開，讀了起來：「請即刻到梅朗小路去，進入第十五號樓房，向門房索取五樓房間的鑰匙，走進這間屋子，取走放在壁爐一角的紅絲線錢包，把這個錢包交給您的父親。務必讓他在十一點鐘之前拿到，至關重要。您答應過無條件聽從我，我在此向您提醒您的諾言。水手辛巴德。」

少女興奮得大叫一聲，抬起頭，尋找那位交給她這張紙條的人，想問問他，但人已不見了。這時，她又把目光落到紙上，想再念一遍時，發現紙上還有一段附言。

她念道：「有一點很重要，就是您得親自並單獨完成這趟使命，如果有人陪您，或是由另一個人去了，門房將會回答他不知道有這回事。」

這段附言使少女的歡喜大大打了折扣。她不需要擔心嗎？這是否是有人設下的陷阱？她太單純了，不會知道像她這樣年齡的少女可能會遇到什麼樣的危險，不過人不用知道有什麼樣的危險，也同樣會產生恐懼。還有一點需要指出，那就是，正是還不知道會有什麼樣的危險才更使人感到恐懼。裘莉猶豫了，她決定去請教其他人。不過，出於一種奇特的情感，她想求助的既不是她的母親，也不是她的哥哥，而是伊曼紐爾。她走下樓，向他敘述湯姆森—弗倫奇公司代理人來見她父親那天她所遇到的事。她也對他說了剛才樓梯上發生的那一幕，重複了她答應過的話，並把信交給他看。

「應該去的，小姐。」伊曼紐爾說。

「應該去嗎？」裘莉怯懦地問。

「是的，我陪您一起去。」

「可是您沒看見，我必須獨自一人去嗎？」裘莉問。

「到時候您會是一個人，」年輕人回答，「我會在博物院街的轉角等您。若您遲遲不回使我擔心的話，我就去找您。我向您保證，如果您對我說，有人找您麻煩，惹您討厭的話，那麼就活該他倒楣！」

「這麼說，伊曼紐爾，」少女遲疑地接著道，「您的意思是我該接受這次的邀請嗎？」

「是的，送信的人不是對您說，那能使您父親得救嗎？」

「可是，伊曼紐爾，到底他遇到什麼危險？」少女問。

伊曼紐爾猶豫了片刻，但他為了讓少女當機立斷，也就顧不上其他的事了。

「請聽我說，」他對她說，「今天是九月五日，是嗎？」

「是的。」

「今天，在十一點鐘，您的父親要支付將近三十萬法郎。」

「對，我們都知道。」

「那好，」伊曼紐爾說，「在會計室裡只有一萬五千法郎。」

「那麼會發生什麼事呢？」

「如果今天在十一點鐘之前，您的父親找不到人幫助他的話，到了中午，您的父親就不得不宣告破產了。」

「啊！走吧！走吧！」少女邊拖著年輕人跟她走，邊大聲喊道。

在這時，摩萊爾夫人已經把一切都對她的兒子說了。年輕人很清楚，他的父親遭到接二連三的打擊之後，在家庭的開支方面已有很大的變化，可是他不知道事情會發展到如此嚴重的地步。他沮喪極了。突然間，他衝出房間，迅速跑上樓梯，因為他以為他的父親在書房裡，他敲門，但無人回應。

正當他要離開父親的書房門口時，他聽見套間的房門開了，他回過頭來，看見父親。摩萊爾先生剛才沒有直接上樓回書房，而是回到了自己的臥室，直到現在才從裡面出來。摩萊爾先生看見馬西米蘭，驚訝得大呼一聲，因為他不知道年輕人回來了。他站在原地不動，左臂夾緊了他藏在禮服下面的一件東西。馬西米蘭飛快地跳下樓梯，撲上去摟住他父親的脖子。可是，突然間他往後退了一步，只留下右手按在他父親胸前。

「父親，」他的臉變得死灰，喊著，「為什麼您在禮服裡面藏著一對手槍呢？」

「哦！我也害怕這東西！」摩萊爾說。

「父親！父親！看在上天的分上！」年輕人大聲說，「告訴我您要這武器有什麼用？」

「馬西米蘭，」摩萊爾凝視著兒子回答，「您是個男子漢，一個珍惜名譽的男人，來吧，我會告訴您的。」

摩萊爾邁著堅定的步伐上樓往自己的書房走去，馬西米蘭步伐踉蹌地跟在後面。摩萊爾打開門，等兒子進來後又把門關上，接著他穿過前廳，走進辦公室，把一對手槍放在桌旁，用手指向他兒子指了指一本打開的帳本。在這本帳簿上，準確地記錄著公司的財務狀況。摩萊爾再過半個小時必須支付二十八萬七千五百法郎。然而，他現在總共只有一萬五千二百五十七法郎。

「看吧。」摩萊爾說。

年輕人看完了，一時間彷彿整個人都垮了。摩萊爾不說一句話，在這張用數字寫成的無情判決書面前，還能說些什麼呢？

「為了應付這場災難，父親，」年輕人停頓了一會兒說，「您已做了一切努力嗎？」

「是的，」摩萊爾回答。

「您再也沒有別的進帳了？」

「一點也沒有了。」

「您已經想盡所有的辦法了？」

「全想盡了。」

「那麼再過半個鐘頭，」馬西米蘭語調低沉地說，「我們的姓氏就要蒙受恥辱了。」

「鮮血會洗清恥辱的。」摩萊爾說。

「您說得對，父親，我懂您的意思。」

接著，他把手伸向手槍。「一支您用，一支我用，」他說，「謝謝。」

摩萊爾攔住了他的手。「還有您的母親……您的妹妹。誰來養活她們？」

年輕人全身一震。「父親，」他說，「您有想到您是在命令我活下去嗎？」

「是的，我要您這樣做，」摩萊爾接著說，「因為這是您的責任。您是一個頭腦冷靜、性格堅強的人，馬西米蘭……馬西米蘭，您不是一個普通的人。我不要求您什麼，我也不命令您去做什麼，我只是對您說：請您像個局外人，客觀地看看您的處境，然後由您自己作出判斷吧。」

年輕人思索了片刻，他的眼睛裡流露出一種虔誠順應天命的眼神。不過，他仍然緩慢而悲傷地撕下了標誌他軍銜的兩個肩章。

「好吧，」他向摩萊爾伸出手說，「平靜地死去吧，父親！我會活下去。」

摩萊爾動了一下，想跪在他兒子的膝下，但馬西米蘭把他拉向自己，這兩顆高貴的心一時間緊緊地貼在一起跳動了。

「您知道我沒有錯嗎？」摩萊爾說。

馬西米蘭笑了。「我明白，父親，您是我所認識最高尚的人。」

「好了，都說定了。現在，回到您的母親和妹妹身邊去吧。」

「父親，」年輕人單膝跪下說，「請為我祝福吧！」

摩萊爾用雙手捧住他兒子的臉，將它靠近自己，在上面親吻了很多次。

「哦！是啊，是啊，」他說，「我以我自己和我家無可挑剔三代人的名義為您祝福，請聽他們借我的聲音是怎麼說的吧：災難摧毀的大樓，上帝會重新建起。哪怕是鐵石心腸的人，看見我以這樣的方式死去，也會憐憫您的。他們拒絕給我寬限，但也許會寬待您。這時，您要盡力別讓家族蒙羞。您要去工作，用自己的勞力，年輕人，要激烈而勇敢地投入戰鬥。您、您的母親和您的妹妹，都要克勤克儉地生活，這樣，日積月累，您就會在您的手裡慢慢還清我所欠下的債款，並能將金錢越聚越多。想想吧，為我恢復名譽的那天，那該是多麼壯麗、偉大、莊嚴的一天。到那一天，在同一間辦公室裡，您將會說：『我的父親死了，因為他辦不到今日我所達成的事。可是他死得安詳而平靜，因為他臨死前知道我將會成功。』」

「哦！父親，父親，」年輕人大聲叫道，「若是您能活著那該有多好啊！」

「若我活著，一切都改變了。若我活著，關心就會變成懷疑，憐憫會變成催逼。若我活著，我只是一個不守信用、不能履行諾言的人，總之，我只會是一個破產的人。相反的，若我死了，請想想吧，馬西米蘭，我的屍體會是一個正直而不幸的之人的屍體。活著，連我最好的朋友都不會再上我的家門。死了，整個馬賽將會哭泣著一直把我護送到我最後的安息之地。活著，我的名字會使您蒙羞含垢。死了，您可以昂起頭顱，說：『我就是那個因為第一次迫不得已食言而自殺的人的兒子。』」

年輕人呻吟了一聲，不過，看來他已經屈服了。不是他的心，而是他的頭腦，這已經是第二次被說服了。

「現在，」摩萊爾說，「讓我一個人待在這，您設法阻止您母親和妹妹，別讓她們過來。」

「您不想再見見妹妹了嗎？」馬西米蘭問。

在這次會談中，年輕人內心隱約懷著一線希望，這就是為什麼他提到妹妹的原因。摩萊爾先生搖了搖頭。

「今天早上我已經見過她了，」他說，「我已經跟她告別過了。」

「您對我還有什麼囑咐嗎，父親？」馬西米蘭問，他連聲音都變了。

「有的，兒子，有一個神聖的囑託。」

「請說吧，父親。」

「湯姆森—弗倫奇公司是唯一一家同情我的公司。他們這樣做是出於人道，還是出於自私的動機，我不知道，不過不該由我來研究他們的心理。這家公司的代理人再過十分鐘就要來取二十八萬七千五百法郎到期期票的現款，這位先生，我想說他不是同意，而是主動提出為我寬限了三個月的時間。我的兒子，您首先要把這家公司的欠債還清，您對此人要絕對尊重。」

「知道了，父親。」馬西米蘭說。

「現在，最後一次道別吧，」摩萊爾說，「去吧，去吧，我需要一個人待著。您在我臥室的書桌裡會找到我的遺囑的。」

年輕人站著沒動，神情木然，他鼓足勇氣下了決心，卻沒有勇氣去實行。

「聽著，馬西米蘭，」他的父親說，「假設我與您一樣是一名軍人，接到命令去攻占一個碉堡，而您知道我在攻這座碉堡時會被打死，難道您不會說出像您剛才對我說的話嗎：『去吧，父親，因為您留下來就會名譽掃地，與其活著受辱不如慷慨赴義！』」

「是的，是的，」年輕人說，「是的。」說著，他渾身顫抖地把摩萊爾摟在自己的懷裡。

「就做吧，父親。」他說。接著他便衝出書房。

兒子走出房門以後，摩萊爾有一陣子站著沒動，眼睛凝視著房門。然後，他伸出一隻手，找到了拉鈴繩，拉了一下。不久，科克萊斯進來了。他已變成另一個人了。這三天他才弄明白是怎麼回事，他的身心已被這個現實擊潰。當他想到摩萊爾父與子公司將無力付款時，這個打擊使他的身體變得佝僂，二十年的歲月與辛勞也從未讓他如此過。

「我的好科克萊斯，」摩萊爾說，他的聲調實在難以形容，「您就待在前廳裡。三個月前湯姆森－弗倫奇公司的代理人曾來過一次，您是知道的，這位先生馬上要再來，您通報我一聲。」

科克萊斯一聲不吭，他只是點了一下頭，回到前廳坐下，安靜等著。

摩萊爾又跌坐在椅子上，他的眼睛不由自主地移向掛鐘，還剩七分鐘，這是他生命的最後七分鐘了。指針以難以想像的速度在移動，他似乎看到它在行走似的。

在這莊嚴的時刻，這個男人腦子裡翻攪的思緒是無法用言語表達的。他的年紀還不算大，被溫馨與充滿愛的家庭生活包圍著，但是，他仍然說服自己在理性、邏輯、甚至是深思熟慮後，他必須告別世上所珍視的一切，包括自己的生命。想知道他現在的感想，只需看看他那張大汗淋漓又顯得聽天由命的臉，還有他那充滿淚水又凝望著蒼天的雙眼就行了。指針仍在走動，子彈已經上膛。他伸手拿了一支槍，喃喃地念著女兒的名字。接著，他放下槍，提起筆，寫了幾個字。直到這時他才覺得自己還沒向鍾愛的女兒好好告別。接著，他又轉向掛鐘，他不再以分而是以秒計時了。他重新拿起那致命的武器，半張開嘴巴，眼睛盯在指針上，當他聽到自己打開槍的保險發出的喀嗒聲時，不由得顫抖。此時，他的前額沁出冷汗，比死還難受的痛苦正抓著他的心。他聽見樓梯口的那扇門的轉動聲。接著，他書房的門也打開了。掛鐘即將敲響十一點。摩萊爾沒回過頭，他只等著科克萊斯說出這麼一句話：「湯姆森—弗倫奇公司代理人到。」

他把武器移向自己的嘴……

突然，他聽到一聲叫喊，是他女兒的聲音。他轉過身子，看見了裘莉，手槍從他手中滑到了地上。

「父親！」少女叫道，她上氣不接下氣，興奮得幾乎快昏死過去，「得救了！您得救了！」

說著她一頭栽進他的懷裡，手上舉起一個紅絲線錢包。

「得救了！我的孩子！」摩萊爾說，「您在說什麼？」

「是的，得救了！看哪，看哪！」少女說。

摩萊爾拿起錢包，微微一震，因為他依稀記得自己曾有過這樣一件東西。錢包的一端有著一張二十八萬七千五百法郎的期票。期票已經付訖。另一端是一顆大如榛子的鑽石，還附著一小張羊皮紙，上面寫有五個字：

裘莉的嫁妝。

摩萊爾把手放在額頭上，他以為是在做夢。這時，掛鐘敲響十一點。清脆的鐘聲在耳畔顫動，猶如鐵錘一次又一次地敲打在他的心上。

「哎，我的孩子，」他說，「快說這是怎麼回事。您是在哪裡找到這個錢包的？」

「在梅朗小路十五號五樓，一個小房間的壁爐角上找到的。」

「可是，」摩萊爾大聲說，「這錢包不屬於您的。」

裘莉把她在上午收到的信遞給她的父親。

「您剛才是一個人去那間屋子嗎？」摩萊爾讀完信後問。

「伊曼紐爾陪我去的，父親。他本該在博物院街的轉角處等我。可是，奇怪得很，我返回時，他不在那裡了。」

「摩萊爾先生！」樓梯上有一個聲音大聲叫喊道，「摩萊爾先生！」

「是他的聲音。」裘莉說。

就在這時，伊曼紐爾走了進來，臉色異常地興奮和激動。

「法老號！」他大聲叫喊道，「法老號！」

「啊，什麼？法老號！您瘋了嗎，伊曼紐爾？您知道法老號沉沒了。」

「法老號！先生，他們發出的信號是法老號。法老號進港了！」

摩萊爾又跌在椅子上，他渾身無力，他的腦子再也無法處理這一連串先後出現、不可想像、難以置信、奇跡般的事情了。這時他兒子走進來。

「父親，」馬西米蘭喊道，「您為何要說法老號沉了呢？瞭望臺已經看到它，它進港了。」

「我的朋友們，」摩萊爾說，「如果這些都是真的，那就是天使的奇跡了！不可能！這不可能！」

不過，他手中拿著錢包、付訖的期票和一顆晶瑩璀璨的鑽石，卻都是那樣真實，不是憑空想像得出來的。

「啊！先生，」這時科克萊斯說話了，「法老號，這是怎麼回事？」

「哦，我的孩子們，」摩萊爾直起身子說，「我們去看看吧，假如這個消息不確實，但願上天憐憫我們。」

這一行人走下樓去，而摩萊爾夫人一直等在樓梯上，這個可憐的女人沒敢上樓來。沒多久，他們就來到卡納比埃爾街。港口上擠滿了人。人群紛紛為摩萊爾讓開一條路。

「法老號！法老號！」所有的人異口同聲地叫喊道。

果然，在聖讓瞭望塔的對面，發生了一件奇蹟般不可思議的事。一艘海船正在下錨收帆，它的尾部寫著幾個白色大字：**法老號，馬賽，摩萊爾父與子公司**。這艘船與原來的法老號一模一樣，也一樣滿載著洋紅和靛藍。船長戈瑪爾在甲板上下達命令，而老好人佩納隆正在向摩萊爾先生招手致意。再也沒什麼好懷疑的了。現場親眼所見、親耳所聞就是證明，而且還有一萬人可以作證。整座城市都可以作為這個奇跡的見證人。正當摩萊爾和他的兒子在全城人的一片鼓掌歡呼聲中站在海堤上熱烈擁抱時，有一個被黑鬍鬚遮住了半張臉的男人，躲在一個哨兵的哨所後面，欣慰地注視著這個場面，口中喃喃地說：

「祝您幸福，高貴的心靈。為了您所做的和將要做的一切善行義舉，願上帝賜福予您。但願我的感謝如同您的善舉一樣都深藏不露吧。」

他帶著喜悅和幸福的心情微微一笑，離開了藏身的哨所。誰也沒有注意到他，因為每個人都在關注著眼前發生的事情。那個人向岸邊的階梯走下一級，一連呼喚了三聲：「雅各博！雅各博！雅各博！」

這時，一艘小艇向他駛來，把他接上船，並把他送到一艘設施豪華的遊艇旁，他以水手般矯健的身姿，一下就跳到遊艇的甲板上。他站在那裡，再次看了看摩萊爾，船主流著歡樂的淚水，在人群中和大家誠摯地一一握手。他的目光茫然，彷彿在向上天尋覓、感謝那位不知名的恩人。

「現在，」那位不知名的男人說，「永別了，善良、人道和感激。永別了，所有使人心溫暖開朗的情感！我已代替上帝回報了善者……現在讓我代復仇之神去懲治惡人吧！」

說完這句話，他做了一個手勢，遊艇似乎就等著這個信號啟航，立即向大海飛駛而去。

（第一冊　完）

高寶書版集團
gobooks.com.tw

RR 004
基督山恩仇記 第一冊
Le Comte de Monte-Cristo Vol.1

作　　者　大仲馬 (Alexandre Dumas)
譯　　者　韓滬麟、周克希
編　　輯　曾士珊
排　　版　趙小芳
封面設計　陳威伸
出　　版　英屬維京群島商高寶國際有限公司台灣分公司
　　　　　Global Group Holdings, Ltd.
地　　址　台北市內湖區洲子街88號3樓
網　　址　gobooks.com.tw
電　　話　(02) 27992788
電　　郵　readers@g obooks.com.tw（讀者服務部）
　　　　　pr@gobooks.com.tw（公關諮詢部）
傳　　真　出版部 (02) 27990909　行銷部 (02) 27993088
郵政劃撥　19394552
戶　　名　英屬維京群島商高寶國際有限公司台灣分公司
發　　行　希代多媒體書版股份有限公司/Printed in Taiwan
初　　版　2013年1月
二　　版　2017年12月

◎本書中譯文由上海譯文出版社授權。

國家圖書館出版品預行編目(CIP)資料

基督山恩仇記 第一冊 / 大仲馬 (Alexandre Dumas)著；
韓滬麟、周克希 譯. -- 初版. -- 臺北市：高寶國際出版：
希代多媒體發行, 2013.1
　面；　公分. -- (Retime; RR 004)
譯自：Le Comte de Monte-Cristo Vol.1
ISBN 978-986-185-800-5(第1冊：平裝)

876.57　　　　101027618